古典文學研究輯刊

二九編

第7冊

徐攀鳳《文選》學研究（上）

張為舜 著

國家圖書館出版品預行編目資料

徐攀鳳《文選》學研究（上）／張為舜 著 -- 初版 -- 新北市：
花木蘭文化事業有限公司，2024〔民 113〕
目 4+236 面；19×26 公分
（古典文學研究輯刊　二九編；第 7 冊）
ISBN 978-626-344-557-4（精裝）
1.CST：（清）徐攀鳳 2.CST：學術思想 3.CST：文學評論
4.CST：傳記
820.8　　112022456

ISBN-978-626-344-557-4

古典文學研究輯刊
二九編　第七冊　　ISBN：978-626-344-557-4

徐攀鳳《文選》學研究（上）

作　者　張為舜
總 編 輯　杜潔祥
副總編輯　楊嘉樂
編輯主任　許郁翎
編　輯　潘玟靜、蔡正宣　美術編輯　陳逸婷
出　版　花木蘭文化事業有限公司
發 行 人　高小娟
聯絡地址　235 新北市中和區中安街七二號十三樓
電話：02-2923-1455 ／傳真：02-2923-1452
網　址　http://www.huamulan.tw 信箱 service@huamulans.com
印　刷　普羅文化出版廣告事業
初　版　2024 年 3 月
定　價　二九編 21 冊（精裝）新台幣 56,000 元

徐攀鳳《文選》學研究（上）

張為舜 著

作者簡介

張為舜，男，台中太平人。彰化師範大學國文研究所碩士畢業，大學就讀靜宜大學中國文學系，曾執行科技部「政治與學術——後世評詮武則天之學術意義探究」；目前為彰化師範大學國文研究所博士生，接續研究碩士時其所涉略「清代《昭明文選》」的相關議題。

提　　要

乾、嘉是攷證風行的年代，而清代《文選》學在百花齊放的考據工作佔有一席之地。其中，徐攀鳳是清代《文選》學中重要的一環，卻是當代鮮為人知的存在。在深叢各家著作中，僅徐氏特立舉出「規李」及「糾何」兩大主張，在所有《文選》學著作中顯得精要，因此不能忽視徐攀鳳與其著作的學問價值。

「規李」一詞從書名字面、整書內容上確實容易讓讀者認為該書屬於「糾正李善」的專作，實則不然，「規李」之「規」其實更多含帶「規正」、「學習」之意。對於參考《昭明文選》注解而言，讀者可以選擇李善或是五臣，但宋、明以降的大眾偏好五臣，致使五臣盛行，而五臣〈注〉恰屬「憑臆直解」的注釋方法，使清代一部分主張「樸學」、「實學」的學者嫌惡，故而豎起「尊李善」的旗號，主要取決於李善在注釋上有所根本，典引原籍不妄自稱臆，是踏實的學問方式。職是之故，徐攀鳳藉由李善打出了「漢、唐經訓的旗幟」，傚學李《注》。是故駱鴻凱評價清代《文選》學：「網羅浩博、好尚所託、精力彌注。」完全呼應當時的「凡漢皆好」的學術風氣。

《選學糾何》主張「不揣固陋，遙質諸先。」「糾正何焯」誠為清代《文選》的一項課題。何焯作為清代攷證《文選》的標竿，大部分學者大抵將其與《義門讀書記》奉視瑰寶，傚仿學習，然而大部分學者謹遵傚從，不敢批駁。而徐攀鳳別開蹊徑於其他清代《文選》學者的獨步即在於敢於「糾正何焯」的氣魄，不僅以何焯為學習對象，同時也以何焯為批評、攷證的對象。換言之，透過考據的方式，跟前人切磋學問，展現自身「攷證《文選》的功力」與「檢驗前人疏漏的功夫」，是攷證學問的一種方式。

因此，看待清代《文選》學諸家時，深刻體會徐攀鳳孜孜矻矻主張「尊李善」的觀點，以及其「不揣固陋，遙質諸先」的攷證何焯，作為一位「實事求是，批校兼評」的考據學家，誠然為清代《文選》學下了一個精確的註腳。

誌　謝

發《文選》六朝，脇《文心》秝竝，盛一代之輯蒐，巍齊梁之篤雅。《選》學最難，在於颲剽，自江都李崇賢淵注博釋，質熯雅焠，逮朝玄宗，厥有五臣，顛欲奉聖非李，兩黨注法各異。開元以降，世儒倍欣，相爭手澤，淑雅臣訓；大宋開幃，取仕夥繁，貪一時之巧竊，逞萬代之疑難，簡錯鈔訛，致使面貌沌渾，不可救治。昊哉有清！清儒瀝血攷築，最為洪通，汲古注於玄暵，斵六臣以昭明，善注如何，一一顯耀；五臣憑臆，旮旯不藏；愈下書眾，不能心計，嵷嵷層架，別誌特號。故有大作集成，諸如徐氏規糾、余氏音義、胡氏攷異、孫氏補正、張氏膠言、許氏筆記、梁氏旁證、朱氏集釋、胡氏箋證，尚夥貫決，僕愚類輩。徐氏攀鳳，吾甚雅好，沫沐精神，特以顓搜。式觀徐氏《規李》、《糾何》，獲益頗多，亦甚哀憂，徐氏先祖，闢疇振海，明末惜得臣位，時雖人極，旦逢改朝，逮至乾嘉，苦門不出，圐疽治學，其書乏傳，戔者睦見。

徐氏治《選》，自舜鳴矣！書論必絕，不能再論，舜心有私，置喙不容左右。評三百餘，成論貫凝，至今已成，怯昭天下。然今習又一難也，適逢疾痍，顥念魏文斯逝：「昔年親舊多離因災，徐陳應劉，一時俱逝。」二千餘後，胡不同邪？是故夜息蜷縮，晦穎心腦，人間五十年，化天のうちを比ぶれば，夢幻の如くなり。懦智無成，不敢悔心，憂憚梁思蜷龜，而汲營論述，是故家書催不孝，郵鏢飛書嗤無成，致癲夜通天，致四體微恙，致火絞悶然，致夜側初眠，致乍還覺醒，致絞思有疑，六躇無能，何而白車司晨，陣陣訝日，徐目微方，幽繆世間。幸然！吾師蘇師慧霜，慈訓玎玎，策鞭勵勵，惠我之盈；讀耕墨耘，背脊焯然；晨起溫候，赫赫晉應，夜午復候，赧赧淵默。叩頓叩頓！拜銘拜銘。

余撰僥書，盲孺學步，瞶雉陬翅，強棟有皷，不能飾瑜。尚丈兩師賜智，李師立信構塑棟樑，魯師瑞菁覆囊歸瓦，質更精核。歉請殊謝！歉請殊謝！初涉蕭選，倚啟自邱師培超，業受業養，頓感堂奧。繼之深愲，學疏夰犽，好自以為，徒道妄習。今日織成，祖上積德，赧性賤逸，批鼠魚影，見晨卻旦，無法極砥。實愧祖宗農佃勞鋤而延父，父操玄素於汙瘀，伢拙一子無成。

彰化　書房誌

壬寅年季月

目次

上冊

下　冊

第一章　緒　論

徐攀鳳（1740～1803 年），徐王昱（1696～1778 年）第三子，原名士林，字鳴在，號桐巢，清代松江府婁縣縣學歲貢生，乾、嘉兩代間學者。著有《選注規李》、《選學糾何》、《六經識餘》、《讀易微言》、《尚書傳義》、《廿二史辯譌》、《桐巢詩》、《古文鈔》、《樹蕙堂時文》，今僅存《選注規李》、《選學糾何》二《選》。〔註 1〕

徐攀鳳學貫經史，作為一《昭明文選》學家（以降皆簡稱「《文選》學」），今僅剩存《選注規李》、《選學糾何》，二書兼備「傳統《文選》學」與「近代《文選》學」，表現出一個學術由傳統守舊進入到現代客觀的時代意義。

然如此橫貫時代意義的一部著作卻惜有清代學者認識；一方面，《選注規李》、《選學糾何》部頭僅開載兩卷，較同時代的《文選》學相關書籍顯得巧致，雖有學者為之付梓，收於《藝海珠塵》，然刊行時間已接近民國，無緣在當代大放異彩；另一方面，徐攀鳳似乎到老都居家研讀，鮮少與文人墨客交往，導致名氣不赫。清末民初學者駱鴻凱直評其作「（《選注規李》）蚍蜉撼樹、（《選學糾何》）寧過而存」，〔註 2〕更使得徐攀鳳的影響力在今天學術界上未若其他清代《選》學家來得重視。不過近年來，隨著《文選》學研究升溫，漸有學者注意，但僅是提及徐攀鳳書中觀點以資佐證。

〔註 1〕〔清〕徐自立、徐與蕃增修：《徐氏族譜》，收於《上海圖書館藏珍稀家譜叢刊》（上海：上海科學技術文獻出版社，2016 年 3 月），第 12 冊，頁 381～382、387～388。〔清〕徐攀鳳：《選注規李》（藝海珠塵本），收於《百部叢書集成》（台北市：藝文印書館，1966 年 3 月），葉 1 右。

〔註 2〕駱鴻凱：《文選學》（北京：中華書局，2015 年 3 月），頁 69。

以筆者目力所見，「清代《文選》學」的研究尚不全面。或進一步說，清人「《文選》學」數十家，〔註3〕家家逐一檢視成論者，即屬寥寥；當前已有研究成論僅汪師韓（1707～？年）〔註4〕、余蕭客（1732～1778年）〔註5〕、丁光華（1737～1801年）〔註6〕、張雲璈（1747～1829年）〔註7〕、朱珔（1769～1850年）〔註8〕、程先甲（1871～1932年）〔註9〕等幾家，單篇論文和部分專著中的相關研究依然值得重視，此不贅述。〔註10〕單就《文選》學而言，其非一門單獨的學問，當中所涉及之學問甚廣，文本內容研究、版本學研究、校讎學研究，注釋學研究……，甚至各篇專家細部討論，為數眾多的議題顯示「《文選》學」在研究上的可探性與開展性。而「清代《文選》學」作為「傳統《文選》學」墊尾與「近代《文選》學」開展的過度時期，是值得我們一一檢視。

概言之，「傳統《文選》學」主要關注「注釋詁訓」與「版本讎校」，結構上較為零散，且依《文選》篇章之順序討論，成書的內容上較為繁瑣，且無法綱舉目張，因此欲建構成一套縝密的系統論述是需要仰賴後代學者對其的整理與闡明。反之，「近代《文選》學」則是系統性的論述，規章劃節的主題式討論，清晰易瞭，但例舉的完整度上具有侷限性，對《文選》全貌猶似管窺。在「清代《文選》學」中，除汪詩韓《文選理學全輿》、較具「近代文選學」

〔註3〕清代《選》學家有多少？一直是部份現代學者好奇的問題，不論從駱鴻凱的34家，亦或屈守元概略19家，其實這樣分類上都有問題。像是駱鴻凱將段玉裁《校文選》列入，但該書不傳；屈守元將王念孫《讀書雜志》、俞正燮《癸巳類稿》納入，這些清代學者有的壓根沒有專術《文選》攷釋，只是讀書上的心得偶記，但卻被後代尊為「學家」，著實有待商榷。筆者傾向「足具成書，專書專釋」者，比較能稱作「《選》學家」。駱鴻凱：《文選學》（北京：中華書局，2015年3月），頁57～81；屈守元：《昭明文選雜述及選講》——《選學椎輪初集》（台北市：貫雅文化，1990年9月），頁27～29。

〔註4〕韓劉學：《汪師韓與文選學》，蘇州大學碩士學位論文，2010年4月。

〔註5〕王忠杰：《余蕭客文選學研究》，華僑大學碩士學位論文，2019年5月。

〔註6〕吳東莉：《于光華《文選集評》研究》，雲南師範大學碩士學位論文，2019年5月。

〔註7〕唐小茜：《選學膠言研究》，貴州大學碩士學位論文，2021年5月。

〔註8〕賈全明：《《文選集釋》研究》，河南大學碩士學位論文，2001年5月。

〔註9〕喬杭媛：《選雅》研究，武漢大學碩士學位論文，2019年5月。

〔註10〕此可參考學者王瑋所編輯之《現當代文選研究論著分類目錄索引》。該書已蒐羅大部分現當代學者的論著，橫貫方方面面，故此不特列。王瑋：《現當代文選研究論著分類目錄索引》，（江蘇：鳳凰出版社，2020年9月）

的結構與安排外，大部分清儒仍屬「傳統《文選》學」之範疇。至於徐攀鳳獨特在於傳統注《選》之中，遙質諸先，糾謬前賢，特立其他清代學者，是本論掘發其學術之價值所在。

第一節　近人研究徐攀鳳概述

在討論徐攀鳳之前，我們仍要了解目前學界對於《文選》學，或清代《文選》學的一些研究，這樣方便我們剖析徐攀鳳的價值前提。除前述提及清代《文選》約 6 位學者外，目前「《文選》學」相關研究迄今整理出版者：王立群《現代文選學史》〔註 11〕、穆克宏《昭明文選研究》〔註 12〕、《六朝文學研究》〔註 13〕、俞紹初、許逸民等編《中外學者文選學論集》、〔註 14〕傅剛《昭明文選研究》〔註 15〕、游志誠《昭明文選學術論考》〔註 16〕、游志誠《文選綜合學》〔註 17〕、力之《昭明文選論考》〔註 18〕、王書才《文選評點述略》〔註 19〕、王小婷《清代文選學研究》〔註 20〕等。而碩、博士論文及單篇論文繁多，此不一一附列。這些著作或多或少涉及清代《文選》學，但涉及「徐攀鳳」相關研究的專論畸缺，甚至有者評為「又皆簡陋，無足稱數」，〔註 21〕故近人

〔註 11〕王立群：《現代文選學史》（鄭州：大象出版社，2014 年 8 月）。

〔註 12〕穆克宏：《昭明文選研究》（北京：人民出版社，1998 年 12 月）。

〔註 13〕穆克宏：《六朝文學研究》，收於《福建師範大學文學院百年學術叢刊（第一輯）》（台北市：萬卷樓圖書，2018 年 9 月）。

〔註 14〕俞紹初、許逸民等編：《中外學者文選學論集》（北京：中華書局，1998 年 8 月）。

〔註 15〕傅剛：《昭明文選研究》（北京：中國社會科學出版社，2000 年 1 月）。

〔註 16〕游志誠：《昭明文選學術論考》（台北市：學生書局，1996 年 3 月）。

〔註 17〕游志誠：《文選綜合學》（台北市：文史哲出版社，2010 年 4 月）。

〔註 18〕力之：《昭明文選論考》（桂林：廣西師範大學出版社，2020 年 12 月）。

〔註 19〕王書才：《文選評點述略》（上海：上海古籍出版社，2012 年 11 月）。

〔註 20〕王小婷：《清代文選學研究》（上海：上海古籍出版社，2014 年 9 月）

〔註 21〕屈守元認為諸如「周春《選材錄》、徐攀鳳選注規李》、《選學糾何》寥寥偶卷，論短述淺；杭世駿《文選課虛》、石蘊玉《文選編珠》可置不論；方廷珪《文選集成》、于光華《文選集評》謬種流傳，不凡著錄。*（屈氏文章誤將駱鴻凱評方廷珪《文選集成》之案語安在顧施楨，此應修正。）」等著作因受駱鴻凱輕視，是故不必重視。此是即具傲慢且不負責任的評說。今天作為一個研究者，不論餖飣與否，都應將現存之古籍視作隋珠趙璧，因為每個籍料都有其存在的價值與意義，我們現代研究者務必做到發掘、反省其價值，絕非單就前人評說就照單信服。式觀周春之作，其內容就是駱鴻凱《文選學》的「撰人」、「評隲」兩篇的簡化敘述，且評價文、史皆頗獨到，不能輕視。

研究寥若晨星，大部分以「徵引徐氏著作觀點」作為補充材料，僅少數行文爬梳徐氏。於下概述其中幾位學者說法，以足資參：

游志誠〈文選古注新論〉〔註 22〕一文算是開徐攀鳳研究之先聲，並提出「選學」、「選注」兩個面相為徐攀鳳的學說作分類。「選學」上以「經傳訓詁之法，率用小學功夫」的方式攷證李善、何焯；「選注」以「尊李善」為口號，即一家一系統之〈注〉（說）為基礎，以茲觀念建構徐氏整體的學說。不過游氏僅是取《選注規李》、《選學糾何》二書名之「選學」、「選注」為清代《選》學作一分野，並未對徐氏有深入考論。隨後，郭容〈徐攀鳳《選注規李》評述〉〔註 23〕才是為徐氏學問進行系統性討論，主分「引書辨誤」、「溯源考證」、「補闕拾遺」「選文校勘」等 4 點，可謂精闢；但篇幅稍淺，未道出徐氏的《選》學的時代意義。最後，陳露《嘉道年間《文選》李善〈注〉補「注」研究》〔註 24〕一論專章討論《選注規李》，誠足是一里程碑，相較前者郭容有更深的探討，且對徐攀鳳的「價值」、「缺失」進行解說，對徐氏學問的利與弊多有闡明，值是肯定；惟書中關於徐攀鳳家世，略而疏漏，稍嫌可惜；再者未對《選學糾何》與《選注規李》納進分析、綜合考論，也屬可惜。

總而來說，目前學界對於徐攀鳳的了解尚待開啟，「蚍蜉撼樹、寧過而存」的標籤是否得以翻轉，重新給予其應有的歷史評價，則是本文所冀求的。

第二節　徐攀鳳生平略考

徐攀鳳的生平、著作等資料相當匱乏，然細究蛛絲馬跡，散木終為寶筏，

屈守元：〈清儒《文選》學注述舉要〉，《鄭州大學學報》，1993 年，第五期，頁 1～9。

〔註 22〕〈文選古注新論〉一論原於 2007 年 10 月發表於廣西桂林：廣西師範大學文學院所舉辦之「第七屆《文選》學國際學術研討會」，頁 326～331，後收入氏作《文選綜合學》。參游志誠：《文選綜合學》（台北市：文史哲出版社，2010 年 4 月），頁 41～52。

〔註 23〕郭容：〈徐攀鳳《選注規李》評述〉，《圖書館理論與實踐》，（寧夏：寧夏圖書館學會，2007 年 4 月），頁 74～76。

〔註 24〕陳露：《嘉道年間《文選》李善注補注研究》，山東：暨南大學碩士學位論文，2016 年 5 月。

《禮記・學記》云：「善待問者如撞鐘。」〔註 25〕對於像徐攀鳳這樣勵耕於學，默默不見經傳之學者，本文務求做到透徹搜尋，扣鐘求鳴，以求為徐氏撥雲見日。

一、故家根尋

徐攀鳳的出身生平背景本論已有探尋，從《選注規李》、《選學糾何》二書刻錄之相關紀錄及目前存留府縣志，可以確立徐攀鳳為「松江」（浙江或上海）一帶之人士，在《選注規李》即見簡略記載：

> 徐攀鳳纂，字桐巢，華亭人，諸生，著有《六經識餘》、《讀易微言》、《尚書傳義》、《廿二史辯譌》、《桐巢詩》、《古文鈔》、《樹蕙堂時文》。〔註 26〕

上述記載是《藝海珠塵》的編輯群對徐攀鳳的生平資料的初步記錄、名字、籍貫——華亭縣與身份——「諸生」。駱鴻凱《文選學》中所提及：「桐巢，亦嘉、道間人」、〔註 27〕孫殿起（1894～1958 年）《販書偶記》：「胥浦徐攀鳳撰，無刻書年月，約嘉慶間刊。」〔註 28〕等紀錄判斷，徐攀鳳居住地為「華亭」、「胥浦」一帶，且書刊刻於嘉慶年間。駱鴻凱將徐攀鳳生卒年定位在嘉慶、道光年間（約 1796？～1850？年）。陳露《嘉、道年間《文選》李善注補注研究》一論中言：

> 徐攀鳳的生平事蹟與研究資料極少。筆者遍查清代各類《碑傳集》，上海地區地方《誌》等書，皆未見徐攀鳳資料。僅錢熙輔所輯《藝海珠塵壬集》、駱鴻凱《文選學》，以及李之亮點校的《清代文選學珍本叢刊》三書中有對徐攀鳳簡短的介紹，大同小異。〔註 29〕

〔註 25〕〔漢〕鄭玄注、〔唐〕孔穎達疏：《禮記正義》（十三經注疏本）（北京：北京大學出版社，1999 年 1 月），總頁 1244。

〔註 26〕〔清〕徐攀鳳：《選注規李》（《藝海珠塵》本），收於《百部叢書集成》（台北市：藝文印書館，1966 年 3 月），葉 1 右。

〔註 27〕駱鴻凱：《文選學》（北京：中華書局，2015 年 3 月），頁 69。

〔註 28〕駱氏《文選學》及孫氏《販書偶記》皆出版於 1936 年（民國 25 年），二人均未明言《選注規李》、《選學糾何》二部書的出版出處，因此版本是否同為「嘉慶南滙吳氏聽彝堂刊藝海珠塵本」版，則有疑義，此也牽涉到內容的差異、流傳等問題。然駱、孫二人均定位徐攀鳳於嘉慶年間。此只一線索也。參孫殿起：《販書偶記》（上海：上海古籍出版社，2020 年 9 月），總頁 513。

〔註 29〕陳露：《嘉道年間《文選》李善注補注研究》，山東：暨南大學碩士學位論文，2016 年 6 月，頁 38。

陳露點出尋找方向——「上海」。何以見得？乃因「徐攀鳳纂，字桐巢，『華亭』人」，〔註30〕「華亭」即位於松江（上海）地界，因此除《清史》外〔註31〕，各地的府、縣《志》亦是追尋重點。〔註32〕而「華亭」即附列於清代松江府下之「華亭縣」。〔註33〕陳露言之「遍查無果」。筆者複查上述線索，仍可順藤摸瓜；清代於乾隆年間（十年），松江府轄下共有「一府（松江府）、 廳（川沙撫民廳）、七縣（華亭、婁、奉賢、金山、上海、南滙、青浦）」〔註34〕，是故府、縣《志》是找尋徐攀鳳之核心。

以下是本論搜查之結果，具可備見《婁縣續志》、《松江府志》兩部地方志：

《婁縣續志》：「徐攀鳳，歲貢，乙酉，來鳳兄。」〔註35〕

《松江府志》：「徐攀鳳，桐巢，衛學改歸。」〔註36〕

〔註30〕〔清〕徐攀鳳：《選注規李》（藝海珠塵本），收於《百部叢書集成》（台北市：藝文印書館，1966年3月），葉1右。

〔註31〕此《清史》係指《清史稿》。《清史稿‧藝文志》有載：「《選注規李》一卷、《選學糾何》一卷。徐攀鳳撰。」然因資料線索空匱，不多加贅述討論。參〔清〕趙爾巽等撰：《清史稿》，（北京：中華書局，1977年12月），第15冊，總頁4405。

〔註32〕「華亭」一詞可上追陳壽《三國志‧陸遜傳》：「……遜徑進，領宜都太守，拜撫邊將軍，封『華亭』侯。備宜都太守樊友委郡走，諸城長吏及蠻夷君長皆降。遜請金銀銅印，以假授初附。是歲建安二十四年十一月也。」敘述陸遜封「華亭侯」，其地即為古揚州的吳郡七縣，且「領『宜都』太守」，宜都亦列屬荊州，因此皆位於今長江下游，江蘇、浙江一帶；參〔西晉〕陳壽：《三國志》，收於《二十四史》（北京：中華書局，1997年11月），頁348。唐杜佑《通典》亦載：「華亭，天寶中置，地有華亭谷，因以為名。吳陸機、陸雲宅，即此。」參〔唐〕杜佑撰、王文錦等點校：《通典》（北京：中華書局，1992年6月），頁4828。

〔註33〕「華亭縣」於清代隸屬松江府之下，《重修華亭縣志》載：「……，至唐天寶十年，吳郡太守趙居貞請割崑山南境、嘉興東境、海鹽北境置『華亭縣』，為縣自始。而縣境當今松江府全境，元時州縣為府，洊仍立縣，屬松江府，又割縣東北境，置上海縣；明嘉靖間，割縣西北境，置青浦縣……，順治十三年，析置婁縣。」〔清〕楊開第修、姚光發等纂：《重修華亭縣志》（清‧光緒4年刊本）（台北：成文出版社，1970年），總頁7～8。

〔註34〕〔清〕宋如林等修、孫星衍等纂：《松江府志》（清‧嘉慶20年刊本），收於《中國方志叢書》（台北：成文出版社，1970年5月），總頁23～37、85～96。

〔註35〕〔清〕汪坤厚修、〔清〕張雲望纂：《婁縣續志》（清‧光緒4年刊本），收於《中國方志叢書》（台北市：成文出版社，1974年6月），頁606。

〔註36〕〔清〕宋如林等修、孫星衍等纂：《松江府志》（清‧嘉慶20年刊本），收於《中國方志叢書》（台北：成文出版社，1970年5月），總頁1041。嘉慶22年

《婁縣續志》之〈選舉表〉及《松江府志》之〈國朝貢生表〉，皆有附列徐攀鳳之名，因此並非全無紀錄，惟二《志》之〈藝文志〉均無附列徐攀鳳之著作，蠡測作品尚無流通。其中《婁縣續志》所提及的「乙酉」年，較為合理者應為「乾隆三十年」（1765 年），拔貢為「生員」〔註 37〕；又《松江府志》載：「乾隆二十九年（1774 年），裁金山衛，其庠增附生員，各歸本學民籍。」〔註 38〕換言之，徐攀鳳的籍貫可能並非在「華亭縣」，而是「婁縣」，乃因《松江府志》將徐氏列在「婁縣」，且其另一紀錄亦在《婁縣續志》，住於婁縣之可能性為大。

又上述文獻提之「徐來鳳」又是何許人？此誠另一難題也。我們從《婁縣志》、《松江府志》及《清代畫史增編》三本文獻的紀錄來解說：

> 《婁縣志》：「徐來鳳，階八世孫。」〔註 39〕
>
> 《松江府志》：「徐來鳳，燮臣，明嘉靖癸未（1523 年）階八世孫，含山教諭，婁縣人。」〔註 40〕
>
> 《清代畫史增編》：徐來鳳，字小巢，婁縣人，乾隆乙酉舉孝廉為含山教諭，自號「含山外史」，作指頭墨枯木禽鳥尤佳，工詩。引自《松江詩徵》、《墨香居畫識》。〔註 41〕

徐來鳳（1724～1801 年）〔註 42〕，字燮臣，婁縣人，是明朝嘉靖癸未年進士

刊本亦同，故不複列。見〔清〕宋如林等修、孫星衍等纂：《松江府志》（清・嘉慶 22 年刊本），收於《中國方志叢書》（台北：成文出版社，1970 年 5 月），總頁 1041。

〔註 37〕徐攀鳳生卒為 1740 至 1803 年，而下一個「乙酉」年已來至道光五年，約為公元 1825 年，此也與《藝海珠塵》所刊刻的時間不符，因此應為乾隆三十年（1765 年）。

〔註 38〕〔清〕宋如林等修、孫星衍等纂：《松江府志》（清・嘉慶 20 年刊本），收於《中國方志叢書》（台北：成文出版社，1974 年 6 月），總頁 1041。

〔註 39〕〔清〕謝庭薰修、〔清〕陸錫熊纂：《婁縣志》（清・乾隆 53 年刊本），收於《中國方志叢書》（台北市：成文出版社，1974 年 6 月），總頁 818。

〔註 40〕「癸未」為徐階中進士的科舉時間，非徐來鳳生卒。參〔清〕宋如林等修、孫星衍等纂：《松江府志》（清・嘉慶 20 年刊本），收於《中國方志叢書》（台北：成文出版社，1974 年 6 月），總頁 1022～1023。

〔註 41〕〔清〕盛叔清：《清代畫史增編》，收於《清代傳記叢刊》（台北市：明文書局，1976 年 1 月），第 78 冊，頁 57。

〔註 42〕生卒年區間由《徐氏家譜》中紀錄所推，詳參〔清〕徐自立、徐與蕃增修：《徐氏族譜》，收於《上海圖書館藏珍稀家譜叢刊》（上海：上海科學技術文獻出版社，2016 年 3 月），第 12 冊，頁 831～838。

「徐階」之八世孫，任含山（位於中國安徽省）教諭，〔註 43〕且相當善於指墨技藝。由是可知，對徐階之家世作一考察，即可能解答徐攀鳳的家世背景。

二、家世背景

承上所述，徐來鳳與徐攀鳳為兄弟關係，徐來鳳又為徐階八世孫，之間關係為何？即在徐階。徐階（1503～1583）之相關生平，〔註 44〕《明史》有載，其記曰：

> 徐階，字子升，松江華亭人。生甫周歲，墮眢井，出三日而蘇。五歲從父道括蒼，墮高嶺，衣掛於樹不死。人咸異之。嘉靖二年進士第三人。授翰林院編修，予歸娶。丁父憂，服除，補故官。階為人短小白晳，善容止。性穎敏，有權略，而陰重不泄。讀書為古文辭，從王守仁門人游，有聲士大夫間。……萬曆十一年卒，贈太師，諡文貞……。〔註 45〕

從《明史》紀錄得知，徐階為明代中期的政治家，最高任職「內閣首輔、吏部尚書」等官職，活躍於政壇，子孫遍布松江（上海）、江浙地區，故府、縣《志》多有對其家族人士有所紀錄，且多文「階 O 世孫」或「文貞公 O 世孫」，此不肆舉。而《婁縣志．藝文志》有載：「《徐氏族譜》，徐階撰，姪琳輯梓，裔孫爾鉉、本高修。乾隆壬寅，裔孫自立重修。」〔註 46〕本論同參《徐氏族譜》，依循拼湊其家族譜系，見下圖：

〔註 43〕〔清〕何紹基、楊沂孫、程鴻詔纂：《重修安徽通志》（清．光緒 4 年刊本），第 36 卷，葉板 15 左。

〔註 44〕生平、生卒年份參考《徐階年譜》，參李丹：《徐階年譜》，蘭州大學碩士學位論文，2020 年 5 月，頁 1。又吳仁安：《明清江南著姓望族史》將其生卒定為 1502～1852 年，較早於李氏碩論一年，然二人均有攷證《徐氏族譜》所載：「明宏治十六年九月二十日生，卒於萬曆十一年閏二月二十六日。」筆者案：當為計歲方式不一，造成統計上有誤差，李氏於次年開始計算，故生卒較吳氏晚一年，然實際並不妨礙生平。參吳仁安：《明清江南著姓望族史》（上海：上海人民出版社，2009 年 12 月），頁 106；〔清〕徐自立、徐與蕃增修：《徐氏族譜》，收於《上海圖書館藏珍稀家譜叢刊》（上海：上海科學技術文獻出版社，2016 年 3 月），第 12 冊，頁 125～126。

〔註 45〕〔清〕張廷玉等撰：《明史》，收於《二十四史》（北京：中華書局，1997 年 11 月），頁 1454～1455。

〔註 46〕〔清〕謝庭薰修、〔清〕陸錫熊纂：《婁縣志》（清．乾隆 53 年刊本），收於《中國方志叢書》（台北市：成文出版社，1974 年 6 月），總頁 510。

總系　五世→六世→七世→八世→九世→十世→十一世→十二世→十三世→十四世

支系　一世→二世→三世→四世→五世→六世→七世→八世→九世→十世

分支圖

徐階→　璠→元春→有慶→本高→　傳

→　佐

→　佺→禹疇

→榮疇→王昱→來鳳

→欽籌　→錫鳳

→攀鳳→振聲

→紹聲

→柱聲

從分支圖觀察，徐階以降到第五世皆（徐本高）為長房，質言之，徐攀鳳應為總系第十三世，支系第九世為正。事實上，徐階與其弟陟（1514？～1572？年）於明代政壇活躍，宗族之密，遍佈松江地區，本《徐氏族譜》即由徐階九世孫——徐大容（1739～1787年）、徐陟七世孫——徐自立（1700～1783年）及其子與藩在清乾隆四十七年（1782年）共同重修，相較府、縣《志》之記錄應當更為清楚與準確。不僅保存大部分宗族生平事蹟、家族紀畧（評隲）與著作資訊。其中，以「家族紀畧」與「著作資訊」兩項最為重要。〔註47〕其中，《徐氏族譜・世系表》亦對徐攀鳳作一簡略生平概要，其文言：

> 徐攀鳳。原名士林，王昱第三子，字鳴在，號桐巢，婁學歲貢生，乾隆五年九月二十一日生，嘉慶八年五月十五日卒。配王氏，乾隆五年五月初十生。子三：振聲、紹聲、柱聲；女五：長嫁沈觀成，次嫁周人倬，次嫁陳一寧，次嫁廩貢生汪奏雲，次嫁張紹裘。〔註48〕

上文清楚解釋徐攀鳳原名為「士林」，字鳴在，桐巢則是號，生於1740年，卒於1803年，共有八個小孩；〔註49〕特別之處，其二哥徐錫鳳（1748～1809年）

〔註47〕第一、「家族紀畧」，含括徐家或編輯人員對於特定人員的紀載，因為並非每一位徐家宗親都會被獨立紀錄講述，故此處值得關注；第二、「著作資訊」，幾近整個家族多有著述，且數量頗豐，但這些資訊往往不見於正史、縣府志、私家藏書目錄，故能從《徐氏族譜》知曉針微。

〔註48〕〔清〕徐自立、徐與蕃增修：《徐氏族譜》，收於《上海圖書館藏珍稀家譜叢刊》（上海：上海科學技術文獻出版社，2016年3月），第12冊，頁387～388。

〔註49〕徐攀鳳五位子婿亦是紀錄其缺，僅於清丁紹儀《國朝詞綜補》中見收錄汪奏雲〈蝶戀花〉一闋，且人物出處為「金山人」，而金山誠於松江地界，同一人

原名為「新淦」，惟大哥徐來鳳無原名，可見命名上有些許差異。〔註50〕綜合結論《徐氏族譜》與「地方志」的觀察，徐來鳳為長兄，仲兄徐錫鳳，徐攀鳳最小，輩排第三。

至於籍貫部份，從家譜最後另收錄紀署〈十三世歲貢生桐巢公〉一篇判斷，徐攀鳳應居住於「婁縣」，而非華亭縣，具文如下：〔註51〕

> 公諱攀鳳，字鳴在，號桐盧，晚號桐巢，文貞公八世孫，贈修職郎。晚怡公第三子也。公自幼聰慧，得父祖歡，弱冠游庠，旋食餼，壬子貢成，均備薦者三，而丙午房師盧江令莫公尤所亟賞。生平為以文章學問為性命之務，雖大寒暑，手不釋卷，訓三子皆補諸生，長子振聲舉戊午鄉試，其教門下士各隨姿稟高下，循序漸進，故恒事半功倍，著有讀《選》二種行於世。〔註52〕

該篇不著撰人姓名，因此無法知曉是那位徐家學者的紀錄。徐攀鳳為晚怡公——「徐王昱」第三子，王昱本身為含山訓導，其子來鳳後有廕承受舉。徐攀鳳自己雖僅「貢生」，然在大家族的關係，家風、學風良好，生性嗜篤讀書，因此其長子徐振聲（1760～1809年）應試中舉不出所料，餘下兩位子弟也皆為「學生、庠生」，無怪徐氏之學問淵博，而特別明言「讀《選》二種」行世，九部作品中僅言《選注規李》、《選學糾何》二部，足見該著的重要性。

的可能性很大，參〔清〕丁紹儀：《國朝詞綜補》，《續修四庫全書》（上海：上海古籍出版社，1995年3月），第1732冊，頁319；《蘇州府志・歷年旌表》：「監生張紹裘妾姜氏」及《重修安徽通志・烈女節孝》：「張紹裘妻朱氏」兩條，無其他相關事蹟，故也無從稽考是否為徐氏子婿。由是可見，徐氏該支不特顯明當時，以至記錄匱乏。〔清〕馮桂芬纂：《蘇州府志》（清・光緒九年刊本），收於《中國地方志集成》（江蘇：江蘇古籍出版社，1991年6月），第10冊，頁399；〔清〕沈葆楨、吳坤修等修：《重修安徽通志》（光緒四年刻本），收於《續修四庫全書》（上海：上海古籍出版社，1995年3月），第655冊，頁432。

〔註50〕筆者觀察《徐氏族譜》之紀錄，僅言其父親徐王昱夫人——王氏，具體三人是否同母親，此無法判斷；反常的是，徐家命名基本同一輩名中一字會相同，此處之反常，待考。〔清〕徐自立、徐與蕃增修：《徐氏族譜》，收於《上海圖書館藏珍稀家譜叢刊》（上海：上海科學技術文獻出版社，2016年3月），第13冊，頁381～388。

〔註51〕此可見與《藝海珠塵》刊刻上的誤差。

〔註52〕〔清〕徐自立、徐與蕃增修：《徐氏族譜》，收於《上海圖書館藏珍稀家譜叢刊》（上海：上海科學技術文獻出版社，2016年3月），第13冊，頁767。

三、書香家訓

「簪纓之盛，莫如徐氏」一文係出自葉夢珠（1624？～？年）《閱世編·門祚篇》，葉氏對於當時「門第」、「大族」的階級更迭有大量的紀錄與評騭，其文言：

> ……以予所見，三十餘年之間，廢興顯晦，如浮雲之變幻，俯仰改觀，幾同隔世，當其盛也，炙手可熱，及其衰也，門可張羅，甚者，胥原欒卻之族，未幾降為皂隸，甕牖繩樞之子，忽而高門，氓隸之人，幸邀譽命……。〔註 53〕

葉氏時活動於上海地區，觀察到部分大族不是一夕分離崩裂，就是一朝急起直竄；誠若江東陸家，自三國時期即活躍於此，乃至明、清，似乎有些許沒落，原因即在於「子孫犯錯」，以至於家族名聲折損，甚至牽連坐罰，據聞陸家後裔陸慶曾（？～？年）於順治十四年（1657 年）順天科場舞弊，有罪刑，往後這個家族幾近沒落，故「……雲間望族首推陸氏昭侯，以降盛衰，遞有不必言矣。……裔孫慶曾，順天中試未幾，譴謫以後，未有達者。」〔註 54〕的感觸與觀察體現「君子之澤，五世而斬；小人之澤，五世而斬。」〔註 55〕。但嘉靖（明世宗年號，1522～1566 年）以來，徐家家脈蔚為大觀，幾乎沒有沒落跡象，此是為何？徐家的「家訓」給出答案。〔註 56〕

《徐氏族譜》中所收錄之《家訓輯要》，摘錄了諸如徐階、徐陟（階弟）、徐琳（陟長子）、徐本高（階玄孫）、徐佺（階四世孫，攀鳳高祖）等訓言，大抵戒暴嫉惡，教人和善，不肆意滋事、用心學問……等。《輯要》開篇即言：

〔註 53〕〔清〕葉夢珠：《閱世編》（台北市：文海出版社，1969 年 1 月），第 56 冊，頁 317。

〔註 54〕〔清〕葉夢珠：《閱世編》（台北市：文海出版社，1969 年 1 月），第 56 冊，頁 318～319。

〔註 55〕〔清〕焦循、焦琥撰：《孟子正義》（台北市：世界書局，2017 年 1 月），頁 340。

〔註 56〕此處「家訓」並非一人獨撰，而是家譜編者將各房長輩訓誡、叮嚀子孫的書信組輯，目前觀察共有徐階（文貞公）、徐陟（司寇公）、徐璠（迎齋公）、徐琳（楚雄公）、徐本高（小太常公）、徐佺（迂叟公）、不詳（武靜公）、不詳（麗沖公）等 8 位，《徐氏家譜》輯成時，亦併復列於後。〔清〕徐自立、徐與蕃增修：《徐氏族譜》，收於《上海圖書館藏珍稀家譜叢刊》（上海：上海科學技術文獻出版社，2016 年 3 月），第 13 冊，頁 823～845。

讀書不能做好人，即如不讀。〔註 57〕

對於部分仕人來說，總是看不慣其他讀書人「作官如何攫取金錢，造大房屋，置多田產。」〔註 58〕甚至仗勢欺凌、盤剝生民、結朋營黨，因此藉此告誡子孫，既然生於富貴之家，又可讀書，一定要做好人（事），回饋社會；這不僅單純是讀書人對於社會現象的反省與批判，同時也是徐階曾於朝廷得罪宦謏，與高拱（1512～1578 年）意見不合而遭謗、〔註 59〕元春孫本高（徐階五世孫），官錦衣千戶，天啟中拒魏忠賢建祠奪職……等事有關。〔註 60〕政治的背晦讓徐家深切了解經營一個大家族是需要規章法度，以致規誡子弟人儀禮法，甚言「於外，事一切不理。」〔註 61〕若是自身在外捅簍子，也切勿牽連族人，其言曰：

子弟、家人干擾府縣、陵虐鄉里，利則歸彼，惡則歸我，故宜朝夕禁約，其有違犯，子弟必責，家人必逐，毋為隱護。朝廷稅賦本自當輸，況今吾家幸免差傜，比之民間，輕省已甚，若更逋欠上觸公法，下累糧里，豈有惻隱羞惡之心者所為？（徐階〈與司寇公書〉）〔註 62〕

徐階告訴自己弟弟徐陟，家族之間切勿與達官顯要過從密切，當下家族繁盛之際，只要做好自身份內義務，安身立命即可。因而隱約透出「做好自身務，休管他人事」的味道；並且在文末提道：「豈有惻隱羞惡之心者所為？」更是警惕子弟「壞事不能為」。

不只徐階重語訓戒家族子弟，其弟徐陟同樣地也訓誡言：

子弟、家人不許與府縣衙門中人徃來交易。（徐陟〈司寇公家規〉）〔註 63〕

〔註 57〕〔清〕徐自立、徐與蕃增修：《徐氏族譜》，收於《上海圖書館藏珍稀家譜叢刊》（上海：上海科學技術文獻出版社，2016 年 3 月），第 13 冊，頁 823。

〔註 58〕〔清〕鄭燮：《鄭板橋集》（台北市：九思出版社，1979 年），頁 13～15。

〔註 59〕《明史》：「徐階既去，令三子事居正謹，而（高）拱銜階甚，嗾言路追論不已，階諸子多坐罪。」、「御史齊康為高拱劾徐階」、「給事張齊劾徐階」等，參〔清〕張廷玉等撰：《明史》，收於《二十四史》（北京：中華書局，1997 年 11 月），頁 1457、1462、1466。

〔註 60〕〔清〕張廷玉等撰：《明史》，收於《二十四史》（北京：中華書局，1997 年 11 月），頁 1455。

〔註 61〕〔清〕徐自立、徐與蕃增修：《徐氏族譜》，收於《上海圖書館藏珍稀家譜叢刊》（上海：上海科學技術文獻出版社，2016 年 3 月），第 13 冊，頁 823。

〔註 62〕〔清〕徐自立、徐與蕃增修：《徐氏族譜》，收於《上海圖書館藏珍稀家譜叢刊》（上海：上海科學技術文獻出版社，2016 年 3 月），第 13 冊，頁 823～824。

〔註 63〕「徃」為「往」的異體字，參〔清〕徐自立、徐與蕃增修：《徐氏族譜》，收於

徐陟更明言不准家人與官宦來往。明神宗萬歷年間，徐家數員仍有在政壇為官，逮至清代則漸淡政壇，這是源於朝代更迭，部分徐家族人認為明朝對其家族有恩，故清軍順勢攻到松江（上海）時，有者選擇自盡以表忠貞，如「徐肇美（1577～1639 年，徐階孫）」、「徐念祖（1599～1645 年，徐階曾孫）」、「徐本高（1591～1646 年，徐階玄孫）」等人，史記如下：

> 大兵下松江，念祖曰：我所居先人賜第也，國恩在焉，當死於此，乃書絕命詞於壁，與妻女二妾及僕孫汝濱、孫喜、倪采俱就經（自盡）。乾隆四十一年（1776 年），念祖謚節愍祀忠義祠。從弟淶聞念祖死，即自沉黃浦中，後二年，淶兄開祚復以陳子龍獄辭，連染繫江寧死。〔註 64〕
>
> 徐念祖妻張氏，順治二年八月初三日（乙酉，1645 年），大兵下松江，念祖殉節，氏與妾陸氏、李氏率女逑姑、美姑先縊以待，幼女六歲，不能自縊，趨赴於井死。〔註 65〕
>
> 徐肇美側室黃氏，順治二年八月初三日（乙酉，1645 年），大兵下松江，（黃）氏與婢牽袂投河死，有僕，施姓者，匿旁舍中見之，乘夜掘坎埋其屍，踰時啟葬，面如生。〔註 66〕
>
> 徐本高。大兵下江南，不食死。〔註 67〕

《上海圖書館藏珍稀家譜叢刊》（上海：上海科學技術文獻出版社，2016 年 3 月），第 13 冊，頁 835。

〔註 64〕〔清〕謝庭薰修、〔清〕陸錫熊纂：《婁縣志》（清・乾隆 53 年刊本），收於《中國方志叢書》（台北市：成文出版社，1974 年 6 月），總頁 1053；亦可參〔清〕楊開第修、姚光發等纂：《重修華亭縣志》（清・光緒 4 年刊本）（台北：成文出版社，1970 年），總頁 1178。

〔註 65〕《重修華亭縣志》除逑姑、美姑外，另有一「某姑」，係指「六歲女——倪采」。〔清〕謝庭薰修、〔清〕陸錫熊纂：《婁縣志》（清・乾隆 53 年刊本），收於《中國方志叢書》（台北市：成文出版社，1974 年 6 月），總頁 1208；同參〔清〕楊開第修、姚光發等纂：《重修華亭縣志》（清・光緒 4 年刊本）（台北：成文出版社，1970 年），總頁 1356。

〔註 66〕〔清〕謝庭薰修、〔清〕陸錫熊纂：《婁縣志》（清・乾隆 53 年刊本），收於《中國方志叢書》（台北市：成文出版社，1974 年 6 月），總頁 1208；〔清〕楊開第修、姚光發等纂：《重修華亭縣志》（清・光緒 4 年刊本）（台北：成文出版社，1970 年），總頁 1357。

〔註 67〕〔清〕宋如林等修、孫星衍等纂：《松江府志》（清・嘉慶 20 年刊本），收於《中國方志叢書》（台北：成文出版社，1970 年 5 月），總頁 1255。

乾隆年間，為表彰徐家對於明朝的忠誠，甚至為其建祀忠烈祠，並對其家族有相當的優待。當然，徐家為庖鼎之後，大部分族人選擇與時俱進，安居在清廷的統治之下，且並未有的反對行為。進一步談，徐家身繫江湖，但心不懸於朝堂，一方面是因為是對於政治的失望，另一方面則受「陽明學派」的薰陶，〔註68〕認為學問「經世」與「知行」要能確切體現在讀書人身上，〈示乙丑庶吉士〉一文顯示出其家學的務實，其文言：

> 一文章貴於經世，若不能經世，縱有奇作，已不足稱。況近來浮誕鄙庸之辭乎？故諸士宜講習《四書》、《六經》，以明義理，博觀史傳評隲，……。〔註69〕

徐階一輩強調「經世」，推崇「四書」、「六經」，恪守自身學問，是為「務實」之徵，以此鋪觀徐攀鳳著作上種種論述是可以應和上文的，足見世家大族以學問為性命之流風餘韻。因此，松江府各縣、衛均可明顯發現徐家子弟任「縣學、庠生」，甚至中舉任官，充分詮釋「簪纓之盛，莫如徐氏」，在明、清近300餘年屹立流遠。

第三節　徐攀鳳著作概述

一、著作概述及流傳

徐攀鳳生平記錄奇缺，其作品之相關記載亦鮮載清代各書志或私人藏書目錄，因此以其《選注規李・序言》來觀察：

> 徐攀鳳纂，字桐巢，華亭人，諸生，著有《六經識餘》、《讀易微言》、《尚書傳義》、《廿二史辯譌》、《桐巢詩》、《古文鈔》、《樹蕙堂時文》。〔註70〕

是而得知，徐攀鳳有九部著作，涉略經、史、詩、文，相當多元；但由於其他

〔註68〕吳仁安指出嘉靖十八年，徐階任翰林院侍讀，政務不忙時，多與唐荊川、趙時春、羅洪先等人有學術交流，並從其文集時而透漏忠貞、家國、休養、知行等詞彙，可見之間的影響，文學方面也與王世貞、夏允彝、陳子龍有交往，文壇上頗有聲譽。見氏著：《明清江南著姓望族史》（上海：上海人民出版社，2009年12月），頁106。

〔註69〕〔明〕徐階：《世經堂集》收於《四庫全書存目叢書》（台南市：莊嚴出版社，1997年6月），集部第80冊，頁47。

〔註70〕〔清〕徐攀鳳：《選注規李》（藝海珠塵本），收於《百部叢書集成》（台北市：藝文印書館，1966年3月），葉1右。

著作可能尚無流傳，是故《清史稿・藝文志》僅載：「《選注規李》一卷、《選學糾何》一卷。徐攀鳳撰。」〔註71〕所以我們若想了解徐攀鳳的學術觀點僅能從《選注規李》與《選學糾何》中殘篇斷語中略窺一二，如《選注規李》：

「龍圖授羲，龜書畀姒。」條徐氏案語：「余舊有《讀易微言》，今因平子〈賦〉(〈東京賦〉) 畧及之。」〔註72〕

《選學糾何》陶潛〈辛丑歲七月赴假還江陵夜行塗口〉條有言：

……予讀《陶集》十書，甲子不書年號，迨丙辰八月一篇後，即甲子，亦不及編矣。丙辰後，辛丑十五年，實義熙之十二年，越五年，庚申為宋高祖永初元年，泉明於義熙以前尚書年，義熙以後并不書年，沈《書》微誤，予向有《廿二史辨譌》於《宋書》得三十二條，此其一也。……。〔註73〕

這是目前附列在《選注規李》、《選學糾何》的兩條殘語，特別提及《讀易微言》、《廿二史辨譌》兩部著作，其餘者無所窺略。筆者搜尋松江府眾《縣志》之〈藝文志〉，當代藏書家、刻書家之藏書目錄，仍無所獲，估計如陳露所言：

徐攀鳳，……，諸生，一生未曾仕宦，徐攀鳳終生汲汲於學問，所著有《選注規李》、《選學糾何》、《六經識余》、《讀易微言》、《尚書傳義》、《二十二史辯訛》、《桐巢詩》、《古文鈔》、《樹惠堂時文》等。可惜的是，不特徐攀鳳的生平資料少，其著作亦大多散佚。幸得錢熙輔所輯《藝海珠塵》中載有徐氏《選注規李》一卷、《選學糾何》一卷，徐氏二書得以流傳至今。清代學者研究《文選》，至嘉道年間大盛，百花爭豔，眾星璀璨。篇幅短小的二書在當時並未引起學界太多的關注，也因此沒有得到重視。〔註74〕

由於目前沒有發現徐攀鳳有與其他學者交流的記載，可能也是造成他的著作鮮為人知的因素之一，因此其他著作「未流傳」的可能性偏高。而今僅見《選》學二書，故以《選注規李》、《選學糾何》二書為討論對象。

〔註71〕〔清〕趙爾巽等撰：《清史稿》，(北京：中華書局，1977年12月)，第15冊，總頁4405。

〔註72〕〔清〕徐攀鳳：《選注規李》(藝海珠塵本)，收於《百部叢書集成》(台北市：藝文印書館，1966年3月)，葉5左。

〔註73〕〔清〕徐攀鳳：《選學糾何》(藝海珠塵本)，收於《百部叢書集成》(台北市：台灣商務印書館，1966年3月)，葉19。

〔註74〕陳露：《嘉道年間《文選》李善注補注研究》，山東：暨南大學碩士學位論文，2016年6月，頁38。

二、《選注規李》與《選學糾何》版本

本論所用版本為《藝海珠塵》本，然《藝海珠塵》確切刊載時間不詳〔註75〕，按《書目問答》之提示：「《藝海珠塵》，吳省蘭，刻未精，（補）八集，一百六十四種，乾隆末，聽彝堂刊本。」〔註76〕此版本僅有八集（甲—辛），而今本有十集（補壬、癸），乃金山錢家協助增補，其中二《選》即在其中，而嚴一萍所輯編《百部叢書集成》（本論用本）無相關題跋，因此確切版本年代無法確立。〔註77〕

《選注規李》封面概況〔註78〕

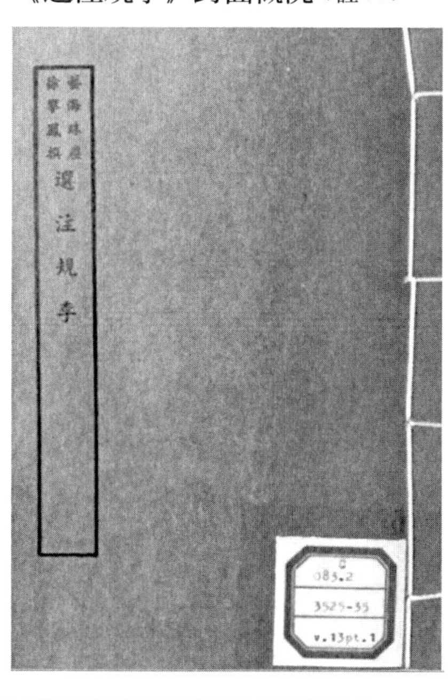

《選學糾何》封面概況〔註79〕

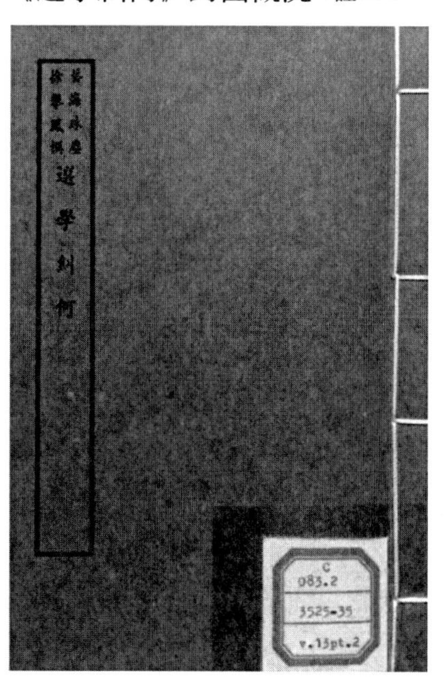

〔註75〕《婁縣續志》中有著錄《藝海珠塵》。參〔清〕汪坤厚修、〔清〕張雲望纂：《婁縣續志》（清・光緒5年刊本），收於《中國方志叢書》（台北市：成文出版社，1974年6月），頁419。

〔註76〕〔清〕張之洞撰、范希增補正：《書目問答補正》（北京：北京燕山出版社，1995年5月），頁253。

〔註77〕按《張文虎年譜》：「錢熙輔所輯《藝海珠塵》壬癸二集刊成。錢熙輔作《藝海珠塵跋》，末題『道光三十年（1850年），歲次庚戌八月朔，子壻金山錢熙輔謹識。』」是否為道光三十年之版本，尚待考證。參王曉雪：《張文虎年譜》，南京師範大學碩士學位論文，2020年5月，頁62。

〔註78〕〔清〕徐攀鳳：《選注規李》（藝海珠塵本），收於《百部叢書集成》（台北市：藝文印書館，1966年3月）。攝於靜宜大學蓋夏圖書館古籍室。

〔註79〕〔清〕徐攀鳳：《選學糾何》（藝海珠塵本），收於《百部叢書集成》（台北市：藝文印書館，1966年3月）。攝於靜宜大學蓋夏圖書館古籍室。

兩書版式行款：半葉十行，行 21 字，小字雙行，黑口，單魚尾，左右雙邊，版框：高 13.1cm，寬 9.9cm。兩書不分卷，魚尾下有葉碼，無刻工名。版首行題「藝海珠塵□□□集部總集類」，次行題輯人籍貫姓名「金山　錢熙輔　次丞」，三行題校人籍貫姓名「婁　姚椎　椎木　校（規李）、華亭　顧夔　上荃　校（糾何）」，四行為書名，第五行始文章正文。

（一）《選注規李》、《選學糾何》參考的《文選》版本

《選注規李》開篇即言其所用之《昭明文選》版本為明代毛晉（1599～1659年）刊藏之汲古閣本（以下稱：毛本），其言如下：

> 李崇賢《文選注》六十卷，元本散軼久矣，猶賴前之君子編輯成書，彷彿〔註 80〕廬山真面，則今所傳顯慶本，為汲古閣毛氏所刊者是也。幼耽讎校，老而忘疲，簡畢所存，積久盈卷，命曰《規李》。其於少陵熟精之語，初未有得，竊茲媿雲。〔註 81〕

所謂「顯慶本」即是「李善注本」。〔註 82〕部分清儒觀念中，認為李善注解（下稱「善注」）最佳，但自宋以降，善注與五臣注合斬，是謂「六臣注」本，諸如秀州本、明州本、贛州本、茶陵本等，此時注已混淆，故欲得善〈注〉單行本非常困難，〔註 83〕更遑論清代去唐、宋久遠。清時人顧廣圻（1766～1835年）嘆言：「崇賢舊觀，失之彌遠。」〔註 84〕前文雖言「顯慶本」，但此本早已

〔註 80〕《藝海珠塵》本「彷彿」二字偏旁皆從「耳」，查「教育部重編國語辭典修訂本」、「教育部異體字字典」均無。

〔註 81〕〔清〕徐攀鳳：《選注規李》（藝海珠塵本），收於《百部叢書集成》（台北市：藝文印書館，1966 年 3 月），葉 1。

〔註 82〕李善於唐高宗顯慶三年（658 年）上〈進文選表〉。參〔清〕董誥等編：《全唐文》（上海：上海古籍出版社，2007 年 5 月），總頁 836。

〔註 83〕自北宋合刊李善注與五臣之「秀州六臣本」起，標誌北宋以降對於《文選》兩套注解之喜好偏倚，兩宋概言，係「尊五臣，批李善」，大部分平庶之仕子會傾向簡易且實用之「五臣注」，反之，少數菁英階層認為李善的繁瑣是源自廣博的知識，故而傾向「李善注」；逮南宋所刊之《文選》明州本、贛州本、茶陵本均為五臣居前，李善為後的狀況，印證宋人對於兩套注解的重視程度。時大多充斥六臣注本，無善注單行本，而南宋高宗淳熙八年（1181 年）尤袤所刊之「善注單行」係從眾本輯出，故李善原注攷證頗艱。參游志誠：《文選學綜觀研究法》，收於《古典文獻研究集刊》（台北市：花木蘭文化出版社，2011 年 9 月），頁 50～86；王立群：〈文選版本研究〉，《現代文選學史》（鄭州：大象出版社，2014 年 8 月），頁 262～306。

〔註 84〕〔清〕顧廣圻：〈文選考異序〉，《文選資料彙編——序跋著錄卷》（北京：中華書局，2019 年 4 月），頁 192～193。

失傳，是故在胡克家（1757～1816 年）攷異本出刊之前，清儒多參酌下述三種版本：一則清康熙丙寅（二十五年，1686 年），上元錢士謐覆刊「明末虞山毛氏汲古閣本」，係據明代毛晉之「汲古閣」本所單行之李善〈注〉本；二則後葉樹藩於乾隆三十七年（1772 年）（？～？年）亦據汲古閣本《文選》校訂，全採義門評點，附誌於《文選補注》，重刻成《海錄軒朱墨套印本文選》；三則據說何焯也曾得到「汲古閣」本，並也自行校定，所謂「何焯校評本」，時人稱最善，但無刊刻。三種版本皆為「毛本」系統。當中或許不易釐定誰人版本較佳？或是流傳較廣？但以眾多清代學者多採用與提及「何焯校評本」的現象來看，〔註 85〕或許何氏的版本可能是較廣為大家接受並且採用。而徐攀鳳也於作品中透露出其用「何焯校評本」與「葉樹藩《海錄軒朱墨套印本文選》」。故至此，最少可以確立徐氏手本二種以上；〔註 86〕而胡克家校宋代淳熙尤延之本，係嘉慶一十四年（1809 年），徐氏卒於嘉慶八年，未能得見。〔註 87〕

（二）《選學糾何》的《義門讀書記》版本

《義門讀書記》為清初何焯（字屺瞻，1661～1722 年）所撰寫的讀書劄記，然《選學糾何》並未交代其所用之版本，而後人編纂《義門讀書記》的版本有三：第一版於乾隆十六年（1751 年）由其子弟——子何雲龍（？～？年）、從子何堂（？～？年）、門生沈彤（1688～1752 年）等人輯纂《義門讀書記》，此版僅六卷（下稱乾隆十六年本）；第二版於乾隆三十四年（1769 年）蔣維鈞（？～？年）輯《義門讀書記》五十八卷，版刻於四庫全書（下稱四庫全書本）；〔註 88〕第三版為今人崔維高以光緒八年（1808 年）為底本（下稱崔本，1984 年刊），以參酌乾隆十六年本及四庫全書本重修校勘，所附詳盡。〔註 89〕而何焯評點亦為清儒所參考，葉樹藩於乾隆三十七年（1772 年）（？～？年）據汲

〔註 85〕據可參葉樹藩《海錄軒朱墨套印本文選・序》、余蕭客《文選音義・自序》、汪師韓《文選理學權輿・自序》、秦鏷《文選集評原序》、孫志祖《文選考義序》《文選理學權輿敘》、張雲璈《選學膠言・自序》、梁章鉅《文選旁證・自序》……等，在胡克家攷異本出刊前，眾家俱參何校本。

〔註 86〕《選學糾何》顏延年〈五君詠・劉參軍〉條言：「葉刻套版《文選》、《義門讀書記》……。」參〔清〕徐攀鳳：《選學糾何》（藝海珠塵本），收於《百部叢書集成》（台北市：藝文印書館，1966 年 3 月），葉 14 左。

〔註 87〕駱鴻凱：《文選學》（北京：中華書局，2015 年 3 月），頁 65。

〔註 88〕〔清〕何焯：《義門讀書記》（文淵閣四庫全書本）（台北市：台灣商務印書館，1986 年 3 月），第 860 冊，642～731。

〔註 89〕〔清〕何焯：《義門讀書記》（北京：中華書局，2013 年 4 月），頁 3。

古閣本《文選》校訂，全採義門評點，附誌於《文選補注》，刻成《海錄軒朱墨套印本文選》；〔註90〕另一，乾隆四十三年于光華輯《重訂文選集評》，亦大量收錄何焯評語。〔註91〕

當然，就《義門讀書記》的版本而言，何焯自身在校勘《文選》方面，雖未有明確文獻紀錄，但相信是下足功夫，多次校勘，于光華《文選集評》有云：

> 義門先生《文選評本》，凡三易稿，故或記年、或用日以別之，世所傳寫，皆晚年所定，初次則支初分節，解於初學尤宜。華幼時受業於家泉莊先生，亦係晚年定本，丙戌春，晤宜興吳丈懷雎於羊城旅邸，得見初次評本，另抄一帙。〔註92〕

何焯手本時為清儒炙熱，不少學者爭相擁有，甚至有者「借觀不獲」。〔註93〕是故何焯不僅自身《文選》版本繁多，其校勘後的校本或評本成果備受肯定，亦在士林流延，因此在《選學糾何》時而可見有者記錄不見於四庫本及崔本。

小結上述，雖不能確切悉知徐攀鳳所用的《文選》版本，但大抵蠡測其手邊不只一套版本，本文判斷：《糾何》〈自序〉言：「汲古閣」，此為一版；何焯校本，此為一版；文本案語引五臣注及袁本反駁何焯，此為一版；〔註94〕且亦參明代張鳳翼《文選纂註》，此為一版。〔註95〕是故手邊參考版本最少四本，以汲古閣系統之版本為主，手邊輔以其他注本，相互參酌。

（三）本論校對《選注規李》、《選學糾何》的《昭明文選》版本

誠前所提及徐攀鳳使用何焯校本與葉樹藩套印本等版本，然《昭明文選》至清代版本紛雜，故仍需多方參考。本論在《昭明文選》的版本使用劉躍進輯

〔註90〕〔清〕葉樹藩：《重刻昭明文選李善註》（雙桂堂藏板）本。

〔註91〕〔清〕于光華：《重訂文選集評》（清・同治11年刻本），《清代文選學名著集成》（揚州：廣陵書院，2013年11月）。

〔註92〕〔清〕于光華：《重訂文選集評》（清・同治11年刻本），《清代文選學名著集成》（揚州：廣陵書院，2013年11月），頁53。

〔註93〕〔清〕汪師韓：《文學理學權輿》（清・嘉慶間刻讀書齋叢書本），收於《清代文選學名著集成》（揚州：廣陵書社，2013年11月），頁12。

〔註94〕如刻版：「從五臣蹇叔為得」（葉6左）、「何從五臣改綴為輟」（葉19左）等，表徐氏手頭當有五臣注本或六臣注本相交參看，得茲以駁反何焯說法。見氏著，頁6、19。《規李》：「庶士罔甯」條，按語言「六臣注無《毛詩》一條」、「況於卿士乎」條言「袁本」亦可輔證，見氏著，葉8左、葉13右。

〔註95〕見《選注規李》「楚襄王與宋玉游於雲夢之澤」條，葉18左。

錄之《文選舊註輯存》為主要參考，該書由南京鳳凰出版社所出版，同時輯錄1974年中華書局影印宋淳熙八年（1181年）之李善〈注〉本與台灣國家圖書館藏宋紹興三十一年（1161年）之陳八郎刊五臣〈注〉本為底本之注解，因此得以併參唐代兩家權威之注解；此外，部分篇章（條目）同時羅列北宋本李善〈注〉與集注本簡省查找各類版本與對校的困擾，並同參敦煌寫本、日本九條本、室町本……等他本，足以資參。〔註96〕

其次，筆者亦參由上海古籍出版之胡克家《文選考異》。胡克家於嘉慶年間據各家考訂之成果重考尤袤本，釐訂李善〈注〉原貌，至今仍據重要參考價值。〔註97〕再次，參考東京大學東洋文化研究所所藏之《昭明文選》版本，諸如：朝鮮世宗十年（1428年），以秀州為底本之奎章閣六臣注本、朝鮮卞季良刊六臣本、朝鮮明武宗正德四年（1509 年）黃□跋五臣本、明世宗嘉靖元年（1521？年）王諒校元槧張伯顏李善〈注〉本、日明治二十年（1887年）井井居士對校慶長二年（1598年）六臣注本……等版本。〔註98〕

另，雖說各家考據大同小異，但筆者不揣同參清代當時知名學者，諸如張雲璈《選學膠言》、孫志祖《文選考異》、梁章鉅《文選旁證》、朱珔《文選集釋》、胡紹煐《文選箋證》……等，族繁不一一羅列介紹，並以此考證徐攀鳳在部分說法上是否合於其判斷，並予之決斷。

三、《選注規李》與《選學糾何》體例

《選注規李》與《選學糾何》共計2卷，所使用的體例屬於「筆記體」。全書形式單純，主要各依其著作所對峙之對象——李善、何焯的解釋進行「考異」、「糾正」、「補充」，並以「點狀」、「重點」的方式作一「筆記式」的呈現。所謂「點狀」係指僅對於自己觀察到的篇章或段落進行討論，例如《文選》「賦類」總共56篇，徐攀鳳未逐篇討論，而是對每篇李善或何焯的解釋中撿出有疑義處進行討論；而這些「點狀」的部分，我們可以看作是「重點」這些篇章的問題核心，值得討論。因此，上自何焯《義門獨書記》下至徐攀鳳《選注規李》《選學糾何》、張雲璈《選學膠言》、孫志祖《文選考異》、梁章鉅《文選旁

〔註96〕劉躍進：《文選舊註輯存》（南京：鳳凰出版社，2017年10月）

〔註97〕〔南朝梁〕蕭統編、〔唐〕李善注、〔清〕胡克家攷異：《文選》（上海：上海古籍出版社，2015年4月）

〔註98〕上述版本上無出版商出版，僅由東京大學東洋文化研究所以掃描電子檔形式公開。

證》、朱珔《文選集釋》、胡紹煐《文選箋證》……等，均以「筆記式」討論《文選》全書。

續下介紹兩《選》版面內容，如圖：

《選注規李》版面內容概況〔註 99〕

鍾下甚詳此處奈何刪之
南都賦游女弄珠於漢皐之曲　注引韓詩外傳鄭交
甫事〔案〕外傳無此文李氏於江賦感交甫之喪珮則
云韓詩內傳蜀都娉江斐與神遊則云列仙傳阮嗣
宗詠懷交甫懷環珮又云列仙傳與韓詩內傳同內
傳久散佚不可考今列仙傳僅存
嚶嚶和鳴　注爾雅關關嚶嚶聲之和也〔案〕爾雅關關
嚶嚶音聲和也又曰丁丁嚶嚶相切直也豈李氏約
兩處之文誤爲證引耶
春卵夏筍　注闕卵字之義〔案〕禮記春鳶韭卵以卵
選注規李

《選學糾何》版面內容概況〔註 100〕

成章溝未聞其意何氏遽曰皆更名亦未免臆揆
而少依證
招白鷴　何曰後漢書鷴作閑招猶舉也弩有黄間此
白間蓋弓弩之屬〔案〕此語王溪甫已先之矣但李既
据鵰爲注讀選者固當從李古人文法不盡排偶
也
東都賦乘時龍　何曰後漢書注馬八尺以上爲龍月
令春爲蒼龍各隨四時之色故曰時也李引易非〔案〕
東京賦時乘六龍李注亦引周易而曰各隨其時乘
之何之譏李卽用其說
選學糾何

從上圖，以文字敘述呈現則為：

「作者（姓與字）、作品名（全稱）、目標字句」；

「李善注（規李）、何焯注語（糾何）」；

「徐氏案語」。

徐攀鳳全文均案作者、作品清楚排列，並標出欲討論字句，如上「張衡〈南都賦〉」（規李）文中：「游女弄珠……」，並於下方完整著錄注解，最後進行自己的「考證」、「糾正」、「補充」等。

《選注規李》誠如字面，以「李善注」為討論對象，全文共計 220 條，中引經部 22 種、史部 20 種、子部 24 種、集部 6 本、《文選》篇章 25 篇、其他單篇文章 8 篇，共 105 種補充資料，參下表：

〔註 99〕〔清〕徐攀鳳：《選注規李》（藝海珠塵本），收於《百部叢書集成》（台北市：藝文印書館，1966 年 3 月），葉 6 右。

〔註 100〕〔清〕徐攀鳳：《選學糾何》（藝海珠塵本），收於《百部叢書集成》（台北市：藝文印書館，1966 年 3 月），葉 3 右。

	經	史	子	集	文選篇章	其他／不詳
選注規李	易經・繫辭 詩經 詩經・小雅 詩經・毛傳 詩經・齊家詩 詩經・韓詩外傳 詩經・魯頌・子夏序 尚書 尚書大傳 周禮 儀禮 禮記 左傳 爾雅 論語 五經正義 經典釋文 方言 說文 廣韻 小爾雅	國語 戰國策 逸周書 史記 漢書・禮樂志 漢書音義 後漢書 三國志・吳志 三國志・魏志三國 志・裴注 晉書 宋書 梁書 北史 南史 隋書・經籍志 舊唐書・藝文志 新唐書・藝文志 十三州記（志） 通志	山海經 水經注 世說新語 玉海 白虎通 列子 列仙傳 兵書接要 呂氏春秋 困學紀聞 初學記 東觀漢記 荀子 淮南子 莊子 郭象老子注 逸周書 夢溪筆談 說苑 齊民要術 潛夫論 獨斷 韓非子 鶡冠子	文心雕龍 文選纂註 任昇彥集 馬融集 楚辭章句 蔡郎中集	張平子〈西京賦〉 張平子〈南都賦〉 楊子雲〈甘泉賦〉 王延壽〈魯靈光殿賦〉 班孟堅〈幽通賦〉 曹子建〈洛神賦〉 成公子安〈嘯賦〉 潘元茂〈冊魏公九錫文〉 阮嗣宗〈詠懷詩十七首〉 潘正叔〈贈侍御史王元貺〉 應休璉〈百一詩〉 楊子雲〈劇秦美新〉 謝靈運〈擬魏太子鄴中集詩八首〉 張景陽〈七命〉 嵇叔夜〈與山巨源絕交書〉 王仲宣〈贈蔡子篤詩〉 江文通〈擬潘黃門悼亡〉 曹子桓〈燕歌行〉 謝靈運〈登石門最高頂〉 宋玉〈招魂〉 班孟堅〈封燕然山銘〉 孫子荊〈為石仲容與孫皓書〉 謝玄暉〈拜中軍記室辭隋王牋〉 潘安仁〈夏侯常侍誄〉 束廣微〈補亡詩〉	古詞・君子行 宋玉〈笛賦〉 〈古咄唶歌〉 揚雄〈答劉歆書〉疑偽 黃滔〈陳皇后因賦復 寵賦〉 謝靈運〈山居賦〉 廷篤〈與李文德書〉 皇甫規〈謝趙壹書〉

《選學糾何》以何焯校評之語為討論對象，全文共計 139 條，〔註 101〕中引經部 9 種、史部 12 種、子部 7 本、集部 3 本、《文選》篇章 24 篇、其他單篇文章 9 篇，共 64 種補充資料。

	經	史	子	集	文選篇章	其他／不詳
選學糾何	詩經	史記	困學紀聞	楚辭	司馬相如〈上林賦〉	江揔〈江總皇太子太學講碑〉
	詩經・毛詩	史記正義	老子	江文通集	左太沖〈吳都賦〉	張華〈束晳問答〉
	易經	戰國策	淮南子	文體明辨	張平子〈西京賦〉	荀悅《申鑒》
	易傳	漢書	水經注		張平子〈東京賦〉	杜甫〈白帝〉
	左傳	三國志	荀子		左太沖〈魏都賦〉	《選注規李》
	說文	隋書	日知錄		嵇叔夜〈琴賦〉	王莽〈銅權銘〉
	玉篇	晉書	西京雜記		賈誼〈鵩鳥賦〉	〈杜詩〉
	廣韻	宋書			王元長〈三月三日曲水詩序〉	東方朔〈七諫〉
	論語	南史			任彥昇〈王文憲集序〉	韓愈〈伯夷頌〉
	周易折中	隋書			賈誼〈弔屈原文〉	
		高士傳			劉越石〈答盧諶詩〉	
		列女傳			班孟堅〈典引〉	
					班孟堅〈答賓戲〉	
					謝玄暉〈拜中軍記室辭隋王牋〉	
					潘安仁〈西征賦〉	
					潘安仁〈夏侯常侍誄〉	

〔註 101〕中有 64 條未見四庫本及崔本，缺比 45.7%，而相關部分條目於《海錄軒朱墨套印本文選》有發現，計 41 條，然僅數量佔 66.1%，故可知徐氏其用之《義門讀書記》早於 1796 年之四庫版本，大量文句係今版所未見，甚至部分何氏校改《文選》之記錄，葉氏直接採改《文選》。

					劉伯倫〈酒德頌〉 劉越石〈重贈盧諶〉 曹元首〈六代論〉 丘希範〈侍讌樂遊苑送張徐州應詔詩〉 曹子建〈求自試表〉 干令升〈晉紀總論〉 楊德祖〈答臨淄侯牋〉 潘安仁〈馬汧督誄〉	

總結上述，徐攀鳳提倡「李善〈注〉」的精核，「何焯的博考」，並表彰「讀書必先貫穿一家。」〔註 102〕其方法就是選擇李善經訓的治學，以及何焯的考據，因此欲攷證《文選》，首先以一家之說法、方法為主要參考範本，以茲發明。徐攀鳳最主要的用意在於「治學不可盲從」，當立於巨人肩膀來研讀《文選》，但徐氏並不愚從，不僅對李善、何焯提出大量糾正，部分看法即具獨到，縱貫博籍瀚典，旁徵訓詁音韻，足證其學問之鴻淵，且扎實對於前人說法予以考證與反省，此誠「樸學」之流韻。

〔註 102〕參〔清〕徐攀鳳：《選學糾何》（藝海珠塵本），收於《百部叢書集成》（台北市：藝文印書館，1966 年 3 月），葉 1 右。

第二章　乾、嘉視域下「尊李善，輕五臣」

第一節　五臣〈注〉的流行與普及

徐攀鳳《選學糾何》中語道一段：「五臣〈注〉為此書蝨賊。」〔註 1〕為清人研究《昭明文選》點出「注解喜好的問題」。自唐、宋以來，《昭明文選》即集合李善、五臣等權威解釋，兼以補綴當代或後續注家的遍甲殘篇，晉成一部鉅作。但這部鉅作卻在李善與五臣兩家注法各異之下，掀起歷代學者學者褒貶不一，因此本章討究五臣〈注〉為何到了清代，成為強烈抨擊的對象，反而李善〈注〉成為清儒重視的隋珠趙璧？之中蘊含的時代意義，不純然是清代《文選》學家的喜好，而是清儒透過《文選》展現學問的反省與途徑，在中華文化最後一個時期——清代，一次展現。

一、五臣〈注〉流行

討論五臣〈注〉的種種之前，則需要先了解李善〈注〉。李善〈注〉約為唐高宗顯慶三年（658 年）完成，而五臣〈注〉為唐玄宗開元六年（718 年）完成，二者相差 60 年。由於李善學承隋、唐大儒——曹憲（541～645 年），曹憲時於江南（揚州）教授《文選》，隨後又有許淹、李善、公孫羅等人相繼傳授。因此，

〔註 1〕〔清〕徐攀鳳：《選學糾何》（藝海珠塵本），收於《百部叢書集成》（台北市：藝文印書館，1966 年 3 月），葉 31 右。

曹、李這一系統之《文選》學其實在江南深耕行世久矣！擴及也廣。〔註2〕

唐玄宗開元間的呂延祚初評更張，率爾對李善〈注〉提出的批評：「精覈注引，陷於末學，祇謂攬心，胡為析理。」〔註3〕然，新〈注〉雖受到玄宗青睞，但士林間卻未興起太大波瀾，甚至部分學者對五臣直臆評以：「不知何許人也」〔註4〕、「荒陋」、〔註5〕「小兒強解」〔註6〕等。

不論「五臣」知名與否？〔註7〕或是學者的批評是否允正？單就學者間的討論可知，當時李善〈注〉、五臣〈注〉已經廣為流傳，清代梁章鉅〈文選旁證序〉：

> 《文選》自唐以降，乃有兩家，一李注，一五臣注。李固遠勝五臣，而在宋代，五臣頗盛，抑且並列為六臣，共行於世，幾將千年……。〔註8〕

〔註2〕〔五代〕劉昫等撰：《舊唐書》，收於《二十四史（北京：中華書局，1997年11月），頁1263～1264。

〔註3〕參〈進集注文選表〉，見〔清〕董皓編：《全唐文》（上海：上海古籍出版社，2007年5月），總頁1345。

〔註4〕〔五代〕丘光庭：《兼名錄》，收於《叢書集成新編》（台北市：新文豐出版社1985年1月），頁223。

〔註5〕北宋蘇軾（1037～1101年）共撰〈題文選〉、〈題鮑明遠詩〉、〈書謝瞻詩〉、〈題蔡琰傳〉、〈書文選後〉等文論述《文選》選錄、注解問題，多有評說，而以其在宋代文壇地位及影響，以降之學者幾近照從蘇說，逮至清代，「尊李善，批五臣」成為主流說法，其中蘇軾亦認為《文選》為「編輯不佳」的遊戲之作，故以降也有部分學者，如明代田藝蘅（1524～1591年）、吳訥（1372～1457年）等人認為《文選》因編輯、次序問題不足觀，「《文選》爛，秀才半」亦極盡可笑，可見蘇軾的影響之大。參〔宋〕蘇軾撰、孔繁禮點校：《蘇軾文集》（北京：中華書局，1986年3月），總頁2092～2095。

〔註6〕「小兒強解」句語出上註所提《蘇軾文集》，惟此處有洪邁誤讀之嫌。蘇軾原於〈題文選〉批評蕭統未大家蒐錄陶潛的作品，認為蕭氏輕視陶氏作品，不明就裡，故言「小兒強作解」，有意調侃《文選》所收8篇是勉強之為，故侃之；而〈書謝瞻詩〉、〈書文選後〉真正是批評五臣「荒陋俚（愚）儒」、「不曉，妄注」。洪氏將二說揉雜成五臣之過，此誠誤矣。參〔宋〕洪邁：《容齋隨筆》（上海：上海古籍出版社，2015年12月），總頁7；〔宋〕蘇軾撰、孔繁禮點校：《蘇軾文集》（北京：中華書局，1986年3月），總頁2092～2095。

〔註7〕劉群棟認為呂延祚及五臣（呂延濟、劉良、張銑、呂向和李周翰）雖青史紀錄不多，但以其學養、背景等因素考量，於當時並非泛泛，故唐代以降學者之所評所議，大多對六人掌握不多，並以其〈注〉而相予以批駁。參劉群棟：〈呂向生平著述〉，《中州學刊》（鄭州市：河南省社會科學院，2013年11月），第11期（總第203期），頁153～157。

〔註8〕〔清〕梁章鉅：《文選旁證》（清・道光18年刻本），《清代文選學名著集成》（揚州：廣陵書院，2013年11月），第9冊，頁7。

從社會現象看，批評是無法抹滅其「注學」上之地位與貢獻，故換言之，李善〈注〉、五臣〈注〉兩家雖短長各有，但唐至清，千餘年的時光，卻無其他注解可與之抗衡，屹立之地位不言而喻。

但五臣〈注〉流行於何時？我們從部分學者文章中推敲社會上確實係流行五臣〈注〉的證據，誠如前述所提李匡乂《資暇集》所言：「世人多謂李氏立意注《文選》，過為迂繁，徒自騁學，且不解文意，遂尚相習五臣者，大誤也。」〔註9〕及蘇軾〈書謝瞻詩〉：

> 李善注《文選》，文本詳備，極可喜，所謂五臣者，真俚儒之荒陋者也。而世以為勝善，亦謬矣。……。〔註10〕

等文獻可知，社會上確實流行五臣〈注〉，若非流行，何故言「遂尚相習五臣者」、「世以為勝善」之話。而這其實與今存大部文獻中，大家讚譽李善的紀錄是相左的，這裡即形成一個難解的問題，究竟這兩家注解的歷史定位是什麼？這裡，現代學者郭寶軍提出一個觀點，認為李善在〈上文選注表〉已明確表示，其目的為「弋釣書部」，〔註11〕換言之，李善意在建構每篇文章的知識背景、文化源流作一「彙整」。〔註12〕讓使用其〈注〉的讀者能夠擴外連結各篇作品的文化架構，而駱鴻凱注解「弋釣書部」作「弋釣喻獲取」、「並依《七略》而為書部」。〔註13〕駱氏注解貼切，如何閱讀一本書，而可獲取十倍的知識，李善〈注〉表現出來，而歷代學者，甚至清代的選學家，都忽略這個大前提。反之，呂延祚等部分學者可能有觀察到這個現況，故言「是徵載籍，述作之由」，〔註14〕呂氏悉知善〈注〉有達到「精覆」的搜羅，但對於一般人在閱讀《文選》上，助力不大，故再言：「胡為析理？」〔註15〕認為這種注釋對於文理是沒辦法理解的。甚至，有質疑「詳注」的聲音漸漸浮出，如宋代理學大家黃震（1213～1281年）即提出看法，其文言：

〔註 9〕江慶柏、劉志偉等編：《文選資料彙編——總論卷》（北京：中華書局，2017年12月），頁19。

〔註10〕〔宋〕蘇軾撰、孔繁禮點校：《蘇軾文集》（北京：中華書局，1986年3月），總頁2092～2093。

〔註11〕〔南朝梁〕蕭統編、〔唐〕李善注、〔清〕胡克家攷異：《文選》（上海：上海古籍出版社，2015年4月），總頁4。

〔註12〕郭寶軍：《宋代文選學研究》，河南大學博士學位論文，2009年3月，頁36。

〔註13〕駱鴻凱：《文選學》（北京：中華書局，2015年3月），頁37。

〔註14〕〔清〕董皓編：《全唐文》（上海：上海古籍出版社，2007年5月），總頁1345。

〔註15〕〔清〕董皓編：《全唐文》（上海：上海古籍出版社，2007年5月），總頁1345。

文辭不待注釋也。所待注釋者，人名地理若草木蟲魚，非所通識耳。世之注《文選》，注杜《詩》，注蘇黄，其片言隻字，偶與古今，牽穿鑿附會，若謂古人必飣餖然後為文，何哉？〔註16〕

該說法也是少數撇除對於李善或是五臣之〈注〉上的偏見，黃氏單就「文章需不需要注釋」的這個問題提出見解，簡言之，一個文章能否通讀係自身理解與學問上的問題，因為注解不過解釋「鳥獸草木之名」，〔註17〕甚至有很多「捕風繫影」且無關文意的解釋，而這其實戟指李善或是五臣的說法而言，尤其李善。〔註18〕誠如前述，一條句斷，李善往往徵引數條同樣的例證作一補充，形成「繁雜」的資料推砌，造成閱讀困難，因此，若在閱讀《文選》，使用李善〈注〉作為理解的根基，效果是不彰的；反之，五臣〈注〉是詳實地解釋文章脈絡。故考量其注法、使用上的考量，五臣〈注〉確實優於李善〈注〉。

二、《文選》一書可爛乎？

宋代始，開起對前代專家仿效與附和，此流行蔚成一種學術風尚，如對於東晉王羲之（303～361年）、陶潛（365～427年）……等作者大家喜愛。〔註19〕自唐以降，王右軍帖序書法、陶詩備受各階級喜愛，這些作家的曝光度、關注度日漸；當宋儒在反省《文選》一書時，即關注到當中未收錄任何王氏作品，也認為對陶氏的採錄咸缺提出諸多質疑，以筆者目力所及，認為北宋孫復（992～1057年）首發難言：「……且《文選》者，多晉、宋、齊、梁間文人『靡薄之作』，雖李善注之，何足貴也？……」〔註20〕確實，若不計量佚名（不明）的作者，《文選》中有確實記名者共129人，其中晉代以降即有71人

〔註16〕江慶柏、劉志偉等編：《文選資料彙編——總論卷》（北京：中華書局，2017年12月），頁52。

〔註17〕〔清〕劉寶楠、劉恭冕撰：《論語正義》（台北市：世界書局，2018年10月），頁374。

〔註18〕五臣某個層度來談，應有大量參考李善〈注〉言，相加撿取，因此部分條例也出現堆疊、解釋同李善的情況，故清汪師韓〈文選理學權輿序〉、阮元〈文選旁證序〉……等多可見此類說法。參〔清〕汪師韓：《文選理學權輿》（嘉慶刻讀書齋叢書本），《清代文選學名著集成》（揚州：廣陵書院，2013年11月），第6冊，頁7；〔清〕阮元：〈文選旁證序〉，收於《文選旁證》（清·道光18年刻本），《清代文選學名著集成》（揚州：廣陵書院，2013年11月），第9冊，頁3～4。

〔註19〕此類議題於近代研究夥多，此不肆舉。參傅璇琮、蔣寅主編：《中國古代文學通論·宋代卷》（瀋陽：遼寧人民出版社，2005年，5月）。

〔註20〕〔宋〕孫復撰、四川古籍研究所編：《孫明復小集》（清鈔徐坊校跋本），收於《宋集珍本叢刊》（北京：線裝書局，2004年），第3冊，頁25，總頁161。

（以孫氏分法），佔整體 55%。也無怪乎蕭統為南朝梁人，以六朝審美選錄六朝作品，是合於邏輯的，但對於宋儒而言，偏頗的選錄即有失全真，不夠公允的對每個朝代定量採錄。當然這是一個聲音，既然編者為六朝人，六朝知名作家總該大家採錄，惟如王羲之獨遺逕闕，於此宋儒再次提出質疑，王觀國（？～1140？）〈踏龔〉中言：

王義之〈蘭亭序〉亦文之可喜者，而不入《文選》，或者謂（蘭亭）〈序〉用：「天朗氣清」，乃秋語，非春致；又謂「絲竹管絃」為重疊，故為蕭統所不取。觀國詳（蘭亭）〈序〉中語皆不悖理，顧當時蕭統掄訪未盡耳。前人雄麗之文，不在《選》者甚多，豈唯〈蘭亭〉而已哉？〔註 21〕

換言之，蕭統《文選》選錄、選錄的標準向來在文學史上為眾家熱議，確實部分作品的收錄發人疑竇，案上述王氏所言，〈蘭亭序〉為世所津津，沉博絕麗，應該收錄，且亦合於〈文選序〉：「贊論之綜緝辭采，序述之錯比文華」，〔註 22〕判斷當是蕭統「採錄疏漏」。當然我們無法得知蕭統是否知曉〈蘭亭序〉一文，此難以稽考，但可以知道學者間頓此編《文選》有疑義。雖然蕭統在〈自序〉已明言自己的「文學觀」及「採錄要求」，但在學者比對之下，於其論述不符，攻訐勢盛者——蘇軾，即是認為「蕭統根柢不懂文章（美學）」，而這說法擴散至宋朝以降，其文言：

觀《淵明集》，可喜者甚多，而獨取數首，以知其餘人忽遺者甚多矣。淵明〈閑情賦〉，正所謂《國風》好色而不淫，正使不及《周南》，與屈、宋所陳何異？而統乃譏之，此乃小兒強作解釋者！元豐七年六月十一日書。（〈題文選〉）〔註 23〕

宋玉高唐神女賦，自玉曰唯唯以前皆賦，而統謂之『序』，大可笑。相如賦首有子虛烏有亡是三人論難，豈亦序耶？其他謬陋不一，聊舉其一耳。（〈書文選後〉）〔註 24〕

〔註 21〕〔宋〕王觀國：《學林》，收於《百部叢書集成》（台北市：台灣商務印書館，1966 年 3 月），頁 234～235。

〔註 22〕〔南朝梁〕蕭統編、〔唐〕李善注、〔清〕胡克家攷異：《文選》（上海：上海古籍出版社，2015 年 4 月），總頁 3。

〔註 23〕〔宋〕蘇軾撰、孔繁禮點校：《蘇軾文集》（北京：中華書局，1986 年 3 月），總頁 2093。

〔註 24〕〔宋〕蘇軾撰、孔繁禮點校：《蘇軾文集》（北京：中華書局，1986 年 3 月），總頁 2095。

這兩則引文可看作蘇軾閱讀《文選》所產生的質疑與挑戰，第一則是對於本點所述之「對部分作家的採錄問題」，認為對陶潛的作品採錄過少，但蕭統讚譽《詩》，也對屈原、宋玉作品有採錄，如果標準一致，何故陶潛〈閒情賦〉不錄取？再者，將宋玉〈高唐〉、〈神女〉兩賦無序，而蕭統為之「並序」，無意間透露出是否「不懂文章」的質說。此部分，蘇軾帶來很大的質疑，確實「選錄」的種類、多寡，都有學者提出意見，但一本成書要符合歷代學者的刁鑽，恐怕難矣，再者，對陶潛作品的收錄其實並不算少，共計有九首之多（8 詩、1 文），為《文選》所收錄東晉文人之最，僅能見作蘇軾對陶氏的作品鍾愛之偏倚。

進一步談，雖然《文選》一書問題頗多，但唐代係尊《文選》的，自唐初一路衍流到五代，風靡不衰，最大因素還是在於「科舉」上的需求，因而「續兒誦《文選》」、「熟精《文選》理」、〔註 25〕「《文選》爛，秀才半」等話，〔註 26〕皆可窺略歷代對於《文選》的依賴，故筆者目前尚無發現有唐學者批評《文選》。但到了宋代，觀點一變，將此問題擴大者可能即為蘇軾！從上述舉例，蘇軾提醒我們蕭統對於文章的喜好與理解較為獨特，換言之，《文選》一書質量不佳的觀點自蘇軾以降甚囂，乃因蘇軾於文壇有舉足輕重的地位，同樣的質疑聲浪陸續盡出，如宋代章如愚（？～？）《群書考索》言：

> ……蓋統之用功雖勞，而統之所選擇未善，其陋識拙文且莫逭東坡之誚，又安能使唐人家置《文選》哉？……。〔註 27〕

此條文線透露出一些資訊，第一：宋代對於《文選》有不同觀點與詮釋，大體是給予編輯上苦勞的肯定，代成一書非一朝一夕，但編排、收錄極具個人好惡，不甚公允，不予苟同；第二：《文選》諸多評說容易受聲望學者影響同化，誠上述所提「蘇軾」，宋時時諺——「蘇文熟，吃羊肉；蘇文生，吃菜羹」〔註 28〕不僅是俗諺，更是當時科舉的法門；換言之，當時文壇要角大聲疾呼，自然成為部分仕子遵從的觀點，進而演變成一種時代風氣，而以今日留存之文獻體

〔註 25〕〔唐〕杜甫著、〔清〕仇少鰲注、秦亮點校：《杜甫全集》（廣東：珠海出版社，1996 年 11 月），頁 1024、1207～1208。

〔註 26〕〔宋〕陸游撰、楊立英校注：《老學庵筆記》（西安：三秦出版社，2003 年 1 月），頁 270。

〔註 27〕江慶柏、劉志偉等編：《文選資料彙編——總論卷》（北京：中華書局，2017 年 12 月），頁 46。

〔註 28〕〔宋〕陸游撰、楊立英校注：《老學庵筆記》（西安：三秦出版社，2003 年 1 月），頁 270。

察，自然會有「宋代《文選》學衰弱」的質疑。〔註 29〕

是故，逮至明代，諷詆《文選》的話音仍在，田藝蘅（1524～1591 年）《留青日札》言：

> 昔人有言：「《文選》爛，秀才半。」蓋《選》中自三代涉戰國、秦、漢、魏晉、六朝，以來文字皆有，可作本領耳。……，嗟乎！今之能學舉子業者即謂之秀才，至於《文選》，則生平未始聞知其名，況能爛其書，析其義乎？雖謂之蠢才可也。〔註 30〕

田氏為明代中後期的學者，性傲，科舉多次未果。〔註 31〕有此狂言，大抵與其個性有關，但換個角度理解明代科舉，並非單純詞科取士，而是回歸於經、史的取向，《明史・選舉志》即可窺略；〔註 32〕又王世懋（1536～1588 年）在《藝圃擷餘》也表達《文選》不佳的觀點，其文言：「六臣註《文選》，極鄙繆，無足道，乃至王導、謝玄同時而拒苻堅，諸如此類不少。」〔註 33〕當然，不乏有贊同《文選》者，明代張萱（1558～1641 年）提出這樣的反駁：

〔註 29〕今人言「《文選》學衰弱」的文章頗多，足可觀覽。題名雖言「衰弱」，並非意指通盤對《文選》一書鄙棄不看，更多層面係在於各朝各代之精英的說法聚焦於「批評」，而這些評論大致於今保留，然社會上，科舉需求仍在，大量不被史料紀錄，或本身有留下文集之學者，多讀《文選》故於下討論在國家刊刻上，《文選》仍有保留，並無「衰弱」而淹瀚於文史上，而至今仍能見。參任竟澤〈論宋代文選學衰弱之原因〉，《中國文化研究》，（北京：北京語言大學，2007 年，第二期，夏之卷，頁 79～92。

〔註 30〕江慶柏、劉志偉等編：《文選資料彙編——總論卷》（北京：中華書局，2017 年 12 月），頁 67。

〔註 31〕《列朝詩集》：「藝蘅，字子秇，錢唐人。……性放曠不羈，好酒任俠，善為南曲小令。晚歲以貢為新安博士，罷歸。」參〔清〕錢謙益撰：《列朝詩集》，（北京：中華書局，2007 年），第九冊，頁 4927。

〔註 32〕明代科舉大體承南宋、元代遺風，以經、史為科考主流，又元代頒布《四書》為主要考本，學子多博引經說，輔以史料，《明史・選舉志》即載：「諸生應試之文，通謂之舉業。《四書》義一道，二百字以上。經義一道，三百字以上。取書旨明晰而已，不尚華採也。……禮部言：「唐文初尚靡麗而士趨浮薄，宋文初尚鉤棘而人習險譎。國初舉業有用六經語者，其後引《左傳》、《國語》矣，又引《史記》、《漢書》矣。《史記》窮而用六子，六子窮而用百家，甚至佛經、《道藏》摘而用之，流弊安窮。」可知，個人色彩的集部（文學）不再是如唐代科舉的寵兒，而是皓曉聖人言，故田藝蘅並非狂言，因為明代科考是《四書》、《五經》，而非《文選》。參〔清〕張廷玉等撰：《明史》，收於《二十四史》（北京：中華書局，1997 年 11 月），頁 461。

〔註 33〕〔明〕王世懋：《藝圃擷餘》，收於〔清〕何文煥輯《歷代詩話》（北京：中華書局，2014 年 10 月），總頁 776。

柳子厚文章皆學《國語》，却著《非國語》是私其所自得而諱其所從來也。其天資刻薄如此。今世有一士人止能讀一部《文選》，其所撰述皆竊《文選》中糟粕以自衒，但對人輒排斥《文選》，是亦一子厚也。余謂即能作《文選》，便足佳，何以『諱為』？第恐其不能為《文選》耳。子厚之《非國語》，其文即可為《國語》否邪？而奈何諱之！〔註34〕

這對話道出世人「人云亦云」的醜陋，表面上眾家批駁《文選》，實質上卻是眾家學者人手一本，乃因唐、宋代以降之科舉仍有「詞章」上「雅麗」的需求，《文選》即是公認的「參考書目」，所以綜觀推崇古文的學者，如唐宋八大家等人認為《文選》因編輯、次序問題不足觀，「《文選》爛，秀才半」亦極盡可笑，但不可否認，陸游言「國初尚《文選》」其來有自；當然，這類的評論一再重申《文選》不值當研讀，其實單純強調《文選》並非「聖經」或「唯一」的概念，相反的，可以做為科舉的參考書目還有很多，也由此傾軋《文選》的熱門度，間接造成含括之中的李善〈注〉隨之鄙棄。

第二節　李善〈注〉鉤沉

一、《文選》學濫觴之始

齊梁逮至唐初，《昭明文選》的問題在於「學界不夠重視」。初唐時期，雖有前代大儒蕭該（535～610年）光澤，但僅作識讀「音、義」的教科，〔註35〕時人仰慕蕭該之名重，一則取決於蕭氏學問，另一則源自蕭氏屬前朝貴冑，是故名流間（學術）交往略屬攀附。《文選》只是少部分族群的喜好，很難構成其他階層人士嚮往的拉力。而真正構成《文選》學濫觴還得靠蕭氏的子弟兵推廣，《舊唐書》言：

太宗又嘗讀書有難字，字書所闕者，錄以問憲，憲皆為之音訓及引證明白，太宗甚奇之。年一百五歲卒。所撰《文選音義》，甚為當時

〔註34〕〔明〕張萱：《疑耀》（嶺南遺書本），收於《叢書集成初編》（台北市：台灣商務印書館，1966年3月），頁21。

〔註35〕《隋書·儒林傳》言：「蘭陵蕭該者，梁鄱陽王恢之孫也。……。該後撰《漢書》及《文選音義》，咸為當時所貴。」〔唐〕魏徵撰：《隋書》，《二十四史》（北京：中華書局，1997年11月），頁438。

所重。初，江、淮間為《文選》學者，本之於憲，又有許淹、李善、公孫羅復相繼以《文選》教授，由是其學大興於代。〔註36〕

諸如許淹、李善、公孫羅……等唐初學者，繼承曹憲講席，於聲韻、訓詁、音義上相續發明，讓《昭明文選》漸成大家共同處理的一門學科，「《文選》學」才有所開端，算是「傳統《文選》學」的一個雛形，但還不是研究體系的一環。〔註37〕所以從《通典》可以發現學界對於《昭明文選》的看法：

洎乎晉、宋、齊、梁，遞相祖習，其風彌盛。捨學問，尚文章；……談莊周、老聃之說，誦《楚辭》、《文選》之言。六經九流，時曾閱目；百家三史，罕聞於耳。撮群鈔以為學，總眾詩以為資。謂善賦者，廊廟之人，雕蟲者，台鼎之器。下以此自負，上以此選材，上下相蒙，持此為業，雖名重於當時，而不達於從政。〔註38〕

我們知道四部分類中，《昭明文選》歸屬集部，但主流學說仍在經部，重要性絕無法與「五經、九經、十三經」相提並論。所以對於大部分仕人而言，《楚辭》、《昭明文選》是科舉方面的參考典籍，其功用在於辭藻仿傚，用今日的情況比擬即類似「作文學習」，單純從《昭明文選》學習「體裁」、「字詞」、「相關典故」等以修飾表面，而文章內容架構仍不離「經」，這也是唐代《昭明文選》並未開拓成的熱門典籍的因素之一。

二、宋、明的課虛風氣

「後期學科問題」是開展整個《文選》學至清代盛行的濫觴，源自兩大問題：「版本」、「科舉」；唐代略有四家注解《文選》——李善〈注〉、五臣〈注〉、馮光震〈注〉、陸善經〈注〉，雖最後行世僅李氏與五臣，但版本未統一的情況下，紛紛籍籍，再加上使用與維護觀念輕率，沒有得到一個重要典籍應有的保存機制。由這些問題，或許更能領略《文選》學上過度的癥結：

〔註36〕〔五代〕劉昫等撰：《舊唐書》，收於《二十四史（北京：中華書局，1997年11月），頁1263。

〔註37〕「淹、羅各譔《音義》，李氏譔《文選注解》六十卷，該、憲、淹、羅諸《音義》僅箸錄《隋唐兩志》，而罕有其〈傳〉，今存者惟李氏註解。」胡紹煐解釋得清楚，雖然有不少學者撰寫如「音義」的解釋書籍，但基本未對學界有所影響，也不流傳，而真正造成影響者，李善也。因此，李善才是開《文選》學之風的人物。參〔清〕胡紹煐：《文選箋證》，《清代文選學名著集成》（揚州：廣陵書院，2013年11月），頁207～208。

〔註38〕〔唐〕杜佑：《通典》（北京：中華書局，1992年6月），總頁416～417。

（一）版本

《文選》成書時，學者重視的是內容部分，非常單純。隨著《文選》普及發展和「古注」、「新注」在李善和五臣兩大主流注釋群的編纂下，《文選》與《文選注》緊密連結，使用價值更高，逐漸為學界所關注。由於李善和五臣注家在使用上的效用不同，各有優劣，基於使用上的便利性，宋代將兩大注家合刊成《文選六臣注》，「原文」與「注釋」開始伴雜，「古注」、「李善注」、「五臣注」的順序因官刻、坊刻、私刻而順序未達一統，以致宋、元以後之成書無所歸依，版本繁富紛亂。

（二）科舉

自趙宋的國變、元人入主，最後明代的高壓統治，一步步都是促使《文選》學衰落的外在條件。而「衰弱」並非不流行，而是學者間對其重視程度下降，「回歸到作為文學典範」的常態，尤其元代中期實行的科舉科目有重大的調整與變化，學術興趣、風氣明顯轉移，不再需要過度堆砌「詞藻」和「事典」，在那個時代《文選》成了「無用」的象徵。〔註39〕宋、明以來雖有諸如「章句」、「詞藻」等參考用書問世，但即象徵讀書人只需「重點閱讀」，典故、事章等則無須理會，使得《文選》成為科考上單純「文筆修飾」的參考，而不是重點的閱讀讀物。

三、清代的徵實整理

從北宋哲宗元佑九年（1094年）梨行的「秀州六臣本」，至明末毛晉重校的「汲古閣本」，幾近600年時光，《昭明文選》依然沒有獲致嚴謹且妥善的校勘，反而萌生更多錯誤，不僅官、坊版本紛歧、注解混淆，更遑論仕子間對其重視僅流於「學習辭采」之參考而已。對於版本、注解應有的典藏與校正觀念相對薄弱，使得《昭明文選》的學術價值之完整性、正確性被打上問號。

然清代做為封建時期之埶尾，於學術發展上非常特出，大量學者投入對過往典籍的「校勘工作」，成果卓著。於此時，《昭明文選》雖不及《十三經》來

〔註39〕整體的學術路線可參酌以下三位學者：任竟澤：〈論宋代《文選》學衰落之原因〉，《中國文化研究》（北京：北京語言大學，2007年），第二期，夏之卷，頁79～92、楊亮：〈論元代《文選》學衰落之原因〉，《殷都學刊》，（河南：安陽師范學院，2014年），頁51～58、傅瓊：〈明代文選衰弱說質疑〉，《廣西社會科學》，第11期（總第161期），（廣西：廣西壯族自治區社會科學界聯合會，2008年11月），頁122～126。

得獲致重視，或者說對科舉學科更有直接性的幫助，但在清代攷證學風盛行之下，仍有學者參與整理，成績可觀。自明代毛晉希望從《文選六臣注》中抽離五臣，單行李善〈注〉，但注解中仍有少數五臣〈注〉，校勘有疏；反則，在清儒的考釋之下，大量的正文缺失被挑起，「避字」、「訛字」、「缺字」得到解釋、修正，與《文選》密切的李善〈注〉、五臣〈注〉諸說的不合適、闕漏，亦得到修正與補充。或言之，《昭明文選》與其相關的解釋著作也於此時重新開始「整理」、「歸納」、「更新」，《文選》學之風，正是始於清儒對其「再整理」之功。

四、合刊本的影響

這部分牽涉《文選》「版本」的問題，於本論第二章雖有略述，但考證過程亟為繁複，茲處不肆版本問題上贅論。但從部分刻本的序跋，仍可窺略，或許標幟官方及民間對於《文選》的需求已有不同轉變，進而造成對《文選》的觀點與使用不同以往，續下討論李善〈注〉可能沒落的因素。

（一）版本已混淆

《文選》兩〈注〉在唐寫本時代已開始混淆，〔註 40〕這是已經受到證實的。逮至宋代，已漸合栞，雖然有學者指出「明州本」為今世可見之最早合併注本，〔註 41〕但較此之前尚有「秀州本」，雖今日無法見到秀州本，但大抵刊刻時間可以得知，為北宋哲宗元祐 9 年（1094 年）刊，或甚至更早。至於明州本則為南宋高宗紹興 28 年（1158 年），這比所提「秀州本」晚將近 65 年。由是當時「秀州本」的付梓狀況就值得觀察。然今秀州本已佚，僅見序跋一斑，〈秀州本文選跋〉言：

> 秀州州學今將監本《文選》逐段詮次編入李善并五臣〈注〉。其引用經、史及五家之書，並檢元本出處，對勘寫入。凡改正、舛錯脫剩約二萬餘處。二家注無詳略，文意稍不同者，皆備錄無遺。期間文意重疊相同者，輒省去留一家，總計六十卷，元祐九年二月〇日。〔註 42〕

〔註 40〕王立群：《現代文選學史》（鄭州：大象出版社，2014 年 8 月），頁 308。

〔註 41〕游志誠：《文選學綜觀研究法》（新北市：花木蘭文化出版社，2011 年 9 月），頁 50。

〔註 42〕劉鋒、汪翠紅等編：《文選資料彙編——序跋著錄卷》（北京：中華書局，2019 年 4 月），頁 8。

該跋文不詳撰人，但廣見附列於諸多版本之後，如《朝鮮奎章閣本》、《明治廿年校本》，〔註43〕可知這個版本「改正、舛錯脫剩約二萬餘處。」換言之，北宋官方在教學體系的用書已經是有問題的，且將近有萬餘處的地方需要勘正，當然這是一個大問題，但最主要是的後方「期間文意重疊相同者，輒省去留一家。」句最為版本學忌諱，當時被刪削的部分情況如何，不得而知，留者是否粗糙，去者有無精緻？無從稽考；在一個有爭議的母版本之下，風行至宋代以降，錯誤率自是不言而喻，是《文選》版本所帶來的一個學術問題。

（二）重視《文選》的面相轉變

對於《文選》學之於宋代，幾近開啟另一個學術的高度，自諺語「《文選》爛，秀才半」的話語出，可以知曉社會上對於《文選》的需求係高度的，若是文理不通、辭采不精，功名利祿與之無緣。但高度需求並不代表學界對於《文選》是重視的，乃因《文選》除了是一本文學總集外，其更像是一本「詞彙參考書」，用以「參考詞章」，從《文選》周邊著作稍可窺略：

> 〔宋〕高似孫：《文選句圖》。排比聯貫，事同譜牒，故以圖名。〔註44〕
>
> 〔宋〕蘇易簡：《文選雙字類要》。是編取《文選》中藻麗之語，分類纂輯。其中語出經史偶為漢以來詞賦採用者，亦即以採用之篇，註為出典。〔註45〕
>
> 〔宋〕劉攽：《文選類彙》。是編取《文選》字句可供詞賦之用者，分門標目，共五百四十九類。〔註46〕
>
> 〔明〕凌迪知：《文選錦字二十一卷》。是書以《文選》字句輯為二十七門。〔註47〕

上述著作之作者將「藻麗之語」按類型分類、分門以供「詞賦之用」，乃因後

〔註43〕筆者目力所及有：《朝鮮奎章閣本》、《明治廿年校本》、《卞季良刊六臣注朝鮮本》等版。這些版本時間皆是北宋哲宗元祐9年（1094年）「秀州（六臣注）本」一系統的流傳刊本，對於後續攷證上甚有助益，以降文章皆會以此佐證校勘。

〔註44〕〔清〕紀昀等撰：《武英殿本四庫全書總目》（北京：國家圖書館出版社，2019年1月），第56冊，頁1～2。

〔註45〕〔清〕紀昀等撰：《武英殿本四庫全書總目》（北京：國家圖書館出版社，2019年1月），第37冊，頁180～181。

〔註46〕〔清〕紀昀等撰：《武英殿本四庫全書總目》（北京：國家圖書館出版社，2019年1月），第37冊，頁185。

〔註47〕〔清〕紀昀等撰：《武英殿本四庫全書總目》（北京：國家圖書館出版社，2019年1月），第37冊，頁255。

代讀書人在科舉上並不是專考《昭明文選》，因此《昭明文選》再如何知名、普及，終非與「經」典並駕齊驅。但詞章仍需要些許潤色，是故有輩即纂「美言佳句」供之參酌，使得《昭明文選》輪流成一部單純的「詞彙參考書」。

小結上述，宋代理學盛興，雅重係屬《論》、《孟》諸典，加至元代官科以《四書》為主，更加強化士林間的輕視。因此，逮至明、清仍有「《七啟》、《七發》、《連珠》之類，俱是天地間無用之文字，如《文選》者，即不讀亦無妨。」〔註48〕的排斥聲浪。

第三節　李善與五臣〈注〉在清代考據的意義

一、清初「務實」提倡及「經學」重申

對於明末的敗亡，部分學者將鋒芒指向「心學」，對於明末學風倡議「心與性」之說，使部分仕子流連空談一句「當下即是」，〔註49〕總把「naturally centre in the idea of ***carpe diem.***」地抓住當下為口號，〔註50〕使得明末學問、著述流於浮表，脫離社會，無怪乎有明遺民顧炎武於《日知錄》言：〔註51〕

> 近世喜言心學，捨全章本旨而獨論人心、道心，甚者單摭「道心」二字，而直謂「即心是道，蓋陷於禪學而不自知，其去堯、舜、禹授受天下之本旨遠矣。」〔註52〕

顧氏一語道破明末學風止於鑽乎學問之核心，〔註53〕但該核心徒流片面的心

〔註48〕江慶柏、劉志偉等編：《文選資料彙編——總論卷》（北京：中華書局，2017年12月），頁87～88。

〔註49〕錢穆：《宋明理學概述》（北京：九州出版社，2016年11月），頁339。

〔註50〕「*carpe diem*」典出拉丁人 Horace 詩句：「*carpe diem, quam minimum credula postero*」，譯為「活在當下此刻，儘量不要相信明天。」而這種「now just in」的概念牽涉時代風氣與佛家氛圍誠為明儒所議，以致空上玄虛，地下不切實際，對世間的務實面秉斥，因而清儒所垢在此。（英）Eduard Fraenkel：《Horace》（New York：oxford university press，1997年），頁223。

〔註51〕梁啟超認為顧炎武為所謂「黎明運動」（貴創、博證、致用）之第一倡導人，使得有清以降200餘年呈現「重經學」、「好考據」、「博學貫通」的學術風氣，其來有自。參梁啟超：《清代學術概論》（台北市：台灣商務印書館，2008年10月），頁11～15。

〔註52〕〔明〕顧炎武著、黃汝成集釋：《日知錄集釋》（上海：上海古籍出版社，2015年12月），總頁412。

〔註53〕對於中國學術中，不論是《四書》、《五經》，最其「核心」的問題即是那些「哲學性問題」，這無法否辯。但也正是這類的「哲學性問題」讓部分讀書人墮入

領神會，而非踏實地究研，討論及掛嘴即是悟得聖人本旨，因此仕子間的討論僅只圍繞於相同議題，究柢之學反而忽略，茲是再次回歸「崇佛斥佛」的歷史軌跡。〔註 54〕如是，遠離了聖人治世的初衷，顧氏認為讀書人仍要回歸政治的基本面——「德惟善政，政在養民」，〔註 55〕有理想與作為的讀書人正當從事政治，為民謀求，是聖人之治道，使「九德咸事，俊乂在官」，為讀書人的使命。究理言之，明人的學養在哲學上確實提高，但外顯根本的「務實性」卻下降，是故如何改善？遺民提出宏觀：

> 余謂當復墨義古法，使為經義者全寫注疏、大全、漢宋諸儒之說，一一條具於前，而後申之以己意，亦不必墨守一先生之言。由前則空疏者絀，由後則愚蔽者絀，亦變浮薄之一術也。……，或曰：「以誦數精粗為中否，唐之所以賤明經也，寧復貴其所賤乎？」曰：「今日之時文，有非誦數時文所得者乎？同一誦數也，先儒之義學，其愈于餖飣之剿說亦可知矣。非謂守此足以得天下之士也，趨天下之士於平實，而通經學古之人出焉。昔之詩賦亦何足以得士！然必費考索，推聲病，未有若時文，空疏不學之人皆可為之也。〔註 56〕

該文出於黃宗羲《明夷代訪錄‧取士》的一段文字，針對前代靡風的學路冀求用「墨義古法」的觀點來改善，意旨為學當如古人，札實耕耘學問，並從中申

「不入於空虛之論」，進一步說，明代仕人之學問未透析全書，僅就隻字片語好發議論，形成一種「不獨經書本文，只捧著語錄討生活」，使整體社會瀰漫空乏之風氣。參〔清〕顧炎武：《顧亭林詩文集》（北京：中華書局，1983 年 5 月），頁 40～41；王俊義：《清代學術探研錄》（北京：中國社會科學出版社，2002 年 8 月），頁 97～98。

〔註 54〕勞思光認為顧炎武對於「陽明之心學」理解欠乏，而是著眼當時亡國改朝而歸罪這種學術。筆者認為學術與政治並非全然的直接關係，但卻是息息相關，試想社會上提倡「佛理」，教人向善，與明代高談「心體、性體」何異？並非無益。但講得人多，做得人少，終歸無益於社會。而明末為何圍繞「理盛與，道欠踐」的社會氛圍？顧氏的怨懟正反映明末政治的黑暗與迂腐，讓明代大部分讀書人寧於民間空談，不願冒上政治檯面，而整體社會正是欠缺一種進步的動力，故以殷海光一語作結——「要救起知識分子的還是只有知識分子自己」。參勞思光：《新編中國哲學史》（北京：三聯書店，2017 年 3 月），頁 497～501；殷海光：〈知識份子的責任〉，《殷海光先生文集》（台北市：九思出版社，1979 年 3 月），頁 948。

〔註 55〕〔漢〕孔安國傳、〔唐〕孔穎達正義：《尚書正義》（上海：上海古籍出版社，2019 年 5 月），頁 126。

〔註 56〕〔明〕黃宗羲、王夫之撰：《黃梨州王船山書》（台北市：世界書局，2015 年 3 月），頁 15。

義，使飽學之士升臺浮面，並且提倡經、史學的重要性。〔註 57〕故而，對於清初掀起討論之「漢、宋之爭」，漸是反省前代學術之弊端，亦是開後學理路之程碑。〔註 58〕再進一步談，「學無二分，人皆學於天者也」，〔註 59〕不論是經學乃至考據，理學乃至義理，皆是天下大一同之學問；顧炎武明而上反對理學，但事實上已把兩者皆同的想法曳出，其文言：

> 然愚獨以為理學之名，自宋人始有之。古之所謂理學，經學也，非數十年不能通也。故曰：「君子之於春秋，沒身而已矣。」今之所謂理學，禪學也。〔註 60〕

顧氏不外乎對「經、理」二學闡說不同。究而言之，學問正是研讀其核心，理解其含義，則得學問之要理。故雅重經學，自顧炎武以降，諸如何焯等務實派的學者均據以此說，在清初蔚然成風，此誠為清儒看待《文選》的主要態度。

二、考據學的影響

對於清儒來說，究竟「李善〈注〉」的貴要為何？為什麼大量清代《選》學家力推「李善〈注〉」？這即有清儒的思考與反省在裡邊。於此，駱鴻凱評述：

> 有清學術昌明，一洗元明之陋。自亭林開其先，儒生輩出，若校勘，若小學，若群經，若子史，既已研求攢述，無復遺蘊，乃以餘力涉獵集部。集部莫古於《文選》，而復佐以李《注》網羅浩博。好尚所託，精力彌注。〔註 61〕

〔註 57〕顧炎武亦同似看法：「今乃去經習傳，尤為乖理。苟便已私，用之干祿，率天下而欺君負國，莫甚於此。經學日衰，人材日下，非職此之由乎？」〔明〕顧炎武著、黃汝成集釋：《日知錄集釋》（上海：上海古籍出版社，2015 年 12 月），總頁 178。

〔註 58〕張麗珠於〈「漢、宋之爭」難以調和的根本歧見〉一文論曰：「『漢、宋之爭』最炙熱之時間，非清初，也非考據學壟罩學界時，而是在考據學最頂峰時開始『兼重義理』。」此誠本論對峙者徐攀鳳等乾、嘉《選》學家之普遍現象，一方面尊蕭《選》如「經」，奉李善〈注〉為圭臬，但卻不盲從，各家大力提出駁正是「漢學」之表，對前人之理性質疑是「漢學」之徵「漢學」之表正是二者的結合表現。參張麗珠：〈「漢、宋之爭」難以調和的根本歧見〉，《乾嘉學者的義理學》（台北市：中央研究院中國文哲研究所經學叢刊，2003 年 12 月），總頁 235～280。

〔註 59〕〔清〕章學誠：《文史通義》（北京：中華書局，2004 年 9 月），總頁 317。

〔註 60〕〔清〕顧炎武：《顧亭林詩文集》（北京：中華書局，1983 年 5 月），頁 58～59。

〔註 61〕駱鴻凱：《文選學》（北京：中華書局，2015 年 3 月），頁 57。

已知經學與考據二者於清代密不可分，要談何者為提倡「第一人」？恐怕尚斷無解，僅能知曉為一種當時的學術風氣，江藩（1761～1831年）《漢學師承記》即畧舉二十餘人，遍佈南北，影響頗深，〔註62〕皮錫瑞（1850～1908年）《經學歷史》一書則概述：

> 雍、乾以後，古書漸出，經義大明。惠、戴諸儒，為漢學大宗，已盡棄宋詮，獨標漢幟矣。……國朝經學凡三變。國初，漢學方萌芽，皆以宋學為根柢，不分門戶，各取所長，是為漢、宋兼采之學。乾隆以後，許、鄭之學大明，治宋學者已鮮。說經皆主實證，不空談義理。是為專門漢學。嘉、道以後，又由許、鄭之學導源而上……。〔註63〕

雖皮氏說學術的「門戶不分」，但當時以經學為重的學者占大多數，且各有師承，壁壘分明，儼然形成一種以「尚經學」、「重考據」的學術氛圍，又「惠、江、戴、段」〔註64〕時任政壇要職，引領學術勢在必行且無可避免，然這僅是因素之一；〔註65〕另一原因，有學者歸咎為「文字獄」的大興，對於批評時政、針貶時事、諷古鑑今的文章相當衝執政者忌諱，轉向「整理文獻」、「藝文創作」等樸實的學術發展，不復肆舉。張舜徽（1911～1992年）〈清代學術的流派與趨勢〉一文認為樸學之興，啟自宋代學者獨闢蹊徑，見解獨特，對於經典善於整理與懷疑。〔註66〕而乾、嘉之樸學豈非胤承此一學術路線？職是之故，帶動「考據」風氣的因素固然頗多，然就清代《選》學或《選》學家而言，「考據」與「義理」兼重是必須的，此即清初何焯評點起，以降數十家，「考據」與「義理」兩存明顯，尤其本論探討對象——徐攀鳳，甚為顯著。

〔註62〕〔清〕江藩：《漢學師承記》（台北市：世界書局，2018年11月）。

〔註63〕〔清〕皮錫瑞：《經學歷史》（北京：中華書局，1981年3月），頁313、341。

〔註64〕〔清〕皮錫瑞：《經學歷史》（北京：中華書局，1981年3月），頁313。

〔註65〕文人相輕具顯於雍、乾，究柢純乎學問的方法不同，經學兼具考據與訓詁，而理學重闡發，此係固陋的通見。王俊義認為其實二者在於人類學之進步上，著實密不可分，相互攻訐還是關乎部分政治利益等因素，以致無法圓融兼合。但或許僅是少部分清代學者有學閥的迷思，基本上，若重考據，還是需要博識的學問，且各家說法皆須參考、取捨，此也體現在清代《選》學的特色上，本論討論之徐攀鳳之《選》學，可見其通經、史、文字、聲韻等，於此暫不贅述。參王俊義：〈乾大昕寓義理於訓詁的義理觀探討〉，《乾嘉學者的義理學》（台北市：中央研究院中國文哲研究所經學叢刊，2003年12月），總頁455～480。

〔註66〕張舜徽：〈清代學術的流派與趨勢〉，《張舜徽學術論著選》（武漢：華中師範大學，1997年12月），頁249～250。

三、兩家〈注〉的再反省

清代勾沉李善〈注〉與五臣〈注〉之元注的同時，或許更要反省「李善〈注〉及五臣〈注〉」兩家合併的理由？以及為何對李善〈注〉高度重視？

唐代有四家〈注〉——李善〈注〉、五臣〈注〉、馮光震〈注〉、陸善經〈注〉，可是「合併付梓」者僅「李善〈注〉及五臣〈注〉」兩家。綜觀歷代書目，乃至整個《文選》學史，似乎未見到其他的組合。明顯地代表一個意義，「李善〈注〉與五臣〈注〉」是有一定權威性，且備受肯定。而李善優點方面：「蒐羅完備」、「考釋精確」，一字一詞釋以多籍，如班固〈西都賦〉「左據函谷、二崤之阻，表以太華、終南之山。」〔註 67〕為例：

函谷、二崤之阻

《戰國策》，蘇秦曰：秦，東有殽、函之固。

《鹽鐵論》曰：秦左殽、函。

《漢書音義》，韋昭曰：函谷關。

《左氏傳》曰：崤有二陵，其南陵夏后皐之墓，其北陵文王所避風雨也。〔註 68〕

這是一段描述長安（西都）周遭地理環境的文字，不過 16 個字，李善釋言用了 4 本書解釋，充分印證「蒐羅完備」、「考釋精確」；相反地，「徵引過詳」、「釋義忘義」的缺點伴隨之中。而再看到五臣對於此則是另一種呈現：

函谷、二崤之阻

良曰：函谷，谷名，其谷似函，故曰函谷。

二崤，兩山名，在秦東，故曰左。〔註 69〕

劉良釋字不過 23 字，僅簡略闡述何謂「函谷」、何謂「二崤」，不強加徵引典籍佐證。這即五臣典型「通釋文意」之作法，舉凡多數李善已詳徵故典之處，五臣「歸結文意」，較為簡朗許多。〔註 70〕

〔註 67〕劉躍進：《文選舊註輯存》（南京：鳳凰出版社，2017 年 10 月），頁 39。

〔註 68〕劉躍進：《文選舊註輯存》（南京：鳳凰出版社，2017 年 10 月），頁 39。

〔註 69〕劉躍進：《文選舊註輯存》（南京：鳳凰出版社，2017 年 10 月），頁 40。

〔註 70〕前秦、兩漢有提及「函」或「函谷」之名的書，不過賈誼《新書》、司馬遷《史記》、《戰國策》、班固《漢書》、劉珍《東觀漢記》、應劭《風俗通義》、《列仙傳》、《左傳》、《鹽鐵論》等 9 部書。由是，亦可觀察李善擇書注釋的喜好，此為另一研究課題。游志誠於〈五臣注《文選》析論〉中，點列 18 項闡述，非常詳盡。凡例雖「通釋文意」，亦有較李善為繁之例，但為數不多，讓「簡釋」

故應和梁章鉅所言：「《文選》自唐以降，乃有兩家，一李〈注〉，一五臣〈注〉。」且「自此以後，鮮有專家。」〔註 71〕兩家沉博絕麗之〈注〉各有優劣。因此，劣幣驅逐良幣之下，李善〈注〉、五臣〈注〉至今存世，而馮光震〈注〉、陸善經〈注〉則斷簡殘篇。那麼李善〈注〉在清代高度重視，是否有跡可循？郭寶軍言：

> 大體而言，社會上普通士子認為五臣〈注〉或優於李善〈注〉，主要從其簡便、實用角度來考慮的。精英知識階層對李善〈注〉的褒揚，則主要是從「詳」、「博」角度而發的，《文選》善〈注〉是他們搜尋知識進行考證與炫博的淵藪。〔註 72〕

李善〈注〉及五臣〈注〉之間微妙的差異，卻讓兩者巧妙得互補雙方說法上的缺陷，善〈注〉略者，五臣為詳；反之，善〈注〉引詳，五臣略之。〔註 73〕換言之，不論是糾正李善或是五臣的同時，都是一次反省，且屬於「精英知識階層」，因為雙方的缺失恰恰成為清儒「知識考驗」與「知識炫博」的良機。李善的詳引若有缺失，清儒協助訂正；五臣的簡釋若有不明，亦予以補充。這些學術行為皆為對自身學問的展現，而李善〈注〉與五臣〈注〉誠乾、嘉時期學者展現「學問的介質」。

在「《文選》學史」視域下，《文選》不論是篇目編輯安排、或是各方注解質量上，屢受到質疑，歷來各方評價不一，加上使用族群對於注解的需求不同，衍伸後續版本之問題，使得《文選》價值跌跌撞撞。於此，清儒雖呼喊「尊李善，輕五臣」的口號，表面上獨尊李善一家注解，但實際上仍是多方接受，折衷李善、五臣〈注〉得宜說法，並從中反省、攷證，《文選》在清代實事求是、還淳反樸的讀書風氣影響下，得到重視，注解開始釐正修校，錯誤逐被鉤沉，漸將《昭明文選》扶上正軌，而此正是源自清儒的推崇與努力，而從中更可思考清儒對於典籍的維護功不可沒。

成為五臣既有慣例與大眾對其之印象。參氏注：《文選學綜觀研究法》（新北市：花木蘭文化出版社，2011 年 9 月），頁 182～200。

〔註 71〕〔清〕胡紹煐：《文選箋證》（聚學軒叢書本），《清代文選學名著集成》（揚州：廣陵書院，2013 年 11 月），第 12 冊，頁 210。

〔註 72〕郭寶軍：《宋代文選學研究》，河南大學博士學位論文，2009 年 3 月，頁 303。

〔註 73〕此部分在《文選學綜觀研究法》共析論十九項，但以兩注互補為重，故僅以直觀的現象，以及歷代學者的評述作一參考。參游志誠：《文選學綜觀研究法》（新北市：花木蘭文化出版社，2011 年 9 月），頁 182～200。

第三章 《選學糾何》糾正考

「尊李善，輕五臣」並非單純一種時代想法或學術風氣，對於徐攀鳳而言——「不揣固陋，遙質諸先」，[註1]糾謬前人之不足更像是清代對於《文選》學問的體現；透過攷證，檢視前人說法的不足，《昭明文選》的「注解」得到有效的「討論」與「修正」，而非如宋、明學者一昧地批評。

質言之，李善與五臣注解上的利弊應該立書討論，且實質改善；倘若李善〈注〉具「過詳、不確、疑竇」等處，則應具體提出癥結並且予以修正；反之，五臣〈注〉亦是。如此的評論才真正處理學術上之問題。而有清一代之眾《選》學家正是在處理這一學術問題。而本論探討「《文選》學」之下，清代《選》學家係是主遵「漢學」的路數，在眾著作中可見一斑；誠前述，不揣冒昧再申兩點因素：第一，唐初尚漢代注疏之學風，如陸德明（550？～630 年）、孔穎達（574～648 年）、顏師古（581～645 年）……等一代大儒於各部「經典」上用力整合眾多說法，並以小學斧正，成統一性的文獻，陸德明所言：「經註必詳，訓義兼辨」即為此理；[註2]第二，清代學行合一，樸學漸盛，摒棄空談，轉為徵實，宋、明以來的學術陋規，同樣予以釐清，並且以「漢學」為標幟。[註3]

然直至清代，李善〈注〉與五臣〈注〉已非各自本來面目，自宋代剞劂合刊，孰為李善〈注〉？孰為五臣〈注〉？駁雜混淆，[註4]適逢清代「樸學」

〔註 1〕《選學糾何》，葉 1 右。

〔註 2〕〔唐〕陸德明：《經典釋文》（北京館藏宋刻本）（上海：上海古籍出版社，2019 年 4 月），頁 3。

〔註 3〕葉國良：《經學通論》（台北市：大安出版社，2006 年 10 月），頁 600～606。

〔註 4〕南宋陳振孫在其書志——《直齋書錄解題》已有著錄《六臣文選》60 卷，並

日盛的情況，形成一種拉力，自然引起清儒的反省，因而投入整理；再加上五臣〈注〉較屬於「文學性臆解」的注解，於歷代評價不一，以及注解「混淆」，部分學者歸咎於五臣，亦形成一種推力。〔註5〕職是之故，《昭明文選》的李善〈注〉不僅符合「漢學注疏」上的特徵，同時也順應清代前中葉「若校勘、若小學，……，既以研求纘述，無復遺蘊」的學術風氣，〔註6〕故清儒孜孜矻矻力求還原善〈注〉原貌，大量《文選》相關學術書籍因應而生，其犖犖大者：汪師韓（1707～？年）《文選理學權輿》、許巽行（1727～？年）《文選筆記》、余蕭客（1732～1778年）《文選音義》、孫志祖（1737～1801年）《文選考義》、徐攀鳳（1740～1803）《選注規李》《選學糾何》、張雲璈（1747～1829年）《選學膠言》、胡克家（1757～1816年）《文選考異》、薛傳均（1768～1835年）《文選古字通疏正》、朱珔（1769～1850年）《文選集釋》、梁章鉅（1775～1849年）《文選旁證》、胡紹煐（1792～1860年）《文選箋證》等，相關的作品皆聚集於乾隆、嘉慶時期，如同接力、共業，最深層之目的即在於使《文選》「注解臻善且完備」。

清儒將目光投注在如何從「注解」中揀謬糾誤，係清儒在文史上的意義；誠如前文所探討，徐攀鳳並非對《文選》通篇討論，而是針對有疑義、可修正

案語曰：「東坡謂：『五臣乃俚儒之荒陋者，反不及善，如謝瞻〈詩〉（張子房詩）：『苛慝暴三殤』引『苛政猛於虎』，以父與夫為殤，非是。』然此說乃實本於善。」晁公武（1105～1180年）批注：「李善注此句但云：『苛，猶虐也。』不及『三殤』。不審直齋之說何所本。」換言之，陳氏參考了蘇氏之說，但手上版本卻無如蘇氏之指控，認為該條注釋應該非李善之〈注〉；另一學者晁公武複查自己手版，李〈注〉僅注止「苛慝」，未若蘇軾與陳振孫所言。由是，從這三人說詞觀察，注解已有混淆情況，若依今尤袤本，善〈注〉引《禮記》「苛政猛於虎」條，終〈注〉是「苛，猶虐也。」但「三殤」句於陳八郎本有之，係五臣李周翰〈注〉之，因此陳振孫的《六臣文選》兩家〈注〉已混淆。參〔宋〕陳振孫（1179～1262年）：《直齋書錄解題》，收於《叢書集成初編》（台北市：台灣商務印書館，1966年3月），頁414。

〔註5〕筆者肆舉清代葉樹藩《文選補注．重刻文選序》有言：「六臣本舛譌，前人已有定論。近世惟汲古閣本一復崇賢之舊，較諸刻為完善，然既獨存李〈注〉，而雜入五臣之說數條，殊失體裁。且其書疏於讎校……，談藝家往往有遺憾焉！……余輒不自揆，手自勘輯，削五臣之批謬，存李氏之訓詁。」葉氏時代已是清代乾隆時期，約後何焯之校本不過幾十年之光景，但葉氏刻版卻未於文壇有過大的影響，其原因還是大多參考何氏校本及評語，光芒熾盛，且榜樣李善單〈注〉，但考證之質量未及後期胡克家，故影響短欠。

〔註6〕見駱鴻凱：《文選學》（北京：中華書局，2015年3月），頁57。

的疏漏處進行研討。於下為徐攀鳳二《選注規李》、《選學糾何》討論篇章一欄表：

徐攀鳳二《選》討論一欄表

篇　目	《選注規李》	《選學糾何》
昭明太子・昭明元序		◎
李崇賢・上文選注表		◎
班固・兩都賦序	◎	
班固・西都賦	◎	◎
班固・東都賦	◎	◎
張衡・西京賦	◎	◎
張衡・東京賦	◎	◎
張衡・南都賦	◎	◎
左思・蜀都賦	◎	◎
左思・吳都賦	◎	◎
左思・魏都賦	◎	◎
揚雄・甘泉賦	◎	◎
潘岳・藉田賦	◎	◎
司馬相如・子虛賦	◎	◎
司馬相如・上林賦	◎	
揚雄・羽獵賦	◎	◎
揚雄・長楊賦	◎	◎
潘岳・射雉賦	◎	
班彪・北征賦		◎
曾大家・東征賦	◎	
潘岳・西征賦	◎	◎
孫綽・天台山賦	◎	
鮑照・蕪城賦	◎	
王延壽・魯靈光殿賦		◎
何晏・景福殿賦	◎	◎
木華・海賦	◎	◎
郭璞・江賦	◎	◎

宋玉・風賦	◎	
潘岳・秋興賦	◎	◎
謝惠連・雪賦	◎	◎
謝莊・月賦	◎	
賈誼・鵩鳥賦		◎
禰衡・鸚鵡賦	◎	
顏延年・赭白馬賦	◎	
班固・幽通賦		◎
張衡・思玄賦	◎	◎
潘岳・閒居賦	◎	◎
司馬相如・長門賦	◎	
向秀・思舊賦	◎	
江淹・恨賦	◎	◎
江淹・別賦	◎	
陸機・文賦	◎	◎
王褒・洞簫賦		◎
馬融・長笛賦	◎	◎
宋玉・高唐賦	◎	
宋玉・神女賦	◎	
曹植・洛神賦	◎	◎
曹植・上責躬應詔詩表	◎	
謝靈運・九日從宋公戲馬臺集送孔令詩	◎	◎
顏延年・皇太子釋奠會作詩		◎
左思・詠史		◎
顏延年・秋胡詩	◎	
顏延年・五君詠	◎	◎
應瑒・百一詩	◎	
郭璞・遊仙詩	◎	◎
王康琚・反招隱詩	◎	
謝混・遊西池	◎	
謝靈運・登池上樓		◎
顏延年・應詔觀北湖田收	◎	

顏延年・車駕幸京口侍遊蒜山作	◎	
顏延年・車駕幸京口三月三日侍遊曲阿後湖作	◎	
謝朓・遊東田		◎
阮籍・詠懷詩	◎	◎
謝惠連・秋懷		◎
曹植・七哀詩		◎
潘岳・悼亡詩	◎	
顏延年・拜陵廟作		◎
王粲・贈蔡子篤詩		◎
劉楨・贈五官中郎將	◎	◎
曹植・贈白馬王彪	◎	◎
陸機・答賈長淵		◎
潘岳・為賈謐作贈陸機		◎
劉琨・答盧諶詩	◎	
盧諶・贈崔溫		◎
謝惠連・西陵遇風獻康樂	◎	
顏延年・和謝監靈運		◎
陸厥・奉答內兄西叔		◎
范雲・贈張徐州稷		◎
潘岳・河陽縣作		◎
潘尼・迎大駕	◎	
陶潛・辛丑歲七月赴假還江陵夜行塗口		◎
謝靈運・七里瀨	◎	
謝靈運・入彭蠡湖口		◎
謝靈運・入華子崗是麻源第三谷	◎	
顏延年・北使洛		◎
王粲・從軍詩	◎	
曹植・樂府詩		◎
石崇・王明君辭		◎
陸機・君子行	◎	
陸機・悲哉行		◎
陸機・吳趨行		◎

陸機・日出東南隅行		◎
鮑照・放歌行	◎	
荊軻歌	◎	
古詩十九首	◎	
古詩十九首・趨車上東門		◎
蘇武・詩	◎	
張衡・四愁詩		◎
曹丕・雜詩		◎
左思・雜詩	◎	
謝惠連・七月七日夜詠牛女	◎	
謝靈運・石門新營所住四面高山迴溪石瀨脩竹茂林詩	◎	
謝朓・和伏武昌登孫權故城	◎	◎
袁淑・傚曹子建白馬篇	◎	◎
江淹・雜體詩		◎
江淹・雜體詩・顏延之		◎
江淹・雜體詩・休上人		◎
屈平・離騷經	◎	◎
屈平・九歌・東皇太一	◎	
屈平・九歌・湘君	◎	◎
屈平・九歌・湘夫人	◎	
屈平・九歌・少司命	◎	
屈平・漁父	◎	
宋玉・招魂	◎	
枚乘・七發	◎	◎
曹植・七啟		◎
張協・七命		◎
潘勗・冊魏公錫文	◎	
傅亮・為宋公修張良廟教	◎	
任昉・天監三年策秀才文		◎
曹植・求自試表	◎	
曹植・求通親親表	◎	◎
李密・陳情事表		◎

陸機・謝平原內史表	◎	
任昉・為齊明帝讓宣城郡公第一表	◎	
任昉・為范尚書讓吏部封侯第一表	◎	
任昉・為蕭揚州薦士表	◎	
李斯・上始皇書		◎
鄒陽・獄中上書自明		◎
枚乘・上書諫吳王	◎	
任昉・奏彈劉整	◎	
沈約・奏彈王源	◎	
楊修・答臨淄侯牋	◎	
繁欽・與魏文帝牋	◎	
阮籍・為鄭沖勸晉王牋		◎
李陵・答蘇武書	◎	
司馬遷・報任少卿書	◎	
楊惲・報孫會宗書	◎	
曹丕・與朝歌令吳質書	◎	
曹丕・與吳質書	◎	◎
曹丕・與鍾大里書		◎
曹植・與楊德祖書		◎
應瑒・與侍郎曹長思書	◎	
嵇康・與山巨源絕交書	◎	◎
趙至・與嵇茂齊書		◎
劉綽・重答劉秣陵沼書	◎	
劉歆・移書讓太常博士	◎	
孔稚珪・北山移文		◎
陳琳・檄吳將校部曲文	◎	◎
揚雄・解嘲並序	◎	◎
陶潛・歸去來辭	◎	◎
卜子夏・毛詩序	◎	
顏延年・三月三日曲水詩序	◎	
王融・三月三日曲水詩序	◎	
任昉・王文憲集序	◎	

王褒·聖主得賢臣頌	◎	◎
史岑·出師頌	◎	
陸機·漢高祖功臣頌	◎	◎
夏侯湛·東方朔畫贊	◎	◎
司馬相如·封禪文	◎	
揚雄·劇秦美新		◎
干寶·晉紀總論	◎	
范曄·後漢書皇后紀論		◎
范曄·二十八將傳論	◎	
范曄·宦者傳論	◎	
沈約·宋書謝靈運傳論		◎
沈約·恩倖傳論	◎	
賈誼·過秦論	◎	
東方朔·非有先生論	◎	
王褒·四子講德論	◎	◎
班彪·王命論	◎	
曹丕·典論·論文	◎	
曹冏·六代論		◎
韋昭·博弈論	◎	
嵇康·養生論	◎	
李康·運命論		◎
陸機·辯亡論	◎	
劉孝標·辯命論	◎	
陸機·五等論		◎
陸機·演連珠	◎	◎
陸倕·石闕銘	◎	
潘岳·楊荊州誄	◎	
潘岳·馬汧督誄	◎	
顏延年·陽給事誄		◎
謝朓·齊敬皇后哀策文		◎

王儉・褚淵碑文	◎	
王簡棲・頭陀寺碑文		◎
任昉・齊竟陵文宣王行狀	◎	
陸機・弔魏武帝文	◎	
篇目總數：190	133 篇	103 篇

（◎：為有討論的文章，缺則無。）

部分文章可能有多個條目，上述僅列篇章名以利統計。本論於下將逐一討論徐攀鳳《選注規李》、《選學糾何》通書對於李善與何焯的勘謬之情況，作一完整考察，也是本論精華之處。

清儒全祖望（1705～1755 年）撰何焯〈墓誌銘〉言：

篤志於學，其讀書繭絲牛毛，旁推而交通之，必審必覆，凡所持論考之先正，無一語無根據……。〔註 7〕

全祖望銘文盛讚何焯讀書（考據）方面的用功深淵，據說歿時，康熙聞之哀贊：「修書勤，學問好。」〔註 8〕等評價，再加上四庫館臣褒貶之間仍可見：「何焯書校正之詳」、「何焯假以勘定，極為精審。」等〔註 9〕，可以證實何焯的校勘能力為世肯定。而在何焯飽士林階層盛讚的時代，確有學者對其學問提出大量的質疑，即為本論所討論對象——徐攀鳳。

駱鴻凱《文選學》對徐攀鳳的評語：

「今按《規李》之名，何異蚍蜉撼樹？

《糾何》尚非無見，寧過而存可也。」〔註 10〕

駱氏認為《選注規李》糾正李善是不自量力，而《選學糾何》略有斧正何焯，尚可留存。《選注規李》、《選學糾何》篇目不多，《規李》計 220 條、《糾何》計 139 條，各均 1 卷，共計 2 卷 359 條。依駱氏觀點，不論是要涵蓋整本《昭明文選》，抑或是《義門讀書記》，都略顯才短氣粗。但事實如何？仍是需要進一步對二書逐一觀察與討論，才得驗證。

〔註 7〕周駿富輯：《國朝耆舊類編》，收於《清代傳記叢刊》（台北市：明文書局，1986 年 10 月），第 149 冊，頁 11。

〔註 8〕周駿富輯：《國朝耆舊類編》，收於《清代傳記叢刊》（台北市：明文書局，1986 年 10 月），第 149 冊，頁 19。

〔註 9〕〔清〕紀昀等撰：《武英殿本四庫全書總目》（北京：國家圖書館出版社，2019 年 1 月），第 14 冊，頁 66～69、第 21 冊，頁 71～72。

〔註 10〕駱鴻凱：《文選學》（北京：中華書局，2015 年 3 月），頁 69。

《選學糾何》（下皆稱：《糾何》，以便行文簡麗）按其內容之訊息，應為《選注規李》的後續之作，除《糾何》開卷表明「仕履已見」外，〔註 11〕〈南都賦〉「匪葛匪姜，疇能是恤。」句、〈文賦〉「悟防露與桑間」句、《後漢書·二十八將論傳》條，案語皆言：「辨詳，上卷《規李》」等資訊足以證之；〔註 12〕然本論特別將《糾何》置於《規李》前先行討論，主要認為：

第一，何焯開清代《文選》學「評點」與「考據」之之濫觴，極具引領之貢獻；以所謂「考據學」之範疇來談，〔註 13〕明代刊刻較為率性，缺乏嚴謹與完整的體系，此誠為清儒所詬病，雖不可否認明人在出版業上有推舉之功，但前代快速地發展出版行業，造就清代考據之繁。〔註 14〕而何焯上承明代藏書家遺風，表現出所謂「刻（校）書之益」；〔註 15〕清人錢大昕（1728～1804 年）贊：「考證《漢書》最有功」。〔註 16〕雖然何焯對於刊刻或校勘用力頗深，但相對亦有部分缺失，學者王小婷認為何焯在勘校《文選》時犯有「求深穿鑿」及「妄改原文」二弊，〔註 17〕部分需要博引大量資料考據的問題，卻使用鄉間傳訛，又或是古字原有，但清時不用，何焯「改古就今」，屢見不鮮。校書工作上，尤其忌諱妄逞臆見、輕易擅改、道聽塗說，〔註 18〕比如：

〔註 11〕〔清〕徐攀鳳：《選學糾何》（藝海珠塵本），收於《百部叢書集成》（台北市：藝文印書館，1966 年 3 月），葉 1 右。

〔註 12〕〔清〕徐攀鳳：《選學糾何》（藝海珠塵本），收於《百部叢書集成》（台北市：藝文印書館，1966 年 3 月），葉 5 左、葉 12 左、葉 29 左。

〔註 13〕近代校讎學或考據學之專家尤多，本論參考張舜徽、王利器、陳垣等學者之說法，認為張舜徽「校書」體系與乾嘉學者，或乃說與徐攀鳳類似，故以茲為主。

〔註 14〕孫計康：〈明代版本學發展探究〉，《江蘇教育學院學報》（社會科學版），2009 年 3 月，第 2 期，第 25 卷，頁 83～85。

〔註 15〕葉德輝認為成為所謂的藏書家，校勘古書是必要工作，既已論及校勘，自是得投入相當大的人力、物力及對文獻研究的用心；何焯性嗜讀書，亦好修書，係連康熙都大家稱讚，這種校書功業，對學術，甚至後人，葉德輝認為是「五百年中必不泯滅」的偉大貢獻，故而「刻（校）書之益」的好處即在此。〔清〕葉德輝：《書林清話》（台北市：新文風出版社，1989 年 7 月），收於《叢書集成續編》，第 6 冊，頁 10。

〔註 16〕參《清史列傳》，周駿富輯：《清代傳記叢刊》（台北市：明文書局，1986 年 1 月），第 104 冊，頁 828。

〔註 17〕王小婷：《清代文選學研究》（上海：上海古籍出版社，2014 年 9 月），頁 79～80。

〔註 18〕張舜徽：《中國古代史籍校讀法》（北京：商務印書館，2019 年 11 月），頁 157～170。

〈西都賦〉「許少施巧，秦成力折。」句

李善注 許少、秦成，未詳。

李周翰曰：許少，古捷人。秦成，壯士也。〔註 19〕

李善因不清楚「許少、秦成」典出何處，故言「未詳」，這是注釋學或訓詁學上的基本處理方式；反觀李周翰的解釋，許少、秦成皆為人名，但古捷為何處則未說明；既言壯士，國籍、時代均未交代，故李周翰的說法自然稍嫌欠妥。考證上，若無法從行文、該書獲得「內證」，自是得尋求「外證」，這部分諸如清代梁章鉅、胡紹煐等人已考證，〔註 20〕皆以「外證」方式尋找解答，而何焯於此案語卻是直抄延李周翰的說法，明顯有疏漏之處，徐攀鳳因而糾正，其言曰：

李注既云：「未詳」，則知其詳者當確指何時何地之人，方為有據，若但如五臣所謂：「昔之倢人、壯士云」者，則本文「施巧力折」已明。是便捷壯往之象，可云不值一哂者已，他如〈西京〉：「虎威章溝，嚴更之署。」李注云：「虎威、章溝，未聞其意。」何氏遽曰，皆吏署名，亦未免臆撰而少佐證。〔註 21〕

何焯在刊刻、校訂的成績有目共睹，但往往也成為大家檢視的對象，尤其最為校書忌諱的「臆撰」、「少佐證」，單就《糾何》薄僅 1 卷，也提出 88 條否定，36 條需要資料補充之處，也顯示何焯雖校勘浩瀚書海，但疏漏之處不免瑕不掩瑜。

其次，何焯獨闢蹊徑，數採五臣之說，屢有刪修李善〈注〉的情況，如〈西征賦〉「殆肆叔於朝市。」條、〈雪賦〉「折園中之萱草，摘堦上之芳薇。踐霜雪之交積，憐枝葉之相違。」條、〈贈蔡子篤詩〉「按語」條……等不勝

〔註 19〕劉躍進：《文選舊註輯存》（南京：鳳凰出版社，2017 年 10 月），頁 108。

〔註 20〕該處，現代學者劉躍進於《文選舊註輯存》列引梁章鉅、胡紹煐二者說法，但梁、胡二氏考證皆是「未定之語氣」，梁章鉅《旁證》言：「豈即許幼乎？」，第九冊，頁 79；胡紹煐《箋證》言：「蓋秦成即荊成歟？」，第 12 冊，頁 249；而余蕭客《紀聞》雖有談及，但僅是藉此批評五臣〈注〉，言：「捷壯文中自解，豈假更言？」，第一冊，頁 453～454；張雲璈《膠言》言：「豈即許幼乎？」，也是未定之語，第 7 冊，頁 314。是故四人雖有徵引前人見解，但均未定論「許少、秦成」的典故出自何處。由此可見，四人均以考據之「外證」檢視原文及善〈注〉，答案未確定之前，不妄下結論，此誠何焯所疏失之處。參劉躍進：《文選舊註輯存》（南京：鳳凰出版社，2017 年 10 月），頁 108。前述四位清代學者著作皆徵引自《清代文選學名著集成》（揚州：廣陵書社，2013 年 11 月）。

〔註 21〕〔清〕徐攀鳳：《選學糾何》（藝海珠塵本），收於《百部叢書集成》（台北市：藝文印書館，1966 年 3 月），葉 3 左。

肆舉。〔註22〕自本論介紹，宋代以降的菁英仕子多認同李善〈注〉，對於五臣〈注〉抱持嗤之以鼻的態度，而何焯一改世風，以折衷的立場評判、接受兩家注解，自是引起其他學者的注意。職是之故，單就上述兩點，何焯的評點與校勘即受到質疑，但也就此兩項問題，引起眾士林加入討論，各展才學，如余蕭客〈文選音義序〉表明何焯學問上的優、缺點，其言曰：

> 前輩何侍讀義門先生，當士大夫尚韓愈文章，不尚《文選》學，而獨加賞號，博玫眾本，以汲古為善，晚年評定，多所折衷，士論服其該洽：然讀書散見與《文選》出入者，尚多可采，輒不字料，據何為本，益以所聞，摘字為音，作《音義》八卷。〔註23〕

當時何焯不僅取得諸多版本，其中特有所謂「汲古閣」的李善單〈注〉本，並將眾本以本校、他校、理校之方式，〔註24〕相互考證，尤其「理校」之「折衷」的觀點富含何氏對於兩家〈注〉的判斷取捨，最終所釐析自己的《文選》校本。雖說略有不足，但在當時的潘本、錢本，或其他《選》學著作相較，已堪為精絕善至，屬於願意流傳於士林的書籍，在胡克家考異本問世之前，讀書人仍以何本為圭臬。〔註25〕再者，如前述，胡克家本未出之前，眾學多參何本，胡氏

〔註22〕〔清〕何焯：《義門讀書記》(北京：中華書局，2013年4月)，頁905。〈西征賦〉、〈雪賦〉條僅葉樹藩《海錄軒朱墨套印本文選》有錄之，其於如第二章談之三版皆無，參〔清〕葉樹藩：《重刻昭明文選李善註》(雙桂堂藏板)本。

〔註23〕〔清〕余蕭客：《文選音義》(清・乾隆23年靜勝堂刻本)，收於《清代文選學名著集成》(揚州：廣陵書社，2013年11月)，頁10。

〔註24〕關於何氏校勘《文選》之研究，近代學者研究盛多，諸如穆克宏、劉峰、王小婷，可資博參，本論不對此詳加贅述。但另一方面，另筆者有所質疑，眾學者未特進一步說明的是，何焯既是清初一代的大儒，也是校勘方面的能手，何故在眾多校勘作品中，獨《文選》一校為眾學博加賞好，卻又大加批評，當初校勘的背景、目的、意義為何？目尚無見。或許此為研究何焯之另一課題，陋獻共參。

〔註25〕據駱鴻凱《文選學》談及，在何焯校本問世前，尚有潘耒與錢陸燦的攷證後版本，但似乎流傳罔乏，筆者認為可能如下：一者，屬於自我學問上的私學，為自我的研究心得，其目的不是為了流傳士林；二者，版本僅留傳給少數學友間，影響力與知名度未開；三者，質量或許不佳，以駱鴻凱的評斷，屬於簡易的校訂作品。由此觀之，可知道上述版本的流傳狀況，而何焯亦有類似其二的情況，在汪師韓《文學理學權輿》一書中嘆言過往欲借何焯校本觀覽，卻無法取得，諸如此類，可見當時眾多《文選》版本中，以何氏上善，眾學所從。見駱鴻凱：《文選學》(北京：中華書局，2015年3月)，頁49；〔清〕汪師韓：《文學理學權輿》(清・嘉慶間刻讀書齋叢書本)，收於《清代文選學名著集成》(揚州：廣陵書社，2013年11月)，頁12。

自己也不例外，其〈序〉文言：

> 然則數百年來，徒據後出單行之善〈注〉，便云《顯慶》勒成，已為如此，豈非大誤？即何義門、陳少章齗齗於片言隻字，不能挈其綱維，皆緜有異而弗知考也。余夙昔鑽研，近始有悟，參而會之，徵驗不爽。又訪於知交之通此學者，元和顧君廣圻、鎮洋彭君兆蓀，深相剖晰，僉謂無疑，遂迺條舉件繫，編撰十卷。諸凡義例，反覆詳諭，幾於二十萬言，苟非體要，均在所略，不敢秘諸篋衍，用貽海內好學深思之士，庶其有取於斯。〔註 26〕

當時胡克家於嘉慶年間取得尤袤本，另於江南吳地取得袁本及茶陵本，得以相互攷讎，並輔以何焯〈評語〉、陳景雲《舉正》等先進看法，檢驗李善〈注〉與五臣〈注〉的「原貌」，終得《文選考異》10 卷。至此，《文選》在版本上的問題已經有空前的成績，駱氏評為「此書為最懿矣」〔註 27〕。逮後至今，版本的主流多以胡氏為主流。

雖說何焯的校本或評點飽受大家反省，但究竟來說，仍是清代《選》學家重要的參考法典，故本論研究對象——徐攀鳳，於其作《選注糾何》即表示看法，其文言：

> 讀書之法，必先貫穿一家，而後馳驟乎百家。義門何先生之讀《選》也，率以李崇賢注為宗，評本嘉惠後學，越百年矣。〔註 28〕

徐氏雖僅道出短短幾句，講出幾個重點：第一、何焯的讀書法——經學、考據學、評點學等堪為當朝一家一派，應以為學習楷模；第二、何焯的《文選》學有自己的一套成績與看法，亦值得參考。故將資料集羅成《選注糾何》一書。雖議不多，但足見越是後代的清儒，對前人的研究，有著更完備的證據資料及考訂證誤。〔註 29〕

〔註 26〕參〔南朝梁〕蕭統編、〔唐〕李善注、〔清〕胡克家攷異：《文選》（上海：上海古籍出版社，2015 年 4 月），總頁 7～8。

〔註 27〕駱鴻凱：《文選學》（北京：中華書局，2015 年 3 月），頁 65。

〔註 28〕〔清〕徐攀鳳：《選學糾何》（藝海珠塵本），收於《百部叢書集成》（台北市：藝文印書館，1966 年 3 月），葉 1 左。

〔註 29〕吳斌《義門讀書記之文選賦評點研究》一書，提到徐攀鳳對於何焯的看法，但僅引《選學糾何》之序文，徐氏的觀點及勘謬未進一步討論，尚屬缺憾。故於本論後續節數，會詳加討論。參吳斌：《義門讀書記之文選賦評點研究》，江西師範大學碩士（中國古代文學）論文，2017 年 6 月，頁 20～22。

第一節 《讀書記》啟發

何焯於上文已有略述，但何氏的《文選》學應當分為兩種，一是其校訂《文選》版本上的成績，二是其校訂後對於文章字句、訓詁釋義的觀點及評語。而今已無法看到二者分開單形的狀態；或言之，何氏《文選》本已被胡氏本取代，今已無法復見，而相關評點與《文選》的字句附於後學編定的《義門讀書記》之中，因此最原始的成果已經混淆，此為可惜之處。

而相關評語做為清代《文選》學者參酌的重要文獻，自然不乏有讚許及批評的言論出現，以孫志祖《文選考異》為例，即對何焯大加讚揚，其文言：「國朝潘稼堂及何義門先生，竝嘗讎校是書，而義門先生丹黄點勘，閱數十年，其致力於尤勤……。」〔註30〕孫志祖除了表彰何焯在版本校讎上花了相當大的功夫，更重要的是何焯帶起的版本學問題。我們知道，明代毛晉汲古閣版的《文選》一直是清儒所視為最好的版本，其因在於它是李善單〈注〉本，然可惜之處在於當中參雜舊有的五臣〈注〉，校勘不精，因此清儒不斷校勘整理此一版本，務求還原李善原〈注〉。〔註31〕

是故，對清代學者來說，何焯的評點是相當重要的一筆攷證資料，頗具規模及信度，從余蕭客、孫志祖、徐攀鳳、張雲璈、梁章鉅……等著作觀點中可知；另一個值得嘉許的則是何焯敢於糾正前人，尤其是李善〈注〉。宋、明雖有不少《選》學著作，但對於善〈注〉有提出勘誤、斧正者，相當顯缺，何焯於此，無異有開啟之功。

一、糾謬李善〈注〉

對清儒來說，李善的《文選》注是符合清儒在學術上的傾向，運用的是「詞章之考據、音義之審定」的漢、唐學風。因此，綜觀整個清代《文選》學，係

〔註30〕〔清〕孫志祖：《文選考異》，《清代文選學名著集成》（揚州：廣陵書社，2013年11月），頁557。

〔註31〕其實不只孫志祖認為汲古閣本有問題，同時的余蕭客也有提出類似質疑，「汲古閣本獨存善注，而總題六臣又誤入向曰銑曰注十數條，蓋未攷六臣、五臣之別。漫承舊例譌雜，未必汲古主人有意欺世，及以所刻數條，五臣注為善也。」余蕭客僅就現象提出質疑，然未多加詳考詳證。而孫志祖不僅將錯誤舉出，還考訂其他諸家的版本，使得李注越加精核，此為《文選》李注校勘上的一大功成。參〔清〕余蕭客：《文選音義》，《清代文選學名著集成》（揚州：廣陵書社，2013年11月），頁7～12；〔清〕孫志祖：《文選考異》，《清代文選學名著集成》（揚州：廣陵書社，2013年11月），頁557～558。

鮮少有學者對李善〈注〉有所批評；然在《義門讀書記》中，雖未條條輯錄所有《文選》的文章，但何焯仍是依照《文選》的體例順序，從賦至詩，由詩於文，逐一校勘與評點。在校勘過程中，多次例舉李善「誤注」，以自己觀點修訂正誤李善〈注〉，以表懷疑。這在何焯以前的眾多《文選》學著作是少見的，如〈東都賦〉「乘時龍」條即否定善〈注〉，概況如下：

〈東都賦〉「乘時龍。」句

李善注 輅，已見〈西都賦〉。《周易》曰：「時乘六龍。」……。焦貢《易林》曰：龍渴求飲，黑雲景從。寖威，寖其威武也。寖或為祲。龢與和音義通。

李周翰曰：時龍，隨方色之馬，凡稱龍者，美馬之言。〔註 32〕

李善〈注〉文起自「登玉輅，乘時龍。鳳蓋棽麗，龢鑾玲瓏。天官景從，寖威盛容。」共六句。係因何焯於該句只有評語，是故本論僅談「乘時龍」。由上引「乘時龍」句例觀之，李善引《周易・文言》：「時乘六龍。」〔註 33〕解釋「龍」一字的原典，但「乘」與「時」並未詳細說明；相反地，李周翰雖未徵引文獻，但解釋所謂「時龍」係指某種顏色（隨方色）的馬，而古文獻言「龍」者，泛指駿馬、美馬。於此，兩較之下，何焯認為善〈注〉有誤，其文言：

何按：《後漢書》注：「馬八尺以上為龍」，〈月令〉：「春為蒼龍」，各隨四時之色，故曰時也。李引《易》非。〔註 34〕

「馬八尺以上為龍」係出自唐代李賢（655～684 年）注《後漢書》時所徵自《爾雅・釋畜》，但〈釋畜〉的原文為：「馬八尺為駥。」〔註 35〕郭璞《爾雅》注引《周禮》，原文如下：

馬八尺以上為龍，七尺以上為騋，六尺以上為馬。〔註 36〕

〔註 32〕劉躍進：《文選舊註輯存》（南京：鳳凰出版社，2017 年 10 月），頁 148。

〔註 33〕〔漢〕鄭玄注、〔唐〕孔穎達疏：《禮記正義》（十三經注疏本）（北京：北京大學出版社，1999 年 1 月），頁 21。

〔註 34〕此處另一個浮現的問題是《禮記・月令》原文為：「駕蒼龍」，但自何焯以降，徐攀鳳、張雲璈均作「為蒼龍」；周查各版本，如《禮記正義》、《禮記集說》、《十三經注疏禮記》本均作「駕蒼龍」，明顯有誤文。〔清〕何焯：《義門讀書記》（北京：中華書局，2013 年 4 月），頁 860。

〔註 35〕〔晉〕郭璞注、〔宋〕邢昺疏：《爾雅注疏》（上海：上海古籍出版社，2015 年 3 月），頁 596。

〔註 36〕〔漢〕鄭玄注、〔唐〕賈公彥疏：《周禮注疏》（上海：上海古籍出版社，2015 年 3 月），頁 1262。

統合上述，「時龍」一詞，不論是「六龍」、「八尺以上為龍」、「馬八尺為駥」，均指「大馬」，差別在於徵引文獻不同而已。值得關注的是，李善於〈東京賦〉「乘六龍」句注亦同，〔註 37〕代表在李善的認知中，「乘時龍」與「乘六龍」均典出《周易》，但李善於〈東京賦〉「乘鑾輅而駕蒼龍」句卻引《禮記》，〔註 38〕此處就不易理解李善注解時徵引的標準，以及其對於「龍」字的定義與理解。〔註 39〕

另一例，何焯在謝玄暉〈始出尚書省〉「防口猶寬政，餐荼更如薺」二句的注解，認為李善注與詩歌的原意相違，反而劉良的注解較為恰當，兩家〈注〉文下：

〈始出尚書省〉「防口猶寬政，餐荼更如薺。」句

李善注 言防眾口，實由寬政，雖遇餐荼之苦，更同如薺之甘。時明帝輔政，故曰寬也。《國語》召公諫厲王曰：「防人之口，甚於防川。」《左氏傳》：「陳公子完謂齊侯曰：『臣幸若獲宥，及於寬政，君之惠也。』《仲長子昌言》曰：「有軍興之大役焉，有凶荒之殺用焉，如此則清脩絜皎之士，固當食荼鹽膽，枕籍菁棘。」《毛詩》曰：「誰為荼苦？其甘如薺。」

劉良曰：厲王暴虐，殺国人以止謗者。召穆公諫曰：防人之口，甚於防川。王不聽之，国莫敢言，道路以目。比之於鬱林王，則猶為寬政矣。人苦其政，甚於餐荼，方之苛法，則餐荼草如薺焉。荼，苦草。薺，甘草也。〔註 40〕

〔註 37〕劉躍進：《文選舊註輯存》（南京：鳳凰出版社，2017 年 10 月），頁 650。

〔註 38〕劉躍進：《文選舊註輯存》（南京：鳳凰出版社，2017 年 10 月），頁 638。

〔註 39〕該「乘時龍」句，眾清《選》學家亦有討論，當然何焯開其先，這是沒有問題的，下如余蕭客《文選音義》，頁 33、梁章鉅《文選旁證》，頁 93、胡紹煐《文選箋證》，頁 262 均與何焯字句一致；惟張雲璈《選學膠言》見解特出，其按言：「〈東京賦〉『天子乃撫玉輅，時乘六龍』蓋即用〈東都賦〉語，蓋此以『時龍』為『時乘六龍』亦無不可，且李氏於〈東京賦〉注固明言：『各隨其時而乘之』，何之譏李即用此說耳。」，頁 332。其實，依照張雲璈看法，「時龍」、「六龍」、「蒼龍」等詞，均是馬的異稱，本質並無不同；而《選學糾何》中文句亦與張雲璈類似。上余、梁、胡、張氏言均出自《清代文選學名著集成》（揚州：廣陵書社，2013 年 11 月）；徐氏言見《選學糾何》（藝海珠塵本），收於《百部叢書集成》（台北市：藝文印書館，1966 年 3 月），葉 3 右。

〔註 40〕北宋本、尤袤本缺「李善言」三字；五臣部分，集注本與陳八郎本多處單字兩異，已無法確立原貌。劉躍進：《文選舊註輯存》（南京：鳳凰出版社，2017 年 10 月），頁 5759～5760。

該詩講述南齊武帝至明帝之間的政治概況，時文惠太子——蕭長懋（458～493年）逝世，引起諸多王冑爭搶高位，但不論是前後繼位的鬱林王——蕭昭業（452～498年），抑或是齊明帝——蕭鸞（473～494年）均有雷戾之政，百官可能不敢言或不能言。〔註41〕兩家解釋雖無徵引《南齊書》，但均運用《國語》、《左傳》作例證，惟不同處有「荼」、「薺」二字，李善引《毛詩》，劉良引《說文》；另一處則是劉良認為該詩係在喻諷鬱林王。然何焯卻於此處評言：

言昭業凶暴，防口尚為寬政，朝士懼禍者，餐荼亦如薺也。

善注全乖文義。〔註42〕

雖然何焯並未明言贊同劉良的注解，但批評李善的同時，大抵肯定劉良之說，乃因二者取材相差無幾。進究一步分析，李善首以「自我見解」解釋詩句，次引《國語》及《左傳．莊公（二十二年）》的史料，〔註43〕至此，無特別之處；若是要解釋何焯的「全乖文義」，則或許是續下引徵兩筆資料，首先是《仲長子昌言》一書，該書確切，而李善引之或許是要解釋詩句中「荼」一字，但徵引內容似乎無法切合詩句，〔註44〕下引《詩經．邶風．谷風》：「誰為荼苦，其

〔註41〕單就史料而言，可以觀察到鬱林王與齊明帝在位期間均發布多條詔令，內容確實嚴政益民，但兩〈紀〉的〈史臣曰〉及〈贊〉均是負面評價，此處是否可以作一思考，兩位帝王人前與人後均不一，內心忌猜，喜怒詭譎，表面上政治寬恕，要求百官進諫，實則無人敢進言，再應和〈始出尚書省〉上句「紛虹亂朝日，濁河穢清濟」，及兩家均運用《國語》、《左傳》的例子，是否隱晦當時的政治，自是甚明。〔南朝梁〕蕭子顯撰：《南齊書》，收於《二十四史》（北京：中華書局，1997年11月），頁22～28。

〔註42〕〔清〕何焯：《義門讀書記》（北京：中華書局，2013年4月），頁933。

〔註43〕《春秋左傳注》原文：「羈旅之臣幸若獲宥，及於寬政，赦其不閑於教訓。而免於罪戾，遲於負擔。君之惠也。所獲多矣。」而李善取其「寬政」、「惠」之部分，使得原文意稍有疑誤，或許何焯認為注意不當。參楊伯峻編：《春秋左傳注》（北京：中華書局，2007年9月），總頁220。

〔註44〕《隋書．經籍志》載：「《仲長子昌言》12卷。錄1卷。漢尚書郎仲長統撰。」可見當時有收錄不全的問題，有這樣的前提，對於後代是否能見到完整的書籍內容，自然無法保證。〔東漢〕班固、〔唐〕長孫無忌等編：《漢隋藝文經籍志》（台北市：世界書局，2009年2月），頁79。又筆者續查《藝文類聚》、《太平御覽》尚有提及，但僅一二條，而清代輯佚尤盛，在馬國翰《儒家佚書輯本五十五種》中卻有輯上下二卷，但未見李善〈注〉引之內容；另一學者嚴可均，於其《全上古三代秦漢三國六朝文》有之，但僅存如李善〈注〉引之內容。故整體，李善引〈注〉之原貌是否已殘缺，抑或是節錄，無法得知。〔清〕馬國翰：《儒家佚書輯本五十五種》（台北市：世界書局，2015年3月），頁74～83；〔清〕嚴可均輯校：《全上古三代秦漢三國六朝文》（北京：中華書局，1985年11），總頁957。

甘如齊。」亦是，《毛傳》作「刺夫婦失道也。衛人化其上，淫於新昏而棄其舊室，夫婦離絕，國俗傷敗焉。」〔註 45〕是諷刺夫婦關係，而不是君臣關係。因此，總體來說李善〈注〉傾向單詞逐一注解，而劉良則是較針對整體大意。〔註 46〕

下一條則是陸機〈謝平原內史表〉的「重蒙陛下愷悌之宥」句，何焯亦認為李善注解「有誤」，注解概況如下：

> 〈謝平原內史表〉「重蒙陛下愷悌之宥。」句
>
> 李善注 陛下，謂成都也。《毛詩》曰：「愷悌君子。」〔註 47〕杜預《左傳注》曰：「宥，赦也。」荀悅《申鑒》曰：「人主威如雷電之震。」《左傳》齊侯對宰孔曰：「小白恐隕越于下也。」
>
> 呂向曰：宥，寬也。……。蒙天子寬廻，收其威，使至不死也。〔註 48〕

從而分析，善〈注〉開頭即用「謂」其實並不少見，但多半會配合典籍訓詁，但這邊直解「陛下」一詞謂「成都」，即令讀者大惑不解，不明白之間的關聯性，何焯即言：

> 注，陛下謂成都也。按此表自上惠帝，非成都也。觀表首稱陪臣，可見是時士衡從成都在鄴下。魏郡太守治鄴，故詔書下魏守，守復遣丞授之耳，兼以表末便道之官等語証之，其義尤明，李注恐誤。〔註 49〕

何焯開題即否定「陛下」與「成都」的連結關係，並舉證陸機的時代與寫作背景，認為陛下指的是「晉惠帝」。的確，當時晉代都城也非在成都，而是在洛

〔註 45〕〔漢〕毛亨撰、〔漢〕鄭玄箋、〔唐〕孔穎達疏：《毛詩注疏》（上海：上海古籍出版社，2015 年 2 月），總頁 197～206。

〔註 46〕李善是按各個字詞分而注解，而由注重詩句「防口猶寬政，餐荼更如薺」之「寬政」、「荼」二詞，各引兩條資料，而對於其他的字詞亦無詳釋，且解釋未必切的中理，故此遭何焯詬病。

〔註 47〕北宋本此處四字缺。尤袤本僅作「《毛詩》曰」，該詩查俱可引《小雅・青蠅》、《大雅・泂酌》，〈青蠅〉詩序言：「大夫刺幽王。」；〈泂酌〉：「召康公戒成王也。言皇天親有德，饗有道也。」陸機為一臣子，以臣刺王（成都王）刺帝王（晉惠帝）皆於文理合，以〈青蠅〉為佳。〔漢〕毛亨撰、〔漢〕鄭玄箋、〔唐〕孔穎達疏：《毛詩注疏》（上海：上海古籍出版社，2015 年 2 月），總頁 1254、1624。

〔註 48〕劉躍進：《文選舊註輯存》（南京：鳳凰出版社，2017 年 10 月），頁 7497～7498。

〔註 49〕〔清〕何焯：《義門讀書記》（北京：中華書局，2013 年 4 月），頁 951。

陽，何焯所糾為何？筆者具此篇〈謝平原內史表〉之全文李善〈注〉及《晉書》的資料比對「成都」係指成都王——司馬穎（279～306年），封於鄴。時陸機確實仕於成都王，且因眾王之間的各自攏絡攻伐，特封陸機為「平原內史」等職位。〔註50〕以此來看善〈注〉，確實符合文義，而何焯的疑義是不成立的。

〔註51〕

綜合上述，李善不論是注釋，抑或訓詁，往往有其自身的想法。何焯立於後學，向前人反省是應當的，但所有的「糾正」或「勘誤」是否成立？則有待檢驗。從而將自身的所學所聞用以對李善〈注〉的重視與反省，何焯誠是開啟清儒敢於考據李善〈注〉之先聲。

二、廣採各家評點

歷代注家注書，多以現成且權威之經書、字書、史書……等作解，少見以「文人評論」注釋文學作品；整部《文選》橫貫十一個個朝代，當中任何作品受到評論是合情合理，但不論是依「注釋學」或「訓詁學」的慣例，以往即是溯古既源。何焯雖未有注《文選》，但其校勘之劄記屢屢引用唐以降之學者、文人等作品論著，呈現其獨特於李善、五臣之看法，如北宋姚寬（？～1161年）《西溪叢語》多次被引於文章，以質疑文本之疏漏或流傳勘誤；〔註52〕又如宋玉〈高唐賦〉中，即引蘇軾的看法，其文言：

〔註50〕時多位「王」相互朋黨與攻伐，以趙王倫、齊王冏、長沙王乂、成都王穎、河間王顒、東海孝獻王越……等，並擁彊兵，各據一方。而陸機又仕於成都王司馬穎。案當時政局紛亂，各王有意「稱孤」，陸不願得罪，故撰文表謝。又「陸機陪臣」句，蔡邕注言：「諸侯境內，自相以下，皆為諸侯稱臣。於朝皆稱陪臣。」對諸侯王可自稱「陪臣」，若對惠帝應直稱「臣」，故表應是上於成都王——司馬穎。參〔唐〕房玄齡纂：《晉書》，《二十四史》（北京：中華書局，1997年11月），頁1479～1480、1615～1619；劉躍進：《文選舊註輯存》（南京：鳳凰出版社，2017年10月），頁7486。

〔註51〕本論考察此部分，目前僅見清儒梁章鉅與胡紹煐有談之，且支持何焯說法，《文選旁證》言：「觀〈表〉首：『陪臣士衡，從成都，在鄴下，魏郡太守治鄴詔書下魏守，守復遣丞授耳。以表末便道之官等語證之，其義尤明。』」認為上表對象為晉惠帝。參〔清〕梁章鉅：《文選旁證》（清・道光18年刻本），《清代文選學名著集成》（揚州：廣陵書社，2013年11月），第11冊，頁9。胡紹煐語句與梁章鉅一致，疑似有參考，故不特引文，參〔清〕胡紹煐：《文選箋證》（聚學軒叢書本），《清代文選學名著集成》（揚州：廣陵書社，2013年11月），第12冊，頁322。

〔註52〕見於張衡《思玄賦》、宋玉《神女賦》部分。參何氏：《義門讀書記》（北京：中華書局，2013年4月），頁878、882。

蘇子瞻謂：「自玉曰唯唯以前皆賦，而此謂之序，大可笑。」〔註 53〕

蘇軾的意思在於「唯唯」二字不當為〈高唐賦〉諷諫楚襄王的開頭，因此不配有序之稱。由是可知蘇軾之立論為何焯所採用，是故《讀書記》文後何焯附和：

是大可笑。得乎。〔註 54〕

又陶淵明〈雜詩〉二首中，何焯言：「東坡之論不必附會。」〔註 55〕在《東坡全集》有數量相當多的〈和陶詩〉及其他與陶淵明生平、遭遇、心境……等有關的作品，意在揣摩。蘇軾也有不少作品對陶氏之遭遇不以為意之言論、詩句等，以上述陶淵明〈雜詩〉二首，看得出係對環境時局之抱怨，然蘇軾〈和陶詩〉中一首則詩：

斜日照孤隙，始知空有塵。微風動眾竅，誰信我忘身。一笑問兒子，與汝定何親。從我來海南，幽絕無四鄰。耿耿如缺月，獨與長庚晨。此道固應爾，不當怨尤人。〔註 56〕

此詩屬題於和「雜詩」，是附和陶淵明各首〈雜詩〉的類型，由上詩句中「不當怨尤人」一句，看出蘇軾對於陶淵明的抱怨認為是不足以為抱怨的，且無法與己之心境、時遇所並論，故而賦詩；又宋玉〈神女賦〉，何焯引明代張鳳翼（？～1636 年）之說法，認為「王夢」二字當改為「玉夢」，當然何焯以為「不可因其寡學而并非之。」否定張氏說，但文末「特攘令威昔言，衿為獨得耳。」則對於排議前者權威之說，難能可貴。〔註 57〕而這個問題亦有近代學者去考定討論，究竟夢見神女者是楚襄王，抑或是宋玉？暫且不加多議。〔註 58〕

上述所舉，何焯不因己見而別斥他說，反而列引討論，這對於學術的進步是相對幫助，此種兼闊學習心態誠足為《文選》打開另一種探討的面向，因此何氏以降，不論是清代的哪一位《選》學家，可見引《老學庵筆記》、《夢溪筆談》、《困學紀聞》等學術筆記，羽翼己說。

三、何焯自我的看法

誠如本章第一節所談，何焯一生不僅校書繁多，係當代校勘的能手，且在

〔註 53〕〔清〕何焯：《義門讀書記》（北京：中華書局，2013 年 4 月），頁 882。

〔註 54〕〔清〕何焯：《義門讀書記》（北京：中華書局，2013 年 4 月），頁 882。

〔註 55〕〔清〕何焯：《義門讀書記》（北京：中華書局，2013 年 4 月），頁 932。

〔註 56〕〔宋〕蘇軾：《三蘇全集》（清・道光 5 年眉州三蘇祠堂刊本，中冊）。（京都市：中文出版社，1986 年 4 月），總頁 1568。

〔註 57〕〔清〕何焯：《義門讀書記》（北京：中華書局，2013 年 4 月），頁 882～883。

〔註 58〕參高秋鳳：《宋玉作品真偽考》（台北市：文津出版社，1999 年 3 月）。

收書羅籍上亦不遺餘力，全祖望銘文記言：「宋元舊槧、故家抄本。」〔註59〕故其才貫二酉怡然不在話下。由於無法得知其校勘與藏書的確切書目，筆者僅以《義門讀書記》稍作推論。

何氏閱籍無數，《義門讀書記》中不時提出見解，不僅引宋、明時期的學者說法，亦引用歷代文人的作品以堪比《文選》內的作品，如以唐代韓愈〈進學解〉對比揚雄〈解嘲〉，認為「詞古深意，……，東方之體，恢奇深妙過之。」〔註60〕或是蔡邕〈朱公叔謚議〉優於〈郭有道林宗碑〉；〔註61〕並在任昉〈齊竟陵文宣王行狀〉條下表明自蔡邕以降，皆華而無實。〔註62〕

再者，何焯的注解，無疑對後來的學者在注解上別具啟發。隋唐以降的《文選》學總落於經書、史書、六臣的框架中，無法跳脫出李善、五臣的注解窠臼；不論李注、五臣注《文選》等，注解始終不離「九經」，然何焯作為清代《文選》學先河，在其作中總見自己的觀點與評論，這視為不受制於傳統權威的說法，如何焯認為孫綽〈遊天臺賦〉的語言用法不當且序言比正文來得佳；或在賈誼〈鵩鳥賦〉的文體歸類上，何焯認為不當如《文選》編入「鳥獸」賦類，而是應當與〈幽通賦〉、〈思玄賦〉同編為一類。而上述二賦皆歸類於所謂的「志」，這類的文章多半有自我期許與對理想的嚮往之共通點，而〈鵩鳥賦〉正是寄託賈誼對政治的器重，藉鵩鳥抒發而寫作。因此，何焯的觀點也並非全憑個人喜好而所妄議，仍是有值得參考的地方。〔註63〕

雖然其《讀書記》並非專對系統性地（如：訓詁、音義）對《文選》進行發凡，但牽涉的面向之廣，故越是清代晚期的學者，大抵使用類似何焯「既校勘且評論」的方式去反省《文選》，故若余蕭客《文選音義》「較正數十處，補遺數百事」、〔註64〕張雲璈《選學膠言》「隨疑隨檢，隨檢隨記」、〔註65〕朱珔

〔註59〕〔清〕全祖望：《鮚埼亭集》，收於《近代中國史料叢編三編》（台北市：文海出版社，1988年3月），頁719。

〔註60〕〔清〕何焯：《義門讀書記》（北京：中華書局，2013年4月），頁960。

〔註61〕〔清〕何焯：《義門讀書記》（北京：中華書局，2013年4月），頁973。

〔註62〕〔清〕何焯：《義門讀書記》（北京：中華書局，2013年4月），頁974。

〔註63〕〔清〕何焯：《義門讀書記》（北京：中華書局，2013年4月），頁873、876。

〔註64〕〔清〕余蕭客：《文選音義》（清・乾隆23年靜勝堂刻本），收於《清代文選學名著集成》（揚州：廣陵書社，2013年11月），頁11。

〔註65〕〔清〕張雲璈：《選學膠言》（清・道光11年刻三影閣叢書本），收於《清代文選學名著集成》（揚州：廣陵書社，2013年11月），頁248。

《文選集釋》「輒私劄記」、〔註 66〕胡紹煐《文選箋證》「能發前人所未發」……等，〔註 67〕均有考據的工作，另綴於自己想法之案語，不難看出何氏讀書法餘韻後學。

四、公允評騭——認同五臣

本論已有所談及「李善〈注〉的沉浮」及「五臣〈注〉版本的流行」，大部分學者是鄙斥五臣〈注〉。然至清代，何焯是否一如潮流，排斥五臣？葉樹藩《文選補注》對何焯評價如下，其文言：

> 吳何義門先生手評是書，於李注多所考證，士論服其精覈。余輒不自揆，手自勘輯，削五臣之紕謬，存李氏之訓詁。卷帙則仍毛氏而正其脫誤，評點則遵義門而詳為釐訂。〔註 68〕

葉氏除肯定何焯《義門讀書記》對《文選》學的價值外，其中所言「削五臣之紕謬，存李氏之訓詁」正是乾嘉以降諸多學者推崇李善的心聲。然，經本論觀察，何焯並非如部分學者偏頗李善〈注〉，從《義門讀書記》中，則可見何氏不僅「公允評騭」，揀擇上亦是學有所據。

在本章第一節以略舉數例，咸可酌參。據筆者統計，單就《義門讀書記》談及《文選》之部分共 4 卷，論及「五臣」一詞或五臣之中的任一注家共 18 處，類型情況如下：

1. 不同意五臣之說：6 處〔註 69〕
2. 同意五臣之說：8 處〔註 70〕
3. 參考五臣說法，並未明顯同意或反對：4 處〔註 71〕

首先，從統計資料說明何焯其實並不排斥五臣之說，在不同意之處係會提

〔註 66〕〔清〕朱珔：《文選集釋》（清・光緒元年涇川朱氏梅村家塾刻本），收於《清代文選學名著集成》（揚州：廣陵書社，2013 年 11 月），頁 3。

〔註 67〕〔清〕胡紹煐：《文選箋證》（聚學軒叢書本），《清代文選學名著集成》（揚州：廣陵書社，2013 年 11 月），第 12 冊，頁 211。

〔註 68〕劉鋒、汪翠紅編：《文選資料彙編——序跋著錄卷》（北京：中華書局，2019 年 4 月），頁 29～30。

〔註 69〕〔清〕何焯：《義門讀書記》（北京：中華書局，2013 年 4 月），頁 859、880、894、905、919、924。

〔註 70〕〔清〕何焯：《義門讀書記》（北京：中華書局，2013 年 4 月），頁 872、909、910、915、917、933、954、964。

〔註 71〕〔清〕何焯：《義門讀書記》（北京：中華書局，2013 年 4 月），頁 866、890、937。

出駁斥的觀點與資料，以資正自己說法；相反，同意之處亦會提出贊同的原因，並非徒從。其次，何焯至所以能引領清代《文選》學學風的原因，本論認為還是著眼兼容、客觀。大部分學者著作參考手本不外乎「六臣本」或「尤袤本」，而能否靜氣平心地討論箇中問題，這恐怕又是另一個清代《文選》學的弊端，因為大部分學者仍是「尊李善，輕五臣」，故學者王小婷對其著作之作法以「清代《文選》學研究第一人」及「研究的視野拓寬」來對何焯兼容廣採的學術風格予以讚語。〔註 72〕

第二節　對何焯的再斧正

對於《文選》學來說，游志誠提出一說，認為可分為「選學」及「選注」兩個面相，且認為本論研究對象——徐攀鳳，為首位提及者。但筆者認為，單就乾、嘉時期的《文選》學著作，是否合乎「選學」及「選注」兩個面相？恐怕尚不成立。〔註 73〕然本論務求精確，亦分作二個面向討論：一為「注學」，一為「校學」。此二分之用意在於清代《文選》學術主流基本以「尊李善」為宗，或以一家一系統之〈注〉（說）為砥，李善〈注〉即是具系統性的注釋訓詁，以茲為專門討論，則符合「注學」上的探究。《選學糾何》言：

〔註 72〕王小婷：《清代文選學研究》（上海：上海古籍出版社，2014 年 9 月），頁 81。

〔註 73〕「選注」與「選學」二詞係源自學者游志誠〈《文選》古注新論〉，該文提出：以「注」為研究導向的「選注」，直言之，以專家〈注〉為主進行討論，在這方面徐攀鳳確實在其二書——《規李》、《糾何》分別以李善與何焯為主要討論對象，這方面或許可以成立；另一則是認為由「選評」至更進一步的「選學」，換言之，在游氏觀念中，同時有獨論專家〈注〉及評論，即為「選學」。所議之論，咸有可觀。然，本論認為，該觀點尚可略作修正，確實，清初至乾、嘉時期，大部分學者均專就李善，反而目前較少有清人研考五臣，但這僅是一個時代風氣，或一個研究喜好取向，能否專就成一體系？恐怕是不成立的。誠如徐攀鳳《選注規李》、孫志祖《文選理注補正》等同時期之選學家，仍是以「點狀式」隨考隨證，並非特立系統性專攷李善或五臣的所有缺失。其次，通觀乾、嘉時期的學者，僅汪師韓《文選理學權輿》較有系統性地析論分類「注」、校勘、評語、釐析……等學術表現，甚至清末駱鴻凱專書論《文選學》，皆是依章專論。如此系統且全面，得稱作「某學」。單以徐攀鳳來說，其純粹宗於李善〈注〉，摒斥五臣〈注〉，糾正何焯「案評」，尚不成系統，雖其書以「選學」、「選注」命名，但這僅是今人將古人的《選》學「系統化」之說，故單論一學，尚不足立。參游志誠：《文選綜合學》（台北市：文史哲出版社，2010 年 4 月），頁 41～52。

讀書之法，必先貫穿一家，而後馳騁乎百家。義門何先生之讀《選》也，率以李崇賢〈注〉為宗，評本嘉惠後學，越百年矣。〔註74〕

徐氏清楚地告訴讀者，舉凡個別學問需先通曉於一家，並以其為立論基礎，向外擴充。這邊其實也透露出一個議題——「李善與五臣的優劣」。誠於前章申論李善、五臣兩家在注解方面、版本流傳、學界取向……等種種問題，而何焯率先挑起學術討論。其實徐攀鳳隱含自己的學術傾向投射於何焯，也就是「尊李善，輕五臣」，但其實不論是《義門讀書記》，或是何焯其他著作、文章，其實未見「獨尊李善〈注〉一家」之說，雖有讚美李善、批評五臣，但並不涵蓋全然學術思想。以徐攀鳳的角度來談，先專精於一家之說，輔以何焯（一家）之言，才是讀懂《昭明文選》之法。因此，其上述兩家說法為主，一是李善的〈注〉，另一個是何焯的校評，以此為標竿進行討論，即合乎「注學」的定義。

「校學」則是《文選》學的另一課題，也就是所謂「校訂之學」。每本書在注解的同時，就已經是對該書做第一次的「校訂」，後續學者對其進行「疏理」、「札記」、「攷訂」、「校勘」、「集釋」、「箋證」……等型態訓詁或爬梳，都算是對書籍的第二次「校訂」。用另一個角度說，亦可謂「校勘記」。故如何焯的《義門讀書記》，何嘗不是對《文選》及李善〈注〉的再一次校勘；而徐攀鳳《選學糾何》也何嘗不是對何焯《義門讀書記》的再校勘？因此，「校訂」工作是接續不斷的，那怕本論檢視徐氏《規李》、《糾何》，表面是個人著作，同樣地也可說是對前人的「校勘記」。

而《文選》在注解方面已有李善、五臣等足具功業，瀰衍後學，直至清代無人再注，姑且先不論《文選》各家注解的好壞與優劣，單就各家，不論是李善，抑或是五臣，注解是否「得宜」？是否「切合文意、史實」？皆需要驗證；而不論是評點、校案、劄記……等，本就與校書工作同時進行，故游氏認為由「選注」到「選評」，再由「選評」至「選學」之說，或許似可調整。

回談何焯，校勘同時也不外投入自己的學問於中，美曰：「臻緻」，但實而「臻不至緻」，乃因《文選》包羅萬象，內容豐富，朱珔〈文選集釋自序〉言：

況是書自象緯輿圖，暨夫宮室車服器用之置，草木鳥獸蟲魚之名，

〔註74〕〔清〕徐攀鳳：《選學糾何》（藝海珠塵本），收於《百部叢書集成》（台北市：藝文印書館，1966年3月），葉1左。

訓詁之通借，音韻之淆別，罔弗賅具。〔註 75〕

李善學問淵博，號稱「書簏」，〔註 76〕但從其〈注〉可知，仍有對歷代部分典章、名物或作家用心不甚了然，時而出現「注誤」或「理解有誤」，僅就知道部分申引訓詁，故有者批評李善〈注〉「望文生訓，轉失本旨」並非詆譭〔註 77〕。同樣地，何焯就算精於校勘，未必精明聲韻、文字之學；通歷代史籍，未必悉曉典章名物。歷朝歷代的風俗民情物轉星移，文人雅士化用典故俚俗等，若人無法博通古今，遍覽青黃，獨力完成注書或校書的工作，皆屬不易。是故，如同張舜徽所說：欲想把校書工作做到妥確善實，單就隻身一人的學問，仍會有疏漏之處。〔註 78〕所以校書應當是一種「teamwork」，團隊合作的概念，絕非一人之力可完成。從李善、五臣〈注〉挑出的弊端，檢視何焯的校語，以及續下要探究的徐攀鳳《選注規李》、《選學糾何》，都再再證明此道理。於下，將分五點探討徐攀鳳《選學糾何》對何焯《義門讀書記》在《文選》上想法的部分訂正與看法。

一、誤校釐正

前文已有提及，各家版本好壞見仁見智。然此部分，何焯作為一校勘者，自然以自己的學識與見解予以修正，但並非無端擅改，亦是依照文章時代或注解來由為本，旁徵博引諸多資料，故《文選》大量校字俱出於何氏，也為後來葉樹藩、胡克家所採。然，徐攀鳳認為有部分「校字」有疑慮，似可討論。本論計共 37 處，特列提出，於下逐條檢視徐氏之說是否得宜：

1. 班固〈西都賦〉「挾豊霸」句

   何焯校語：〔註 79〕《水經注》：「灞水，古曰滋水。」秦穆霸世更名，以顯罷功，然則霸字不當加水旁也。

〔註 75〕〔清〕朱珔：《文選集釋》（清・光緒元年涇川朱氏梅村家塾刻本），收於《清代文選學名著集成》（揚州：廣陵書社，2013 年 11 月），頁 3～5。

〔註 76〕〔宋〕歐陽脩等撰：《新唐書》，收於《二十四史》（北京：中華書局，1997 年 11 月），頁 1470～1471。

〔註 77〕〔清〕胡紹煐：《文選箋證》（聚學軒叢書本），《清代文選學名著集成》（揚州：廣陵書社，2013 年 11 月），第 12 冊，頁 211。

〔註 78〕張舜徽：《中國古代史籍校讀法》（北京：商務印書館，2019 年 11 月），頁 140～143。

〔註 79〕為求簡麗美觀，以降舉例均稱：「何校」。

徐攀鳳案語：〔註80〕豈獨霸字？即豊字亦然。《尚書．武成》：「王來自商，至于豊。」《詩．大雅》：「豊水東注。」即此鄠縣之豊，不當作澧也。或加邑旁，如〈上林賦〉之「酆鎬潦潏」皆非是。〔註81〕

第1條係一「詞源」上的問題，案：「灞」本與「霸」同源，特增偏旁之用意在於強化該字所協帶之意義，此處徐氏是贊同何焯的說法，認為毋須特增偏旁以強調，而該現象越是遠古的典籍，現象愈是明顯。〔註82〕

2. 班固〈兩都賦〉「隨侯明月。」句

何校：《史記》雖本有「隋」字，然此處宋本及《後漢書》皆作「隨」，不獨隋文帝始去辵也。

徐案：隋文帝以前「隨」訓作「裂肉，徒果切」，不予「隨」同。今之經書傳寫摹刻，任意互更，是書中如隨珠張平子〈吳都賦〉：「綴隨珠以為燭。」〔註83〕、隨掌劉越石〈答盧諶詩〉序：「夜光之珠，何得專玩於隨掌？」、隨和班孟堅〈典引〉：「親隨和者難為珍。」、和隨班孟堅〈答賓戲〉：「和隨之珍。」，即此隨侯之隨，不當作隋也謝元暉〈辭隋王牋〉亦疑作「隨。」。〔註84〕

與上條類似，但並非單純「偏旁」上的問題，假設《史記》紀錄為真，代表漢代「隋」、「隨」字兩行，那麼兩字同義或異義？恐怕是否定的。案：以《說文》：「隋，裂肉也。」、「隨，從也。」明顯兩義，如果兩字迥異，則不能肆意互訓互改。周考歷代說法，異喻紛紛，似乎未有一致性的解說，故筆者嘗試整體，得出結論如下：

〔註80〕為求簡麗美觀，以降舉例均稱：「徐案」。

〔註81〕由於續下為連貫討論，均有以下三書，後僅註明書名及頁數。劉躍進：《文選舊註輯存》（南京：鳳凰出版社，2017年10月），頁45；〔清〕何焯：《義門讀書記》（北京：中華書局，2013年4月），頁858；〔清〕徐攀鳳：《選學糾何》（藝海珠塵本），收於《百部叢書集成》（台北市：藝文印書館，1966年3月），葉2右。

〔註82〕張雲璈、胡紹煐等亦同意何氏說，胡克家甚至認為係五臣謬加。對此，胡說或許過於臆斷，文字的演變或許不能僅由版本上作觀察；字有古形、今形，今形會特增偏旁，其目的即在於「明確字義」，若將文章中的偏旁全數去除，如去木、去石、去水，光端看本字，或許增加辨義的困難，故「豊、霸」二字增「水」，則明顯其為某河或某地，因此熟捻文字者會自加，不能專言係五臣妄加。參《選學膠言》，頁294；《文選考異》，頁24；《文選箋證》，頁217。

〔註83〕當為張衡〈西京賦〉，應是誤刻。

〔註84〕此處刻本缺一陰刻「案」字。《文選舊註輯存》，頁76～77；《義門讀書記》，頁858；《選學糾何》，葉2。

「隋，古音『妥』(tuǒ)，徒臥切；古音『惰』(duò)，也音徒果切」，音調稍嫌轉變，且釋作「裂落肉之名」，有「肉塊掉落」的意象。然也有學者攷證說：「『隋』與『迤』音通，『逶迤』亦作『逶隋』」，音出（uò）韻轉（yǐ）韻，明顯殊異。王應麟言漢碑有作「在朝逶隨」、「卷舒委隨」。〔註 85〕當然，上述為唐、宋、明時的學者攷證，對於還原古音是否相同的根據，還有待商榷，但尾音皆有（uò）韻，許是追查的方向。又隋代國號為「隋」，依古訓訓釋國號恐有不妥，故隋代是否於音轉讀，也是一個方向。職是之故，「隋」、「隨」形近，雖音稍異，但書寫上或許「傳寫失真者甚多譌字」，〔註 86〕加上異音、異代以致「易讀」，無法還原古音讀等種種因素。徐攀鳳以古訓，「隋」與「肉」相關；「隨」與「行走」有關，撇除音讀，以此訓字的說法較為適宜。

3. 張衡〈西京賦〉「仰福帝居。」句

何校：顏氏《匡謬正俗》云：「副貳之字本為福，從「衣」畐聲。〈西京賦〉云：「仰福帝居。」傳寫舛訛，轉衣為「示」，讀者便呼為福祿之福，失之遠矣。

徐案：此亦見《說文・繫傳》。福字下辨，偶憶荀悅《申鑒・政體篇》：「好惡毀譽賞罰，相福也。」〔註 87〕福字亦當從衣旁，東漢人蓋慣用此字。〔註 88〕

此處所論為「仰福帝居」句的「福」字偏旁繫从「衣」，或从「示」？此歷代已有爭議。何氏認為从「衣」，主依顏師古《匡謬正俗》的說法：「福為副之別字」，以降諸如張雲璈、呂錦文、胡紹煐、黃侃等均據此說，其中黃侃提出古《說文》無「福」字，當為「幅」。〔註 89〕徐氏認為从「衣」、从「示」可兩通。

案：東漢是否慣用？第一、去漢久遠，無本稽考；第二、無文獻指出有「慣用」之說。因此，徐氏說法似不夠允至。若依顏師古所言：「福」為「副」之異體，《說文》：「副：判也。从刀畐聲。《周禮》曰：『疈辜祭。』」；「福：備也。

〔註 85〕〔清〕周廣業：《經史避名彙考》（上海：上海古籍出版社，2015 年 12 月），頁 351～354。

〔註 86〕《文選筆記》，頁 35～36。

〔註 87〕參《四部備要》為「參相福也。」《糾何》闕「參」字，疑徐氏缺寫或刊刻闕刻。見〔東漢〕荀悅：《申鑒》，《四部備要》，第 54 冊，頁 6，總頁 881。

〔註 88〕《文選舊註輯存》，頁 242；《義門讀書記》，頁 861；《選學糾何》，葉 4 右。

〔註 89〕〔清〕黃侃、黃焯批校：《黃侃黃焯批校昭明文選》（武漢：崇文書局，2021 年 10 月），頁 153。

从示畐聲。」俱有「祭祀、上祈」等義，以此判斷通訓，或許成立，但「幅：布帛廣也。从巾畐聲。」與布料有關，在概念上或許不夠強烈。〔註 90〕從文章上下句分析，前有「重門襲固，姦宄是防」，意旨將舍堅門以抵禦壞人，與目標句「仰福帝居，陽曜陰藏」有連接關係，意旨仰祈上蒼，揚善隱惡，抵侮奸小。與前句續讀下來較為得宜。故徐說或許不緻。

4. 左思〈吳都賦〉「猿臂骿脅。」句

何校：骿當為駢。猿、馬假對。

徐案：注明言：「骿、駢通矣。」猿、馬假對之說，導入詞章之學，固可與之箋釋，古人文詞則纖。〔註 91〕

何焯以「句中對」的理論詮說「猿對骿」、「臂對脅」在詩歌作法上「對句相對，鄰句相粘。」的概念。案：單就形訓、聲訓推敲，的確如何焯所說，俱有「相對、並排」的意象。而原文「猿臂骿脅」在〈吳都賦〉係形容「人的體態強壯貌」。此條徐氏僅補充說明。

5. 左思〈吳都賦〉「魯陽揮戈而高麾。」句

何校：無「揮、麾」二字一句再見之理。

徐案：宋刻「揮」做「援」，且注亦明，以援戈為證矣。〔註 92〕

何焯認為「揮、麾」二字屬於重音且重義，不當於同一句重複使用。案：徐攀鳳認為劉逵〈注〉以明確言：「援戈而麾之。」「揮」與「援」可通。然三字「揮」、「援」與「麾」皆有「引物舞動」的意象，至於合適與否？恐見仁見智。

6. 左思〈魏都賦〉「即帝位。」句

何校：「帝位」當作「帝立」，古人即位皆用即立。《春秋》：「元年，公即立。」《商頌》：「帝立子生商。」

徐案：古立、位同字，即立猶即位也，若所引《商頌》「立」字，不得作「位」解。〔註 93〕

〔註 90〕〔漢〕許慎撰、〔清〕段玉裁注：《說文解字注》（台北市：洪葉文化出版社，1013 年 5 月），頁 3、181、361。

〔註 91〕此條不見於崔本，然葉氏《文選補注》有之。《文選舊註輯存》，頁 1205～1206；《選學糾何》，葉 6 右。

〔註 92〕此條不見於崔本，且葉氏《文選補注》、于氏《文選集評》等主以何焯為參考之本亦無，有趣的是，徐攀鳳、張雲璈、梁章鉅、胡紹煐等人俱談到何焯於該條的看法。《文選舊註輯存》，頁 1238～1239；《選學糾何》，葉 6 右。

〔註 93〕此條不見於崔本，且葉氏《文選補注》無，于氏《文選集評》有。《文選舊註輯存》，頁 1238～1239；《選學糾何》，葉 6 右。

案：何氏認為以「立」為正。若以徐氏說法，立、位二字屬於「同源詞」，意義上有一定的相近，故兩字可通。但究論是否均以「即立」一詞，或許不易攷證，乃因「立」从人為「位」，或「位」闕人為「立」都是版本及書寫上的問題，不論今本或唐、宋以降之《春秋》版本多為「位」，若無法得到遠古寫本與《春秋》古本對照，恐難以判斷歷代的慣用字為何，此其一；其二，何氏舉《商頌》為例，若依鄭《箋》、孔《疏》綜合來看，其句義應為「堯（天）使立子（契）而有後來之『商』」，若字句替為「帝位子生商。」則文義不通。〔註94〕

7. 潘岳〈藉田賦〉「宜其民和年登，而神降之福（吉）也。」句

何校：「福」字本叶，後人謬改「吉」字。

徐案：此與〈西征賦〉：「庶人子來，神降之福。」〈夏侯常侍誄〉：「我聞積善，神降之福。」同一「福」字，而《晉書》俱改作「吉」，不解何故？〔註95〕

第7條為一「版本」問題。何氏認為句中「福」字與前句「出」、「栗」等字協韻，但其見本卻改為「吉」字，是謬改。而徐氏亦表達疑惑。

案：何、徐二人僅端倪出「音韻」問題，但實質上卻是一「版本」問題。筆者對眾家說法稍作整理：張雲璈以為李善釋「吉」解以「福」義，使何氏有所疑竇。張氏透露出該字於李善時尚為「吉」字；另，胡克家認為自《晉書》即從「吉」，非「福」，且「吉」與前後協韻，自是無疑。梁章鉅亦贊同胡氏之說，另提出是否避諱？引《容齋隨筆》所言：「唐人好避諱。」可見唐代的文本是沒有太大問題，故李善釋「吉」均引《左傳》釋例，但唐以降則未必，查張惟驤《歷代諱字譜》言：「宋人避宋徽宗趙佶諱，凡「吉」字均避；又清世祖愛新覺羅福臨，亦應避福字」〔註96〕雖清有詔下，但多數版本恐選擇避諱改字，而不使用缺筆。〔註97〕此處或許可理出端續，第一，若唐代諸版本連同唐初整理之《晉書》均從「吉」，或許可證〈藉田賦〉原文為「吉」；

〔註94〕〔漢〕毛亨傳、鄭玄箋、〔唐〕孔穎達疏、陸德明音釋：《毛詩注疏》（上海：上海古籍出版社，2015年2月），總頁2140～2141。

〔註95〕此條不見於崔本，且葉氏《文選補注》、于氏《文選集評》等主以何焯為參考之本亦無，而徐攀鳳、張雲璈、梁章鉅、胡克家等人俱談到何焯於該條的看法。《文選舊註輯存》，頁1496；《選學糾何》，葉6左葉7右。

〔註96〕參《選學膠言》，頁536；《文選旁證》，頁347；《文選考異》，頁347；《歷代諱字譜》（小雙寂庵叢書）本。

〔註97〕參〔清〕周廣業：《經史避名彙考》（上海：上海古籍出版社，2015年12月），頁1235～1241。

第二，宋代大量刊行《文選》，若有避徽宗諱，改吉為福，後至清代又避福臨諱，改福為吉，版本改動混亂，以致何焯有此疑問。

8. 潘岳〈西征賦〉「殆肆叔於朝市。」句

何校：「肆叔於朝市」從五臣作「蹇叔」為得。

徐案：宋本作「殆肆戮於朝市」，於李〈注〉合。奚取李延濟輩紛紛論說為耶？〔註 98〕

第 8 條係在論說「叔」前字究竟為何？五臣本特簡述秦穆公與蹇叔的史料，認為肆為戮，叔為蹇，殺戮蹇叔於朝市，朱珔、梁章鉅也是支持此說。然，諸如徐氏等有不同意見，認為「叔」應作「戮」；張雲璈甚至認為「叔」當為「殺」。〔註 99〕

案：上述諸家說法似乎尚可斟酌，參該句前後文，不論李善抑或五臣，均以《左傳》釋例，初步判斷該處文句的用典許化用春秋史料，此其一；其二，「殆肆叔於朝市」上句為「值庸主之矜愎」，「庸主」形象似與秦穆公不合，若轉令他想，潘岳為晉惠帝時人，著政之幕晦，殺賢於旦夕，仕子人人自危，尤不久之前，名士——嵇康受刑東市，震驚翰林，思事而作〈西征賦〉，則合乎當時氛圍。故「此等故實，不必刻意求解，善讀書者自頒之。」〔註 100〕

9. 潘岳〈西征賦〉「長傲賓於柏谷。」句

何校：《水經注》作「傲客」。

徐案：賓、客一也，改之無謂。若今《水經注》淆譌甚多，不得信彼而疑此。〔註 101〕

徐氏並未給出明確答案，但卻提點校讎學上「從廣泛的材料中找尋校勘的證據」的理論，〔註 102〕何焯僅憑《水經注》一書，自然不甚公允。案：先秦兩漢「賓客」已連用作為一辭，特訓「傲賓」或「傲客」的意義性即不大。

〔註 98〕此條不見於崔本，然葉氏《文選補注》有之。《文選舊註輯存》，頁 2073～2074；《選學糾何》，葉 8 左。

〔註 99〕《選學膠言》，頁 619；《文選旁證》，頁 548；《文選集釋》，頁 255。

〔註 100〕《選學糾何》，葉 7 右。同參〔唐〕房玄齡等撰：《晉書》，收於《二十四史》（北京：中華書局，1997 年 11 月），頁 356～357。

〔註 101〕此條不見於崔本，然葉氏《文選補注》有之。《文選舊註輯存》，頁 2085～2086；《選學糾何》，葉 8 左。

〔註 102〕張舜徽：《中國古代史籍校讀法》（北京：商務印書館，2019 年 11 月），頁 165～170。

10. 潘岳〈西征賦〉「感徵名於桃園。」句

何校：「園」疑作「原」。

徐案：注已明作「桃原」矣。《水經注》引此亦作「原」。〔註 103〕

這邊的注指的是李善〈注〉，不論北宋本抑或尤袤本，均有引《東征記》：「全節，地名，其西名桃原，古之桃林也。」云云。而陳八郎本張銑注云：「桃園，古之桃林也。」在徐氏專求善〈注〉的學術思維，自當從李；然兩字是否通同？張雲璈認為不可。又梁章鉅攷證出大致地點為河南寶靈縣等說法。〔註 104〕案：辭家用字，往往非字字有義，或許僅是單純形容一有桃之園林（從園），或是廣闊的桃林（從原），此也難證潘岳當時的確切位置，故不必苛求。

11. 張衡〈思玄賦〉「回志朅來從玄謀。」句

何校：改「謀」為「諆」。

徐案：《後漢書》作「諆」者，章懷太子誤改之耳。今考謀字，古作謨，希切如《荀子》：「聖知不用愚者謀。前車已覆，後未知（更）。」賈傅〈鵩鳥賦〉：「天不可預慮兮，道不可預謀。遲速有命兮，焉識其時。」皆是也。證之。……以謀韻時，謀自叶，不必改。〔註 105〕

何焯為清初校勘《後漢書》的一把能手，在第 11 條中，遵章懷太子《後漢書》注的說法改「謀」為「諆」；徐氏反駁。案：「諆」音「基」，見母；「謀」，明母。若參前後文末文：「稀，音 xī」、「飛，音 fēi」、「離，音 lí」、「攜（音攜），音 xī」、「謀，音 móu」、「思，音 sī」，以漢語拼音表現，謀字或許不協韻，但以「諆」，音 qí，即合乎整句音韻協調，以此判斷何焯改字並非無端。

12. 江淹〈恨賦〉「為怨難勝。」句

何校：「怨」，一作「恨」。

徐案：上文：「僕本恨人」已明點恨字，此處從怨字為合。〔註 106〕

案：該字是否改動，除徐氏從談外，不見其他清儒有提及。依何氏意思，並非改字，而是認為二字義訓上互通，然徐氏認為以「怨」字為妥。

〔註 103〕此條不見於崔本，然葉氏《文選補注》有之。《文選舊註輯存》，頁 2088～2089；《選學糾何》，葉 9 右。

〔註 104〕《選學膠言》，頁 623、《文選旁證》，頁 552～553。

〔註 105〕此條不見於崔本，然葉氏《文選補注》有之。藝海珠塵本「前車已覆，後未知。」缺一更字。《文選舊註輯存》，頁 2996～2997；《選學糾何》，葉 11 全。

〔註 106〕此條不見於崔本，且葉氏《文選補注》、于氏《文選集評》等主以何焯為參考之本亦無。《文選舊註輯存》，頁 3161；《選學糾何》，葉 11 左。

13. 江淹〈恨賦〉「此人但聞悲風汩起，血下霑衿。」句

何校：一本作颬起、泣下。

徐案：此依宋本《江集》也。《說文》：「颬，大風。」於本句意合，作颬亦可。《毛詩》：「鼠思泣血，泣盡繼以血也。」江氏愛奇，當仍血字為是。

案：該句各版本皆有些微差異，如《四庫全書》本文作「但聞悲風汩起，泣下霑襟。」並註明一作「颬」；後「衿」改「襟」；又《四部叢刊初編》本文作「但聞悲風颬起，泣下霑襟。」而《糾何》該條文末續下有兩雙行案語：「上文『孤臣危涕，孽子墜心』李〈注〉：『心當云危，涕當云墜。江氏愛奇，故互文以見義。』」故徐氏依何氏說解猶可。〔註107〕

14. 陸機〈文賦〉「練世情之所尤。」句

何校：注：「《纏子》董無心。」纏，疑墨。又《漢書・藝文志》有《董子》一卷。注云：難《墨子》或《纏子》，乃《董子》之誤。

徐案：何說非也。漢自有《纏子》。見《廣韻》。〔註108〕

案：眾本均作「練世情之常尤」，疑何氏有見異本，或《藝海珠塵》誤刊。又初攷《漢書》尋無《纏子》書，獨見《董子》一書；《論衡・福虛》提及董子及纏子二人，併誤的可能性勘疑。再者，眾清儒言《廣韻》云云，宋代距離漢代千年，信度遞減，故徐氏以宋書證漢書，於理不合。而何焯之疑，複查《文選》亦無引注《董子》，而《藝文類聚》有一條「《董子》曰」云云；〔註109〕馬總（？～？年，疑唐人）《意林》錄《纏子》一卷等跡象觀察，〔註110〕不論是《纏子》抑或《董子》，均已佚失，故何氏之疑不易攷證。

15. 馬融〈長笛賦〉「簡積頵砡。」句

何校：「頵」，宋本作「落」。

〔註107〕此條不見於崔本，然葉氏《文選補注》有之。《文選舊註輯存》，頁3171；《選學糾何》，葉12右。

〔註108〕此條不見於崔本，然葉氏《文選補注》有之。《文選舊註輯存》，頁3261～3262；《選學糾何》，葉12左。

〔註109〕〔唐〕歐陽詢：《藝文類聚》（朱結一盧藏宋本）（上海：上海古籍出版社，2013年12月），總頁319。

〔註110〕《意林》一書，《新唐書》：「馬總《意林》三卷。」列於雜家類，而該書於《舊唐書》以前文獻均無收錄。直至清代如：聚學軒叢書、武英殿本、四部叢刊均有五卷，其內容增偽的可能性很大，又《意林》內有收《纏子》一卷，不論版本、內容上，均不易攷證來由。參世界書局編：《兩唐書經籍藝文合志》（台北市：世界書局，2016年7月），頁218。

徐案：元注《說文》曰：「頵，頭頵也。」當是頵字，碩大也。〔註 111〕

案：學者劉躍進已攷，朝鮮章奎六臣注本作「頵，頭頵也。」而尤袤本作「頵，頭落也。」〔註 112〕查《說文解字》：「頭頵頵大也。」段注言：「鍇本作『頭頵也。』與《文選》注合，然恐有奪字耳。」〔註 113〕「頵」主要補語後方「砡」，形容石齊且大貌，屬以本字為訓的例子。「落」字「从艸洛聲，木曰落」，〔註 114〕形容植物較為貼切，用在礦物似乎未稱。

16. 顏延年〈皇太子釋奠會作詩〉「達義茲昏。」句

何校：首疑作「滋」，傳寫誤也。

徐案：《說文》：「茲，草木多益也。」茲有滋之義，不必加水。〔註 115〕

相關問題在第 1 條〈西都賦〉「挾豊霸」句亦為類似，同為「詞源」上的問題，何焯認為有傳寫錯誤。徐氏在文字與訓詁保持一貫「同源」的觀點，認為不必加「水」。當然，是否如學者所言：「傳刻滋譌，馬焉帝虎」，有形譌的問題，但單就條 1 與 15 觀察，似乎可以撇除這樣的可能性，乃因特增偏旁，並不影響該字的判讀。〔註 116〕

17. 潘岳〈為賈謐作贈陸機〉「神農更黄。」句〔註 117〕

何校：「黄」，宋本作「王」，又曰：「王」當作「皇」，謂五帝更三皇也。又古人皇、黄通用，與注相協，作「王」者，非。

徐案：注家語「王」者，「取法五行，五行更王，終始相生。」知元本原係王字，不必更為曲說。〔註 118〕

據觀察，關於「黄」、「王」二字的事從，各《選》學家之間已掀起討論，

〔註 111〕此條不見於崔本，然葉氏《文選補注》有之。《文選舊註輯存》，頁 3368～3369；《選學糾何》，葉 13 右。

〔註 112〕參《文選舊註輯存》，頁 3368～3369。

〔註 113〕〔漢〕許慎撰、〔清〕段玉裁注：《說文解字注》(台北市：洪葉文化出版社，1013 年 5 月)，頁 422。

〔註 114〕〔漢〕許慎撰、〔清〕段玉裁注：《說文解字注》(台北市：洪葉文化出版社，1013 年 5 月)，頁 40。

〔註 115〕此條不見於崔本，且葉氏《文選補注》、于氏《文選集評》等主以何焯為參考之本亦無。《文選舊註輯存》，頁 3935～3936；《選學糾何》，葉 14 右。

〔註 116〕〔清〕胡紹煐：《文選箋證》(聚學軒叢書本)，《清代文選學名著集成》(揚州：廣陵書社，2013 年 11 月)，第 12 冊，頁 204。

〔註 117〕《選學糾何》刻行下有「當作王」三字。

〔註 118〕此條不見於崔本，然葉氏《文選補注》有之。《文選舊註輯存》，頁 4648；《選學糾何》，葉 17 左。

一是遵宋本（尤本）從黃：《文選補注》、《文選集評》等，俱提出觀點「當作王」，但文本照本刻不作改動；而梁氏認為毛本「王」誤作「黃」二是如張氏《選學膠言》：「按文義甚明，何氏義門何以必欲『改黃為皇』，為五帝更三皇。又云『古人黃、皇通用。』未詳所俱。」〔註 119〕李善在注中引《史記・五帝本紀》云云，後續引《孔子家語》等，均闡明神農氏過渡至黃帝（軒轅氏）的歷史，句中「更」即有「更換」之義，案：《說文》：「王，天下所歸往也。」、「皇，大也。……。始皇者，三皇，大君也。」、「黃，地之色也。」〔註 120〕上述三字時常「通假」，尤秦漢以降注疏家或訓詁家可見訓以互通，〔註 121〕且按字義「黃」、「王」均指涉「黃帝」，而「皇」有「統領」之義，故如徐攀鳳、張雲璈所言，不論「黃」、「王」、「皇」均不礙整體判讀。

18. 顏延年〈和謝監靈運〉「何用充海淮。」句

何校：淮從滙省，唯、惟、維皆可讀。

徐案：古韻支、微、齊、佳、灰通用，子建〈七哀〉亦如此也，不必改讀。〔註 122〕

案：此條與第 11 條攷證方法一致，以漢語拼音呈現，「淮，音懷，音 huái」，「淮，音維，音 wéi」尾音組成均有「i」，在漢語唸法自然協韻，故徐說成立。

19. 陸厥〈奉答內兄西叔〉「庶子及家臣。」句

何校：改「臣」為「丞」。

徐案：家臣固可作家丞，劉楨元書本是「丞」字，改之似確。然此詩，「臣」與「民、陳、濱」協。若作「丞」字，於韻轉乖。〔註 123〕

徐氏所言「劉楨元書」係指收於《三國志・魏志・邢顒傳》中諫言平原侯——曹植的文章，後世命名為〈諫平原侯植書〉，查《武英殿二十四史》本即

〔註 119〕《文選旁證》，頁 343、《選學膠言》，頁 192～193。

〔註 120〕〔漢〕許慎撰、〔清〕段玉裁注：《說文解字注》（台北市：洪葉文化出版社，1013 年 5 月），頁 9、704。

〔註 121〕《詩經・東山》：「皇駁其馬」毛《傳》即言「黃白曰皇」得以證之。〔漢〕毛亨撰、〔漢〕鄭玄箋、〔唐〕孔穎達疏：《毛詩注疏》（上海：上海古籍出版社，2015 年 2 月），總頁 746。

〔註 122〕《文選舊註輯存》，頁 4897～4898；《義門讀書記》，頁 913；《選學糾何》，葉 18 右。

〔註 123〕此條不見於崔本，且葉氏《文選補注》、于氏《文選集評》等主以何焯為參考之本亦無。《文選舊註輯存》，頁 4928～2929；《選學糾何》，葉 18。

用「丞」。案：歷代文獻皆可見「家臣」與「家丞」，雖在字書中各異，〔註 124〕但歷來用法並無明確的細分，也無觀察到有學者以「音轉」訓之；若究以義分，丞、臣有輔佐之義，然臣卻特有「屈伏」之義，若以音分，《廣韻》「丞，蒸韻，署陵切」，「臣，真，植鄰切」，以漢語拼音呈現「丞，音 chéng」、「臣，音 Chén」，在尾音部分有明顯差異，故如徐氏所說「於韻轉乖」，有細微分別。

20. 范雲〈贈張徐州謖〉

何校：改「謖」為「稷」。

徐案：張謖之名，《晉書》誤作「稷」，劉璠《梁典》作「謖」，音霜六切，互見邱希範〈樂遊苑應詔詩〉注。〔註 125〕

〈樂遊苑應詔詩〉為徐氏簡省，該做全稱〈侍宴樂遊苑宋張徐州應詔詩〉。該詩尤袤本李善〈注〉引劉璠《梁典》解釋作者，作「謖」；然〈贈張徐州稷〉之題目卻作「稷」。案：複查陳八郎本五臣〈注〉即言「……張謖為徐州刺史……。」，作「謖」。而徐氏所言《晉書》有誤，當為《南齊書》，書中大量載記「張稷」，但無傳記、無「張謖」一名；〔註 126〕《梁典》自《新唐書》以降則佚，難以複查，謹遵清儒校改。

21. 潘岳〈河陽縣作二首〉「連陪廁王寮。」句

何校：「連」，五臣作「違」，言在陪臣之列也。

徐案：元注「陪」字已作「陪臣」解，改「連」為「違」，其義轉晦，不可從。〔註 127〕

該條文「連陪廁王寮」，李善〈注〉僅注解「陪」字，相較之下，五臣對此有解釋，劉良釋曰：「廁，列也。魯工、叔文子升公朝，言我猥荷此時升於

〔註 124〕《說文》：「丞，翊也。……。山高，奉承之義。」、「臣，牽也。事君也。象屈服之形。」；而《廣韻》：「丞，佐也，翊也，物理論曰高祖定天下置丞相以統文德立大司馬以整武事為二府也。」「臣，伏也，男子賤稱。……閒氣為臣…。」漢、宋字義並無太大轉變，但仍能觀察出，「丞」為雅稱，而「臣」則有貶抑，故在字面上雖時常互用，但含意確有所差異，此也為徐攀鳳所論「改之似確、於韻轉乖」。《說文解字注》，頁 104、119；《廣韻》，頁 25、49。

〔註 125〕崔本、葉氏《文選補注》作「稷」；于氏《文選集評》作「謖」，頁 185。《文選舊註輯存》，頁 3952、4935；《義門讀書記》，頁 914；《選學糾何》，葉 18 左。

〔註 126〕參《南史》結果同，僅有「張稷」名。參〔南朝梁〕蕭子顯：《南齊書》，收於《二十四史》（北京：中華書局，1997 年 11 月）；〔唐〕李延壽：《南史》，收於《二十四史》（北京：中華書局，1997 年 11 月）。

〔註 127〕《文選舊註輯存》，頁 4948；《義門讀書記》，頁 915；《選學糾何》，葉 18 左。

公府為掾，而今『離遠陪侍』，列天子之外寮。」〔註 128〕無怪何焯、梁章鉅、胡紹煐等從之。〔註 129〕案：「連」、「違」可否通同或互異？《說文》：「連，員連也。」「違，離也。」〔註 130〕《晉書》載，「潘安任河陽令，公孫宏客田於河陽……岳其夕取急在外，……，選為長安令，作《西征賦》，……，與石崇等諂事賈謐，每候其出，與崇輒望塵而拜。」〔註 131〕從河陽令到長安令的變化，梁氏人等訓「違」為「去」，即有靠近之義，近賈謐等皇帝身旁等幕僚，即「連陪廁王寮。」故「違」字稍恰。

22. 陶潛〈辛丑歲七月赴假還江陵夜行塗口〉

何校：辛丑，隆平五年。又曰：「塗口」一作「塗中」，塗當為除，即滁字也。

徐案：沈約《宋書》曰：「潛所著文章皆題年月，義熙以前皆書晉氏年號，永初以來，唯云甲子而已。」「予讀《陶集》十書，甲子不書年號，迨丙辰八月一篇後，即甲子，亦不及編矣。丙辰後，辛丑十五年，實義熙之十二年，越五年，庚申為宋高祖永初元年，泉明於義熙以前尚書年，義熙以後并不書年，沈《書》微誤，予向有《廿二史辨譌》於《宋書》得三十二條，此其一也。略附及之。至『塗口』乃『塗水』，不必改字，何說殊非。」〔註 132〕

何焯校訂案語浮現兩個問題，一是「年號、年月」書寫的問題，陶潛生卒橫跨東晉至劉宋兩朝，然落款方式稍嫌不同，此其一；二是「塗口」可否改「塗中」之訓詁上之問題。陶氏作品一直為歷代文人、雅士所推崇，故歷代之詩話、文話多有討論。如題所示，部分學者如沈約，認為陶氏作品於題目具落款「年號、年月」的書寫習慣，〔註 133〕何焯經此推估「辛丑」為隆平五年（晉安帝

〔註 128〕《文選舊註輯存》，頁 4948。

〔註 129〕此處何焯僅簡單註說；相形之下，胡克家《考異》：「茶陵本云五臣作『違』。袁本云善作『連』。案：各本所見皆非也。「違，去也。」去陪臣而廁王寮也。『連』」字不可通，傳寫誤耳。」上之觀察，恐怕各本許有漫譌。

〔註 130〕《說文解字注》，頁 73、74。

〔註 131〕〔唐〕房玄齡：《晉書》，收於《二十四史》（北京：中華書局，1997 年 11 月），頁 389～390。

〔註 132〕《文選舊註輯存》，頁 4996；《義門讀書記》，頁 916；《選學糾何》，葉 19。

〔註 133〕查今本中華書局點校本留存之相關陶潛著作，全作中僅 9 則詩類有於題目命題「年月」，而此 9 篇是否依年依月逐次創作，至今在學界也未有定論，雖中華書局本已攷證陶氏繫年，咸有可觀，然仍需細細求證。逯欽立校注：《陶淵明集》（北京：中華書局，1979 年 5 月）。

年號，約 382～419 年）；為此，徐氏認為沈說有誤，陶氏作品並非全全書寫「年號、年月」，較多為題名以「年月」呈現，徐氏雖有提出糾正，然僅是依照史傳及史注推論，張雲璈也做相同攷證，然就其話音二句「顏延年與淵明同時，而其為誄，止言春秋若干，不詳其數……。」、「閑居之語，終屬未明。」透露出清儒在論證陶氏各方面的困難。〔註 134〕至於「塗口」，五臣劉良注言：「江口名。」為塗水之津，至於何氏所謂「塗中」，更是不明所以，故徐氏未多論述。

23. 謝靈運〈入彭蠡湖口〉「水碧綴流溫」句

何校：從五臣改「綴」為「輟」。

徐案：「綴」字是《禮記》：「禮者所以綴淫也。」康成〈注〉：「綴，猶止也。」靈運〈述祖德〉：「委講綴道論」，亦用「綴」字。〔註 135〕

此條爭議在於李善、五臣均未注「綴」字，是故眾家各有表述。參劉躍進攷證各古本，均作「輟」；〔註 136〕然如徐攀鳳、胡紹煐等均以為誤字。〔註 137〕案：詩句前後文完整為「金膏滅明光，水碧綴流溫。」滅即有停之義，若參康成之說，可也；而《爾雅．釋詁》：「卒、猷、假、輟，已也。」〔註 138〕已者，亦有「停止」之義，故兩字皆有「停」義訓，且二者同源，均「从叕」，依訓可通。

24. 謝朓〈和伏武昌登孫權故城〉「鵲起登吳山，鳳翔陵楚甸。」句

何校：「吳山」，《顏氏家訓》作「吳臺」，謂姑蘇也。吳山無謂。

徐案：《吳志》：「孫權於建安十六年辛卯徒治秣陵，改名建業；越十一年，辛丑稱王，徒鄂，改為武昌，國號黃武。越七年，已酉稱帝，改元黃龍，還都建業，至孫皓露元年復徒武昌，明年丙戌，復都建業，吳山楚甸統疆圉所控言，安得偏指姑蘇？」〔註 139〕

〔註 134〕《選學膠言》，頁 214。

〔註 135〕此條不見於崔本、葉氏《文選補注》，于氏《文選集評》有之，頁 205。《文選舊註輯存》，頁 5044～5045；《選學糾何》，葉 19 左。

〔註 136〕《文選舊註輯存》，頁 5044～5045。

〔註 137〕《文選箋證》，頁 108。

〔註 138〕〔晉〕郭璞注、〔宋〕邢昺疏：《爾雅注疏》（上海：上海古籍出版社，2015 年 3 月），頁 85。

〔註 139〕《文選舊註輯存》，頁 5800～5801；《義門讀書記》，頁 934；《選學糾何》，葉 22 右。

案：如張雲璈所考，孫晧反復遷徒建業與許昌之間，間隔緊密；而朱珔參酌《水經注．江水》，都與都之間間離甚密，從而推敲詩句「登吳山」當為登吳地之山，「陵楚甸」當為「建設於楚地」。這邊徐攀鳳的攷證與裴松之的說法類似，當有所參考而推敲，故徐氏認為「吳山」概言「吳地之山」，不一定硬指姑蘇。〔註 140〕

25. 江淹〈雜體詩．顏特進．侍宴〉「重陽集清氣。」句

何校：「氣」疑作「都」。

徐案：此蓋泥注中《楚詞》句也。細味之作，「氣」為是平子〈西京賦〉：「集重陽之清『澂』。」義正同。〔註 141〕

何氏糾正的依據在於李善〈注〉引《楚辭．遠遊》：「集重陽入帝宮兮，造旬始而觀清都。」中的「清都」，因此認為江淹原文有誤。徐氏則認為此是過度參酌注解。

案：「清氣」之「氣」一字在各個版本使用不一，劉躍進統計九條本、陳八郎本、朝鮮正德本、奎章閣本均作「氛」，皆屬於「五臣本」系統；〔註 142〕筆者另查慶長六臣注本亦用「氛」，且注言：「善本作『氣』字」。〔註 143〕換言之，「清氣」、「清氛」各版本皆有使用。而「清都」，《楚辭補注》引《列子》曰：「清都、紫微、鈞天、廣樂，帝之所居。」〔註 144〕確實與「重陽集清氣，下輦降玄宴」句中呼應，本論譯作「特殊時節下，百官聚集於宮殿，並接受帝王降下的恩次款待。」因此何氏據此，認為有改字的空間。

26. 江淹〈雜體詩．休上人．怨別〉「悵望陽雲臺。」

何校：「陽雲」當作「雲陽」。在雲澤之陽也。

徐案：相如〈子虛賦〉方從《史記》、《漢書》校定為「陽雲之臺」，此處本是「陽雲」，何氏忽欲倒讀，非是。〔註 145〕

案：此詩攷證有二難，一是該詩是否典用〈子虛賦〉？二是若從〈子虛賦〉之後的版本問題。因李善於此〈注〉引〈子虛賦〉作注腳，是故後續學者以此

〔註 140〕《選學膠言》，頁 283；《文選集釋》，頁 104。

〔註 141〕此條不見於崔本，且葉氏《文選補注》、于氏《文選集評》等主以何焯為參考之本亦無。《文選舊註輯存》，頁 6232～6233；《選學糾何》，葉 23 右。

〔註 142〕《文選舊註輯存》，頁 6233。

〔註 143〕卷三十一，葉 33。

〔註 144〕〔宋〕洪興祖：《楚辭補注》（北京：中華書局，1983 年 3 月），頁 169。

〔註 145〕《文選舊註輯存》，頁 6267；《義門讀書記》，頁 940；《選學糾何》，葉 23 右。

為討論基礎，若不論是否典引〈子虛賦〉，「陽雲」或「雲陽」單純為一名詞，則即無典引問題，善讀書者自頒之。若引之，則是是否為版本問題，劉躍進考諸版本皆作「陽雲」，僅善本作「雲陽」，〔註 146〕筆者查《史記》、《漢書》、其他《文選》版本均作作「陽雲」〔註 147〕，故非版本問題，而是何焯刻意「倒讀」。

27. 曹植〈七啟〉「捷忘歸之矢。」句

何校：改「捷」為「插」。

徐案：捷，如〈士冠禮〉：「啐禮捷柶之捷」，陳思〈名都篇〉：「攬弓捷鳴鏑」注：《儀禮》曰：「司射搢一挾三个」鄭〈注〉：「搢，捷也。」是捷本有插字之義，不必改。〔註 148〕

案：《文選舊註集存》所錄《文選集注》本鄭〈注〉：「搢，捷也。」尤袤本「搢，插也。」在版本上已經有混淆問題，然若依徐氏之說，兩字意義互可通訓，不必強改。

28. 張協〈七命〉「銘德於昆吳之鼎。」句

何校：「吳」為「吾」字之誤。

徐案：注：「吳、吾二字本通，《絕越書》云：『寡人聞吾有干將，越有歐冶。』；《三國志》：『吳彥亦作吾彥。』」皆足以補注義。〔註 149〕

從各家解析觀察，李善並未解釋「昆吳」為何？而五臣李周翰解釋為「地名，做鼎之處。」呂文錦於〈子虛賦〉「琳瑉昆吾」攷證言：「《漢書》作昆吾；《史記》作琨珸；《史記索隱》作昆吾；《廣雅》作琨珸……」均為石名，皆可互通同訓。〔註 150〕案：姑且不論此是否正確，以呂錦文舉例，為山名；以徐

〔註 146〕《文選舊註輯存》，頁 1580。

〔註 147〕〔漢〕司馬遷著：《史記》（二十四史百衲本）（台北市：台灣商務印書館 1988 年 1 月），頁 1087；〔漢〕司馬遷著、（日）瀧川龜太郎考證：《史記會注考證》（台北市：大安出版社，2011 年 8 月），頁 1212。〔漢〕班固：《漢書》，收於《二十四史》（北京：中華書局，1997 年 11 月），頁 649。所參《文選》版本為東京大學東洋文化研究所藏「朝鮮刊本」、「慶長十二年刊本」、「寛永二年本」。

〔註 148〕此條不見於崔本，且葉氏《文選補注》、于氏《文選集評》等主以何焯為參考之本亦無。《文選舊註輯存》，頁 6854～6855；《選學糾何》，葉 24。

〔註 149〕此條不見於崔本，且葉氏《文選補注》、于氏《文選集評》等主以何焯為參考之本亦無。《文選舊註輯存》，頁 7043～7044；《選學糾何》，葉 24 左。

〔註 150〕〔清〕呂錦文：《文選古字通補訓》（清・光緒 27 年懷硯齋刻本），《清代文選學名著集成》（揚州：廣陵書社，2013 年 11 月），第 19 冊，頁 268～269。

氏舉例，為人名；以五臣解，為地名。承張協文義，以山名或地名為佳，且以音訓，亦可通用。

29. 李密〈陳情表〉「報養劉之日短也。」句

何校：《晉書》、《蜀志》作「報養」。無「養」字者，流俗妄削。

徐案：下接「烏鳥私情，願乞終養」則此句「養」字不宜先逗。〔註151〕

此條仍屬版本上的懸案，劉躍進攷證陳八郎本、奎章閣本、朝鮮正德本均無「養」字，而尤袤本有「養」字。換言之，五臣單注及六臣合刻的版本系統有闕字，反而尤袤本的這部分無缺，而何氏提出《晉書》、《三國志》裴〈注〉皆作「報養」以證。

案：〈陳情表〉原文此處無丈句、協韻可供判讀，兩家注解也無明顯釋例，單就原文增減「養」字也無妨文義。何氏例舉《晉書》、《三國志》雖有之，然文章版本也流傳千年甚廣，滋譌漫訛甚多，故在攷證原文上較於困難。

30. 鄒陽〈獄中上書自明〉「於陵子仲。」句

何校：「子仲」疑作「仲子」。

徐案：《高士傳》：「陳仲子，字子終。」注引《列女傳》，同《國策》、《史記》、《漢書》竝作「子仲」，不必改。〔註152〕

此條癥結在於「子仲」為何？同為唐人，顏師古〈注〉言：「『於陵』，地名也；『子仲』，陳仲子也。」而李善〈注〉言：「於陵子終賢……子終出使者……。」此處在解釋「子仲」已有紛歧，再加上先秦、兩漢的文獻似乎已有不清的問題，徐攀鳳雖例舉4種文獻，然難以佐證；另一學者梁章鉅言：「《新序》作『於陵仲子』。」〔註153〕即與其他文獻相左，是而問題為何？係傳抄訛誤？抑或是不同的兩個人？筆者簡易攷證，凡今之能見之古籍俱有「陳仲子」、「於陵仲子」、「於陵子仲」、「於陵子終」等4種，出現之國家止於齊、楚兩國，敘述皆廉狷人者，換言之，雖非主流文史所提及，但廣泛出現在戰國時期百家的文獻內，可見算屬當時知名的討論對象。又「於陵」，應

〔註151〕此條不見於崔本，然葉氏《文選補注》有之。《文選舊註輯存》，頁7482～7483；《選學糾何》，葉23右。

〔註152〕此條不見於崔本、葉氏《文選補注》，于氏《文選集評》有錄，頁601。《文選舊註輯存》，頁7793～7794；《選學糾何》，葉25左。

〔註153〕《文選旁證》，頁63。

當為地形名；《孟子》：「居於陵」〔註 154〕、《風俗通義》：「還於陵谷中」〔註 155〕、《莊子》：「生於陵屯，則為陵舄」〔註 156〕等當可證之。從而推論，該人或許為齊人，時陳、田音近，中、仲、終三字音通，蓋時人耳聞紀錄已有誤字，又後人用典，即音近相擬，而眾說紛紜。

31. 曹植〈與楊德祖書〉「文之佳惡。」句

何校：欲照《典畧》改「佳惡」為「佳麗」。

徐案：「惡」字勝，下文「後世誰相知定吾文者邪？」定其佳惡也。尼父文辭一段，極言其至佳者過此，而言不病者，未之有也，病則言其惡者，文法呼應，固宜如是。〔註 157〕

此條與 27 條類似，屬版本上的懸案，而學者劉躍進已攷，此不贅墨害言，簡略其詳九條本、章奎閣本、朝鮮正德本、明州本均作「佳麗」，而毛本系統均作「佳惡」。〔註 158〕案：佳之反者即惡也，猶今言之「好壞」，與下句「吾自得之」於文意無乖，表明我文章優劣好壞，自己清楚，此即如徐氏之說，故用「佳惡」亦可。

32. 趙至〈與嵇茂齊書〉「按轡而歎息。」句

何校：少章云：「据注中語，則五字當衍。」〔註 159〕

徐案：《晉書》亦無此五字，但循繹上文皆用韻，此「息」字正與上數韻叶。〔註 160〕

此則雖出自陳景雲（字少章，1670～1747 年）校語，然咸可為觀。案尤本與五臣本之注均無對「按轡而歎息」解釋；胡克家認為「係五臣亂矣，尤袤未查」；胡氏依袁本、茶陵本中五臣注有云「本或有長衢之下……」云云，而

〔註 154〕〔清〕焦循、焦琥撰：《孟子正義》（台北市：世界書局，2017 年 1 月），頁 273。

〔註 155〕〔漢〕應劭撰、王利器校注：《風俗通義校注》（北京：中華書局，2019 年 7 月），頁 138。

〔註 156〕〔晉〕郭向注、〔唐〕陸德明釋文、成玄英疏、〔清〕郭慶藩：《莊子集釋》（台北市：世界書局，2018 年 12 月），頁 276。

〔註 157〕此條不見於崔本，且葉氏《文選補注》、于氏《文選集評》等主以何焯為參考之本亦無。《文選舊註輯存》，頁 8343～8344；《選學糾何》，葉 26 左。

〔註 158〕《文選舊註輯存》，頁 8344。

〔註 159〕此條《義門讀書記》崔本、四庫全書本、于氏《文選集評》頁 123～132，均未收。葉氏《文選補注》直錄為陳景雲語，故可能如徐氏《糾何》本所刻，為何氏引陳氏之語。

〔註 160〕此條不見於崔本，且葉氏《文選補注》、于氏《文選集評》等主以何焯為參考之本亦無。《文選舊註輯存》，頁 8535～8536；《選學糾何》，葉 27 左。

集注本、陳八郎本等五臣單注系統無該句注解，又朝鮮正德本、章奎閣本有「按轡而歎息」句，可見反而六臣合刻系統已誤勘且混淆。因此胡氏歸罪於五臣實非公允。〔註 161〕又張雲璈認為協韻，不當刪，與徐氏同，而確有協韻。〔註 162〕

33. 陳琳〈檄吳將校部曲文〉「年月朔日，子尚書令彧。」句

何校：「子」疑「守」字之譌。

徐案：注中明言「守尚書令矣」。乃五臣則曰：「發檄時。」徐師曾《文體辨明》：「改『日子』為『甲子』。」皆極謬妄，無足與較。私怪顧亭林《日知錄》有云：「古人文字年月之下，必繫以朔，必言朔之第幾日，而又繫之干支，故曰朔日子也。」詳考諸史，有稱年月朔日某干支者，有於朔下言越幾日，某干支者，若日子連用舉支而不舉干，卻無此文法。子字照注，作守無疑。〔註 163〕

此 33 條同時存在三個問題，一是句讀問題，二是有訛字問題，三是作者為誰？若將上下文之標點去除為下：

年月朔日子尚書令彧告江東諸將校部曲及孫權宗親中外〔註 164〕

誠如何氏質疑，善〈注〉：「守尚書令。」句，讓部分學者認為該句讀為「年月朔日，子尚書令彧……」，而「子」字為「守」訛字，改子為守，既合注也合文意；然則，另一個問題係徐師曾至顧炎武等以降部分學者提出古人書寫「時間」習慣的觀察，認為句讀當為「年月朔日子，尚書令彧……」然此也與注解衝突。

案：張雲璈逐一推敲文章與史料的密合性，發現文章中皆為荀彧歿後之事，文章首提「彧」字不詳；朱珔認為齊梁文士有模擬之風，且該文《三國志》未記錄；而梁章鉅提出一文事均在荀攸時，疑「攸」字訛「彧」之觀點。若依徐師曾所說，整體句讀可改「年月，朔，甲子，尚書令彧……」似乎也通；而梁氏提出訛字觀點，「彧」、「或」形近常訛，若改為「年月，朔，日子，尚書

〔註 161〕《文選考異》，頁 1943。

〔註 162〕「進無所依（yī），退無所據（jù），涉澤求蹊（xī），披榛覓路（lù），嘯詠溝渠（cyú），良不可度（dù），斯亦行路之艱難（nán），然非吾心之所懼（jù）也。至若蘭茝傾頓（dùn），桂林移植（jhíh），根萌未樹（shù），牙淺絃急（jí），常恐風波潛駭（hài），危機密發（fā），斯所以怵惕於長衢（qú），按轡而歎息（xí）也。」該段通押（ī）、（ù）、（n）等音，徐、張主張猶有理也。《選學膠言》，頁 567～568。

〔註 163〕此條不見於崔本，且葉氏《文選補注》、于氏《文選集評》等主以何焯為參考之本亦無。《文選舊註輯存》，頁 8707～8708；《選學糾何》，葉 27 左～28 右。

〔註 164〕《文選舊註輯存》，頁 8707～8708。

令，『或』告江東諸將校部曲及孫權宗親中外」似乎也通，且「或告」用法先秦有之。諸上，僅為淺略攷證，尚不足觀，且徐攀鳳也提點史料的文法不一定為常例，也有稍嫌不同之時，至於文、注與正，恐一時難以詳辨。〔註165〕

34. 揚雄〈解嘲〉「雖其人之膽智哉。」句

何校：「膽」，《漢書》作「贍」，夏侯湛〈東方朔贊〉：「贍智宏才」，李善引此作注。

徐案：非特〈東方贊〉已也，潘安仁〈馬汧督誄〉：「材博智贍」注亦曾引及。〔註166〕

究竟此條「詹」字偏旁「从月（肉）」，抑或「从貝」，何氏已提出質疑，同樣地，梁章鉅也提出，但兩位係從《漢書》作「贍」。〔註167〕這邊透露出該字可能有混淆的情況。

案：「詹」字不論「从月」、「从貝」、「从目」，在刊刻、書寫方面確實容易混淆，是故如眾儒所言誤字問題則難以判斷；另一方面，上述「膽」、「贍」均為同源「詹」，有通假的用法，以「膽智」來說，可解作心細大膽；以「贍智」來說，可解作以錢利展現智慧，且該句前後文提及叔孫、陳平等人，於史書有紀錄兩人「以錢成事」之記錄，故言可通。〔註168〕

35. 王褒〈四子講德論〉「驚邊抏士。」句

何校：《能改漫齋錄》作「抗士」。

徐案：「杌」恐是「抏」。《詩》云：「天之抏我。」《說文》：「抏，動也。」〔註169〕

〔註165〕參《選學膠言》，頁584；《文選旁證》，頁243～244；《文選集釋》，頁505～507。

〔註166〕此條不見於崔本及四庫本，然葉氏《文選補注》有之，而葉氏本作「雖其人之贍智哉」，而梁氏、胡氏等說亦是從「贍」字論述，又徐攀鳳本論述之字與眾家相左，故難以還原原文究竟「从月（肉）」，抑或「从貝」，可見該字混訛的機會極大。《文選舊註輯存》，頁8960～8961；《選學糾何》，葉28左。

〔註167〕《文選旁證》，頁278。同可參《文選箋證》，頁453亦有論述。

〔註168〕〈陳丞相世家〉：「陳平既多以金縱反間於楚軍。」、〈叔孫通列傳〉：「有叔孫通出，皆以五百斤金賜諸生。」等以金錢成大事之史例，應和〈解嘲〉：「雖其人之膽智哉，亦會其時之可為也。故為可為於可為之時，則從；為不可為於不可為之時，則凶。」的行事膽略，故言以「贍智」、「膽智」皆無不可。〔漢〕司馬遷著、（日）瀧川龜太郎考證：《史記會注考證》（台北市：大安出版社，2011年8月），頁794、1087；《文選舊註輯存》，頁8960～8961。

〔註169〕此條不見於崔本、葉氏《文選補注》，而于氏《文選集評》有「《能改漫齋錄》」

此條為典型「形近訛誤」的例子，眾家所提出之見解似確難辨。案：如上述應為吳曾《能改漫齋錄》之說法，非何焯之言，言作「抗士」，該「抗」與「抏」極形近，又徐氏舉《說文》釋例。《說文》：「抗，扞也。」段玉裁解曰：「亢為抗之假借，……亢，亢禦也。」〔註 170〕而王褒原文本形容邊疆衛士，抵禦侵侮牧族，與下句「日逐舉國而歸德，單于稱臣而朝賀。」之抵抗成功可相呼應，故兩字从手可互訓。至於徐氏開文提之「杌」字，「扌」訛成木的可能為大。

36. 陸機〈演連珠〉「瞽叟清耳。」句

何校：「叟」，當作「瞍」。一作「史」。

徐案：「史」字是〈弔魏文帝文〉云：「豈特瞽史之異闕景。」即士衡句也。〔註 171〕

何焯認為當為「瞽史清耳」，此點張雲璈亦表達認同，且瞽史與上句「輪匠肆目」之「輪匠」相對，瞍疑誤。〔註 172〕而徐攀鳳舉陸機〈弔魏文帝文〉「瞽史」例證，但並未表達出是否贊同。〔註 173〕案：「叟」、「瞍」本通同假借，此無爭議；但「瞽叟」與「瞽史」能否替換？《詩經．有瞽》毛傳言：「瞽，樂官。」、《周禮．秋官司寇》「屬瞽史」鄭注：「瞽，樂師也；史，大史、小史也」〔註 174〕而其他「瞽史」連用之紀錄，〔註 175〕應多為合稱。基本上，「瞽」

云云，但並未有「何校」、「何曰」等語，頁 431。《文選舊註輯存》，頁 10454～10455；《選學糾何》，葉 30。

〔註 170〕〔漢〕許慎撰、〔清〕段玉裁注：《說文解字注》（台北市：洪葉文化出版社，1013 年 5 月），頁 615。

〔註 171〕此條不見於崔本，且葉氏《文選補注》、于氏《文選集評》等主以何焯為參考之本亦無。《文選舊註輯存》，頁 10994～10995；《選學糾何》，葉 31 左。

〔註 172〕《選學膠言》，頁 726。

〔註 173〕〈演連珠〉「瞽叟。」李周翰注言：「瞽，無目人也；史，樂官也。」又〈弔魏文帝文〉「瞽史」張銑注言：「掌日蝕之官也。」是否各代對職稱之安排稍有微異，目前本論尚無法周證，但多數瞽人具有眼疾，以奏樂為生，史，自是史官無異，故五臣在兩處應一致的注解兩異，咸為諸儒所詬。參《文選舊註輯存》，頁 10994～10995、10968。

〔註 174〕〔漢〕毛亨撰、〔漢〕鄭玄箋、〔唐〕孔穎達疏：《毛詩注疏》（上海：上海古籍出版社，2015 年 2 月），總頁 1956；〔漢〕鄭玄注、〔唐〕賈公彥疏：《周禮注疏》（上海：上海古籍出版社，2014 年 11 月），總頁 1455。

〔註 175〕《大戴禮記．朝事》、《新書》等皆有「瞽史」一詞，然為二職《史記．周本紀》「瞽獻曲，史獻書……瞽史教誨……。」韋昭《考證》言：「瞽，樂太師；

多解作樂官，「史」則為史官，且下句「而無伶倫之察」之「伶倫」即是後代引申對音樂從事人員的代稱，作「叟」或「瞍」等指涉「老人」但無職業之詞者為佳。

37. 王簡棲〈頭陀寺碑文〉

何校：簡棲之名當作「𠂇」，古文「左」字。

徐案：何氏之釋，《困學紀聞》亦是如此。予考《說文》：「𠂇，手也象形，今作左。」「屮，艸木初生也，音徹。」今以簡栖之號繹之，當從屮，不從𠂇。〔註 176〕

此討論的肇端在於書寫及刊刻所衍伸的問題，乃因刻版或傳抄上，「巾」字則容易訛字成「中」或「屮」字，〔註 177〕延續牽連學者們討論其「名」究竟為何？成一文字學上之議題。李善與五臣注解作者言：「《姓氏英賢錄》：王巾，字簡棲。」若「巾」字有訛，為何者佳？梁章鉅引《邶風‧簡兮》：「左手執籥」，與其名「巾」字「簡棲」呼應，換言之，其名當為「𠂇」，古文「左」字；胡紹煐則引《高僧傳》、〈神仙寺碑序〉等文獻作「屮」佐證。而徐攀鳳以文字學角度解析其字「簡棲」（或作栖）與「屮」之草木連結性作為同訓基礎，然稍嫌薄弱。案：此條在處理上非常不易，因作者名之字形雖簡但易訛，兩家注均以王巾立論作解，實不當如清儒另闢「𠂇」、「屮」二字強加解名，而終無定論。

小結上述，何焯在改字方面，除第 1 條明確駁斥前人「不當加」云云外，後續 36 條均在改字、換字上表達見解，其中 27 條為徐攀鳳反駁，9 條雖未反駁，但需要如徐攀鳳這樣的學者補充說明，使之合理；故何焯或許是清初校勘

史太史也。」可證，當多為合稱。〔漢〕司馬遷著、（日）瀧川龜太郎考證：《史記會注考證》（台北市：大安出版社，2011 年 8 月），頁 71。

〔註 176〕《文選舊註輯存》，頁 11684；《義門讀書記》，頁 973；《選學糾何》，葉 32 右。

〔註 177〕黄侃舉《說文繫傳》言：「『巾，一作屮。』恐不足據」。筆者認為不足據的原因在於此過難舉證，一者「屮」為「左」古字，但兩漢以降之該字用法多為「左」，故文獻運用「屮」的例子較少，再者「巾」字多與布類相關，上下文連讀，縱使該字漫損，依其形獨特，可辨認係「巾」字。因此，黃氏未多舉例正補之其說法。但筆者認為「形近而誤」的例子歷代不鮮，能為古人所勘誤之處已多有訂正而出版，故宋代以降之版本糾誤挑揀確屬不易。筆者目力所及，東京大學東洋文化研究所藏「朝鮮刊本」之「巾」字即似「中」字（詳見附錄）；該刊本屬於手抄本，無法確立確切抄錄時間，本末校語中有「正德己巳十二月」，但無法確立屬中國抑或日本之年號。參〔清〕黃侃：《文選平點》（北京：中華書局，2006 年 5 月），總頁 639。

史料之能手，但依本論所分點論述之 37 條中，部分文字學、聲韻學的領域似乎略顯淺薄，論證上不若徐氏；史料掌握方面，似乎也未如徐攀鳳或本論中提及其他清代後期學者詳盡，甚至部條例分稍許「突發異想」云云，或許是其個性使然。

二、改注修正

所謂「改注」係指何焯認為「李善〈注〉注解不佳」，因此對注解著手修改。何焯學富五車是肯定的，但是否可得以將古人注解「直接擅改」？不論是校勘方面，抑或訓詁方面，皆是需要細細考量的問題。本點列舉 10 條，何氏多舉其擅長之史料改正李善〈注〉，於下逐條檢視徐氏糾正是否得宜：

1. 班固〈兩都賦〉「招白鷴。」句

何校：《後漢書》：「鷴，做閑；招，猶舉也。」弩有黄間，此白閒，蓋弓弩之屬。

徐案：此語，王深甯已先之矣。但李既据鷴為注，讀《選》者固當從李，古人文法不盡排偶也。〔註 178〕

從徐攀鳳一席「古人」云云，或談及「文法」等可知徐氏的閱讀量、古籍掌握或許略勝何焯一籌。何以見得？在上點第 3、30 條都曾糾正何焯對於「古人書寫的慣例、常態，甚至特例，都未能通全掌握，如「古人文詞則纖」、「卻無此文法」等，〔註 179〕以此觀此條 1，雖並非全然「改注」，而是「補注」；所引《後漢書》云云，實為章懷太子的《後漢書注》，當然，李善於此句僅釋「白鷴」二字，並未對「招」字解說，故何氏引章懷之說補充。

徐攀鳳認為宋代王應麟（1223～1296 年）於《困學紀聞》已提之，〔註 180〕不過徐氏忽略章懷太子《後漢書注》更先之餘；徐攀鳳是讀過該書的，在張衡〈思玄賦〉「回志朅來從玄諆。」句已有提及，〔註 181〕這邊僅能理解為徐氏的疏忽。此外，徐攀鳳也立了讀《文選》的規矩——「讀《選》者固當從李。」以李善的說法為基準，「必先貫穿一家，而後馳騁乎百家。」〔註 182〕，熟捻《文

〔註 178〕《文選舊註輯存》，頁 4282～4283；《義門讀書記》，頁 859；《選學糾何》，葉 3 右。

〔註 179〕《選學糾何》，葉 6 右、27 左～28 右。

〔註 180〕〔宋〕王應麟著、〔清〕翁元圻輯注：《困學紀聞注》（北京：中華書局，2016 年 3 月），總頁 1604。

〔註 181〕可參本章「誤校釐正」第 10 條的部分，同參《選學糾何》，葉 11 左。

〔註 182〕《選學糾何》，葉 1 右。

選》或文章之大抵，再旁徵諸家說法，不致淆亂；如上述引文，「白鷳」，章懷釋作「弓弩」，李善釋作「鷳鳥」，即會讓讀者無從依規，是故徐氏提出應先專於一家說法。

或許何焯認為釋作「弓弩」係因為下句「下雙鵠」，李善釋文作「下，落也。……臣能虛發而下鳥。」案：前後文「鳥羣翔，魚窺淵。招白鷳，下雙鵠……。」均在形容「西都」地大物繁，故徐氏嘗言「古人文法不盡排偶也。」

2. 班固〈東都賦〉「險阻四塞。」句

何校：改注中「蘇秦說孟嘗君」，為「蘇秦說秦惠王。」

徐案：《齊策》：「孟嘗君將入秦，蘇代說孟嘗君，曰：『秦，四塞之國也。』」只是蘇代之語，校注者但須易蘇秦為蘇代耳，奈何妄改？〔註 183〕

第 2 條為何焯在校勘上的缺失，徐攀鳳、胡克家、張雲璈等對此已有糾正。案：《戰國策》確有「蘇代」。然，「四塞之國」句均俱在「蘇秦」的相關紀錄，非「蘇代」，且張氏云「今〔清〕本、高〈注〉」均為「蘇秦」〔註 184〕，是故不解何焯改動的版本或說法依據為何？

3. 揚雄〈長楊賦〉「鑿齒之徒相與摩牙而爭之。」句

何校：「鑿齒」謂「陳項」也。注云：「六國者」，非。

徐案：四句當分，看上二句，指六國；看下二句，指陳項，較清晰。〔註 185〕

李善引晉灼釋「鑿齒之徒」曰：「謂六國。」案：上下文「昔有」至「鑿齒」主述秦代暴政的情況，因李善亦引應劭《淮南子》注云：「堯之時，窫窳、封豕、鑿齒，皆為人害。」此會與注解釋作「六國」矛盾，讓人會有六國偕同秦國暴虐的解讀，導致解釋乖謬。故徐氏為合理諸家說法，認為「昔有」至「封豚」指「六國」；「窫窳」至「鑿齒」指「陳項」。

案：筆者認為「鑿齒」，注云：「六國者」並沒有錯誤。原文句勢如下：

昔有彊秦，封豕其土，窫窳其民，鑿齒之徒相與摩牙而爭之。〔註 186〕

〔註 183〕此條不見於崔本，且葉氏《文選補注》、于氏《文選集評》等主以何焯為參考之本亦無。《文選舊註輯存》，頁 177；《選學糾何》，葉 3 左。

〔註 184〕《選學膠言》，頁 340。

〔註 185〕《文選舊註輯存》，頁 1919～1920；《義門讀書記》，頁 870；《選學糾何》，葉 7 左、葉 8 右。

〔註 186〕《文選舊註輯存》，頁 1919～1920。

因應劭《淮南子》注將「窫窳、封豕、鑿齒」統類為「害人之物」，是故後代注家依此為主，見揚雄文句有「鑿齒」一詞，便將其統括詮釋，而忽略「辭義最深，搜選詭麗」的評價。〔註 187〕若句讀「昔有彊秦，封豕其土，窫窳其民」為止將形容秦代暴政的敘述，而「鑿齒之徒相與摩牙而爭之」用以形容六國反秦者咬牙切齒，則呼應後句「豪俊麋沸雲擾，羣黎為之不康。」英雄崛起的情況，進而接續次句「於是上帝眷顧高祖，高祖奉命」云云。如此釋作「六國者」全全通達。〔註 188〕

4. 王延壽〈魯靈光殿賦〉「蘭芝阿那於東西。」句

何校：改注中「伏儼」為「伏虔」。

徐案：伏儼，字景宏，琅邪人，見《漢書敘例》。何氏但知虔之注〈子虛〉，而不知儼亦有注也。〔註 189〕

案：當有「伏儼」、「伏虔」，為兩人也。「伏虔」，於《文選》時又作「服虔」，為同一人；「伏儼」，見〈上林賦〉「若夫青琴宓妃之徒。」句之眾家注。〔註 190〕而〈子虛賦〉雖有題「郭璞注」，然歷代學者注者甚多，李善擇優錄之，故「伏虔」許亦有注〈魯靈光殿賦〉，而何氏誤改。

5. 木華〈海賦〉

何校：改注「《華集》曰」為「廣川人」

徐案：各本皆作「《華集》曰」，乃《華集》所載，為楊駿府主簿也。張銑以「廣川人」三字易之，殊不知下注已有「廣川木元虛」句，詎自忘其疣贅乎？何氏從之，非是。〔註 191〕

〔註 187〕《文心雕龍·才略》言：「子雲屬意，辭義最深，觀其涯度幽遠，搜選詭麗。」評價揚雄作品的思想布局奧妙難測，按先秦只有《淮南子》有統括討論，未見其他學者合貫討論之文章，故揚雄文辭變化莫測，或許能以此窺見。〔南朝梁〕劉勰著、周振甫等注：《文心雕龍注釋》（台北市：里仁書局，2007 年 10 月），頁 862。

〔註 188〕「陳項」一詞並非人名。先秦文獻無一人作「陳項」此名，但當何解？筆者認為，當指「陳涉、項梁」因二者為起兵反秦的兩大勢力，簡作「陳項」。

〔註 189〕此條不見於崔本，且葉氏《文選補注》、于氏《文選集評》等主以何焯為參考之本亦無。有趣的是于氏《文選集評》，於該條上錄有何氏的評語「何曰：『以殿之意，收束全篇，……。』」，相反地，崔本、葉氏全無，由是可知，何焯讀書記版本許有更多，可輯佚探究。參《文選集評》，頁 425；《文選舊註輯存》，頁 2310～2311；《選學糾何》，葉 9 右。

〔註 190〕《文選舊註輯存》，頁 1767。

〔註 191〕此條不見於崔本，且葉氏《文選補注》、于氏《文選集評》等主以何焯為參考之本亦無。《文選舊註輯存》，頁 2399～2400；《選學糾何》，葉 10 右。

第 5 條為「作者」條下的概述，李善、五臣皆有注解，而張銑引《今書七志》紀錄釋之。何氏所改，當依五臣說法。徐氏言「《華集》曰」云云後又引傅亮《文章志》，有「廣川木元虛」句，批評何氏改動多餘。〔註 192〕

6. 阮籍〈詠懷詩一十七首〉「趙李相經過。」句

何校：(引敘傳，未暢其旨。)(徐氏簡述)

徐案：《漢書・敘傳》云：「班倢伃供養東宮進侍者，李平為倢伃，而飛燕為皇后，自大將軍王鳳薨後，富平定陵侯張放、淳于長等始愛幸，出為微行，行則同輿，共轡入侍，禁中設宴飲之，會及趙李諸侍中皆引滿舉白，譚笑大噱」，所謂趙李同在成帝之時，若元注一為成帝之趙飛燕，一為武帝之李夫人，於相經過，意殊舛。唐駱賓王〈帝京〉篇：「趙李經過密。」即用阮詩。〔註 193〕

該條徐攀鳳花費相當的篇幅，目的不是糾正，而是釐清「趙、李」為誰？單就此條，即有五位以上的當代學者開文討論。若依所謂「元注」之顏延年所注，認為「趙、李」為「趙飛燕與李夫人」，不免與史實不符，何氏原文云：

《漢書・外戚傳》：「鴻嘉後，隆于內寵，班婕妤侍者李平得幸，立為婕妤，上曰：『始衛皇后亦從微起』，乃賜平姓衛，所謂衛婕妤也。其後趙飛燕姊弟亦從微賤興，踰制越禮，寖盛于前。」趙、李並稱，當指此序，〈傳〉有及趙、李諸侍中，皆引滿舉白，談笑大噱之語，注誤也。〔註 194〕

從徐攀鳳與何焯二人的說法，大抵可以釐清「趙、李」為「趙飛燕、李平」二人。又如張雲璈言：「《漢書・谷永傳》有「趙李」，為一小臣。」、胡紹煐言：「《漢書・何並傳》有「趙李」。」然應為兩姓並稱，難以駁證。〔註 195〕

〔註 192〕此處或許仍為版本問題，今本尤本確實如徐攀鳳所說，解釋詳實，反而陳八郎本、朝鮮正德本、奎章閣等本有字句上的落差，有作「廣州」與「廣川」；當然，何焯手本不論六臣本、善注單行本等，皆已「傳刻滋譌，馬焉帝虎」，此確非何焯之過，乃傳世久遠，惟過在於校勘上不夠嚴謹，紀錄不確爾。參《文選舊註輯存》，頁 2399～2400。

〔註 193〕《文選舊註輯存》，頁 4282～4283；《義門讀書記》，頁 901；《選學糾何》，葉 15 左。

〔註 194〕《義門讀書記》，頁 901。

〔註 195〕《選學膠言》，頁 162；《文選箋證》，頁 58。

7. 劉楨〈贈五官中郎將四首〉「情眄敘憂勤。」句

何校：注《毛詩》曰：「朝夕思念，至於憂勤也。」疑有誤。

徐案：二句乃《詩．卷耳．小序》。〔註 196〕

案：查《四部叢刊》本、《阮元校刻十三經注疏》本《詩經》，均有該文，不解何氏所疑。〔註 197〕

8. 袁淑〈傚子建白馬篇〉〔註 198〕

何校：改注「孫巖《宋書》」為「沈約《宋書》」。

徐案：《隋書．經籍志》：「《宋書》六十五卷，齊冠軍錄事參軍孫巖撰。」孫巖自有《宋書》，不當改沈約。〔註 199〕

依《文選舊註輯存》中觀察，北宋本之六臣〈注〉系統、南宋尤袤本之李善單〈注〉系統均作「孫巖《宋書》」；而南宋陳八郎本五臣單〈注〉系統則作「沈約《宋書》」。按《隋書．經籍志》所載之《宋書》有三：「宋徐爰、齊孫儼、梁沈約」。〔註 200〕而至《新唐書》仍存，是故皆為李善可見之文獻。〔註 201〕然，今《宋書》只存沈約所著，其餘者佚失，因此也無法確定何焯見本是否為不同版本的袁淑紀錄，但單就《文選》的版本觀察，徐說合理。

9. 江淹〈雜體詩．陳思王．贈友〉「徙倚拾蕙若。」句

何校：改注《楚詞》：「紉秋蘭以為佩」作「連蕙若以為佩」。

徐案：元注於本詩無著，當自有誤。但「連蕙若」句是東方朔〈七諫〉，而非屈子〈離騷〉。〔註 202〕

案：《文選舊註輯存》所載之集注本、北宋本、尤袤本均為「連蕙若以為

〔註 196〕此條不見於崔本，且葉氏《文選補注》、于氏《文選集評》等主以何焯為參考之本亦無。《文選舊註輯存》，頁 4437～4438；《選學糾何》，葉 16 左。

〔註 197〕〔漢〕毛亨撰、〔漢〕鄭玄箋、〔唐〕孔穎達疏：《毛詩注疏》（上海：上海古籍出版社，2015 年 2 月），總頁 46。

〔註 198〕《選注規李》作〈傚曹子建白馬篇〉，《選學糾何》作〈傚子建白馬篇〉，缺「曹」字。

〔註 199〕此條不見於崔本，葉氏《文選補注》作「沈約」，于氏《文選集評》則無談。《文選舊註輯存》，頁 5960～5961；《選學糾何》，葉 22 左。

〔註 200〕〔東漢〕班固、〔唐〕長孫無忌等編：《漢隋藝文經籍志》（台北市：世界書局，2009 年 2 月），頁 41。

〔註 201〕《新唐書．藝文志》另載：「王智深《宋書》三十卷。」可見宋代時，所存之《宋書》有四部。世界書局編：《兩唐書經籍藝文合志》（台北市：世界書局，2016 年 7 月），頁 66。

〔註 202〕此條不見於崔本，且葉氏《文選補注》、于氏《文選集評》等主以何焯為參考之本亦無。《文選舊註輯存》，頁 6073；《選學糾何》，葉 22 左、葉 23 右。

佩」，而葉氏《文選補注》無錄何焯案語或改注，且「蕙若」一詞應引《楚辭》之部分也不見著錄。由此判斷，該條善〈注〉有漏刊或徒增的可能，由於沒有更早的版本，也無法確立原貌為何，僅由諸宋本判斷，徐攀鳳手本《文選》此處有闕，而何焯手本《文選》版本此條注係作《楚詞》：「紉秋蘭以為佩」，相當混亂。

10. 嵇康〈與山巨源絕交書〉「許由之巖棲。」句

何校：注中張升〈反論〉下加一「語」字。

徐案：《左傳・昭公七年》：「今夢黃熊入於寢門。」《疏》引張叔皮〈論〉曰：「賓爵下華，田鴽上騰，牛哀變虎，鮌化為熊，久血為燐，積灰生蠅。」與此注同。以四字為句，當即此人升，「反」乃叔皮之譌，「語」字不得妄增。〔註 203〕

案：張升〈反論〉不知何時書，歷代書目難尋，若依徐攀鳳所言「乃叔皮之譌」，是否意味該句純屬「片語」之說，並非一篇完整文章或書籍，而是簡略的敘述，此待商榷。然，徐攀鳳言四字為句，認為何氏增字不妥，查善〈注〉，〈反論〉下有「曰」字，說之意耳，何氏是否改「曰」為「語」，不得而知，但不害意。因此，與第 9 條類似，版本的流傳混亂，增、缺字的情況頻仍，一時難以判斷哪一個學者的說法得宜。

小結上述，10 條「改注糾正」中，徐攀鳳有 9 條不甚同意，1 條為補充說明，姑且不論同意是否允正，單就徐氏所掌握的史料情況得知，其融貫經籍四部，因此得以糾正。再以校勘學方面來說，校勘同時需要保留勘誤對象的原貌，輔以自己的說法，讓讀者能夠對參比較。當然，這是最佳的校勘呈現，單就此面，徐攀鳳確實優於何焯。

三、不同於前人觀點

前兩點，本論討究何焯在「校勘上的成績」與「注解上的修正」的諸多見解，體現其三次校勘《文選》之功力。〔註 204〕以學術而言，公開讓天下評說，

〔註 203〕此條不見於崔本，且葉氏《文選補注》、于氏《文選集評》等主以何焯為參考之本亦無。《文選舊註輯存》，頁 4282～4283；《選學糾何》，葉 27 右。

〔註 204〕此為于光華所言。何焯在《文選》上的用力恐不少於三次，「三」恐作為多次之虛詞。何氏之校本之熱門於本論第二章略有薄述，可資與參，〔清〕于光華：《重訂文選集評》（清・同治 11 年刻本），《清代文選學名著集成》（揚州：廣陵書社，2013 年 11 月），頁 53。

係作為一個學者之氣度，同時也是藉此與眾學切磋、檢視自身學問。雖然乾、嘉時期的《文選》學家無法與何焯相掬而談，遙質諸先，僅透過各自著作筆談，激盪學術火花。同樣地，徐攀鳳逐　檢視何焯的所有觀點，挑出有疑義之部分，成書討論；其中對於整體中華文化的「融會之學」，更是值得查察，徐攀鳳相信是通曉古今，博覽群書，糾正與提出見解之間，透顯其對於文化的掌握，並認為有些議題並不可「定論」、「泥看」等，展現其之前衛及與迂儒炯別。本論計共 83 處，特列提出，於下逐條檢視徐氏與何氏之說是否得宜：

1. 昭明太子〈昭明元序〉

何校：序而似賦，序之變也。

徐案：變者，更張之謂。昭明此篇正力摹前人為之，其所甄錄自經〈序〉三篇外，王元長之〈序曲水詩〉，任升彥之〈序文憲集〉，故已駢儷其體，知變亦不始昭明也。〔註 205〕

第 1 條為《選學糾何》之首條，為何焯對於「序」在「分類」上的學術看法。當然，徐攀鳳不乏補以自身看法，認為齊代王融、梁代任昉皆為駢儷之賦作，且早於昭明，故文章的變化並不專始於昭明太子。〔註 206〕

2. 昭明太子〈文選元序〉「騷人之文，自茲而作。」句

何校：騷人之作，亦謂之賦，故《漢志》載：「屈原〈賦〉，二十五篇。」

徐案：屈之〈離騷〉，史遷以為上追「三百篇」，賈誼則曰：「被讒放逐作離騷賦。」如史公之說可列於《詩》，如賈傅之說可登諸賦。究之，〈離騷〉非詩，亦非賦。昭明另列一體，極是，安得混而一之？〔註 207〕

與上條一致，「序」可否看作「賦」？「離騷」亦能否看作「賦」？是對「文體」定義上的議題，宋代以來就有「三十七體」之說，而近人又有分成「幾

〔註 205〕此條不見於崔本、葉氏《文選補注》，于氏《文選集評》有錄之，頁 118。《文選舊註輯存》，頁 1～20；《選學糾何》，葉 1。

〔註 206〕何氏《義門讀書記》於王融〈三月三日曲水詩序〉中有此評語，言：「序記雜文，遂與辭賦混為一途，自此作俑，其藻愈肥，其味愈瘠，使人思顏之妙。」是否即意味序文至王融，或劉宋以降，偏向華麗、造典的傾向，而以往如顏延年類輩敦厚樸質的風格則不復往見？於此，應和其對昭明太子〈序文〉的評隲，再對應〈毛詩序〉、〈尚書序〉，確實風格迴異。參《義門讀書記》，頁 963。

〔註 207〕此條不見於崔本，然葉氏《文選補注》、于氏《文選集評》有錄之。《文選舊註輯存》，頁 6；《選學糾何》，葉 1 左。

體幾類」等說法。〔註 208〕究因蕭統在編輯上的一些問題，此上一章有所談及，可前閱竝參。當然，文體的分類可以用廣義看待，何焯認為「騷」與「賦」無異；但從狹義的角度剖析，則如徐攀鳳。依徐氏之語，司馬遷將「騷」上追「三百篇」應當係在於所謂「諷諭」的部分，也就是內容而言，而不是將「騷」等同於「賦」；或許部分學者就賈誼〈弔屈原文〉：「被讒放逐作離騷賦」句，即認為「騷」可同「賦」，以此發明立論。〔註 209〕

3. 李善〈上文選注表〉「崇山墜簡。」句

何校：《書》孔〈傳〉云：「崇山，南裔。」大酉、小酉，二山，在武陵郡，亦南裔也。以崇山代之，不直使一事，徐庾法也。

徐案：「崇」當作「嵩」，張華〈束晢問答〉語已見，舊刻固自確鑿。今攷〈江總皇太子太學講碑〉〔註 210〕有曰：「羽陵蠹迹，嵩山落簡。」此事況上文已云：「撮壤崇山。」萬無複用之理，何說殊曲。〔註 211〕

此條由於為李善自身文章，故未有注。上述為何焯引孔安國《尚書傳》以解釋「崇山」二字，二酉亦稱「南裔」，〔註 212〕認為李善使用「以代稱指事」的寫作筆法，與徐、庾類似；當然，此議題不乏有其他清儒討論，許巽行《文選筆記》中以：「《東觀記》：因上言改『崇高山』為『嵩高山』。」；〔註 213〕張雲璈看法與徐攀鳳一致——「不應重複」。〔註 214〕古人行文為求美觀，一篇文章中能避「重字」的部分會以其他通同字，或類似詞、同義字相代替；「崇山」與「嵩山」當是二山，眾儒舉張華語與〈太學講碑〉中「嵩山落簡」，因「嵩

〔註 208〕李立信：《《昭明文選》分三體七十五類說》（台北市：文史哲出版社，2017 年 1 月）。

〔註 209〕《漢書・藝文志》係將「詩」、「賦」統括成一略，謂「詩賦略」。在班固的時代尚未對文體精確的細分，最主要是當時文學（藝文）性質的作品為數不多，種類單調且相似，故而併攏而談；然魏晉以降，文體開始豐富，題材的多樣性不得不有具體的分類，以供參酌，是故蕭統所分不能說是「文體」，而是要進一步說是「文類」，將統括性的定義詞在往下縮限單獨且專一的「類」。

〔註 210〕當為（隋）江揔〈江總皇太子太學講碑〉，見〔唐〕歐陽詢：《藝文類聚》（朱結一盧藏宋本）（上海：上海古籍出版社，2013 年 12 月），總頁 1498。

〔註 211〕此條不見於崔本，然葉氏《文選補注》、于氏《文選集評》有錄之，頁 127。《選學糾何》，葉 1 左～葉 2 右。

〔註 212〕何焯此說法不解出自那部文獻，待細考。筆者考察《水經注》、《元和郡縣志》、《太平御覽》等地理類書，均為有一致性文句，疑是何焯融會之說。

〔註 213〕《文選筆記》，頁 28～29。

〔註 214〕《選學膠言》，頁 273～274。

山」為高，故「才高」;「落簡」因嘆輒多學，故「學富」，放置在學習議題，「嵩山」較為合適。

4. 班固〈東都賦〉「乘时龍。」句

何校：《後漢書》注：「馬八尺以上為龍。」《月令》：「春為蒼龍」，各隨四時之色，故曰時也，李引《易》非。

徐案：〈東京賦〉：「時乘六龍」，李〈注〉亦引《周易》而曰：「各隨其時乘之。」何之譏李，即用其說。〔註215〕

該條於前稍有論述，但僅比較兩家注解之差異，未討論何焯看法。何焯於此談及「乘時龍」中「龍」的問題，李善引《周易·文言》：「時乘六龍。」〔註216〕解釋「龍」一字的原典，何焯認為善〈注〉有誤；何氏所述「馬八尺以上為龍」係出自章懷太子注《後漢書》時所徵自《爾雅·釋畜》，〔註217〕又郭璞《爾雅》注引《周禮》：「馬八尺以上為龍，七尺以上為騋，六尺以上為馬。」〔註218〕統合上述，「時龍」一詞，不論是「六龍」、「八尺以上為龍」、「馬八尺為駥」，均指「大馬」，差別在於徵引文獻不同而已。故徐攀鳳罕見未批駁何說，僅以補充。

5. 張衡〈二京賦〉「薛綜注」句

何校：此注疑其假託。綜，赤烏六年卒，安得見王肅《易注》而引用之耶？〈綜傳〉有述「〈二京〉」之語，恐亦不謂此賦也，又孫叔然始造反切，未必遂行於吳。

徐案：〈薛綜傳〉見《三國》。《吳志》有云：「定〈五經圖述〉、〈二京解〉、〈五經圖〉，今不傳。〈二京解〉非此注。而何至王肅卒於甘露元年先赤烏六年十三祀耳，誰謂《易傳》必做於綜卒？後綜竟不見之耶？若反切原是後人所加，觀李氏所引毛萇《詩傳》、許慎《說文》、王逸《楚詞》注句用反切，要皆元書所無也，薛注之有反切即是此例，夫復奚疑。〔註219〕

〔註215〕《文選舊註輯存》，頁148；《義門讀書記》，頁860；《選學糾何》，葉3右。

〔註216〕〔漢〕鄭玄注、〔唐〕孔穎達疏：《禮記正義》（十三經注疏本）（北京：北京大學出版社，1999年1月），頁21。

〔註217〕〔晉〕郭璞注、〔宋〕邢昺疏：《爾雅注疏》（上海：上海古籍出版社，2015年3月），頁596。

〔註218〕〔漢〕鄭玄注、〔唐〕賈公彥疏：《周禮注疏》（上海：上海古籍出版社，2015年3月），頁1262。

〔註219〕《文選舊註輯存》，頁200～201、601～602；《義門讀書記》，頁861；《選學糾何》，葉3左～葉4右。

此條在《選學糾何》中，擺置於次條 4「坻崿鱗眴……」句之前，然該條應該並同討論〈東京賦〉「旅束帛之戔戔」句的注解問題提起討論。然放置在賦首開論，主要是因為卷首（兩京賦之西京為《文選》卷二，東京為《文選》卷三）有註明「薛綜註」。然而，從尤本觀察，即可發現部分字句的注解並未條條明確註明「薛綜註」、「善曰」，再複查諸如寬永二年活字本等六臣系統注本，〔註 220〕發現到三家注解的順序，如下：

尤袤本　　　　　　薛綜註→ 善曰

六臣注本　　　（五臣）曰→ 薛綜註→ 善曰

換言之，若往後學者校勘版本時，在順序的調整上若有誤，容易引發誤解。「旅束帛之戔戔」即引了王肅《周易》，〔註 221〕而何焯認為薛綜（B.C 208？～243？年）不當見到王肅（195？～256？年）的作品，故以為是後人假託「薛綜之註」。再觀徐攀鳳駁言，表面涉及「聲韻學」問題，實質僅為「版本學」問題，胡克家《考異》中認為時汲古閣本或眾本於注「《周易》曰：……王素云。」前皆脫「善曰」。〔註 222〕當然，有可能為李善未寫，也有可能為版本錯漏。徐攀鳳所提出觀點良善，但薛綜有無見過，則無從稽考。

6. 張衡〈西京賦〉「坻崿鱗眴，棧齴巉嶮。襄岸夷塗，脩路峻險。」句

何校：觀此「嶮」與「險」，蓋兩義。

徐案：險者，阻深，習坎，重險是也。嶮者，高峻，嵇叔夜〈琴賦〉：「丹崖嶮巇」，其一証也。〔註 223〕

第 6 條，徐攀鳳贊同何焯所言，並另舉嵇康〈琴賦〉:「丹崖嶮巇」佐證，李善〈注〉云:「高貌」，此與〈西京賦〉「嶮」釋作「高峻貌」同。反之，「險」則有「深」之義，〈長楊賦〉「險」善〈注〉引《孫卿子》:「平則慮險，安則慮危。」〔註 224〕案：二者容易形近訛誤，應貞〈晉武帝華林園集詩〉在陳八郎本、奎章閣本、九條本、室町本「險」並作「嶮」；〔註 225〕又諸多典籍有「危

〔註 220〕見《寬永二年活字六臣注文選》本，今藏於日本東京大學東洋文化研究所。

〔註 221〕〔東漢〕班固、〔唐〕長孫無忌等編：《漢隋藝文經籍志》（台北市：世界書局，2009 年 2 月），頁 7。

〔註 222〕〔南朝梁〕蕭統編、〔唐〕李善注、〔清〕胡克家攷異：《文選》（上海：上海古籍出版社，2015 年 4 月），總頁 140。

〔註 223〕《文選舊註輯存》，頁 240～241、3446～3447；《義門讀書記》，頁 861；《選學糾何》，葉 4 右。

〔註 224〕《文選舊註輯存》，頁 1946～1947。

〔註 225〕《文選舊註輯存》，頁 3899。

險」一詞，《荀子》：「危險隘者」、《說苑》：「危險閉塞」等，〔註 226〕《說文》：「險，阻，難也。」〔註 227〕本就「阻礙而言」，無關高低，而「危」：「在高而懼也。」高低相對，「險」即是立在高危之處，故並非兩義，而是「古人文詞則纖。」〔註 228〕

7. 張衡〈西京賦〉「複陸重閣。」句

何校：「陸」疑「陛」。

徐案：「陸」字，是左思〈魏都賦〉：「或嵬壘而複陸。」即用此。〔註 229〕

此條是「形近訛誤」的典型例子，筆者手本諸如：尤本、《選學糾何》、寬永二年活字本、慶長十二年活字本、東京大學藏朝鮮刊本……等俱有作「陸」與「陛」，按徐攀鳳之意，从「陸」為正，猶「道路」之意。又朱珔《文選集釋》言：「陛，乃階級之名與此殊不合，何說未可從。」〔註 230〕案：〈西京賦〉此部分主述一個「廣闊遼源，物產豐隆」的情況，並非適用「陛」字。

8. 張衡〈東京賦〉「趙建叢臺於前。」句〔註 231〕

何校：〈趙世家〉無「武靈王起叢臺」故事。

徐案：今《史記》作「野臺」，蓋「叢」古作「菆」；「野」古作「壄」。《正義》曰：「《括地志》：野臺，一名義臺。」因「菆」譌「壄」，「壄」遂作「野」，而義又與「叢」形似而誤也。〔註 232〕

此條徐攀鳳答非所糾，何焯主要懷疑史料有無紀錄的問題，而徐氏轉求文字是否通訓發明。依徐氏所言，「野」、「叢」形、義似，「叢」古作「菆」，「菆」又譌「壄」上下串聯，「叢臺」即「野臺」。

〔註 226〕李滌生：《荀子集釋》（台北市：學生書局，2014 年 9 月），頁 589；〔漢〕劉向撰：《說苑校證》（北京：中華書局，2016 年 4 月），頁 412。

〔註 227〕〔漢〕許慎撰、〔清〕段玉裁注：《說文解字注》（台北市：洪葉文化出版社，1013 年 5 月），頁 453、739。

〔註 228〕《選學糾何》，葉 6 右。

〔註 229〕此條不見於崔本，且葉氏《文選補注》、于氏《文選集評》等主以何焯為參考之本亦無。《文選舊註輯存》，頁 444；《選學糾何》，葉 4 左。

〔註 230〕〔清〕朱珔：《文選集釋》（光緒元年涇川朱氏梅村家塾刻本），收於《清代文選學名著集成》（揚州：廣陵書社，2013 年 11 月），頁 239～240。

〔註 231〕按諸本俱作「〉楚築章華於前，趙建叢臺於後。」此有誤勘。

〔註 232〕《文選舊註輯存》，頁 499～500；《義門讀書記》，頁 862；《選學糾何》，葉 4 左。

9. 張衡〈東京賦〉「却走馬以糞車。」句

何校:《文子》曰:「夫召遠者,使無為焉,親近者,言無事焉,惟夜行者有之,故却走馬以糞車,軌不接於遠方之外,是謂坐馳陸沉。

徐案:所引於賦,意仝不湊,轉拍不若,原注之引《老子》較明悉也。又思書三寫魚成魯,帝成虎,安知元本車字不作田字,如河上公所注云云耶。〔註233〕

此處不確定係《選學糾何》漏刊,亦或是徐攀鳳缺抄,甚或徐氏手本無該句等,實《義門讀書記》有「李注偶未及」五字。由於李善引《呂氏春秋》:「飛兔、要褭,古之駿馬也。」僅解釋「却走馬以糞車,何惜騕褭與飛兔。」之下句,故何焯認為李善犯了其「釋義而忘義」的詬端。然,於前幾條有略提,張衡〈二京賦〉係有「薛綜古註」,薛氏已引《老子・四十六章》:「天下有道,卻走馬以糞。天下無道,戎馬生於郊。」〔註234〕而何焯增補《文子》說法,以解釋「却走馬以糞車」的原典,徐攀鳳批評反而「未及」文意。

10. 張衡〈南都賦〉「皇祖止焉。」句

何校:皇祖即上所謂「考侯思故」者也,注謂高祖,非也。

徐案:南陽,為考侯肇基之地,原與高祖無涉,此論即是。然尚忘却上文「皇祖歆而降福」句,兩皇當一例解。〔註235〕

案:「皇祖止焉」前「近則考侯思故,匪居匪寧」及「皇祖歆而降福」二句已清楚敘述漢家的興衰,並和「光武起焉」,「皇祖歆而降福」之「皇祖」應視作「漢光武帝」,亦與各家注釋合;「皇祖止焉」之「皇祖」則不可釋作「漢高祖」或「漢光武帝」,乃因「止」有停之意,兩帝開國,與「止」義不類,當解作「先祖」,至於指涉為帝王,則不得而知。

11. 左思〈蜀都賦〉「匪葛匪姜,疇能是恤。」句

何校:當是此二人,亦必治第。

徐案:此評不特失考,亦於兩匪字意義未能體會入微,辨詳上卷《規李》。〔註236〕

〔註233〕《文選舊註輯存》,頁729~730;《義門讀書記》,頁863;《選學糾何》,葉5右。

〔註234〕〔漢〕嚴遵:《老子指歸》(北京:中華書局,2017年4月),頁29。

〔註235〕《文選舊註輯存》,頁820、824、834;《義門讀書記》,頁863;《選學糾何》,葉5。

〔註236〕《文選舊註輯存》,頁937~938;《義門讀書記》,頁864;《選學糾何》,葉5左。

徐攀鳳對於該條有兩個觀點，一者，評何焯體察不深；二者，「匪葛匪姜」未必指涉人名。因《規李》亦有談及，故並列討論。〔註 237〕與第 9 條相似，亦有漏句問題，「治第」後有「觀此，當時亦重姜維。」而李善〈注〉即言「諸葛亮、姜維」云云，是故何氏：「當是此二人」。徐攀鳳評為「失考察，不入微」，此其一。其二，《規李》認為李善〈注〉將「匪葛匪姜」解釋為「諸葛亮、姜維」，並進一步闡釋二者「官爵名」，認為李善犯了「釋義而忘義」的垢端，在文前「於是乎金城石郭」以降係在闡明建築物的狀態，由外而內，「亦有甲第……匪葛匪姜，疇能是恤。」〔註 238〕係在描述樂器、樂曲的豪華陳設，張雲璈言：「諸葛亮、姜維其宅皆窮迫，何治甲第？」〔註 239〕故也不同意李、何之說。是故，徐、張二人皆反駁，但也未提出「匪葛匪姜」的具體指涉。〔註 240〕

12. 左思〈蜀都賦〉「焉獨三川，為世朝市。」句

何校：「三川」謂「魏都」，〈三都〉以魏為主，此先逗（漏）一句，〔註 241〕乃文章賓主呼應所必然。

徐案：此語極精美，但河、洛、伊三川、七國屬韓，三國已入魏，李〈注〉隱主魏言，元自不誤。〔註 242〕

此條亦有漏句問題，缺「曩疑此與吳客言之，安得遽及魏事。然……。」句。依上缺句，更可明瞭何、徐意欲表達。〈蜀都賦〉為〈三都賦〉首篇，由西蜀公子、東吳王孫、魏國先生三人之對話組成，〈蜀都賦〉開篇即是蜀公子、東吳王孫之對話，但全文僅蜀公子一人言構章；此條已〈蜀都賦〉末尾，何氏言「此先逗漏一句」係指文章鋪陳「暫不過度鋪陳」，以免影響〈魏都賦〉魏國先生的反駁陳設，故徐氏言李善隨文章變化，不於「焉獨三川，為世朝市。」句先行破謎。

〔註 237〕《選注規李》，葉 6 左～葉 7 右。

〔註 238〕《文選舊註輯存》，頁 929～938。

〔註 239〕《選學膠言》，頁 454～455。

〔註 240〕筆者認為，〈蜀都賦〉有劉逵古註，其註「亦有甲第，當衢向術。壇宇顯敞，高門納駟。」典用《楚辭・九章》；同樣地，「庭扣鍾磬，堂撫琴瑟。匪葛匪姜，疇能是恤。」以辭家映襯而言，是否典引《詩經》諸篇名或字句，以彰顯蜀都兼貫南北音律，地廣物博的描述，且劉逵於此僅註 3 字，是否有殘註問題，或許可以此為討論。參《文選舊註輯存》，頁 929～938。

〔註 241〕崔本有「漏」字。

〔註 242〕《文選舊註輯存》，頁 980；《義門讀書記》，頁 864；《選學糾何》，葉 5 左～葉 6 右。

13. 左思〈魏都賦〉「量寸旬。」句

何校：「寸」、「旬」未詳。

徐案：注：「司馬法」云云。亦既詳哉！言之不解，何氏猶曰未詳也。〔註 243〕

該句張載古註有之，引《司馬法》：「明不寶咫尺之玉，而愛寸陰之旬。旬，時也。」即如徐攀鳳所言。也由於張氏古註有之，故李善、五臣未再增補，是故不解何氏「未詳」係未見？亦或是註不甚明？

14. 左思〈魏都賦〉「兼重悂以貤繆。」句

何校：注引《廣倉》。「廣」疑「埤」，否。則《廣倉》之誤。

徐案：《隋・經籍志》深有《廣倉》一卷，樊恭撰。〔註 244〕

案：查《隋書・經籍志》：「《廣雅》三卷，魏博士張揖撰，梁有四卷。」又「《埤倉》三卷，張揖撰。梁有《廣倉》一卷，樊恭撰。亡。」〔註 245〕《廣雅》、《埤倉》為二書，同為張揖撰。而《廣倉》早亡，李善時有典引「亡書」的情況，為清儒所詬病。〔註 246〕而徐氏一句「深有」，意表何焯讀書不深，不曉資料藏於書中。

15. 司馬相如〈子虛賦〉「孅阿為御。」句

何校：《史記索隱》：「伏虔云：纖阿為月御，又樂產曰：『纖阿』，山名，有女子處其巖，月歷巖度，躍入月中，因為月御也。」

徐案：纖阿為月御，亦見《淮南子》。此等故實，不必刻意求解，善讀書者自領之。〔註 247〕

〔註 243〕此條不見於崔本，然葉氏《文選補注》、于氏《文選集評》有錄之。《文選舊註輯存》，頁 1349～1350；《選學糾何》，葉 6。

〔註 244〕此條不見於崔本、葉氏《文選補注》。《文選舊註輯存》，頁 1379；《選學糾何》，葉六左。

〔註 245〕〔東漢〕班固、〔唐〕長孫無忌等編：《漢隋藝文經籍志》（台北市：世界書局，2009 年 2 月），頁 29、33。

〔註 246〕張雲璈認為有以下幾個疑點：一則可能李善有私本，或者據殘本作注；二則李善筆誤。《廣倉》在唐初已亡佚，而宋時《廣雅》仍在，《埤倉》已亡。明、清時三書皆不可見，故也難以攷證。〔清〕張雲璈：《選學膠言》（道光十一年刻三影閣叢書本），收於《清代文選學名著集成》（揚州：廣陵書社，2013 年 11 月），頁 504～505。

〔註 247〕此條不見於崔本，然葉氏《文選補注》有之。《文選舊註輯存》，頁 1546～1547；《選學糾何》，葉 7 右。

「孅阿為御」的定義在歷來未有定論，何焯引司馬貞《史記索隱》說法作「山名」。而徐攀鳳駁正用《淮南子》，然查無資料。案：依徐攀鳳表示，「孅阿」徒為賦家字詞，毋須刻意作訓。

16. 揚雄〈羽獵賦〉

何校：敘蓋班氏檃栝子雲而載之。又曰：班《書》〈雄傳〉通篇皆其自敘，則此又其賦之本敘也，非由班氏檃栝。

徐案：敘者，自敘所由作之意，然亦有為後人所佳者，長卿之〈長門〉無論已，賈誼〈服鳥〉、子雲〈甘泉〉亦非自作。〔註 248〕

該條勾起的是一個「考據學」及「分篇」上的大題目，宋代王觀國於《學林》有兩篇文章——〈古賦題〉、〈古賦序〉。文章需不需要「分篇」是一個奧題，從《昭明文選》可以觀察到班固〈兩都賦〉被分為〈西都〉與〈東都〉；左思〈三都賦〉被分為〈蜀都〉、〈吳都〉、〈魏都〉。然，這兩篇的序言名卻是——〈兩都賦序〉與〈三都賦序〉，依王氏觀點是否「原題」本為「兩都」、「三都」，而非另定之新題名。同樣地，部分文章或許本身無「序言」，而蕭統卻自題序言，進而造成「多人共作，思維混絮」的情況。〔註 249〕

而何焯觀察到《漢書》與《文選》的文章順序與內容略有差異，懷疑揚雄的作品有「被重新排版」的可能，五臣張銑注言：「此賦有兩序，一者史臣序，一者雄自序。」〔註 250〕可知，文章（序）一部分可能是「他人執筆，假托之作」；是故，徐攀鳳亦表贊同，列舉三篇文章也有「假托」的可能。

17. 揚雄〈羽獵賦〉「及至獲夷之徒。」句

何校：劉原父云：「獲，烏獲；夷，夷羿。」但此下更有羿氏控弦之文，或別用堯時射九日者耶？

徐案：堯時之羿恐不稱「夷羿」，夷固有有窮之氏。見《左傳》杜〈注〉。〔註 251〕

何焯從注解與〈羽獵賦〉原文蠡測「獲夷」可能為「后羿」。因此此處要釐

〔註 248〕此條不見於崔本，然葉氏《文選補注》、于氏《文選集評》有錄之。《文選舊註輯存》，頁 1796～1797；《選學糾何》，葉 7 右。

〔註 249〕〔宋〕王觀國：《學林》，收於《百部叢書集成》（台北市：台灣商務印書館，1966 年 3 月），頁 193～197。

〔註 250〕《文選舊註輯存》，頁 1796。

〔註 251〕此條不見於崔本，然葉氏《文選補注》、于氏《文選集評》有錄之。《文選舊註輯存》，頁 1853～1854；《選學糾何》，葉 7 左。

清的問題在於何說是否成立？徐氏提出《左傳．襄公四年》有「有窮 后羿」云云，〔註 252〕認為后羿當為「有窮氏」，而非「羿氏」。案：「夷」係對「原住民的一種通稱」，且相對「中原民族、文化」而言，《說文》雖釋作「平也」，然諸如：寵、郁、鄘、樊等俱為對「夷人」的描述，〔註 253〕但回過頭看〈羽獵賦〉原文，一語貫之即是「勇士、壯士」的描述，故如第 13 條所言：「不必刻意求解」。

18. 揚雄〈羽獵賦〉「創道德之囿，弘仁惠之虞。」句

何校：「虞」對「囿」字，乃虞人之義，顏、李〈注〉皆云通「娛」，非也。

徐案：此乃詞臣好講屬對法也，恐尚未的。〔註 254〕

徐氏主張「古人文法不盡排偶也。」〔註 255〕兩漢辭家在所謂駢文形式尚不若六朝文人明顯，揚雄雖為辭家，然從其作品可以發現並非全全相對，如該條次句「馳弋乎神明之囿，覽觀乎羣臣之有亡。」即可證之，是故徐攀鳳認為何焯好講詞法，並未切中主題。〔註 256〕

19. 班彪〈北征賦〉「慕公劉之遺德，及行葦之不傷。」句

何校：以〈行葦〉為公劉遺德，必出於齊、魯經師，注家已不能詳矣。

徐案：《詩》中：「曾孫維主」，〈傳〉曰：「曾孫，成王也。」〈箋〉中有歸美先王語，所為先王雖不定指為公劉，今攷寇榮有曰：「公劉敦行葦，世稱其仁。」王符有曰：「詩云：『敦彼行葦，牛羊勿踐履，方苞方體，維葉泥泥。』公劉厚德，恩及草木牛羊六畜，猶且感德。」是漢儒多以〈行葦〉為公劉詩也。〔註 257〕

何焯認為李善在此條的解釋係齊、魯經師之舊說，已不能攷證。徐攀鳳補充道〈大雅．行葦〉毛〈傳〉云：「曾孫，成王也。」解作「成王」。案：〈大雅．公劉〉毛〈傳〉云：「召康公介成王也。……美公劉之厚於民而獻是詩也。」

〔註 252〕參楊伯峻編：《春秋左傳注》（北京：中華書局，2007 年 9 月），總頁 936。

〔註 253〕〔漢〕許慎撰、〔清〕段玉裁注：《說文解字注》（台北市：洪葉文化出版社，1013 年 5 月），頁 287、288、296、387。

〔註 254〕《文選舊註輯存》，頁 1898；《義門讀書記》，頁 870；《選學糾何》，葉 7 左。

〔註 255〕《文選舊註輯存》，頁 1899。

〔註 256〕《國朝耆獻類徵初編》即將何焯歸類於「詞臣」，參《清代傳記叢刊》（台北市：明文書局，1986 年 1 月）。

〔註 257〕《文選舊註輯存》，頁 2005～2006；《義門讀書記》，頁 871；《選學糾何》，葉 8 右。

又云：「公劉者，后稷之曾孫也。」〔註 258〕可見說法兩異。張雲璈認為注無明文，無法辨明「公劉」之指涉。〔註 259〕

20. 潘岳〈西征賦〉「歲次玄枵。」句

何校：注：「元枵，歲星。」所歷論太歲而曰：「元枵。」疑誤。至今云「歲次」者，誤自安仁，此文始。

徐案：歲星、太歲，元各不同，然如王莽〈銅權銘〉曰：「歲在大梁，龍集戊辰」是以歲為歲星；龍為太歲也。魏文昌〈殿鍾簴銘〉：「歲在丙申，龍集大火。」是以歲為太歲，龍為歲星也。太歲言在，亦言集歲；星言集，亦言在次，即集也。古人蓋已通用。〔註 260〕

此條主要討論「歲星、太歲、元枵、歲次」〔註 261〕是否為同一物之指涉，何焯提出懷疑，認為潘岳誤用，導致以降皆誤。徐攀鳳則是認為「古人蓋已通用」且非始於潘岳。案：李善引《左傳》，言「所歷」一詞判斷，為「位置」的說法，而星、年月運行至該位置時，便有上述等名詞，然後代學者將星體與位置兩相混淆，已無法辨別，純為辭賦之家之詞藻而已。

21. 王延壽〈魯靈光殿賦〉「觀藝於魯。」句

何校：《博物志》云：「王子山與父叔師到泰山，從鮑子貞學算。」適魯，賦靈光殿。則觀藝者小言之，乃學算也。〔註 262〕

徐案：元注：「藝，六經也。魯有周公，孔子在焉。」以經訓藝，適合。太史公考信六藝之藝，解亦闊大。〔註 263〕

何焯引《博物志》云云，認為「藝」非「六藝」，而是「九數」的「六藝之數」。案：通篇〈魯靈光殿賦〉除描述大殿周遭的山川景緻外，再者即是典用「五經」，如「奚斯頌魯」即用《韓詩》，「百姓昭明」即用《尚書》等，雖

〔註 258〕〔漢〕毛亨撰、〔漢〕鄭玄箋、〔唐〕孔穎達疏：《毛詩注疏》（上海：上海古籍出版社，2015 年 2 月），總頁 1569～1570、1607。

〔註 259〕《選學膠言》，頁 610。

〔註 260〕《文選舊註輯存》，頁 2040～2041；《義門讀書記》，頁 871；《選學糾何》，葉 8。

〔註 261〕清本避諱「玄」字，改「玄枵」為「元枵」。

〔註 262〕查陳元龍《御定歷代賦彙》僅一篇王延壽〈魯靈光殿賦〉；而何焯引《博物志》云云，通篇〈魯靈光殿賦〉，並無注家引用該條，請今本《博物志》並無該條紀錄，故《博物志》載「王氏學算」之人，是否與王延壽為同一人，歟肆代考。

〔註 263〕《文選舊註輯存》，頁 2260～2261；《義門讀書記》，頁 873；《選學糾何》，葉 9 右。

無描述「藝」為何？此「藝」可解釋作「六經」，即如善〈注〉；〔註 264〕然何焯之說也非無理，《五經》本有「九數」紀錄，〔註 265〕算術技藝比附於《五經》之內，故何氏增注，並無不可，徐氏「解小闊大」的說法增多，「藝」當可兩解。

22. 何晏〈景福殿賦〉「爰有遐狄，鐐質輪菌。坐高門之側堂，彰聖主之威神。」句

何校：《魏略》曰：「大發銅鑄作銅人二，號曰「翁仲」，列坐於司馬門外。」

徐案：「翁仲」與「金狄」本自不同，「翁仲」鑄於魏明帝，「金狄」鑄於始皇，其實皆銅人也，賦既借言「遐狄」，故李遂以「金狄」釋之。〔註 266〕

《文選》中諸多名物係難以考究的，尤其一代與一代之間的名詞變化是巨變的。「遐狄」一詞，至清代已不能悉明，唐李善言「遐狄」為「長狄」，次句又注言「金狄」，明顯此部分稍有混亂；又徐氏攷證云云，認為何晏因賦借言「遐狄」一詞，換言之，何氏欲描述塑像之屬，因其金屬質，借言遐狄，以致李善遂用「金狄」做解釋。一連串的誤用與解釋，再再證明《文選》中諸多名物難以考究。〔註 267〕

23. 何晏〈景福殿賦〉「於是碣以高昌崇觀，表以建城峻廬。」句

何校：薛綜〈東京賦〉注：「高昌、建城，二觀名也。」〈東京賦〉無此語，不知注何所據。

徐案：宋本注曰下有「揭，猶表也。」四字乃〈東京〉：「揭以熊耳」之注，高昌、建城以下，竝李氏之詞，故末釋云：「碣、揭同」，宋本可貴如是。〔註 268〕

〔註 264〕《文選舊註輯存》，頁 2263、2266。

〔註 265〕參〔漢〕鄭玄注、〔唐〕賈公彥疏：《周禮注疏》（上海：上海古籍出版社，2015 年 3 月），頁 499。

〔註 266〕《文選舊註輯存》，頁 2335；《義門讀書記》，頁 874；《選學糾何》，葉 9 左。

〔註 267〕張雲璈耗博五葉刻版論述「銅人」議題。依張氏所言，始皇之銅人名「金狄」，漢武之銅人名「銅仙」，魏明之金人名「翁仲」，三者不同，後人混淆者多矣。又各注家再誤。《選學膠言》，頁 660～661。

〔註 268〕此條不見於崔本，然葉氏《文選補注》有之。《文選舊註輯存》，頁 2380～2381；《選學糾何》，葉 9 左。

此條，劉躍進已詳盡攷之；劉案：「凡尤校此書，專主增多，故往往並他本衍文而取之。……胡紹煐六臣本善注無，惟向注有之，當是向注混入耳。」〔註 269〕

24. 潘岳〈秋興賦〉「且斂衽以歸來，忽投紱以高厲。」句

何校：〈歸來〉亦有秋興，故實不獨淵明也。

徐案：何氏於安仁〈閒居賦〉譏其「大本既偽」〔註 270〕，而此賦忽擬以淵明要之，虎賁寓直本無栗里襟懷，褒語失之。〔註 271〕

何焯於〈閒居賦〉評言：

既以親疾輒去，復因免官自悔，大本既偏，自然乾沒不已。方貽慈親以戚矣，此賦旨趣近乎子幼〈南山〉之詩，豈恬退無欲者乎？〔註 272〕

同樣的作者，截然不同作品，何氏以陶潛〈歸去來〉比擬〈秋興賦〉；以楊惲〈詩〉比擬〈閒居賦〉。徐攀鳳以為評騭不甚公允。案：何氏於〈閒居賦〉貶意居多，然每一作品皆獨立，彼作之優，不可併論此作必也優。

25. 賈誼〈服鳥賦〉

何校：此特借服鳥造端，非從而賦之也。昭明編入鳥獸何哉？宜與〈幽通〉、〈思元〉同編。

徐案：賦者，六義之一，賦亦可托以比興，是篇與〈鸚鵡〉、〈鷦鷯〉皆是也，若編入〈幽通〉、〈思元〉，轉嫌不類否？〔註 273〕

此 25 條主要討論《昭明文選》編輯問題，本論已略有討論。此處何氏認為〈鵩鳥賦〉單純以「鵩鳥」寄託心境，而非全賦描摹該鳥，故應列於「志」編之中。徐攀鳳周察各篇，〈幽通〉、〈思元〉全賦述以心境，並無以動物類比，而〈鵩鳥〉雖有述以心境，然卻是先以「動物之形」出發，轉而表述內心，是以否定何氏說。

26. 班固〈幽通賦〉「巨滔天而泯夏兮，考遘愍以行謠。終保己而貽則兮，里上仁之所廬。」句

何校：里仁謂避地河西。

〔註 269〕《文選舊註輯存》，頁 2380～2381。

〔註 270〕眾《義門讀書記》版本俱作「大本既偏」，此處《糾何》許刊刻有誤。

〔註 271〕《糾何》「歸來」後缺一「兮」字。《文選舊註輯存》，頁 2566；《義門讀書記》，頁 875；《選學糾何》，葉 10 右。

〔註 272〕《義門讀書記》，頁 879。

〔註 273〕《文選舊註輯存》，頁 2613；《義門讀書記》，頁 876；《選學糾何》，葉 10 左。

徐案：班彪遭新莽之亂往謁隗囂，知囂必敗，遂為避地河西，河西乃大將軍竇融所駐，光武中興勸融歸漢，叔皮依融而得以令，終孟堅依憲而不免獄死，所謂「保己而貽則」者，未免有媿乎斯言。〔註274〕

何、徐二人所增，清眾學鮮談。案：徐攀鳳所補充，早見於班彪〈北征賦〉之兩家〈注〉，〔註275〕故不多贅述。

27. 張衡〈思元賦〉「纗幽蘭之秋華兮。」句

何校：纗，《漢書音》：「祖緌反」。亦纂字也。

徐案：《說文》：「□（巂从彳），戶圭反。」與纗字異。《玉篇》：「纗同纂。」《漢書注》合「纗、□（纗無山旁）」為一字。不可從。〔註276〕

按《說文》，無从彳；於纗，音祖緌反，確同「纂」。對章懷太子說法「戶圭反」，音似揮或惠，以此相照，二字音本有出入，互訓有疑義。張雲璈認為「纗、□（纗無山旁）」疑本有山形，傳訛之誤。〔註277〕

28. 潘岳〈閒居賦〉

何校：此賦近乎子幼〈南山〉之詩。

徐案：此亦自有別子幼之言憤，安仁之言偷。〔註278〕

此條於第24條亦有討論，當然意境似〈南山〉是何焯的看法，徐攀鳳仍補充言；楊惲詩有憤懣之感明言，可觀察出「憤」之表徵，而潘岳賦作則欲遠政治，於賦暗諷，故言「偷」。

29. 陸機〈文賦〉

何校：老杜云：「陸機二十作〈文賦〉」，於臧《書》稍疎。

徐案：榮緒《晉書》始言：「機年二十，吳滅，退居鄉里，積學十一年，與弟雲俱入洛，後言機妙解情理，心識文體，故作〈文賦〉」。」始之所敘者，遭遇之艱辛，後之所敘者，文藻之茂美，非遽謂此賦成於入洛以後也。少陵之詩，或亦可以無舛。〔註279〕

〔註274〕《文選舊註輯存》，頁2760；《義門讀書記》，頁877；《選學糾何》，葉10左～葉11右。

〔註275〕《文選舊註輯存》，頁2002～2021。

〔註276〕此條不見於崔本，然葉氏《文選補注》有之。《文選舊註輯存》，頁2838；《選學糾何》，葉11右。

〔註277〕《選學膠言》，頁25。

〔註278〕《文選舊註輯存》，頁3008～3053；《義門讀書記》，頁879；《選學糾何》，葉11左。

〔註279〕《文選舊註輯存》，頁3204；《義門讀書記》，頁881；《選學糾何》，葉12右。

杜甫〈醉歌行〉言:「陸機二十作〈文賦〉,汝更小年能綴文。」〔註280〕但依何焯之疑,或許其手本有者引《晉書》云云中有杜詩。劉躍進已略有攷證,對照日本藏《文鏡秘府論》古本,發現題首作者李善〈注〉的部分稍有差異,案:《文選舊註輯存》所採之尤袤本,引臧榮緒《晉書》共120餘字,然如慶長二年本、朝鮮卞季良刊六臣朝鮮印本等善〈注〉不過30餘字,可見歷代有增補的現象,再以此回推何氏言即可理解。另一方面,徐氏認該賦不僅成於一時,可能有在吳或在洛時皆有一部分作品。

30. 陸機〈文賦〉「寤防露與桑間。」句

何校:防露指「豈不夙夜,謂行多露」言,〈桑間〉不可並論,故戒妖冶也。

徐案:防露即房露。辨詳上卷《規李》。又思此段,就文體之卑靡者言,故舉防露之曲、桑間之音,為雖悲而不雅者,戒若《召南》,〈行露〉乃貞信自持之詩,恐與下文不接。〔註281〕

謝希逸〈月賦〉,李善注「防露」作「蓋古曲也」。尤袤本下有引〈文賦〉補充云云;〔註282〕於〈文賦〉卻言不詳,足見注疏之疏。〔註283〕徐攀鳳於《規李》建議道:「蔓引謝靈運〈山居賦〉為言耶。」〔註284〕文中即有「楚客放而防露作」句,作「古曲」云。何焯認為係典引《召南・行露》,與俗曲〈桑間〉並用,別有涵義。案:眾家認為雅樂與俗曲不能並談云云,且清儒攷證上多為猜疑,茲即引五臣呂延濟注此條言:「為文不可苟,徒悅目偶俗而已。」〔註285〕歷代詩詞時常引用「古曲名」入文,然這些樂曲早亡,引用徒為增添文章辭彩,故不必曲迎刻求。

31. 王褒〈洞簫賦〉

何校:《博雅》:「簫大者無底,小者有底,不以無底為洞簫。」

〔註280〕〔清〕康熙敕編、彭定求等編:《全唐詩》(北京:中華書局,1999年2月),總頁2257。

〔註281〕《文選舊註輯存》,頁3255;《義門讀書記》,頁881;《選學糾何》,葉12左。

〔註282〕《文選舊註輯存》,頁2609。

〔註283〕筆者認為此疏有二,一者李善注釋時有疏忽,前〈月賦〉有注過,而注〈文賦〉時忘卻;二者,對照前述劉躍進案語:「凡尤校此書,專主增多,故往往並他本衍文而取之。」之可能,是故需博更早之版本對讎,才得以名兩何者之誤。見《文選舊註輯存》,頁2380~2381。

〔註284〕《選注規李》,葉18右。

〔註285〕《文選舊註輯存》,頁3255。

徐案：《前漢》〈元帝紀〉：「鼓琴瑟，吹洞簫。」如淳曰：「洞簫，簫之無底者。」此即李氏所引之書也。蓋簫有大小，《爾雅》：「大簫謂之言，小簫謂之筊是也。」〈月令章句〉：「簫長則濁，短則清是也。」「有有底，有無底。《博雅》云云是也。」若稱洞簫如淳說，固不可易，賦有云：「幸得謚為洞簫兮，蒙聖主之渥恩。」意元帝好自度曲，剏為此名，待未可知。〔註286〕

前述同點第22條討論「遐狄」指涉的問題，本論案語認為「歷代名詞異動是巨變的，併同《文選》中諸多名物難以考究。」王褒所描摩之「樂器——簫」，歷代經籍、制式皆略有差異，本就不易攷證，朱清泉《中國古代笛屬樂器的歷史研究》一論中甚有討論「演奏的方向及與其名各易」，〔註287〕因此徐攀鳳雖徵引頗詳，最後仍言「待未可知」。

32. 曹植〈洛神賦〉「黃初三年，余朝京師。」句

何校：《魏志》：丕以延康元年十月廿九日禪代，十一月遽改元黃初，陳思實以四年朝洛陽而賦，云三年者不欲亟奪漢亡年。

徐案：「春秋」書法踰年改元，而此非其例，陶淵明〈詩〉永初後不編甲子，植為本朝子臣，又非靖節可比，以四年為三年字之誤耳。奚不奪漢年之有，惟何氏於此篇闡發陳思忠愛本朝，誠悃極為細緻，所闢感甄之說，雖亦前人所已言，均為有補乎世教。〔註288〕

本章前述「誤校釐正」亦有談及，可赴參。何焯認為曹植在未改朝換代前，即言後朝「年號」，係表明漢祚已亡。徐攀鳳不斷在其書透觀「融會之學」，上其徐氏案語所言「春秋」並非書名，而係代指「史書」而言，曹植既非史官，〈洛神賦〉亦非官史，自然不必恪守歷來「撰史」的筆法，是故有意外之筆，甚至是弦外之音，未嘗不可。當然，徐氏於此也讚賞何焯忠君愛國，遵守千年來的倫理，足堪為仕子所傚。

33. 謝靈運〈九日從宋公戲馬臺集送孔令詩〉

何校：微致不能見幾遠逝之感，是其心猶不忘事二姓，為可恥也。

〔註286〕《文選舊註輯存》，頁3279～3319；《義門讀書記》，頁882；《選學糾何》，葉12左～葉13右。

〔註287〕朱清泉：《中國古代笛屬樂器的歷史研究》，河南大學碩士學位（古代音樂學）論文，2004年5月，頁12～17。

〔註288〕《文選舊註輯存》，頁3661～3662；《義門讀書記》，頁884；《選學糾何》，葉13。

徐案：此詩劉寄奴秖稱「宋公」，倘未禪晉，恥事二姓之說，轉嫌其騾。〔註 289〕

何焯認為謝靈運在詩題不稱「帝號」，改稱「宋公」，乃因其恥事二姓使然。徐攀鳳則認為此詩未明確繫年，兩朝應當尚未禪代。

34. 左思〈詠史八首〉「皓天舒白日。」句

何校：揚子猶三世不遷，栖栖執戟，老死京師，向上更有由光至高之行，世人豈得為我輕重？

徐案：此評似欲承上首，嘅慕子雲意，一直說下，但循繹此篇，竝無涉及揚子處，蓋八首雖脈絡貫通，要亦各自為義，泥看則非。〔註 290〕

本章前述「誤校釐正」亦有談及所謂「泥」的觀點，換言之，大部分學者專就注家說法，而不自我理解，誠如本論列出何焯之條目，有泥於《楚辭》，或本條揚雄者，應和「此等故實，不必刻意求解，善讀書者自頒之」。故左思〈詠史八首〉是否化用任何有關揚雄的文詞，提出自我見解即可，不必拘泥，此誠徐攀鳳的「融會之學」。

35. 顏延年〈五君詠〉五首「劉參軍」首

何校：「二豪侍側焉，如蜾蠃之與螟蛉。」以比劉斑也。

徐案：〈酒德頌〉意蓋謂「公子處士」。聞劉靈之言，為之速化，如所為類我，類，我也。義門引之為何？何指又考「斑」字中從文劉湛，小字斑虎，故上呼為劉斑，即離間延年者。《葉刻套版文選》、《義門讀書記》俱誤作「班」列之，「班」當据《宋書》正之。〔註 291〕

何焯評語，弋起徐攀鳳兩道懷疑，一是顏延年該首詩作雖屬名作「劉參軍」，但未一字涉及「劉湛」，何氏卻引〈酒德頌〉末語引申，啟人疑竇；又「斑、班」二字，何本誤刊，查崔本、四庫本、葉氏《文選補注》均確作「班」，已漫訛不知原字。案：何氏引〈酒德頌〉云云，比以劉湛，考《宋書》載：「言於彭城王義康，出為永嘉太守。延之甚怨憤，乃作〈五君詠〉以述竹林七賢，山濤、王戎以貴顯被黜……。」〔註 292〕又〈五君詠〉確無山濤、王戎，二人

〔註 289〕《文選舊註輯存》，頁 3914；《義門讀書記》，頁 890；《選學糾何》，葉 13 左。

〔註 290〕《文選舊註輯存》，頁 4013；《義門讀書記》，頁 893；《選學糾何》，葉 14 右。

〔註 291〕《文選舊註輯存》，頁 4076；《義門讀書記》，頁 894；《選學糾何》，葉 14。

〔註 292〕〔南朝梁〕沈約撰：《宋書》，收於《二十四史》（北京：中華書局，1997 年 11 月），頁 485。

猶指「二豪」侍側權貴，終為權貴拋棄，如蟲子一般卑微，以茲解何說，或可理解。

36. 顏延年〈五君詠〉五首「向常侍」首

何校：「交呂」、「攀嵇」自寓，惟陶徵君輩得為文酒之會，眼中於劉斑等何有也？

徐案：詩中無一字涉及彭澤評語，轉嫌枝節，「斑」亦不可誤「班」。〔註 293〕

何氏認為顏延年於向秀詠自比陶潛，然因憤劉斑作〈詠〉，何德吟詠「和陶飲酒詩」？徐攀鳳反駁係鑽牛角尖，因詩中無一字句與陶潛有關。

37. 郭璞〈遊仙詩七首〉「逸翮思拂霄。」句

何校：「珪璋」以下未喻。

徐案：「珪璋雖特達」，是無所憑藉超越在上者；「明月難闇投」，是有所挾棄，不見收者；「潛穎怨青陽」跟「明月」句，來幽花雖發而陽氣不臻也；「陵苕哀素秋」跟「珪璋」句來置身極高，而秋風早被也，故以悲淚結之未知是否？〔註 294〕

該條李善、五臣均有注釋其用典，然何焯單就詩文部分，認為毫無喻言。徐攀鳳句末稍嫌謙讓，但依序為「逸翮思拂霄」以降的部分逐一添釋。

38. 謝靈運〈登池上樓〉「祁祁傷豳歌。」句

何校：「祁祁」二句亦傷，不及公子同歸也。

徐案：此但言春日之景，荏苒易逝，故下文即以「萋萋感楚吟」接之，於「殆及公子」意何涉？〔註 295〕

「不及公子同歸」即典引自《毛詩》，徐攀鳳認為與「殆及公子」無涉。「殆及公子」即是《豳風．七月》：「女心傷悲，殆及公子同歸。」〔註 296〕李善注釋即採之。案：〈登池上樓〉詩題，李周翰注言：「靈運被譖出時有疾。」〔註 297〕《宋書》確載：「見誣……。……有司所糾。……興兵叛逸，遂有逆

〔註 293〕《文選舊註輯存》，頁 4082；《義門讀書記》，頁 894；《選學糾何》，葉 14 左。

〔註 294〕《文選舊註輯存》，頁 4114；《義門讀書記》，頁 895；《選學糾何》，葉 14 左～葉 15 右。

〔註 295〕《文選舊註輯存》，頁 4173～4174；《義門讀書記》，頁 897；《選學糾何》，葉 15 右。

〔註 296〕〔漢〕毛亨撰、〔漢〕鄭玄箋、〔唐〕孔穎達疏：《毛詩注疏》（上海：上海古籍出版社，2015 年 2 月），總頁 709。

〔註 297〕《文選舊註輯存》，頁 4171。

志。」〔註298〕在重病纏身、遠政治舞台之下，仍不免受人謗譭，形如毛《傳》〈七月〉：「管蔡流言，辟居東都。」〔註299〕是故「公子」者，兄弟也，此詩不僅有意訣別親友，亦有對譖者同歸於盡的意味，徐氏糾未中的。

39. 謝眺〈遊東田〉

何校：齊武帝時，「文惠太子立樓館於鍾山下，號曰『東田』，太子屢遊幸之。」詩之所云，乃其地也。

徐案：所引見《南史・齊鬱陵王紀》。又攷〈沈約傳〉：「立宅東田，矚望郊阜，嘗為〈郊居賦〉。」以序其事。就詩起句「戚戚苦無悰，攜手共行樂」推之，滿目青山，迷茫烟樹於休文之「東田」為近。〔註300〕

「東田」一詞灼見於於諸多典籍，此不一一詳列。而所謂「東田」即指「某地東邊之田」，應當非專有地名。如上所言，俱見於《南史・廢帝鬱陵王紀》與《梁書・沈約傳》有「東田」；〔註301〕回到文本，〈遊東田〉並無一字涉及相關山川地理，單就李善於題注：「眺有莊在『鍾山』東」，何焯以為引自《南史》，殊不知「鍾山」一名廣見各地。至於徐攀鳳以詩意判讀與沈約〈郊居賦〉心境相似，傾向史傳敘沈約之「東田」。

40. 謝惠連〈秋懷〉

何校：全用對偶成篇。

徐案：此對偶中，如：「雖好相如達，不同長卿慢。」一人兩用，奇之又奇。因記劉琨〈重贈盧諶〉詩：「宣尼悲獲麟，西狩涕孔某。」亦是此例。東坡〈獨樂園〉：「兒童誦君實，走卒知司馬。」殆戲仿之與？〔註302〕

案：胡紹煐認為「同次復對」屢見歌謠，西漢太初年間即風行；〔註303〕

〔註298〕〔南朝梁〕沈約撰：《宋書》，收於《二十四史》（北京：中華書局，1997年11月），頁455。

〔註299〕〔漢〕毛亨撰、〔漢〕鄭玄箋、〔唐〕孔穎達疏：《毛詩注疏》（上海：上海古籍出版社，2015年2月），總頁702。

〔註300〕《文選舊註輯存》，頁4228；《義門讀書記》，頁899；《選學糾何》，葉15。

〔註301〕〔唐〕李延壽撰：《南史》，收於《二十四史》（北京：中華書局，1997年11月），頁51；〔唐〕姚思廉撰：《梁書》，收於《二十四史》（北京：中華書局，1997年11月），頁64～65。

〔註302〕此條不見於崔本，然葉氏《文選補注》有之；葉本雖有錄該語，但並未屬名，因此不能確定是否為何焯評語。《文選舊註輯存》，頁4303；《選學糾何》，葉15左～葉16右。

〔註303〕《文選箋證》，頁64。

張雲璈亦同，肆舉《焦氏意林》、《後漢書》、《宋書》等。徐攀鳳認為不是「得當之技巧」。〔註 304〕

41. 曹子建〈七哀詩〉「賤妾當何依。」句

何校：依、烏皆切，白詩中猶如此用。

徐案：古人「支、為、齊、佳、灰」通韻，無庸改讀。〔註 305〕

按此為簡單的聲韻學問題，「依、烏」聲母皆為「影」，雖韻母稍嫌差異，但在俗言詩中並未強制要與中古音或今音一致，較為寬鬆，故徐攀鳳言古人「支、為、齊、佳、灰」通韻，不需要特別改讀。

42. 顏延年〈拜陵廟作〉

何校：墓祭非古，發端蓋有諷焉。

徐案：墓祭非古之說，前人嘗舉《孟子》：「東郭墦閒」語闢之矣。此詩起句「周德恭明祀，漢道尊先靈。」極美。文帝克復漢儀，因以宗周陪起，開後人詞章重典之禮，安得謂之諷？蓋顏延年在元嘉時應制諸作，亦錚錚佼佼也。〔註 306〕

此條在〈毛詩序〉：「……，下以風刺上，主文而譎諫，言之者無罪，聞之者足以戒，故曰風。」〔註 307〕的觀念下，詩歌給部分文人的觀念即是「諷諭」之用，非吟詠性情。徐攀鳳認為《孟子・離婁》即有「郊間祭祀祖先」的紀錄；甚言之，《尚書》中亦有「祀天地，告祖先」的禮制，固非「漢始有之」。至於言之「漢儀」，乃因兩漢諸史言葬謂「葬○陵」，而秦以前則言「葬○山」，由是以為「葬陵」是漢制，孰不知「陵、山」一也。至於該詩是否純為「應制酬作」？抑或是「諷出心裁」，恐言歸「此等故實，不必刻意求解，善讀書者自領之」。

43. 王粲〈贈蔡子篤詩〉

何校：呂向曰：「子篤與仲宣同避難荊州，子篤還會稽，仲宣贈以詩。」考詩有「濟岱」語，則向所云「還會稽」者乃「憑臆妄撰」也。

〔註 304〕張氏原文為：「竊謂此等並非古人佳處，雖有之，不必學。」略有雕蟲小技之意味。筆者認為，張雲璈為乾、嘉時期詩詞之大家，於文壇略有盛名，對創作有一套自我見解，咸可為觀。《選學膠言》，頁 165～166。

〔註 305〕《文選舊註輯存》，頁 4340；《義門讀書記》，頁 903；《選學糾何》，葉 16 右。

〔註 306〕此條不見於崔本，然葉氏《文選補注》有之。《文選舊註輯存》，頁 4382～4392；《選學糾何》，葉 16。

〔註 307〕《文選舊註輯存》，頁 9031～9035。

徐案：五臣「憑臆妄撰」，觸處皆然。此李崇賢注所以即可寶貴也，少而習焉，其心安焉，不見異物而遷焉。願以諗天下之善讀《文選》，善訂《選》「注」者。〔註308〕

「濟岱江行」句，李善注言：「濟岱近兗州，子篤所往。江行近荊州，仲宣所居。」〔註309〕何焯依呂向之作者題注，認為有「憑臆妄撰」之嫌。案：參「濟岱江行」句張銑說法：「濟為水名，岱為山名」，二者大致在長江以北；而李善僅作「近」某處。又《三國志・王粲傳》有云：「士之避亂荊州者，皆海內之儁傑也。」〔註310〕但是否有與蔡睦相避，因無明顯紀錄，恐不易攷證；且歷代作品或注釋言地點時，均是「大致之詞」，古之州山範圍廣大，各地確切位置也是隨時代有所更替，單就注家之片言論斷，恐不甚公允。

44. 曹植〈贈白馬王彪〉

何校：《魏氏春秋》曰：「載此詩極有識，與〈六代論〉表裏。」

徐案：此詩子建手足之情洋溢，楮墨正與〈責躬應詔詩〉、〈求躬親表〉一副肺腸，若曹元首〈論〉暢說六代興亾得失，與此詩意旨書不相侔。〔註311〕

案：何焯所比擬之〈六代論〉一言貫之在於「共」字，所謂「共治」天下，其言曰：

三代之君與天下「共」其民，故天下同其憂；秦王獨制其民，故傾危而莫救。夫與人「共」其樂者，人必憂其憂；與人同其安者，人必拯其危。先王知獨治之不能久也，故與人「共」治之；知獨守之不能固也，故與人「共」守之。〔註312〕

還之觀察曹植諸〈責躬應詔詩〉、〈求躬親表〉等作，有意示好。然時魏文弒殺胞弟手足，同姓皆剷除殆盡，不能與兄弟共治天下，詩中「倉卒骨肉情，能不懷苦辛。」即有哀痛表陳的心境，故曹植贈詩，表以贈，理以勸，不可存妄心，另一則為訣別。

〔註308〕《文選舊註輯存》，頁4402；《義門讀書記》，頁905；《選學糾何》，葉16左。

〔註309〕《文選舊註輯存》，頁4405。

〔註310〕蔡睦之紀錄於三國志紀錄不多，僅就王粲或兩家對其的描述得知片面，因此是否「憑臆妄撰」？恐怕不能如何、徐二人的清儒學風偏頗李善，而輕視五臣的說法。參〔晉〕陳壽：《三國志》，《二十四史》（北京：中華書局，1997年11月），頁160。

〔註311〕《文選舊註輯存》，頁4480；《義門讀書記》，頁906；《選學糾何》，葉17右。

〔註312〕《文選舊註輯存》，頁10515～10516。

45. 陸機〈答賈長淵〉「惟漢有木，曾不踰境。惟南有金，萬邦作詠。民之胥好，狂狷厲聖。儀形在昔，予聞子命。」句

何校：金以勗賈，故云「狂狷厲聖。」舊注微遠本義。

徐案：「惟漢」二句答賈；〔註 313〕「惟南」二句自勗。木易變而金不變，金百鍊可以成剛，猶「狂狷之厲聖」也。「儀型在昔」，承厲聖意來；「予聞予命」，言子繩我以木，我當自厲以金也。推衍元注，意自豁，如何氏說，非。〔註 314〕

徐攀鳳主在反駁，何焯認為該條舊注不佳，而舊注即係指李善〈注〉。然李善、五臣等俱充分引潘機〈為賈謐作贈陸機〉補充，自當明朗。〈為賈謐作贈陸機〉言「在南稱甘，度北則橙」，意旨人可因地域而產稱轉變，應和本條所引，陸機毅然為金，不願屈臣，故〈答賈長淵〉於〈為賈謐作贈陸機〉之後作，表面贈詩，詩中述志。

46. 盧諶〈贈崔溫〉「李牧鎮邊城，荒夷懷南懼。趙奢正疆埸，秦人折北慮。羈旅及寬政，委質與時遇。恨以駑蹇姿，徒煩飛子御。」句

何校：李牧、趙奢即指越石鎮并州而言。亦得。飛子，蓋指越石言之。

徐案：此時子諒已為段匹磾幽州別駕，非復為劉越石并州從事矣。「李、趙」指「段」無疑。羈旅而獲委質，是求為別駕，得蒙見收時也，自顧駑駘幸邀羈紲，故下文遂接「忝位宰黔庶」云云。何評亦主越石而鄙見，斷其指匹磾則求而後者也，此中情理，當從《晉書》悟入，亦正籍詩中層折處以相印合耳。〔註 315〕

案：唐編《晉書》載時北族南犯，劉琨、盧諶俱為同事，何焯比附，尚可參考；徐氏以史料論，盧諶時委身外族，贈詩意在示警。〔註 316〕

47. 潘岳〈河陽縣作二首〉「長嘯歸東山。」句

何校：安仁亦有東山。

〔註 313〕句後有「在南稱甘，度北則橙」雙行小字，出自於潘機〈為賈謐作贈陸機〉，《文選》亦有收，兩則當同參比較。見《文選舊註輯存》，頁 4677。

〔註 314〕此條不見於崔本，且葉氏《文選補注》、于氏《文選集評》等主以何焯為參考之本亦無。《文選舊註輯存》，頁 4584；《選學糾何》，葉 17 右。

〔註 315〕《文選舊註輯存》，頁 4819～4820；《義門讀書記》，頁 911；《選學糾何》，葉 17 左～葉 18 右。

〔註 316〕〔唐〕房玄齡纂：《晉書》，《二十四史》（北京：中華書局，1997 年 11 月），頁 434～435。

徐案：古人別業好名東山，豈惟謝傅？謝監詩有云：「久欲歸東山。」《南史》：「宋劉勔經始東山，以為棲息，試以潘騎省頡頏前後，未知相去何如也。」〔註317〕

案：「東山」為晉時歸隱清淨之處，晉人多託之，猶與唐時終南山；藉詩表露心境，未必於該山有產業。再者，如徐攀鳳所說「好名」，係對於名人、名士的崇敬、儆仿，屬稀鬆平常。

48. 顏延年〈北使洛〉「在昔輟期運，經始闊聖賢。伊穀絕津濟，臺館無尺椽。宮陛多巢穴，城闕生雲煙。」句

何校：謂永嘉之末。

徐案：詩意蓋謂期運一去，必待聖賢佐理，聖賢當指宋公，伊穀四句指桓靈寶之亂，故下文遂接「王猷升八表」云云。時劉下邳纔稱宋公，所謂「王猷」尚指晉而言。何氏之說，於時代略遠，於本事亦不合。〔註318〕

何焯將該詩比附西晉永嘉之末，然徐氏認為該詩係描摹顏延年北行至外族國境，有生死未卜之慨，時已東晉末年，距永嘉之末約百年之久，比擬之說與時代不符。案：永嘉之末，為匈奴攻進洛陽，今顏延年出使洛陽，猶深入陌生之境，不復當年勝似當年，故何焯有此比擬，似非無理。

49. 曹植〈樂府詩〉四首

何校：四首無不寄託。

徐案：當以〈求自試表〉為四詩注腳。〔註319〕

「四首無不寄託」後尚有「一一牽附，反失之矣。」句。此條《糾何》漏刊，易以為何焯認為四首詩無任何寄託，實非確然。四首題各為「箜篌引」、「美女篇」、「白馬篇」、「名都篇」，每篇五臣都各自另解一大意，此正誠何氏所謂「一一牽附，反失之矣。」，因此何氏認為四首詩當合為一組詩統籌觀察，乃得子建寄託。

〔註317〕此條不見於崔本、葉氏《文選補注》，而于氏《文選集評》有錄，頁187。《文選舊註輯存》，頁4949；《選學糾何》，葉18左。

〔註318〕「伊穀絕津濟」徐案「穀」不從「水」。此條不見於崔本，然葉氏《文選補注》有之。《文選舊註輯存》，頁5056；《選學糾何》，葉19左～葉20右。

〔註319〕《文選舊註輯存》，頁5169～5190；《義門讀書記》，頁921；《選學糾何》，葉20右。

其實四首均含有進取、表現自我之意，中以〈白馬篇〉展現出積極建功，茲正映和徐攀鳳補充，而〈求自試表〉開篇即明：「慈父不能愛無益之子，仁君不能畜無用之臣。」〔註 320〕誠明白父親——曹操，自身能力不比曹丕差，故以是見裏。

50. 石崇〈王明君辭〉

何校：時陳湯斬郅支，傳首，呼韓邪單于復入朝，非薦女和親也，強盛請婚，殊乖本事，後此作者多謬宜也。

徐案：此事譌傳。如所為昭君琵琶云者，古大家大都不免，然不得歸咎季倫，何也？季倫序曰：「昔公主嫁烏孫，令琵琶馬上作樂，以慰其道路之思，其送明君，亦必爾也。」是季倫明以琵琶非昭君事，而姑為此懸□之詞，且雖有琵琶，亦非令昭君自彈，敘致自極明晰。若強盛請婚之說，尤後之學者於此序句讀不明耳，元文云：「匈奴盛請婚於漢，元帝以後，宮良家子昭君配焉。」盛請婚者，盛意請婚之謂，不得以盛字絕句，況只此三字亦不成句法，因其請而配焉，亦無薦女和親意分晰解之，以雪季倫之冤。〔註 321〕

譌史的攷證需要有大量的證據與說法才得以判讀，徐攀鳳同意何焯觀點。「王昭君」與「琵琶」本無直接關係，而後代文人將此兩件事融雜一闕，而造成後代誤解，石崇〈王明君辭〉開頭本欲諷諭「強盛請婚」，化用史典，然多數文人句讀不確，以致誤解。案：此條糾正有二，一者據《漢書‧匈奴傳》有言：「王嬙」，〔註 322〕但未言「琵琶」，故二者並無直接關係；二者，時孫秀強求綠珠，如同匈奴強婚大漢，故石崇作詩之意甚明。〔註 323〕

51. 陸機〈悲哉行〉「目感隨氣草，耳悲詠時禽」句

何校：劉良〈注〉：「草色隨氣而生，故曰氣草。」

徐案：詩意目所感者隨氣之草，如葽秀於夏，蘀隕於冬之類耳，所

〔註 320〕《文選舊註輯存》，頁 7340。

〔註 321〕《文選舊註輯存》，頁 5190；《義門讀書記》，頁 922；《選學糾何》，葉 20。

〔註 322〕〔東漢〕班固撰：《漢書》，收於《二十四史》（北京：中華書局，1997 年 11 月），頁 965。

〔註 323〕張雲璈認為詞人之言，不必盡實。的確，在創作時為表創意，有時會將兩件或多件史事融合在一句之中，呈現意外之效果，如上條謝惠連〈秋懷〉條，將歷史人物名字拆解，並與其他史料組合，效果斐然，然閱史不精，則容易誤解史實。見《選學膠言》，頁 239。

悲者，詠時之禽，如倉庚鳴春，鵙鳴於秋之類。氣草二字不連，五臣一涉筆，便覺文理窒礙，奈何從之？〔註 324〕

筆者查勘陳八郎本、朝鮮刊本、嘉靖刻本等手本，劉良原注為：「草色隨氣序而生，故目望而懷感也。」非如上述何氏「故曰氣草。」句。於此，繼而複查（葉氏本、文選集評）諸版本，此條並未屬名為「何曰」，而四庫本並未有該句，因此極有可能為歷代註說被採錄，而誤為何焯所說。由於徐攀鳳手本《讀書記》應當有錄此條，使得徐氏誤解何焯採納五臣的說法，進而予以糾正。

案：徐氏舉例即用以四季之變化，來對「隨氣」作補充，「氣」亦如「季」，隨四季而生，改言「氣草」，未無不可。

52. 陸機〈吳趨行〉

何校：曰「昌門」、曰「吳邑」，所歌專在一縣，不為吳郡作也。

徐案：詩中「泰伯」、「季子」、「八族」、「四姓」豈盡出一縣者耶？語未足訓。〔註 325〕

此同第 43 條與 55 條等所討論「地理」問題，古之作品所描摩之地點大多概述，本詩提名〈吳趨行〉即概指「吳地」而言，故古之「昌門」、「吳邑」等均在此一區域，徐氏之反駁並非專對何焯，而是該詩注解的兩家均未對該地確切位置作明確解釋，而何氏又言專一縣，非一郡，不足以補訓該詩。案：前頁注解引張雲璈言「詞人之言，不必盡實。」陸機本出生東吳，融雜該地風土名物於〈吳趨行〉一詩，極明顯；若刻意訓詁名物的來由，恐離失失的本質。

53. 陸機〈日出東南隅行〉

何校：「高臺」指在上之人，此刺晉之無政，淫荒游蕩，王公以下，皆不能正其家，當以令升之〈論〉參觀，與羅敷本解殊旨。

徐案：此詩只是艷歌行耳，玉臺所題是也，若以干令升〈晉紀總論〉參觀，殊微渺不切詞旨。〔註 326〕

〔註 324〕此條不見於崔本，葉氏《文選補注》有之。《文選舊註輯存》，頁 5254；《選學糾何》，葉 20 左。

〔註 325〕《文選舊註輯存》，頁 5255；《義門讀書記》，頁 923；《選學糾何》，葉 21 右。

〔註 326〕《文選舊註輯存》，頁 5267；《義門讀書記》，頁 924；《選學糾何》，葉 21 右。

何焯認為陸機為西晉時人，時西晉確有弊端，作〈日出東南隅行〉一首意在諷弊時政，若依李善、五臣以古樂府〈陌上桑〉作註腳，不免離失意境；反之，徐攀鳳認為「詞人之言」在於摹古風雅，以干寶〈晉紀總論〉另闢新觀，反而不切詩意。

案：晉時皇室雖有淫記，〔註 327〕且干寶〈晉紀總論〉亦言：「又加之以朝寡純德之士，鄉乏不二之老。風俗淫僻，恥尚失所，學者以莊老為宗，而黜六經。」〔註 328〕表述晉代淫亂之況。陸機雖為晉人，然該作題取〈陌上桑〉，但全詩文僅祖述一女妖美，但並未如〈陌上桑〉有「見而慾求」的情況，故徐氏「只是艷歌行耳，玉臺所題是也」取法古題，較為合理。

54.〈古詩十九首・趨車上東門〉「服食求神仙，多為藥所誤。」句

何校：深言之，即退之〈謝自然詩〉不越此矣。彼儒者之文，詩人忌語切耳。

徐案：語切煞是大難，因憶《唐書》宰相李藩與帝燕語，偶及神仙，藩力斥其妄誦服食、求仙二語，帝不悟，而柳山人等尋見用旋復，為金丹所誤，正使語切，猶未足感動，何評「切」字擬易「直」字。〔註 329〕

何焯補充韓愈〈謝自然詩〉：「童騃無所識，但聞有神仙。」〔註 330〕討論「語切」問題，也是文學表述上究竟要「切」抑或「直」的一大問題。徐攀鳳舉《唐書》故事，認為使用「切語」的作品在渲染情感上有所扣，反而直言不諱的作品更能打動人心，但是大部分文人不敢直言，故常語帶保留，是故認為何焯的評語應改為「忌語切」。

〔註 327〕《晉書・景帝紀》：「皇帝春秋已長，未親萬機，日使小優郭懷、袁信等裸袒淫戲。又於廣望觀下作遼東妖婦，道路行人莫不掩目。」《晉書・景帝紀》：「以朝寡純德之人，鄉乏不貳之老，風俗淫僻，恥尚失所，學者以老莊為宗而黜《六經》。」皆有帝王淫穢紀錄，文人以此撰詩諷喻是有可能。然陸機該詩似乎未有蛛絲馬跡能夠剝離出諷喻之語言，故何焯之說需要提出更多證據才得以檢視，不然僅由徐攀鳳之說就為合理。〔唐〕房玄齡纂：《晉書》，《二十四史》（北京：中華書局，1997 年 11 月），頁 19、46。

〔註 328〕《文選舊註輯存》，頁 10052～10053。

〔註 329〕《文選舊註輯存》，頁 5464～5467；《義門讀書記》，頁 928；《選學糾何》，葉 21 左。

〔註 330〕〔唐〕韓愈著、錢仲聯集釋：《韓昌黎詩繫年集釋》（上海：上海古籍出版社，1984 年 8 月），頁 28。

55. 張衡〈四愁詩〉

何校：惟美人喻君耳。若泰山、桂林指君，則漢陽、雁門將何以解？

徐案：四詩不得泥看。李氏以泰山為王者，東封湘水謂舜，五臣遂附會其說，以漢陽指西伯，雁門指顓頊。此種詮解最足為此書蠹賊。〔註 331〕

該條在「泰山、桂林、漢陽、雁門」詮說上各家不一。首先，李善注解僅對「泰山」解作「喻以時君」;「桂林」解作「舜死蒼梧」;「漢陽、雁門」二詞;「漢陽」提及明帝;「雁門」僅做地名解。其次，五臣於此四個名詞均賦予帝王意象之解釋。於此，何焯雖屬採李善的觀點，但同時也提出質疑，認為既然張衡於序言提要:「屈原以美人為君子」，以降「泰山、桂林、漢陽、雁門」等詞即應當統一為一個意思——「君子」，即「帝王」。

是故，徐攀鳳主張「不得泥看」，四首（段）詩「泰山」、「桂林（詩句下文有提及）即徐攀鳳言之『湘水』」有明確與帝王連結，故認為李善注解妥適。但「漢陽、雁門」僅屬於「地名」，不必刻意與帝王做連結。

56. 曹丕〈雜詩〉二首「行行至吳會。」句〔註 332〕

何校：以「吳會」為「吳郡」與「會稽」。

徐案：太史公謂:「吳為江南一都會。」故後人遂謂「吳會」，此讀為會合之會也。自順帝永建四年，分會稽為吳郡，《三國志》:「吳郡」、「會稽」為「吳會」二郡。今考此書所言，「吳會」此詩其一也，他如「心已馳於吳會」、「直指吳會」、「貂馬延於吳會」、「可作謠於吳會」皆魏晉間語，當讀如「會計」之會，且此詩上文已有「適與飄風會」句，兩會字尤宜分別讀之。〔註 333〕

誠在 43、52 條有討論地理名稱之問題，這方面除朱珔《文選集釋》是攷證這部分的行手外，其餘清儒多旁徵博引來支持各自說法。以何焯而言，認為「吳會」是「吳郡」與「會稽」的合稱。徐攀鳳則認為泛指江南則稱「吳會」(huì)；若將「吳郡」、「會稽」合稱「吳會」(guì)。

57. 屈平〈離騷經〉

何校：去經之名，則無吳、楚僭王之疑矣。

〔註 331〕《文選舊註輯存》，頁 5500～5510；《義門讀書記》，頁 930；《選學糾何》，葉 21 左。

〔註 332〕題名作「行行」亦或「南行」，各本已混。

〔註 333〕《文選舊註輯存》，頁 5522；《義門讀書記》，頁 931；《選學糾何》，葉 22 右。

徐案：亦不必叔師語，已載上卷《規李》。經，亦常也，下逮算卜、墨相皆有經，安得并經之名而盡去之？〔註 334〕

此條除了討論〈離騷〉是否冠上「經」的議題外，另一則是〈離騷〉能否稱為「離騷經」？而徐攀鳳於《選注規李》另言：

王逸章句序曰：「離，別也；騷，愁也。言已放逐離別，中心愁思，猶陳直徑以諷諫君也。」經字不解作經典之經者，誠恐尊之太過耳。《後漢・文苑傳》：「王逸，字叔師，南郡宜城人。」〔註 335〕

首先，屈平該作是否原題為「離騷經」，這恐怕是否定的。兩漢大部分文獻諸如《新序》、《論衡》、《風俗通義》、《史記》、《漢書》等均作「離騷」，然在王逸《楚辭章句》卻稱「離騷經」，故有些學者主張「去經」。然，何焯提一說法「無吳、楚僭王之疑」，認為「去經」則離失屈原諷諫的原意。徐攀鳳補充，「冠經」是王逸之觀點，不必盡尊。另外，此條補充「作者說明」乃兩家並未對屈平注解，按李善注解體例，均會對作者、題目、文章內容逐一訓詁解釋，然眾版本之屈平處卻無「作者說明」，不詳是漏注、缺勘等原因，故徐氏補充簡易之作者簡介。

58. 屈平〈離騷經〉「及少康之未家兮，留有虞之二姚。理弱而媒拙兮，恐導言之不固。」句

何校：使少康而有賢配，倘所謂祀夏配天，不失舊物者乎，奈何媒理之蔽妬，無異於前。又曰少康喻嗣君，二姚以喻嗣君左右之臣。

徐案：以后喻臣，畢竟穿鑿，据《左傳》：「虞思於是妻以二姚，有田一成，有眾一旅，能布其德，而兆其謀，以收夏眾……。」少康內助亦無失德，且其立也，實由夏遺臣之力於媒理，妬蔽意亦不合。〔註 336〕

案：史料中載，卻有二位女性嫁於少康，但部分學者將「二姚」引申為「嗣君左右之臣」，筆者認為徐攀鳳以為不妥之處在於「臣」於古代多言涉「男性」，「二姚」為女性，以茲類比認為不妥。先秦典籍即有「臣妾」一詞，多為「臣子與妾室」的簡稱或並稱，如《孝經》：「治家者，不敢失於臣妾，而況於妻子

〔註 334〕《文選舊註輯存》，頁 6270；《義門讀書記》，頁 941；《選學糾何》，葉 23。
〔註 335〕《選注規李》，葉 24 左～葉 25 右。
〔註 336〕《文選舊註輯存》，頁 6415～6416；《義門讀書記》，頁 943；《選學糾何》，葉 23 左。

乎？」〔註 337〕而對於君王而言，臣仕側與君，妾亦侍側於君，屬於女性之臣，何氏之說，似可參考；至於何氏以「妬蔽」行述「媒」，古之「父母之命、媒妁之言」〔註 338〕尤重，認為媒人是溝通的橋樑，相當於「行人」之職，怎麼會不善言辭？故此處言「蔽」有「欺騙」，甚至「障礙」的形容。然徐氏末言「實由夏遣臣之力於媒理」係依照自身能力來處理事理。此就單純二人立足觀點不同而已。

59. 屈平〈九歌・湘君〉「斲冰兮積雪。」句

何校：氷雪塞道比小人當路，不可復行也。

徐案：「越人鬼而楚人禨」，〈九歌〉全屬祀神之詞，似乎無甚寄託，即或屈于於靳尚之妬有難捐釋，隨事抒憤，要亦在有意無意之間。〔註 339〕

單就「斲冰兮積雪」一句，純粹描摹風雪凍路情況，此誠王逸、五臣等注家說法，此不贅述。而何焯引申為「仕途為小人所阻」云云。於此，徐攀鳳先以「越人鬼而楚人禨」之《列子》話語補充楚、越人有祭祀之歌〔註 340〕，其次，再以「融會之學」提說「隨事抒憤，要亦在有意無意之間」，換言之，祭祀歌有無隱含其他文意，在於「善讀書者自領之」。

60. 枚乘〈七發〉「杜連理音。」句

何校：杜連即田連，古之善鼓琴者。

徐案：此亦五臣之說耳。《韓非子》曰：「田連、成竅，天下善鼓琴者。」李氏引之以注〈琴賦〉；有或曰：「成連」之語。李於此處則云：「杜連，未詳。」是李不敢合田、杜為一也。姑且闕疑。〔註 341〕

〔註 337〕〔唐〕李隆基注、〔宋〕邢昺疏：《孝經注疏》（上海：上海古籍出版社，2009 年 4 月），頁 38～39。

〔註 338〕〔清〕焦循、焦琥撰：《孟子正義》（台北市：世界書局，2017 年 1 月），頁 251。

〔註 339〕《文選舊註輯存》，頁 6464；《義門讀書記》，頁 944；《選學糾何》，葉 23 左～葉 24 右。

〔註 340〕阮氏版本作「楚人鬼而越人禨」，當為歷代流傳誤刊，但並不害義南方人尚鬼、祭祀的說法。參〔清〕阮元輯：《宛委別藏列子註》（江蘇：江蘇古籍出版社，1988 年 11 月），頁 198。

〔註 341〕此條不見於崔本，乃因其為五臣〈注〉語。葉氏《文選補注》特將其眉批處。于氏《文選集評》有錄，且註明「五臣」，頁 434。《文選舊註輯存》，頁 6759；《選學糾何》，葉 24 右。

何焯之言源自五臣於此之注解，徐氏予以補充《韓非子・外儲說》云云。而上述於〈琴賦〉「或曰：『成連』之語。」之文為：「成連，古之善音者。」依《文選舊註輯存》觀察，北宋本無該句，而尤袤本有之，且該句不見於歷代典籍，可先存疑；〔註 342〕至於「田連、成竅、杜連」為誰？恐無文獻可考，乃因其身分地下及無姓名等因素，先古典籍多不存載，而李善於此言「未詳」，則合乎注釋學上的嚴謹作法。

61. 任昉〈天監三年策秀才文三首〉「日伏青蒲。」句

何校：伏蒲事謬用始此。

徐案：注：「《漢・史丹傳》上寢疾，丹以親密臣得侍，視疾上間，獨寢丹直入臥內，頓首伏青蒲上。」親密臣者，丹為史良娣兄，又為駙馬都尉故也。青蒲非尋常拜稽之地，故以為誤用。今考《宋書・袁淑傳》有云：「登丹墀而敷策，躡青蒲而揚謀。」知謬固不始於彥升也。〔註 343〕

「蒲」雖自先秦即有之，然青色為特殊顏色之一，在各朝代的通融性不一，可另作論文考；就李周翰言「天子內廷，以青色規之。」〔註 344〕推論「青蒲」為特殊性物品。何焯以為既然為「特殊物品」，不當出現於該文章中，認為是歷代誤用始於任昉；徐攀鳳補充沈約《宋書》已有記載，甚至更早已有此類的用法，非任昉始之。

案：任昉此文用法可以有三點觀察：一者，或許只是單純描摹物品顏色，蓋在述物的文學性筆法；二者，該文為代武帝筆，代上詢下，以立場本位使用「特殊物品」或可容許；三者，南朝君臣絮亂，毫無君臣之禮，臣者用以青蒲，猶季氏舞八佾。〔註 345〕

62. 曹植〈求通親親表〉

何校：此文可匹〈出師表〉，而文彩詞條更為藹然，世以令伯〈表〉仰希葛相，非知言之選。

〔註 342〕《文選舊註輯存》，頁 3465～3466。

〔註 343〕《文選舊註輯存》，頁 7291～7292；《義門讀書記》，頁 948；《選學糾何》，葉 25 右。

〔註 344〕《文選舊註輯存》，頁 7292。

〔註 345〕〔清〕劉寶楠、劉恭冕撰：《論語正義》（台北市：世界書局，2018 年 10 月），頁 41。

徐案：此評太嫌左袒，予嘗以〈出師〉為忠，〈陳情〉為孝，〈求通親親〉為友，接天壤至文，與之鼎峙可也。〔註 346〕

案：此條僅個人喜好與觀點見解，無特別癥結，不另贅討。

63. 李斯〈上始皇書〉

何校：戰國之文，楚人頗工為辭，李斯本楚產，故其文華艷，而《文選》錄之為祖師云。

徐案：戰國時能文之人不只在楚，況昭明精神甄錄詩、賦以示後人寶筏，何獨以此文為祖師耶？〔註 347〕

昭明〈元序〉雖無明言係為了後代士林寫作方面之需求才編輯《文選》一書，但其序謹言：

若斯之流，又亦繁愽……事出於沈思，義歸乎翰藻，故與夫篇什，雜而集之。遠自周室，迄于聖代，都為三十卷，名曰《文選》云耳。〔註 348〕

目的在歷代繁雜的作品中擷取精華，以供典覽。至於供於誰人？則恐論說紛云。但以後代學者的角度，即認為《文選》係「後進英髦，咸資準的。」〔註 349〕的作文參考標準，再回歸徐氏所說，凡《文選》諸作，皆咸足可觀，並無糟粕。

64. 阮籍〈為鄭沖勸晉王牋〉

何校：阮公亦為此耶？抑亦避禍耶？許以桓文諷以「支」，許是其巧於立言處。

徐案：嗣宗既為大將軍，從事聞兵，廚美復為都尉，史稱「籍雖去職，常遊內府，與朝宴貌。」雖附昭心，時遠之，此賤扶醉而成，似莊似諧，竝非巧於立言，直是乃公本色。〔註 350〕

〔註 346〕《文選舊註輯存》，頁 7410；《義門讀書記》，頁 950；《選學糾何》，葉 25 右。

〔註 347〕《文選舊註輯存》，頁 7716；《義門讀書記》，頁 953；《選學糾何》，葉 25。

〔註 348〕《文選舊註輯存》，頁 18～19。

〔註 349〕〔南朝梁〕蕭統編、〔唐〕李善注、〔清〕胡克家攷異：《文選》（上海：上海古籍出版社，2015 年 4 月），總頁 4。

〔註 350〕此條不見於崔本，然葉氏《文選補注》有之，但並未屬名「何曰」；于氏《文選集評》有錄，並屬「何曰」，頁 19。《文選舊註輯存》，頁 8074；《選學糾何》，葉 25 左。

《文心雕龍》評言：「阮旨遙深。」〔註351〕此雖竝於〈明詩〉篇，仍可為阮籍諸作註腳。何焯懷疑茲作在「刻意」或「避禍」之間用心巧妙，是故徐氏附言「似莊似諧」，真假之間自有阮籍之用心。〈為鄭沖勸晉王牋〉作時應在魏祚，文忠卻言「明公盛勳，超於桓文」，避諱司馬昭之「昭」為「明」，足見用心。〔註352〕

65. 曹丕〈與吳質書〉「偉長獨懷文抱質，恬惔寡欲，有箕山之志。」句

何校：《先賢行狀》：「幹篤行體道，不耽世榮，魏太祖特旌命之，辭疾不就，後以為上艾，長以疾不行。」與箕山之志為合，若《文章志》之云，則幹嘗出而仕矣。

徐案：《魏志》亦言：「幹嘗為五官中郎將文學。」〔註353〕

66. 曹丕〈與吳質書〉「著《中論》二十餘篇。」句

何校：文帝言：「其著《中論》二十餘篇。」而《文章志》止言：「二十篇。」皆不足據。

徐案：「二十篇。」舉成數也。孔子曰：「《詩》三百。」今《詩》三百十一篇。〔註354〕

此處65、66條可竝雙討論。徐幹為漢末至三國時人，除部分詩、文及《中論》外留今外，諸如《三國志》、《後漢書》等史料對其的紀錄相當鮮乏，故清代學者在考察徐幹時往往頓足困難。李善注此時引了亡書《文章志》殘句，造成問題在於：一、徐幹於當時身分？二、《中論》（文章）正確的篇數為何？何焯引另一佚書殘句《先賢行狀》先行補充徐幹身分，然其無特別紀錄其身分，但關鍵在於敘述徐幹體弱多病，於曹操主政時期已具屏隱之心，與〈與吳質書〉「恬惔寡欲，有箕山之志。」相切合，是以推敲徐幹在漢末曾有任官，然亂後急欲歸隱。另一個問題係作品數目，各方文獻紀錄不一，大抵書目約在二十上下，徐氏提融會說法以化整廿，並以《詩經》為論點基礎。

〔註351〕（南朝梁）劉勰著、周振甫等注：《文心雕龍注釋》（台北市：里仁書局，2007年10月），頁84。

〔註352〕《經史避名彙考》言武帝以「昭告」改為「明告」，以避父諱；司馬昭雖未為帝，但該文改「昭」為「明」，可見其義。該文流衍許久，「明」自並無因版本而有訛誤，推敲元文即以作「明」，巧於立言不言而喻。參〔清〕周廣業：《經史避名彙考》（上海：上海古籍出版社，2015年12月），頁259。

〔註353〕《文選舊註輯存》，頁8322；《義門讀書記》，頁956；《選學糾何》，葉26右。

〔註354〕《文選舊註輯存》，頁8322；《義門讀書記》，頁957；《選學糾何》，葉26右。

67. 曹丕〈與鍾大理書〉「竊見玉書稱美玉，白如截肪，黑譬純漆，赤擬雞冠，黃侔蒸栗。」句

何校：〈注〉：「工逸《工部論》。」云云。《山海經郭氏傳》引此謂之：「王子靈符。」

徐案：王逸《正部論》，八卷。見〈隋經籍志〉。何氏改為「《玉部論》」，疏未考也。〔註355〕

案：查歷代文獻似乎無一書名「《玉部論》」，許何焯誤字。

68. 曹植〈與楊德祖書〉「劉季緒才不逮於作者。」句

何校：《史傳》：「表有二子——琦、琮，琮降操，封列侯，即季緒耶。」注脫「名修」二字。

徐案：李〈注〉已詳，第四十卷〈德祖答牋〉「季緒瑣瑣」句下，何氏詎未之見耶？〔註356〕

據《文選舊註輯存》〈德祖答牋〉「季緒瑣瑣」句所收集注本與尤袤本差異如下：

集注本　李善曰：「曹植書曰：劉季緒好詆訶文章。

《文章志》曰：劉季緒，名脩，劉表子，官至樂安太守。」

尤袤本　「曹植書曰：劉季緒好詆訶文章。

《魏志》曰：劉季緒，名脩，劉表子，官至樂安太守。」

〔註357〕

除尤袤本闕「李善曰」三字外，再者為劉季緒身平紀錄的典籍出處為何？明顯有訛誤的問題，然先且不攷論，因二書對於劉季緒的紀錄係一致的，再考《三國志》正文無，僅裴〈注〉有，以此駁斥何焯攷證未精。〔註358〕

69. 嵇康〈與山巨源絕交書〉「仲尼兼愛，不羞執鞭。」句

何校：鄭康成解《論語》云：「雖執鞭之賤職，吾亦為之。」邢叔明引《周禮・秋官》：「條狼氏掌執鞭以趣辟」條狼氏下士，故云：「賤職」。

〔註355〕此條不見於崔本，然葉氏《文選補注》有之。《文選舊註輯存》，頁8333；《選學糾何》，葉26。

〔註356〕此條不見於崔本，然葉氏《文選補注》有之，但未屬名「何曰」。《文選舊註輯存》，頁8346；《選學糾何》，葉26左。

〔註357〕《文選舊註輯存》，頁8025。

〔註358〕〔晉〕陳壽：《三國志》，《二十四史》（北京：中華書局，1997年11月），頁150。

徐案：此條《義門讀書記》已載入。四書門內自為駮論云：「士字雖有下落，然亦是國家所設之官，與『從吾所好』語不合。」今復引列此處，何也？〔註 359〕

《義門讀書記》在《論語》部分的討論，何焯嘗質疑既為「賤職」，孔氏卻又言「從吾所好」，語氣略有「勉為其難」之意，末後又言「尚未須論到極精微處」，換言之，聖人之言之心，非凡人能夠恣意揣摩，故「勿切鑽牛角尖」。而來到《文選》，卻開篇徵引討論，前後不一，是故徐攀鳳為此質疑，何氏學說具「前後不一」之勢，反覆論說，意義不明。〔註 360〕

70. 揚雄〈解嘲〉「炎炎者滅，隆隆者絕；觀雷觀火，為盈為實；天收其聲，地藏其熱。高明之家，鬼瞰其室。」句

何校：安溪以此數語，本《易・豐卦》。〔註 361〕

徐案：安溪云：「炎炎者，火；隆隆者，雷。雷居上，天收其聲，火居下，是地藏其熱，此盛不可久而滅，且絕之徵也。」〈豐〉義如此，卦爻俱發日中之戒，至窮極則曰：「豐其屋，蔀其家，闚其戶，闃其無人。」即謂「高明之家，鬼瞰其室也。」安溪深於《易》者，盍暢引之以究其義。〔註 362〕

何焯此處提及李光地觀點，但僅寥寥數語。故徐氏補充〈書韓子進學解後〉一文，認為揚雄不僅以〈豐卦〉變文創作，且李氏深知「易學」，以茲擴充申論。

案：該〈書韓子進學解後〉明言〈豐卦〉「至今不白」，換言之，除文中提

〔註 359〕《文選舊註輯存》，頁 8418～8419；《義門讀書記》，頁 957；《選學糾何》，葉 28 右。

〔註 360〕《義門讀書記》，頁 46～47、957。

〔註 361〕此處「安溪」指的是清初學者李光地（1642～1718 年），為福建安溪人，世稱「安溪先生」。李光地著作等身，撰有《周易通論》、《周易觀象》、《尚書解義》、《詩所八卷》《朱子禮纂》、《榕村語錄》、《御纂周易折中》等作，以「《易》學」為重要。李光地與何焯關係甚密，有著作交往，何焯學術中惟《易》、《禮》、《書》三部無專書涉略，然在其《讀書記》仍博多涉引他人之說佐證。同樣地，何焯於此補充李氏之說，有趣的是，徐攀鳳、張雲璈、梁章鉅、黃侃俱稱「安溪語」，然究竟出於那本著作皆未註明。筆者周查，為《榕村集》所提及，參〔清〕李光地撰：《榕村全集》（福州：福建人民出版社，2019 年 1 月），第九冊，頁 30。

〔註 362〕此條不見於崔本，然葉氏《文選補注》有之，但未屬名「何曰」。《文選舊註輯存》，頁 8946；《選學糾何》，葉 28。

之揚雄、王弼深知之外，恐其自己也未必深明大義，故撰此文讚言揚雄、王弼，而為未談及韓愈之學術或文章，因此該文與韓愈的關聯性意義不明。

71. 陶潛〈歸去來〉「策扶老以流憩。」句

何校：《中山經》：「龜山多扶竹。」〈傳〉：「邛竹也。」高節實中。中杖，名之扶老竹。

徐案：扶者竹，截去竹字，竟成鄭五歇後矣。句法亦板重不靈，不如舊解。〔註 363〕

此條共有兩點討論：一者是否引汲典故，二者係創作筆法。首先，何焯的說法係在增補李善及五臣的注解，因兩家均未說明「扶老」，故以《山海經．中山經》的紀錄補充；從上文推斷當為一種竹類。然徐攀鳳持另一看法，即創作筆法的討論，認為「扶老竹」去「竹」的創作手法，稍嫌使文句表達不清，會讓人摸不著「扶老」為何，但若從李善說法「鳩杖扶老」，以整體文意解讀會比較接近「持杖漂流（歸隱）」，即單純持拐杖而已，並未有任何典故。故是否有引用典故，單就前後文句，較為接近情境敘述的示現筆法，再端看李善注解補字強釋，或許陶潛於此真無引經據典。

72. 王褒〈聖主得賢臣頌〉

何校：文各有體，此故頌也。不得浮靡薄之。

徐案：頌固有韻體，亦應爾此篇，却不用韻創也，韓昌黎因之為〈伯夷頌〉。〔註 364〕

頌在《詩經》裡已有，屬於協韻且莊重的詩歌，然王褒作品略顯嘲諷酸語，因此何氏認為「頌」體不當「浮靡」。反之，徐攀鳳係持創意的觀點，頌不用韻是種創新，並以韓愈〈伯夷頌〉佐證。換言之，「頌」轉變成不純乎「歌頌」、「敬重」的體材，而是單純「命題上的用字」而已，此非常兼容並蓄；張雲璈也提說詩亦有「不押韻之詩」。〔註 365〕

73. 陸機〈漢高祖功臣頌〉「曲逆宏達。」句

何校：既引《孔氏雜說》載：「曲遇。」《漢書》無別音，又泛引〈曹參傳〉之「曲逆」。

〔註 363〕《文選舊註輯存》，頁 9024～9025；《義門讀書記》，頁 961；《選學糾何》，葉 28 左～葉 29 右。

〔註 364〕此條不見於崔本、葉氏《文選補注》。于氏《文選集評》附列何說於文章之後，頁 296。《文選舊註輯存》，頁 8946；《選學糾何》，葉 29 右。

〔註 365〕《選學膠言》，頁 633。

徐案：《漢書》：章帝醜曲逆之名，改為蒲陰，固知章帝以前皆如字讀也。孔說即是。「曲遇」在中牟見《史・高帝紀》、及司馬彪〈郡國志〉，與中山曲逆不同。〔註366〕

此與上71條一致，兩家均未對部分名詞逐一解釋，如上述「曲逆」，故何焯以《孔氏雜說》補充，並同徵《漢書》。上述為徐攀鳳簡略概說，《義門讀書記》之原文較龎，許徐氏私自刪減或概述，其全文概下：

《孔氏雜說》載：「『曲逆』，《漢書》無別音。」《文選注》：「曲，區句反。逆，音遇。」當是五臣注也。按《漢書・曹參傳》：「西擊秦將楊熊軍于曲遇。」小顏〈注〉：「曲，音邱羽反，遇，音顒。」《文選》緣此遂讀曲為「區句反」，且忘遇之為顒，而讀為遇，其失甚矣。又《後書郡國志》：「章帝醜其名，改為蒲陰。」則當讀如本字審矣。〔註367〕

何焯除攷證讀音外，亦徵引其古名以供參酌，當然這或許是《孔氏雜說》的說法。換言之，不論是《文選注》《漢書注》的「逆」音作「遇，音顒（yù）。區句反」。而《廣韻》「逆」作「宜戟切，音（jǐ）」，〔註368〕從而觀察或許唐音與宋音有所轉圜，至於《後漢書》之改名為「蒲陰」即是一說。

74. 夏侯湛〈東方朔畫贊〉「魏建安中。」句

何校：建安猶是漢年，雖天子僅亦守府，烏可繫之魏？

徐案：元注明以為誤矣，所謂誤者，病其流傳之譌，亦非歸咎作者，何氏於千五百年後發此感喟耶！〔註369〕

案：何、徐二人均認為此為傳刻之訛無疑，而此篇據《文選舊註輯存》之紀錄，確實各版本注解錯亂駁雜，有許多增補，故「建安中」前徒增「魏」字係有可能的。〔註370〕

〔註366〕《文選舊註輯存》，頁9427～9428；《義門讀書記》，頁964；《選學糾何》，葉29右。

〔註367〕《義門讀書記》，頁964。

〔註368〕〔宋〕陳彭年等編：《廣韻》，《四部備要》（北京：中華書局，1989年3月），第14冊，頁131。

〔註369〕《文選舊註輯存》，頁9539～9540；《義門讀書記》，頁966；《選學糾何》，葉29。

〔註370〕另，筆者嘗試以文字本意的角度解析，對於「魏」字，《說文》雖無錄該字，但類字——「巍」形近，作「高大貌」，用來形述「建安」為猶「大建安中」，即猶言「大漢」。〔漢〕許慎撰、〔清〕段玉裁注：《說文解字注》（台北市：洪葉文化出版社，1013年5月），頁441。

75. 揚雄〈劇秦美新〉

何校：就劇秦中帶起美新。

徐案：頌莽之德，僅謂其勝於暴秦，莽大大有深意焉。此篇謂其偽作者，王荊公謂其不得已而為之。洪容齋。〔註371〕

本文就秦之暴政，以凸顯新朝之好。何焯蓋是此意。徐攀鳳除補充王安石與《容齋隨筆》觀點外，〔註372〕另提及「偽作」之說，此並非徐氏偶臆，而是歷代學者皆有懷疑。〔註373〕

76. 范曄《後漢書‧二十八將傳論》「論曰：『中興二十八將，前世以為上應二十八宿。』」句

何校：此說疑出緯書。

徐案：非也。辯詳上卷《規李》。所謂「二十八將」者：鄧禹、馬成、吳漢、王梁、賈復、陳俊、耿弇、杜茂、寇恂、傅俊、岑彭、堅鐔、馮異、王霸、朱祐、任光、祭遵、李忠、景丹、萬脩、蓋延、邳彤、姚期、劉植、耿純、王常、臧宮、李通、馬武、竇融、劉隆、卓茂是也。馬援以椒房之親不與，又有來歙圖畫，亦不及，或謂歙光武外兄弟。故懸置之要，亦千古闕憾。〔註374〕

《文選》此文，即出自《後漢書》原文，是故何焯懷疑出自緯書，是有問題的。或許如《選注規李》所言：「《晉書》華嶠作《後漢書》九十七卷。……。」〔註375〕作《後漢書》者數十家，與《晉書》亦有數家，最終留下者為范曄《後漢書》一家，其他版本至清代或許僅存殘卷之類；當然，也有可能是何焯自己參考上的疏漏，未注意到該文出自《後漢書》而發此語。上述徐攀鳳共列出 32 人，乃《後漢書》言：

乃圖畫二十八將於南宮雲臺，其外又有王常、李通、竇融、卓茂，合三十二人。〔註376〕

〔註371〕《文選舊註輯存》，頁 9811；《義門讀書記》，頁 966；《選學糾何》，葉 29 左。

〔註372〕（南宋）洪邁撰：《容齋隨筆》（上海：上海古籍出版社，2015 年 12 月），頁 113。

〔註373〕於後章會討論徐攀鳳與張雲璈於同議題之看法，此暫不贅文。

〔註374〕《文選舊註輯存》，頁 10141；《義門讀書記》，頁 968；《選學糾何》，葉 29 左～葉 30 右。

〔註375〕《選學糾何》，葉 34 左。

〔註376〕〔劉宋〕范曄：《後漢書》，《二十四史》（北京：中華書局，1997 年 11 月），頁 218。

77. 沈約〈宋書·謝靈運傳論〉「子建仲宣以氣質為體。並標能擅美，獨映當時。」句

何校：《詩品》以公幹配陳王，而予意獨在仲宣，及得此論。益歎休文權衡之審。

徐案：陳思乃建安七子之冠，餘子畢竟未逮。〔註377〕

歷代文人的高下、近似等議題，千古縷然不絕。鍾嶸《詩品》將漢魏以將的諸多文人列分三品，並言「某某『源出於』某某」已為歷代學者詬端，其實皆源於個人喜好與評隲，無關對錯與優劣，故不論是歷代學者，乃至本論上述所引何焯與徐攀鳳之看法，皆是個人觀點而已。

78. 曹冏〈六代論〉「大魏之興，于今二十有四年矣。」句

何校：云「二十四年」，則此論當齊王芳正始四年上也。又六年為嘉平元年，曹爽誅滅，魏祚遂為司馬氏所据。

徐案：司馬氏至魏之咸熙二年，乙酉纔据，魏改元距正始四年癸亥二十二年；嘉平元年己巳十六年，不得謂嘉平時，魏祚已斬也。〔註378〕

此所討論為一數字問題，以圖表觀之較可明朗：

<table>
<tr><td rowspan="3">明皇帝</td><td rowspan="3">曹叡</td><td>太和</td><td>227～233 年</td><td>曹植卒
太和六年（232 年）</td></tr>
<tr><td>青龍</td><td>233～237 年</td><td>--</td></tr>
<tr><td>景初</td><td>237～239 年</td><td>--</td></tr>
<tr><td rowspan="2">邵陵縣厲公（晉武帝司馬炎諡）</td><td rowspan="2">曹芳（晉武帝司馬炎降封邵陵縣公）</td><td>正始</td><td>240～249 年</td><td>寫作時間
正始四年（243 年）</td></tr>
<tr><td>嘉平</td><td>249～254 年</td><td>曹爽被誅
嘉平元年（249 年）</td></tr>
<tr><td rowspan="2">--</td><td rowspan="2">曹髦（高貴鄉公）</td><td>正元</td><td>254～256 年</td><td>--</td></tr>
<tr><td>甘露</td><td>256～260 年</td><td>--</td></tr>
<tr><td rowspan="2">元皇帝（晉惠帝司馬衷諡）</td><td rowspan="2">曹奐（晉武帝司馬炎降封陳留王）</td><td>景元</td><td>260～264 年</td><td>--</td></tr>
<tr><td>咸熙</td><td>264～265 年</td><td>——</td></tr>
</table>

〔註377〕《文選舊註輯存》，頁 10226～10227；《義門讀書記》，頁 968；《選學糾何》，葉 30 右。

〔註378〕《文選舊註輯存》，頁 10550～10551；《義門讀書記》，頁 970～971；《選學糾何》，葉 30 左。

由於李善於作者下注云「少帝，齊王芳」云云，回推「大魏之興，于今二十有四年矣。」句數目不符，學者們遂以此討論計算，然各有誤差。如上何焯所計，似乎謹計出六年，另外十八年未清楚交代；徐攀鳳自咸熙二年（265 年）回推正始四年（243 年）才正是所謂「二十有四年」，然僅二十二年。是故皆有誤差，且不合乎整體時代背景與文意。本論認為，曹冏主在勸意曹爽，但該文並未落款撰作時間，所謂「寫作時間」係何焯自身說法，若依此為基準，當回推至魏文帝黃初（220 年），再反推寫作時間，即是「二十有四年」，為「大魏之興」較為合宜；若何、徐推嘉平以降則不妥，因其時已是司馬氏嬗政，與「興」義不切，不得推算。

79. 李康〈運命論〉「張良受黃石之符，誦三略之說，以遊於羣雄，其言也，如以水投石，莫之受也；及其遭漢祖，其言也，如以石投水，莫之逆也。」句

何校：李周翰謂「自以遊於羣雄，至莫之逆也。善本無此一段。」今善注有引《漢書》云云，似不應無，或《漢書》一條係後人增補。

徐案：何氏評《選》於雜文中，亦頗寥寥著墨，而獨喜引五臣以駁善〈注〉，實是一病。李濟翁《資暇錄》:「李氏《文選》有初注、覆注、三注、四注，其絕筆之本皆釋音、訓、義。開元六年，有李延祚者，及呂延濟、劉良、張銑、呂向、李周翰五臣之說，上之其書，意在非斥善〈注〉，實皆盜竊善未定之本，轉相攻擊。予向以為五臣注為此書蠹賊，職是故也，此段詞氣動宕，自不可刪，若李周翰之說，窘促不成文法，奚足援引乎？〔註 379〕

從此條可觀察到兩件事情，一者係何焯手本《文選》究竟為何？本論討論至此，已考察數條何焯的意外校正之說，並非全然臆想妄改，而是其手本擁數本《文選》皆真確混雜，以致在判斷《文選》取捨上有些許失誤。以上述來談，筆者手本日本慶長十二年刊本、朝鮮卞季良刊六臣印本、寬永二年活字本，三版本皆屬六臣注系統，慶長本、卞季良本皆為北宋哲宗元祐九年（1094 年）秀州六臣注本系統，即無李善〈注〉云云；寬永本屬南宋高宗紹興八年（1138？年）贛州六臣注本系統，即有李善〈注〉云云，日本與朝鮮鈔刊《文

〔註 379〕此條不見於崔本，葉氏《文選補注》有錄，但屬名為「陳景雲」，于氏《文選集評》亦錄，但屬名為「何曰少章云」，頁 470。《文選舊註輯存》，頁 10618～10619；《選學糾何》，葉 30 左～葉 31 右。

選》皆晚於宋代版本 200 年以上，當中增補可見一斑。不僅該段在尤袤本（李善單注）有李善〈注〉，六臣本無；同樣地，「善本無此一段。」句陳八郎本，六臣本有，是故兩家〈注〉皆有問題，並不若徐攀鳳將過錯皆推於五臣（本）。

二者即是一個學者間的通病，此也含括徐攀鳳，就是對於《文選》的討論顯得頭重腳輕，虎頭豹尾。前篇賦部討論非常多，但到了後方詩部、雜文部則未如前部豐厚。這也顯示一些問題，一者，賦篇典章、名物、山川地理的用法幾近包容，篇幅鉅制，當然可以討論的面向就非常地多；反之，詩歌類或雜文類的篇幅較小，尤雜文類較屬於公文或書信，相較行文板眼，不適宜徵引繁複，固可討論的面相偏狹，係可以理解的。再者，《文選》收錄之文體頗多，仕子要博通各類，需煞費心力，在不善長的文體領域討論較淺，似可通融，以此解釋徐攀鳳質疑，或許可了解清代《選》學的不足之處。

80. 陸機〈五等論〉「一夫縱衡，則城池自夷。」句

何校：二句指「漢末羣盜」。

徐案：元注一夫謂董卓，蓋披猖者、盜倡亂者，一夫與下「孽臣朝入九服夕亂」相為分應。〔註 380〕

此條即是對文意的判讀理解，前文持續提及「故賈生憂其危……。」「呂氏之難……。」「卒有彊臣專朝……。」〔註 381〕等奸臣作亂之史實，換言之，該段係在鋪陳奸臣亂國的實例，而何焯言「漢末羣盜」深耐尋味，係指「黃巾賊為盜」？還是「奸臣為盜」？此恐又是另一議題。當然，徐攀鳳一向尊善〈注〉說法，認為釋作「奸臣」且專指「董卓」為正。

81. 顏延年〈陽給事誄〉「苦夷致果，題子行間。」句

何校：「陽州」乃地名，與陽氏何與？而贅及之？

徐案：《左傳》：「苫越生子，將待事而名之，陽州之役獲焉，名之曰陽州。」元注引之以釋名，子行間之義，竝非作陽氏，故實也。安得為贅？〔註 382〕

此條李善注解「苦夷」二字徵引《左傳．定公八年》之陽氏事，何焯認為

〔註 380〕 此條不見於崔本，葉氏《文選補注》有錄，但屬名為「陳景雲」，于氏《文選集評》亦錄，但屬名為「何曰」，頁 500。《文選舊註輯存》，頁 10802～10803；《選學糾何》，葉 31 右。

〔註 381〕《文選舊註輯存》，頁 10796、10799、10802。

〔註 382〕 此條不見於崔本，葉氏《文選補注》有錄，但未屬名。《文選舊註輯存》，頁 11342～11343；《選學糾何》，葉 31 右。

當釋為「地名」為佳，牽扯《春秋左傳》以為附會。徐攀鳳提起駁正，認為有據典。案：茲〈陽給事誄〉一文係主述「陽瓚」，陽瓚抗虜殉國，亦與莒越赴戰場類似，皆是戰事。而何處為「陽州」？何氏未明說，參先秦為「陽州」者，《左傳》尤多，許在齊國境內。若依前後文句法觀察：

處父勤君，怨在登賢。莒夷致果，題子行間。

[aN +V+N]　　[aN +V+N]

忠壯之烈，宜自爾先。舊勳雖廢，邑氏遂傳。〔註383〕

[aN+as+N]　　[aN+as+N]

上句係一形容詞綴人物名詞，後方則是事件補充，下句亦然，故直譯為地名，稍嫌突兀，徐說較佳。

82. 謝朓〈齊敬皇后哀策文〉「哀曰隆於撫鏡。」句

何校：于時佛法未入中國，安得身毒寶鏡為甲觀之佩，明是六朝人附會之事。

徐案：此辨以《西京雜記》，不得為漢實事也。庾子山作文，或偶涉雜記中語，便謂此近人書不足用，遂芟柞之，此可證之。〔註384〕

此條決疑何、李說法。謝朓為南朝齊人，時佛法已風於時，故其融涉「佛說」於作品係可以理解；文章中「撫鏡」一詞，李善徵引《西京雜記》云云，何焯以為《西京雜記》屬六朝之鄉議俗諺，〈注〉文言：「漢宣帝……身係身毒寶鏡一枚……。」云云，認為於宣帝當未有與身毒交往。徐攀鳳舉庾信寫作習慣，〔註385〕目的在申明注釋不當徵引「佚史」之說，造成判讀的不確定性。

案：《史記》一書即見「身毒」一名與西域諸藩交流的紀錄，甚上追春秋、戰國所提及之外族亦可深考。〔註386〕司馬遷為漢武時人，餘後漢宣帝時怎可

〔註383〕《文選舊註輯存》，頁11340～11343。

〔註384〕《文選舊註輯存》，頁11499；《義門讀書記》，頁973；《選學糾何》，葉31左～葉32右。

〔註385〕徐攀鳳例舉似乎未見於《南史》、《北史》之紀錄，不詳出處。

〔註386〕佛教何時傳入中國，係學界討論許久的議題，尚無定論。但就古代文獻之紀錄觀察，《史記·西南夷列傳》與《史記·大宛列傳》均已提及「身毒」一詞；又《說文》有「浮屠」一詞；又《後漢書·光武十王列傳》:「英少時好游俠，交通賓客，晚節更喜黃老，學為浮屠齋戒祭祀。」一事觀察，一貫以「中原本位」自居以輕視蠻夷的中原文化，在接受異域異俗方面即非一朝一夕，未若必須要有史料載記、佛典翻譯或是出土文物才得實證。另外，貴族之間「貴難得之貨」，收羅異域「物品」本時有所記，未記之事恐更多，故未必如何焯所強論「佛教」入國，「文物」才得以入國的構思。

能不知曉？又《西京雜記》雖有云託名葛洪，然葛洪為晉人，當時早已有「身毒」或「佛說」之類聞流行中國，何、徐二人說法立基不足。故在部分經學家審視訓詁方面，李善此引未先徵引經書、正史、字書之說，反而引佚史說法，不免為受詬病。

83. 王簡棲〈頭陀寺碑文〉「步中雅頌，驟合韶濩。」句

何校：注《禮記》曰：「步中武象，驟中韶濩所以養耳。」檢《禮記》不得。蓋今日所見又非唐初之本矣。

徐案：注語出《史記．禮書》，鋟本譌沿，以《史記》為《禮記》耳。何足多訝？〔註 387〕

此徐攀鳳先行攷證，當為《史記．禮書》中語，非如李善〈注〉引《禮記》。複查確如。〔註 388〕然《荀子》書亦有李善徵引文句，分別在〈儒效〉、〈正論〉、〈禮論〉、〈大略〉等 4 篇，〔註 389〕其中以〈正論〉、〈禮論〉的文句與《史記》最全全一致，案時代順序，許《荀子》較《史記》早，徵《荀子》或許較為合適。

小結上述，可觀察到古人評點文章容易陷入矛盾之說，何以見得？以何焯為例，在王粲〈贈蔡子篤詩〉評五臣說法為「憑臆妄撰」，但以自我判斷的觀點卻不勝枚舉；換言之，文人易犯「暗於自見」而「輕短他人」的弊病，但撇除此弊而言，本第（三）點「對評點的不同觀點」可以體會到，同樣的文本，卻有不同地討論與角度，正是因為每個學者閱歷、經驗上的不同，對於事物（文本）的解析自是不盡相同。正是源自這些討論的發端，為後來的《選學膠言》、《文選旁證》、《文選集釋》等書也使用點狀式討論，攷證更詳，自說臻至圓融完備，讓讀者透過先前的成果，得已精審《文選》。

四、牽強附會

張舜徽在《中國古代史籍校讀法》提及「校勘學」，主張校書過程中最忌憚「逞臆妄改」；〔註 390〕何焯至所以為清儒後學群起論之，最主要在於其「校

〔註 387〕《文選舊註輯存》，頁 11719；《義門讀書記》，頁 973；《選學糾何》，葉 32。

〔註 388〕〔漢〕司馬遷著、（日）瀧川龜太郎考證：《史記會注考證》（台北市：大安出版社，2011 年 8 月），頁 412。

〔註 389〕可參李滌生：《荀子集釋》（台北市：學生書局，2014 年 9 月）。

〔註 390〕張舜徽：《中國古代史籍校讀法》（北京：商務印書館，2019 年 11 月），頁 161。

語」與「按語」有諸多疑義外，稍嫌不嚴謹。誠前三點所談，校字（句）、審注、觀點……等，雖有成績，但未必全然適宜。本點挑揀出其「牽強附會」之特例，審視其「未提出嚴謹資料佐證」之「稱臆妄改」例了。於下共有 9 條，特列提出，逐條檢視徐氏與何氏說之差異：

1. 班固〈兩都賦〉「許少施巧，秦成力折。」句

何校：「許少，古捷人。」「秦成，古壯士。」

徐案：李注既云：「未詳」，則知其詳者當確指何時何地之人，方為有據。若但如五臣所謂：「昔之倢人、壯士云」者，則本文「施巧力折」已明，是「便捷、壯往」之象，可云：不值一哂者已，他如〈西京〉：「虎威章溝，嚴更之署。」李注云：「虎威、章溝，未聞其意。」何氏遽曰，皆更署名，亦未免臆撰而少佐證。〔註 391〕

如題所欲論之「稱臆妄改」，徐攀鳳也對何焯結論「臆撰而少佐證」。由於「許少施巧，秦成力折。」句李善注言：「未詳。」而何焯補注其實為「五臣之說」，五臣向來被士林冠上「盜竊善未定之本」、「荒陋」〔註 392〕的評價，這些評價著實來自其「未明確標示說法的根據」。

案：單就八字屬「對句」分析，如「許少」、「秦成」為主語，「施巧」、「力折」為動作述語，但先秦兩漢未有「許少」、「秦成」的人物之紀錄；然五臣釋作「人」，不少清儒以此為申論依據，徐攀鳳已表示不明就裡，故我們觀察其他學者的說法。張雲璈引錢大昕說：「《漢書．表》有『許幼』，『許少』豈即『許幼』乎？」〔註 393〕胡紹煐以文字通同解：古「折」與「制」通，謂「秦成力制。」然也是未有定論。〔註 394〕當然這兩家所論未切合中的，故徐攀鳳中庸地言「便捷、壯往」之概念，以解釋「許少」、「秦成」僅是代稱「勇力之人」，切合上下文在猛獸環伺的地方，不若一般。

2. 張衡〈西京賦〉「想升龍於鼎湖。」句

何校：漢武作「鼎湖宮」於藍田。〔註 395〕

〔註 391〕此條不見於崔本，然葉氏《文選補注》有錄之。《文選舊註輯存》，頁 108；《選學糾何》，葉 2 左。

〔註 392〕可參本章下一節。

〔註 393〕《選學膠言》，頁 314。此說梁章鉅亦引，此不附於正文贅引，參《文選旁證》，頁 79。

〔註 394〕參《文選箋證》，頁 249～250。

〔註 395〕何校語缺「見揚雄〈羽獵賦〉〈注〉」，見《義門讀書記》，頁 861。

徐案：賦意言漢武之升遐也，仍照李〈注〉以《史記》：「黃帝騎龍」事釋之為得。〔註 396〕

「釋義而忘義」的缺失於此表現在何焯身上，依文章前後文提及「瑞信」、「仙掌」、「松喬」等詞，將仙境的世界描摹出來，故李善徵引「黃帝騎龍」的傳說補注，以呼應神仙性的傳說；但若從何焯引作「鼎湖宮」，「想升龍」則要做何解？何焯於此不在於其說不佳，而是其僅釋例依整句話的一小部分，這其實與兩家〈注〉在注解《文選》時的「咸資準的，〔註 397〕周知密旨。〔註 398〕」初衷相左，換言之，解釋不清、不全、矛盾係該條為徐攀鳳所詬之原因。

3. 左思〈蜀都賦〉「指渠口以為雲門。」句

何校：杜詩「白帝城中雲出門。」本此。

徐案：「白帝城中雲出門，白帝城下雨翻盆。」正如泰山之「雲觸石，膚寸，不崇朝而徧雨天下。」耳。此解與淵林舊注，無紕繆。但少陵言「雲出門。」不徑作「雲門」二字，畢竟何出？〔註 399〕

本條聚焦在「雲門」一詞作何解為佳？劉淵解作「灌溉渠口」，李善解作「古樂名，但不取樂也」。而何焯另解，引杜甫〈白帝〉詩句作解。故「雲門」一詞已有三解，孰者為是？著實回歸全文描述：

溝洫脉散，疆里綺錯。黍稷油油，粳稻莫莫。指渠口以為雲門，灑滮池而為陸澤。雖星畢之滂沲，尚未齊其膏液。〔註 400〕

不論化典據史，該段即是描述「田間與水利設施之間的情況」，與劉淵解較為相關，李善則較無相關聯，故以劉氏為佳；究言之，何焯所提杜甫〈詩〉，是否應何整體文句與劉淵說法，恐怕未逮；杜甫詩句：「白帝城中雲出門，白帝城下雨翻盆。」〔註 401〕許是「由城出外」，整體未明顯有與「田地」相關之詩句，何焯此比擬或許牽強。再回到原文觀察，「指渠口以為雲門，灑滮池而為陸澤」為一對句，「渠口」對應「滮池」，猶「閘口」與「蓄水池」的關係；那

〔註 396〕《文選舊註輯存》，頁 305；《義門讀書記》，頁 861；《選學糾何》，葉 4 左。

〔註 397〕參李善〈上《文選》注表〉。

〔註 398〕參呂延祚〈進《文選》集注表〉。

〔註 399〕《文選舊註輯存》，頁 907～908；《義門讀書記》，頁 864；《選學糾何》，葉 5 左。

〔註 400〕《文選舊註輯存》，頁 907～908。

〔註 401〕仇注於此注引《莊子》：「望之若雲屯。」有誤，當為《列子・周穆王》。然《列子》原文並未提及「門」一字，仇氏以茲佐杜甫詩稍嫌欠妥。參〔清〕仇兆鰲注：《杜甫全集》（北京：珠海出版社，1996 年 11 月），頁 1105～1106。

麼「雲門」與「陸澤」應當也要有一定的關聯性，五臣釋「陸澤」為「潤澤之地」，那「雲門」適合作解？筆者認為，「蓄水池」應對「潤澤之地」，「閘口」及「雲門」當有「把持重要出入」的概念，或許比擬為某「宮門」或「隘口」等重要出入環節，至於是否典引文獻，恐怕沒有，因為只是單純指事摹物，故徐攀鳳「不徑何出」係可以理解，或許亦如前述張雲璈言「詞人之言，不必盡實。」

4. 揚雄〈甘泉賦〉「亂曰。」句

何校：賦中節奏與今曲調畧同，一起引子也，中間過曲也，亂詞尾聲也。

徐案：漢、魏、六朝賦末用此體者，蓋祖法《離騷》，安得以鄙俚之曲調，比而同之？〔註402〕

何焯此說係相對元、明以降的戲曲比擬辭賦，當然大部分劇曲一本四折，相當起、承、轉、合，對應「漢賦」。型制上或許有些類似，但徐攀鳳秉持傳統文人的「經、史至上」之觀念，不同意「鄙俚曲調」倣摹類比。

5. 郭璞〈江賦〉「土肉石華。」句

何校：「石華」似即「鰒魚」。

徐案：以謝監「揚帆采石華」推之，知非「鰒魚」。固不可云采也。〔註403〕

謝靈運〈遊赤石進帆海〉：「揚帆采石華，挂席拾海月。」李善引《臨海志》注曰：「石華附石，肉可啖。」〔註404〕該本《臨海志》於明、清已佚，顧景能有部分大型類書中索得斷簡殘篇，其中《太平御覽》徵羅不俗，咸可為參。就〈江賦〉該句所及「玉珧海月，土肉石華。」主在敘述長江出海口的生態。按《臨海志》將其歸類為「臨海水土」，以今天的話來說為「潮間帶」，應和徐攀鳳所言「不可云采」，小物蹲拾為「采」，魚當用「捕」，以此分析「石華」當為某種「潮間帶生物」。

筆者按《太平御覽》：「石華附石，肉淡。」判之，〔註405〕屬於慣性附著

〔註402〕此條不見於崔本，且葉氏《文選補注》、于氏《文選集評》等主以何焯為參考之本亦無。《文選舊註輯存》，頁1461～1462；《選學糾何》，葉6左。

〔註403〕此條不見於崔本，葉氏《文選補注》、于氏《文選集評》雖有錄，但均未屬名「何曰」，頁453。《文選舊註輯存》，頁2478；《選學糾何》，葉10右。

〔註404〕《文選舊註輯存》，頁8182。

〔註405〕〔宋〕李昉等撰：《太平御覽》（北京：中華書局，1995年10月），頁4188。

於石頭上的生物，認為可能為「藤壺類」或「蠔類」，而上句提之「玉珧」注言：「亦蚌屬。」、〔註406〕「上大下小。其殼中柱，炙之，味似酒。」〔註407〕可能為「蠔類」。而古人同句話不出現同物的書寫習慣，「石華」可能為「藤壺類」。

6. 謝惠連〈雪賦〉「折園中之萱草，摘堦上之芳薇。」句

何校：五臣〈注〉云：「善本無此二句。」

徐案：此是五臣謬說，不足援引，試思刪此二句，下文「枝葉相違」更安所著落。〔註408〕

目前依各版本所呈現之二句位置如下：

對庭鵾之雙舞，瞻雲鴈之孤飛。「折園中之萱草，摘堦上之芳薇。」踐霜雪之交積，憐枝葉之相違。〔註409〕

我們可從句法、句義、注言等幾些線索來作簡易的比較與攷證。首先，句法方面：

對 庭鵾 之 雙舞，瞻 雲鴈 之 孤飛。

（V+ N+ P+ V，V+ N+ P+ V。）

「 折 園中 之 萱草，摘 堦上 之 芳薇。」

（V+ NC + P+ N，V+ NC + P+ N。）

踐 霜雪 之 交積，憐 枝葉 之 相違。

（V+ N+ P+ V，V+ N+ P+ V。）

〈雪賦〉屬於典型「駢文」，句法兩兩相對，上述句法看起來沒太大差異，除第2句結構稍微相異；若再加上該句疑文，共有8句使用「V+N+之+ V」的句型。其次，句義部分，1、3句的場景呈現在「雪天」，但中句卻出現與描述季節無關的敘述。〔註410〕最後，眾家皆言「善本無此二句。」係五臣所說；通

〔註406〕《文選舊註輯存》，頁2478。

〔註407〕〔宋〕李昉等撰：《太平御覽》（北京：中華書局，1995年10月），頁4189～4190。

〔註408〕此條不見於崔本，葉氏《文選補注》、于氏《文選集評》雖有錄，俱未屬名為何焯所說，該二句究竟屬於「詭文」、「評文」、「注文」皆尚待攷證。參《選學糾何》，葉11左。

〔註409〕《文選舊註輯存》，頁2587。

〔註410〕一般作品將「萱草」呈現於初夏時節，但是否有如杜甫〈臘日〉：「臘日常年暖尚遙，今年臘日凍全消。侵陵雪色還萱草，漏洩春光有柳條。」的創意，將夏季的萱草呈現於冬季，也是可以考量的角度。〔清〕康熙敕編、彭定求等編：《全唐詩》（北京：中華書局，1999年2月），總頁2413。

常《文選》的凡例會作「○○曰：」，然該句不論是在五臣系統或是六臣注系統，均無屬名，如該句在五臣注解時已有，可見單單經過一百多年到玄宗朝，已經有訛文的出現。

梁章鉅引明人陳繼儒言，認為「萱草早凋，固不及雪」，讓兩句於中具有合理性，與徐攀鳳類似；〔註411〕反之，孫志祖認為語意不暢，置中突兀。〔註412〕從上述整體的討論，並非要釐確攷證正解，而是藉由該條反應《文選》內容上的諸多問題，其次是藉此觀察，各個讀書人在審視問題癥結時，如何提出自己的觀點與攷證方法，此也是本論所要探究之題。

7. 班固〈幽通賦〉「道遐通而不迷。」句

何校：此孔子所謂：「四十而不惑也。」

徐案：此語擬之非倫。〔註413〕

筆者認為〈幽通賦〉一文從題目到內文，清楚諷諭一個社會（政治）的灰暗，「惴惴」、「慆慆」等情緒負面詞的敘述，反映漢代高壓統治的現狀，如同通往幽都（地獄），尤文中「鮮生民之晦在……何艱多而智寡」；許多注家釋此，易認為係「世間之智者少」，〔註414〕立於社會角度闡釋社會，於該文卻恰恰相反，應當以自身角度看世界，所謂「智寡」係自身寡智，導致自己進入幽境。因此，「四十而不惑也」之「不惑」不單純是「不疑惑」，而是「無所疑惑、何必疑惑」的生命現狀，對「世間一切有所看破、道破」。古往今來，面對社會上大奸大惡，往往迫於無奈而安於現狀，在折磨之下而只得軟糯卑怯。〔註415〕故雖然徐攀鳳雖批駁不倫不類，但何焯以此引《論語》：「四十不惑。」，大抵還是可以理解。

8. 曹丕〈雜詩〉二首。

何校：此篇恐子建奪嫡而作。

徐案：此語太穿鑿不切。〔註416〕

〔註411〕《文選旁證》，頁665。

〔註412〕《文選考異》，頁608。

〔註413〕《文選舊註輯存》，頁2769；《義門讀書記》，頁877；《選學糾何》，葉11右。

〔註414〕《文選舊註輯存》，頁2774。

〔註415〕參徐復觀：《兩漢思想史》（北京：九州出版社，2018年4月），總頁179～180。

〔註416〕《文選舊註輯存》，頁5518～5523；《義門讀書記》，頁931；《選學糾何》，葉11右。

每個學者在解讀詩歌時，往往角度、經歷、學識之不同，而解讀不一，該曹丕〈雜詩〉，何氏認為係二曹兄弟爭儲激烈，使得曹丕感攝而發；當然徐氏於此反駁。那反駁因由為何？徐氏未明說。本論分析整詩白「人在吳地，夜涼不能寐，欲以歸北。」的敘述，較屬於「遠征在外，鄉愁思懷」題材，較無明顯化典「奪嫡」的字辭，再觀察兩家注說，亦無「奪嫡」相關的解釋，是故為徐氏所不同意。

在曹丕的〈述征賦〉、〈浮淮賦〉等述及遠征東吳地區的一些情形，〔註 417〕然文殘難盼，但以曹魏首都——譙縣來說，東吳的方向確實為「東南方」，而〈雜詩〉:「吹我東南行，南行至吳會」亦述及此，以茲與〈雜詩〉一作作一連結或許可行，但是否涉及奪嫡，恐須更深一步的研討。

9. 孔稚珪〈北山移文〉「值薪歌於延瀨。」句

何校:「延瀨」似指「延陵季子值被裘公」事。

徐案：元注:「延瀨，未聞。」而此漫以《高士傳》語釋之，以「延陵」證「延」瀨。牽率可嗤。〔註 418〕

注解不能妄下斷語外，所徵之說亦要明說出處，是為注釋學的基本概念。何焯雖於其校語中插「似」字，持保守態勢，然具體援說來源卻未屬名，故徐攀鳳病之。

「值薪歌於延瀨。」句之李善〈注〉說已如上述徐氏所言，而五臣呂向〈注〉一:「蘇門先生游於延瀨」云云；姑且不論何焯是否不同意五臣之說，其於此特補充《高士傳·披裘公》，其文言：

披裘公者，吳人也。『延陵』季子出遊，見道中有遺金，顧披裘公曰：「取彼金。」公投鐮瞋目，拂手而言曰:「何子處之高而視人之卑？五月披裘而負薪，豈取金者哉？」〔註 419〕

然《高士傳》所記為「延陵」，非「延瀨」，故此補注可能是有問題的。而五臣的「蘇門先生」說法，如梁章鉅表示不詳其來由，〔註 420〕注言:「周靈王太子晉也。好吹笙，作鳳凰鳴。游伊洛之間。」可見於《列仙傳》，此書不論作者與成書時

〔註 417〕參曹格平編：《魏晉全書》（長春：吉林文史出版社，2006 年 1 月），總頁 117。

〔註 418〕《文選舊註輯存》，頁 8619；《義門讀書記》，頁 958；《選學糾何》，葉 27 右。

〔註 419〕〔晉〕皇甫謐著：《高士傳》（上海：上海古籍出版社，2014 年 12 月），頁 62～63。

〔註 420〕《文選旁證》，頁 225。

代眾說紛於，余嘉錫認為其流行東漢，蓋漢人所著。〔註421〕但「游伊洛……」以下文句，《列仙傳》與五臣〈注〉又有所不同，是故無法確定來源是否屬對。當然，可能同，而原文改動，也有可能五臣徵引多書，以揉雜為一段文。

筆者認為，「蘇門先生」在《世說新語・棲逸》篇中有載，〔註422〕但《列仙傳》的太子晉為周代人，《世說新語》所載「蘇門先生」為魏晉人，時代差距過大，恐不能以此連結。但雙方仍有共通點——「入山見到隱士」。這是一個關鍵，自先秦兩漢以來，有不少名士隱居（明隱），這一類多被史料記載，另一種隱居（暗隱）則不被世人所知。而今天所見之文獻所錄之「軼事軼聞」多虛無飄渺，容易有杜撰、誇飾的成分，但多居住於山林之中，這點是可以肯定的。故「值薪歌於延瀨」或許只是單純描述「一樵夫扛柴薪，延水而走，哼著山歌」，是一情境描述，並未有任何典故。

小結上述，雖為數不多，且與前各點部分例子有些大同小異，然最大不同在於這些例子並非單純「版本譌字爭議」，或是「觀點不同」，而是在於「提出看法，是否能有文獻佐證」。今天現代之學術要求論述嚴謹，在古人的學術世界亦是。在訓詁上，凡一字、一音、一句最好能夠「引經據典」，比便後學在複查上能夠清楚了然；以筆者目力觀察，凡徵引詳盡者，雖不一定是真理、正解，甚至有時發人詬端言「資博太盛」，但大部分學者仍是以此為注疏標竿做法；反之，依照五臣、何焯「憑臆」說法，則誠諸眾學所非。

五、藉「何」揚「善」

徐攀鳳概述其《選》學思想，即是「以李善〈注〉為圭臬」，應和本論「尊李善，輕五臣」之議題，通本《選學糾何》即呈現此面貌，更不遑論另一注作《選注規李》以李善為命題。《選學糾何》全書共139條，不單是糾正、補正何焯在《文選》意見，究言之，係藉著何氏書闡明「五臣〈注〉的弊端」，以及重申「李善〈注〉的學術觀念」，於李康〈運命論〉時，表述如下：

> 何氏評《選》於雜文中，亦頗寥寥著墨，而獨喜引五臣以駁善〈注〉，實是一病。李濟翁《資暇錄》：「李氏《文選》有初注、覆注、三注、四注，其絕筆之本皆釋音、訓、義。開元六年，有李延祚者，及呂

〔註421〕 參余嘉錫：《四庫提要辨證》（昆明：雲南人民出版社，2006年11月），頁1019。

〔註422〕 徐振堮著：《世說新語校箋》（台北市：文史哲出版社，1989年9月），頁354～355。

延濟、劉良、張銑、呂向、李周翰五臣之說，上之其書，意在非斥善〈注〉，實皆盜竊善未定之本，轉相攻擊。予向以為五臣注為此書蠹賊，職是故也，此段詞氣動宕，自不可刪，若李周翰之說，窘促不成文法，奚足援引乎？〔註 423〕

本論已有稍許提及部分學者對於「李善」與「五臣」的看法，此不免重申。李善的注解手稿版次，今只存所謂「終版」於《文選》，期間與五臣注解「合刊」、「位置次序」等因由，造成兩家之間有所駁雜，此其一；五臣在注解內容方面，讓部分學者感覺到似乎「抄襲李善」的說法，並且時常未「引經據典」，使讀者不詳其出典所就，此其二。故徐攀鳳於此噫出：「未免臆撰而少佐證」〔註 424〕、「奚取李延濟輩紛紛論說為耶？」〔註 425〕、「此是五臣謬說，不足援引。」〔註 426〕等。確實這些評論帶有強烈且主觀的批評色彩，但也無可厚非，本章所介紹的 139 條內容可觀察，部分需要大量攷證才得下結論之史地、名物等，五臣俱了當直書，輕率的判義，〈悲哉行〉條時言：「五臣一涉筆，便覺文理窒礙，奈何從之？」並非無的放失。〔註 427〕

最顯著的例子在張衡〈四愁詩〉，詩句言：

……我所思兮在「太山」，欲往從之梁父艱。……我所思兮在桂林，欲往從之「湘水」深。……。〔註 428〕

上述詩文中的「太山」與「湘水」，李善〈注〉言：「太山以喻時君，梁父以喻小人也。」又曰：「湘水出零陵。舜死蒼梧，葬九疑，故思明君。」〔註 429〕姑且不論張衡詩文是否於「太山」有所寄託，以及「湘水」典引舜帝路史等議題，單就「太山」與「湘水」二詞，明顯為「地理名詞」，李善雖有另外詮說，但也另徵《漢書》、《山海經》補綴其說；反之五臣基於李善前述，另將詩文：「我所思兮在『漢陽』……我所思兮在『鴈門』……」〔註 430〕注為「西伯」與「顓頊」，並未有明確的文獻佐證。

〔註 423〕《選學糾何》，葉 30 左～葉 31 右。
〔註 424〕《選學糾何》，葉 3 左。
〔註 425〕《選學糾何》，葉 8 左。
〔註 426〕《選學糾何》，葉 11 左。
〔註 427〕《選學糾何》，葉 20 左。
〔註 428〕《文選舊註輯存》，頁 5500～5511。
〔註 429〕《文選舊註輯存》，頁 5500～5511。
〔註 430〕《文選舊註輯存》，頁 5500～5511。

兩家說法綜合比較，李善縱使有「釋義忘義」的壞習，但其仍會習慣性地註明出處，而五臣僅以「雁門，郡名。」並隨下附上自己的詮釋，不慎謹然，是故徐攀鳳評隲言：

> 五臣遂附會其說，以漢陽指西伯，雁門指顓頊。此種詮解最足為此書蟊賊。〔註431〕

「蟊賊」一詞於其書共出現兩次，分別為第（三）點之78條李康〈運命論〉及此張衡〈四愁詩〉，這是相當嚴厲的批評，意在批評五臣注解相當不嚴謹，《詩經．大雅．桑柔》：「降此蟊賊、稼穡卒痒。」〔註432〕如《文選》視作學術莊稼，為學之師，〔註433〕雖檯面未如「經」之地位，卻是士林間的重點讀物；若李善以經學的方式注疏《文選》，以降學者自然會將其拉升同等經學之重要地位。同樣地，呂延祚上表勸進玄宗，表示注解《文選》是件：「……刊書啟中，有用廣化，……，後事元龜，為學之師。……。」〔註434〕的重要政策，那五臣滲入大量屬於個人想法於注解，並放置在注解《文選》這件學術工作，是否適宜？因此，徐氏又言：

> 五臣「憑臆妄撰」，觸處皆然。此李崇賢注所以即可寶貴也，少而習焉，其心安焉，不見異物而遷焉。願以諗天下之善讀《文選》，善訂《選注》者。〔註435〕

這是一位長期治《文選》的學者所發之喟嘆。如果一位魯鈍學者讀之，不明就裡，誤解種種而於此鬧話，甚至「以錯誤觀點誤學、誤人子弟」，對於《文選》是種重傷，也枉費李善此輩學者用心注解，是故唐代至清初，治《文選》的學者眾多，著作蔽天，何焯《讀書記》受以批評，自甚明朗；何氏理解不佳，甚至引用五臣「問題」說法的同時，自身攷證也未盡嚴謹，徐攀鳳因而批評言：「而喜引五臣以駁善注，實是一病」〔註436〕

〔註431〕《選學糾何》，葉21左。

〔註432〕〔漢〕毛亨撰、〔漢〕鄭玄箋、〔唐〕孔穎達疏：《毛詩注疏》（上海：上海古籍出版社，2015年2月），總頁1731。

〔註433〕「為學之師」出自呂延祚〈進文選集注表〉，參劉鋒、汪翠紅編：《文選資料彙編——序跋著錄卷》（北京：中華書局，2019年4月），頁6。

〔註434〕劉鋒、汪翠紅編：《文選資料彙編——序跋著錄卷》（北京：中華書局，2019年4月），頁6。

〔註435〕《選學糾何》，葉16左。

〔註436〕《選學糾何》，葉51右。

總論上述，一切著錄，不論正偽，皆有其時代價值與意義；倘若以自創見而進行訂正或新詮釋，皆須「並陳原貌」，以資後學參酌、複查、檢正，忌諱過度自信而消滅證據，而毀滅文獻。〔註 437〕若五臣當時能夠做到並陳李氏〈注〉，並且詳細五人說法之出典所據，或許後代學者謹就合刊的錯亂予以批駁，五臣〈注〉的價值也不會被批得一文不值。同樣地，何焯雖於留下其對於《文選》的高見，或許只是自己的在學問上的遊戲解乏，但其作流傳士林當下，就得嚴格審視自身說法，而非乎博炫個人才學，擅作「訂正」，而損壞文獻的原貌。

〔註 437〕陶敏：《中國古典文獻學》（長沙：岳麓書社，2014 年 8 月），頁 46～49。

第四章　《選注規李》糾謬考

誠於前章所論述《昭明文選》與李善之間的關係，以及時代流傳對於文本與注解的重視起伏，李善無疑在《文選》學史上扮演一個重要角色；隨遷至清代，一個嶄新的經學復興與考據學流行的學術氛圍，讓李善治學方法更為清儒所重視。

本節主要探討徐攀鳳《選注規李》一書對於李善「注解」的「糾正」、「補充」與「評說」。對於徐攀鳳的《選注規李》，駱鴻凱給予「何異蚍蜉撼樹」、屈守元給予「又皆簡陋，無足稱數」等評。〔註1〕其實，很多學者僅從書名、內容架構就草率判斷徐攀鳳《選注規李》的價值，但這其實未通曉徐攀鳳《選注規李》之「規」字用意。

「規李」一詞從書名字面、整書內容上確實容易讓讀者認為《選注規李》屬於「糾正李善」的專作，實則不然。深度探析《選注規李》的用心與時代有著密切的學術關連。誠如第三章討論何焯的部分，可以感受到何焯使用偏向「五臣〈注〉文學性臆解」的方式在重新詮說《文選》的一些議題，甚至有爭議的問題為羅列出相關證據而直下判斷。而這種方式確實感染到當代一些學者，諸如余蕭客、孫志祖。〔註2〕因此，徐攀鳳《選注規李》專討李善〈注〉，希望「學習」李善治學、注解的方法，「規正」五臣者流的空疏治學。職是之故，徐攀鳳藉由李善打出了「漢、唐經訓的旗幟」，倣學李《注》「網羅浩博、

〔註1〕屈守元：〈清儒《文選》學注述舉要〉，《鄭州大學學報》，1993年，第五期，頁1～9。

〔註2〕可參余蕭客《文選紀聞》、孫志祖《文選考異》都有上述「不列文獻而直下判斷」的現象。

好尚所託、精力彌注。」〔註3〕呼應當時的「凡漢皆好」的學術風氣，也可印證清代《選》學奉「李善〈注〉」為圭臬並非毫無來由。〔註4〕

於下本節將進一步分析徐攀鳳《選注規李》一書對於李善的「糾正」、「補充」、「評論」，以觀察徐氏治《文選》之成績，並於整個大時代所透出的反省，其之重要不亞於其他《選》學家。

第一節　李善〈注〉利弊

對於《文選》一書來說，橫跨 11 個朝代，集合 130 餘位作家，超過 400 餘篇之作品，除「經典」外，各朝各代之典章制度、名物史籍、山川地理、俚諺代語及部分作家的創意……等，要快速掌握《文選》，最便捷之法仍是透過注解。因此，好的注解即是了解《文選》的寶筏。

然就《文選》學史來談，唐代為最早對《文選》作「注」的總整理，共計有四家注解，分別為：李善〈注〉、五臣〈注〉、馮光震（？～？年）〈注〉、陸善經（？～？年）〈注〉。〔註5〕其中流遠屹立僅李善〈注〉、五臣〈注〉兩家。不論是單篇古注、片語之說等，李、五臣多有收錄。以李善為例，通本《文選注》並非全由其注解，如《楚辭》有東漢王逸（89～158 年）注、〈西京賦〉有三國薛綜（？～237？年）、劉逵（？～？年，西晉人）等前人詳注，李氏基本

〔註 3〕見駱鴻凱：《文選學》（北京：中華書局，2015 年 3 月），頁 57。

〔註 4〕在第二章已介紹徐攀鳳生於乾隆朝，且居於松江（江蘇）婁縣，為吳派、皖派、桐城派等學派交匯之重點地界，雖徐攀鳳其他著作不詳，尚不能全全理解其思想全貌，僅就徐氏二書予以考論，可以明顯感受其「尚訓詁」、「重考據」，對於《文選》詮釋也不遺餘力，似乎有兼容各家功夫的學術路線；事實上，當時學者相輕，經儒之漢學與文士之義理相攻訐，但從徐攀鳳，之於其他《文選》學家，這方面就沒有明顯的壁壘，或許一個文學性的總集《昭明文選》，與經訓甚重的善〈注〉已經合融為一書，彼此不相衝突，再加上何氏主遵王、顧的學術路線，首在「廣學多聞」，造成部分學者踏實自己的學問，不與其他名揚的學派路線為伍，形成一種獨特的學術路線。
見〔清〕章炳麟著、徐復注：《訄書詳注》（上海：上海古籍出版社，2013 年 2 月），頁 151。

〔註 5〕馮光震與陸善經二人均生卒不詳，但皆為唐玄宗開元時人。劉群棟《文選唐注研究》一書有簡略介紹。茲兩家不傳，大抵均為主事者——蕭嵩（660～749 年）下臺（733 年），計畫因此罷停。馮〈注〉僅注至左思〈蜀都賦〉，而陸〈注〉即《文選集注》，已結合李善與五臣之〈注〉，然因軼散嚴重，且當時已有五臣屬名混淆之情況，故在中原較不流行。參劉群棟：《文選唐注研究》（上海：上海古籍出版社，2019 年 11 月），頁 246～262。

不贅語多論，僅少量補充，此於《文選》「賦部」、「騷部」保存大量前人舊解，尤為顯著重要。

李善注解何故受清儒喜愛？五臣何故受世人貶抑？具體而言，即在於「注法」。茲部分議題已在近代《文選》學上已反省一段時間，更可溯源自宋代學者們之間的討論。〔註6〕首先，已知兩家在注釋上即呈現極大的反差，而這種差異則由在於初衷理念的不同，高宗以「朕嗣立鴻基，裁成丕緒，如臨於海，罔知攸濟，思得學徒，用康庶績。」〔註7〕企圖以「學」垂拱治穹，而李善投高宗所好，從其〈進文選表〉窺略：

> 伏惟陛下經緯成德，文思垂風。……。故勉十舍之勞，寄三餘之暇。弋釣書部，願言註輯，合成六十卷。殺青甫就，輕用上聞；享帚自珍，緘石知謬。敢有塵於廣內，庶無遺於小說。〔註8〕

可見李善欲藉注《文選》以展現自我，當然，此事應得到高宗的支持；〔註9〕此外，另一詔〈嚴考試明經進士詔〉言：「學者立身之本，文者經國之資，豈可假以虛名，必須徵其實效。」〔註10〕亦是表明學者的才學需「廣博」與「踏實」。或許這些因素造就李善在注解的同時，一方面不牴觸高宗所欲施行之政策，一方面自身之學養豐富，因此具體行為體現於其〈注〉。蓋言之，李善的「博引」與五臣的「簡略」、「抽離文本」與「進入文本」的閱讀思考都是造成二者受比較的原因。於下陳數善〈注〉缺失，以資比較。

〔註 6〕王立群《現代文選學史》一書介紹梗概，在「李善與五臣〈注〉的優劣問題」中引述大量現代學者的評騭論文。若簡要概述，即是李善的「博引」與五臣的「簡略」。參王立群：《現代文選學史》（鄭州：大象出版社，2014 年 8 月），頁 306～347。而另一學者游志誠亦有詳論，於其《文選學綜觀研究法》（為博論《文選學新探索》再版）中，舉善〈注〉「改字以和注」、「徵引過度」、「誤注未勘」等弊。參游志誠：《文選學綜觀研究法》（新北市：花木蘭文化出版社，2011 年 9 月），頁 173～277。

〔註 7〕見唐高宗：〈補授儒官詔〉，見〔清〕董皓編：《全唐文》（上海：上海古籍出版社，2007 年 5 月），總頁 56。

〔註 8〕見〔清〕董皓編：《全唐文》（上海：上海古籍出版社，2007 年 5 月），總頁 836。

〔註 9〕《新唐書》記錄唐高宗對於《文選》的雅愛，甚至令裴行儉摹寫後重金蒐購，其史記：「行儉工草隸，名家。帝嘗以絹素詔寫《文選》，覽之，秘愛其法，賚物良厚。」參（北宋）宋祈、歐陽修撰：《新唐書》，《二十四史》（北京：中華書局，1997 年 11 月），頁 1051。

〔註10〕見〔清〕董皓編：《全唐文》（上海：上海古籍出版社，2007 年 5 月），總頁 65。

（一）過度徵引

李善淹貫古今，不僅受高宗欽賞，且官累擢崇賢館直學士兼沛王侍讀，時人號為「書簏」。〔註 11〕可見其博學亦非憑虛。而體現「博學」的〈注〉確實詳細，然，「博引」卻也造就其注解「過度徵引」，也就是所謂之「繁瑣」，以班彪〈北征賦〉為例以足觀察分析：

登鄣隧而遙望兮，聊須臾以婆娑。〔註 12〕

這是一段描述邊疆城渠的文字，不過 14 個字，但李善釋言卻用了 6 本書，共 100 字來解釋。其釋言如下：

李善注 登鄣隧而遙望兮，聊須臾以婆娑。

〈蒼頡篇〉曰：障，小城也。

《漢書》：「武帝謂狄山曰：『使居一障閒。』」

《說文》曰：「隧，塞上亭，守烽火者也，篆文從火，古字通，詞醉切。」

班固《漢書・贊》曰：「不脩障隧。其義並同。隧或為墜。」

《說文》曰：墜，古文地字也。須臾，少時也。

《楚辭》曰：「何須臾而忘反。」婆娑，容與之貌也。

《毛詩》曰：「市也婆娑。」

此處，李善有解釋兩座山的位置，亦如前例所舉。由於善〈注〉篇幅較長，故截二論之。於下再比較五臣〈注〉之別，雖言五臣，但此處僅有劉良與呂延濟注釋，此為五臣〈注〉之一大特色，即為未必五人同注一條，故下文言：

劉良注 登鄣隧而遙望兮，聊須臾以婆娑。

良曰：障隧，城墻也。

婆娑，容与皃。〔註 13〕

劉良釋字不過 10 字，簡略告訴讀者何謂「障隧」？何謂「婆娑」？雖然沒有典引文獻，但了當告訴讀者「文所描述」的東西是什麼。換言之，五臣〈注〉的簡單，某個層面是協助讀者理解《文選》，〔註 14〕而非「徒增閱讀上的困難」。

〔註 11〕（北宋）宋祈、歐陽修撰：《新唐書》，《二十四史》（北京：中華書局，1997 年 11 月），頁 1470～1471。

〔註 12〕劉躍進：《文選舊註輯存》（南京：鳳凰出版社，2017 年 10 月），頁 2013。

〔註 13〕劉躍進：《文選舊註輯存》（南京：鳳凰出版社，2017 年 10 月），頁 2013。

〔註 14〕趙蕾：《朝鮮正德四年本《五臣注文選》研究》（鄭州：河南大學出版社，2014 年 8 月），頁 6～9。

相形之下，李善解釋「表」的意思，但上句「左」卻未釋？可見李善注釋即具個人喜好與選擇，認為部分字辭「平易近人」、「眾所周知」定斷，而不需要注解。故，其子邕（678～747年）所批評父親注疏不但未解釋到位，甚至離遠文本的本意：

始善注《文選》，釋事而忘意。書成以問邕，邕不敢對，善詰之，邕意欲有所更，善曰：「試為我補益之。」邕附事見義，善以其不可奪，故兩書並行。〔註15〕

「過度徵引」並非意指善〈注〉不合注釋學，而是所謂注釋學是協助讀者理解；若打個比方，李善〈注〉詳盡各式典籍，可謂宏通，但對一般平民讀者，或者非博學鴻儒，閱讀善〈注〉，似乎增加了難度，讓原本以不了解《文選》文章的讀者，更不懂文章的旨意。此正恰恰為五臣當年所垢，〔註16〕似乎成為許多學者評論李善的議題，甚而成為一種社會現象，唐代李匡乂（？～？年）《資暇集》所言：「世人多謂李氏立意注《文選》，過為迂繁，徒自騁學，且不解文意，遂尚相習五臣者，大誤也。」〔註17〕是故，李善的繁瑣不止於其子，甚至是社會大眾一致的看法，從而可以理解呂氏直解的簡明扼要，「表」的字義係指太華、終南兩座山為國家的儀表，是首都的眉面，此處為閱讀善〈注〉所不能快速了解的部分。

（二）引書不詳

李善雖引書猶夥，單一條例子字辭會有兼引多種文獻作補充注疏，〔註18〕可是往往有「引書早亡」於前代，乃至唐代所見，可能僅為殘刻半卷；又或是「引書不詳」（記錯作者與書名），卻仍引作疏證。於下，本論再舉一例，〈西都賦〉後又言：

〔註15〕〔宋〕歐陽脩等撰：《新唐書》，收於《二十四史》（北京：中華書局，1997年11月），頁1470～1471。

〔註16〕參〈進集注文選表〉，見〔清〕董皓編：《全唐文》（上海：上海古籍出版社，2007年5月），總頁1345。

〔註17〕江慶柏、劉志偉等編：《文選資料彙編——總論卷》（北京：中華書局，2017年12月），頁19。

〔註18〕游氏列舉善〈注〉缺失有三：「改字以和注」、「徵引過度」、「誤注未勘」，此誠觀察頗深，而本論稍參改以「過度徵引」、「引書不詳」、「注不達旨」做論述，乃因此弊的狀況尤多，相關論述會與徐攀鳳《選注規李》相互參較。參游志誠：《文選學綜觀研究法》（新北市：花木蘭文化出版社，2011年9月），頁180。

是故橫被六合，三成帝畿。周以龍興，秦以虎視。〔註19〕

此處18字係敘述首都為何「得以為首都」，並解釋其中的種種因素，以及周、秦、漢三代定都於此的理由。這是〈西都賦〉的敘述。然李善〈注〉言：

李善注 | 橫被六合，三成帝畿。周以龍興，秦以虎視。 |

《漢書音義》，文穎曰：關西為橫。

孔安國《尚書傳》曰：被，及也。

《呂氏春秋》曰：神通乎六合。高誘曰：四方上下為六合。三成帝畿，謂周、秦、漢也。《樂稽嘉耀》曰：德象天地為帝。《周禮》曰：方千里曰王畿。

《史記》曰：周后稷，名弃，堯、舜時為農師，號后稷，姓姬氏。至孫公劉，周之道興，至文王徙都豐，武王滅紂。孔安國《尚書序》曰：漢室龍興。《史記》曰：秦之先，帝顓頊之苗裔，至孝公作咸陽，政并六國，稱皇帝。

《周易》曰：虎視眈眈，其欲逐逐。〔註20〕

這裡李善同樣地用了8種文獻，155字來解釋首都的創興因素，也引用了大量史料補充；然這邊可以觀察到，李善釋義的筆法非單詞解釋，而是溯源其他典籍亦有「同樣字辭」，這是一個現象；另一善〈注〉受詬病的即在於「引書不詳」，誠如上文所引，解釋「三成『帝』畿」時，引了《樂稽嘉耀》，而這本書不見於歷代《藝文志》，但書名與部分文句仍有散落於歷代典籍。〔註21〕對於非「常見」或「名不見經傳」的書籍，不僅造成讀者閱讀困難外，也無法掌握典籍的來由，至於是否有達到解釋的目的，這恐怕見仁見智。相較之下，呂延濟說法相對簡單：

〔註19〕劉躍進：《文選舊註輯存》（南京：鳳凰出版社，2017年10月），頁42。

〔註20〕劉躍進：《文選舊註輯存》（南京：鳳凰出版社，2017年10月），頁42～43。

〔註21〕《樂稽嘉耀》一書在《白虎通》〈災變〉、〈三教〉、《隋書·音樂志》、《藝文類聚·周武王》、《太平御覽·武王》有所提及，然均為片語；而《文選》中善注「《樂稽嘉耀》」分布於班固〈兩都賦序〉、〈西都賦〉、揚雄〈羽獵賦〉、謝靈運〈七里瀨〉、孫楚〈為石仲容與孫皓書〉等作品，然「樂稽嘉耀」四字有所錯落，光名稱就有四種：「樂稽耀嘉」、「樂緯稽嘉耀」、「樂稽嘉耀」、「曜嘉樂稽」，部分本耀、燿、曜三自又有所互異；胡克家認為：「『耀嘉』當作『嘉耀』，各本皆倒。」筆者案《緯書集成》有著錄，判斷該書漢代有之，以降佚失，而李善僅見殘篇做〈注〉，又後代傳鈔、刻印，字序漫爛。參〔南朝梁〕蕭統編、〔唐〕李善注、〔清〕胡克家攷異：《文選》（上海：上海古籍出版社，2015年4月），總頁23；（日）安居香山、中村璋八輯：《緯書集成》（河北市：河北人民出版社，1994年12月），總頁546～552。

呂延濟注 橫被六合，三成帝畿。周以龍興，秦以虎視。

濟曰：橫被，廣被也。

六合，上下四方也。

三成，周、秦、漢天子居之。

千里曰畿。

龍興喻德，虎視喻暴。〔註22〕

呂延濟僅用33字解釋「橫被六合，三成帝畿。周以龍興，秦以虎視」的字義，可以再次觀察到，呂氏未用任何典籍就對字義作訓釋，僅部分字辭疏理，當然，呂氏也可能有參考過善〈注〉的說法，再進行簡省的動作，比如「六和」，善〈注〉係引高誘說法，而呂氏（五臣）文句如一，卻省略參考資料來源。

「引書不詳」是善〈注〉常見的弊病。當然，我們今日無法確定今日所見的各種版本的善〈注〉是否一如原初，但據唐代李匡乂《資暇錄》：

代傳數本李氏《文選》有初注成者，有覆注，有三注、四注者，當時旋被傳寫之注。〔註23〕

不管是傳抄訛偽、六臣併注，或真的李善有誤注之情況，善〈注〉時常有「引書不詳」的情況，甚至引注亡佚、殘本之書作補充，〔註24〕使得後代學者回推攷證的過程中，難度增加。

（三）注不達旨

前文提及「釋事而忘意」，〔註25〕直言之，李善的注解雖然博采眾書，但引經據典下卻未必合乎古人或文本之意，如〈西都賦〉言：

圖皇基於億載，度宏規而大起。〔註26〕

主要敘述西都（長安）受歷代帝王之器重，歷史悠久，歷經周、秦、漢三代，巍巍成數代之大都。班固意在建構整個首都的恢弘氣闊，將山川水利、歷史脈絡作一連結。而李善注解的情況為下：

〔註22〕劉躍進：《文選舊註輯存》（南京：鳳凰出版社，2017年10月），頁43。

〔註23〕江慶柏、劉志偉等編：《文選資料彙編——總論卷》（北京：中華書局，2017年12月），頁19。

〔註24〕游志誠《文選學綜觀研究法》（新北市：花木蘭文化出版社，2011年9月），頁164。

〔註25〕〔宋〕歐陽脩等撰：《新唐書》，收於《二十四史》（北京：中華書局，1997年11月），頁1470～1471。

〔註26〕劉躍進：《文選舊註輯存》（南京：鳳凰出版社，2017年10月），頁46～47。

李善注 圖皇基於億載，度宏規而大起。

《長楊賦》曰：規億載。

孔安國《尚書傳》曰：十萬曰億。

《爾雅》曰：載，年也。

《小雅》口：羌，發聲也。

度與羌，古字通。度或為慶也。〔註27〕

此處可以發現「億載」的注解為〈長楊賦〉的一小段文句，續下「億載」各引《尚書傳》與《爾雅》二書。茲無大礙。但〈長楊賦〉的「規億載」具體意思為何？這邊就不易理解，續追看〈長楊賦〉的文句：

規億載，恢帝業。〔註28〕

善曰：杜預《左氏傳》注曰：恢，大也。〔註29〕

明顯地，李善未解釋「規億載」。又「億載」一詞亦灼見陸機〈文賦〉：「通億載而為津」，注解作「通億載而為津」（尤袤本），〔註30〕或許有稍微解釋，但〈文賦〉的卷數為第十七，〈西都賦〉為卷首，〈長楊賦〉為卷九，大部分讀者在閱讀上，恐怕是按部就班，依次依進，且未有索引或檢索的年代，豈不大大增加讀者困難？再加上，漫爛多雜的版本問題，「通億載而為津」一句也未必眾本有之。〔註31〕此誠善〈注〉的弊端，以《文選》的作品作釋例補充，結果為兩部作品皆未完整解釋。注解不但未注，且似乎與文本無太大關聯，而造成「注不達旨」。種種缺失確實造成李善〈注〉難以滌瑕。〔註32〕

〔註27〕劉躍進：《文選舊註輯存》（南京：鳳凰出版社，2017年10月），頁46～47。

〔註28〕劉躍進：《文選舊註輯存》（南京：鳳凰出版社，2017年10月），頁1925。

〔註29〕劉躍進：《文選舊註輯存》（南京：鳳凰出版社，2017年10月），頁1925。

〔註30〕〔南朝梁〕蕭統編、〔唐〕李善注、〔清〕胡克家攷異：《文選》（上海：上海古籍出版社，2015年4月），總頁773、782。

〔註31〕陸機〈文賦〉：「恢萬里而無閡，通億載而為津」12字原文，今所見尤袤本注解為「言文能廓萬里而無閡，假令億載而今為津」，共17字，清代胡克家攷異宋代袁本、茶陵本皆無，今人劉躍進《文選舊註輯存》認為北宋國子監本亦無。由於筆者手邊版本咸缺，初步認為佯滲的可能性為大。參〔南朝梁〕蕭統編、〔唐〕李善注、〔清〕胡克家攷異：《文選》（上海：上海古籍出版社，2015年4月），總頁782；劉躍進：《文選舊註輯存》（南京：鳳凰出版社，2017年10月），頁3275。

〔註32〕劉群棟《文選唐注研究》指出李善注體例中「不重見體例」，主要是簡省過多同樣且重複的注解。確實，是李善在〈注〉上的用心，但以上例〈西都賦〉、〈長楊賦〉來談，若〈西都賦〉已注，則〈長楊賦〉毋須注，這樣確實合乎「不重見體例」的標準，應於後篇註明「已見上文」或「已見某篇」。然從眾注中

換個角度解析善〈注〉與五臣〈注〉，「博引」與「簡略」之間，李善選擇「博引」，而此也與其背景有關，兩《唐書》均將李善附列於「〈儒學傳〉」之中，〔註33〕《文心雕龍》言「聖哲彝訓曰經，述經敘理曰論。」〔註34〕而李善似乎用了「解經」的方式闡明《文選》，因而陷落漢儒解經的路數，明顯「抽離文本」，〔註35〕讓讀者無法藉由其〈注〉理解《文選》的文本內容，造成發窘；再加上時不時徵引佚書亡卷，讓讀者企圖稽古的餘地都沒有，清代朱右曾〈文選箋證序〉評言：「李氏時古籍猶夥，今所不見者什三四，推而上之，抑更尠焉。」〔註36〕朱氏為道光時人，距離李善之年代超過千年，通常在資料累積（data accumulation）的概念下，清代應當是最有豐富的資料得以諮證，但事與願違；相較之下，五臣「進入文本」，簡單的釋例，了當地告訴讀者文本（句）的大體意義，此誠五臣受庶民階層歡迎，李善受精英階層青睞的分野，故兩〈注〉各有千秋，續下討論李善〈注〉何故浮沉至清代，而五臣〈注〉飽受批駁，卻是完整流衍於世。

總歸來說，注解的目的在於疏通文本，《文心雕龍・論說》是這樣定義：

> 若夫注釋為詞，解散論體，雜文雖異，總會是同。若秦延君之注《堯典》，十餘萬字；朱文公之解《尚書》，三十萬言，所以通人惡煩，羞學章句。若毛公之訓《詩》，安國之傳《書》，鄭君之釋《禮》，王

卻於〈文賦〉得釋，應當註記的文句也未見，以注解出現的順序來說，僅能推論李善在處理上不免偶有疏漏，前頭簡釋，後頭詳釋但未補充說明。劉群棟：《文選唐注研究》（上海：上海古籍出版社，2019年11月），頁108～111。

〔註33〕參〔五代〕劉昫等撰：《舊唐書》，收於《二十四史（北京：中華書局，1997年11月），頁1263；〔宋〕歐陽脩等撰：《新唐書》，收於《二十四史》（北京：中華書局，1997年11月），頁1470～1471。

〔註34〕參〈論說篇〉，見周振甫：《文心雕龍注釋》（台北市：里仁書局，2007年10月），頁347。

〔註35〕以「符號學」或「結構主義」的角度剖析李善，似乎並非建構一個人與他人或人與文本（文選）的連結，而是透過注解《文選》跟自我對話，通過這種對話，建立「符號」，一種自我認定下的《文選注》，透過〈注〉的形式「抽離文本」，把畢生所學知曉的學問統括呈現，因此常見其〈注〉與文本內容無關的情況。而筆者以時態、政勢分析，其目的主在展現自我，因此未考量注解是否合於「大部分」族群，但對於少數「菁英」，李善〈注〉確實有其絕美之處。參張鳳：《文本分析的符號學視角》（黑龍江：黑龍江人民出版社，2008年1月），頁9～22。

〔註36〕〔清〕胡紹煐：《文選箋證》（聚學軒叢書本），《清代文選學名著集成》（揚州：廣陵書院，2013年11月），第12冊，頁204。

弼之解《易》，要約明暢，可為式矣。說者，悅也；兌為口舌，故言資悅懌；過悅必偽，故舜驚讒說。說之善者：伊尹以論味隆殷，太公以辨釣興周，及燭武行而紓鄭，端木出而存魯：亦其美也。〔註 37〕

若依劉勰（？～？年）所言，注解要簡約扼要，讓人讀來一目了然，達到「透過解釋，進而暸解文本」，那此注解即是「合格的注解」；相反之，少少白餘言，卻用萬萬言來補充說明，造成閱讀者的困難，則非合宜的注解。劉氏此觀點係立於大眾讀者的角度而言，尤其唐、宋以降的「社會與社交需要」及「學校及學習教材」，〔註 38〕讓《文選》榜列熱門讀物，故注解尤為重要。從而深論，李善雖注釋詳細，但若是《文選》之初次閱讀者，又或是學養根基不厚者，何謂「函谷、二崤之阻」？是山名、城名、人名？根本無從判斷；再者，李善解釋「函谷、二崤」的位置，所引用的典籍敘述亦相互牴觸，《戰國策》紀錄為秦國（地）之東，而《鹽鐵論》卻記為秦國（地）之左。問題浮顯，如何得知「函谷、二崤」的確切位置？這裡就會形成疑竇。雖然五臣受批評為「荒陋」，〔註 39〕但從上述條例觀察，反而透過五臣，我們較能掌握班固〈西都賦〉的大體敘述，而不會因注釋而另闢一個新的疑惑。

第二節　李善〈注〉勘正

李善〈注〉究竟的問題根源有二，一是「本注有誤」，另一是「淆注致誤」。首先，「本注」較為單純，即是李善的「原〈注〉」，但部分時候李善過於廣博

〔註 37〕〔清〕胡紹煐：《文選箋證》（聚學軒叢書本），《清代文選學名著集成》，第 12 冊，頁 204，參周振甫：《文心雕龍注釋》（台北市：里仁書局，2007 年 10 月），頁 348～349。

〔註 38〕宋代陶岳（？～1022 年）《五代史補》：「毋昭裔貧賤時常借《文選》於交友間，其人有難色。」見駱鴻凱：《文選學》（北京：中華書局，2015 年 3 月），頁 49。又宋孫復（992～1057 年）〈寄范天章書〉：「國家尚命鏤板，至諸太學。」見《文選資料彙編——總論卷》（北京：中華書局，2017 年 12 月），頁 24。又陸游（1125～1210 年）《老學庵筆記》：「《文選》爛，秀才半。」見〔宋〕陸游撰、楊立英校注：《老學庵筆記》（西安：三秦出版社，2003 年 1 月），頁 270。從上述例證可見，宋代對於《文選》的重視猶大，已經不單單是教授用書，更是士林間交往的一種媒介，不懂、不熟、沒擁有《文選》，都可能受到排擠，故言其為熱門讀物，誠不失當。

〔註 39〕「荒陋」一辭不絕於一人或一代，諸如唐代李匡乂、宋代洪邁等多有評說。見江慶柏、劉志偉等編：《文選資料彙編——總論卷》（北京：中華書局，2017 年 12 月），頁 19、42。

或炫識，造成注解也些許缺點；其次，就是影響整體完整性的「淆注」，於前已有介紹，《昭明文選》在唐高宗時期有李善〈注〉，唐玄宗時期有五臣〈注〉，逮至宋代，官方合刊兩家〈注〉本，於時社會上較流行五臣〈注〉，李善〈注〉僅受少部分知識階層歡迎。而造成「淆注」最為關鍵時間點——南宋，有秀州本、明州本、茶陵本等六臣〈注〉；陳八郎本五臣單〈注〉；尤袤本李善〈注〉；各版本在刊刻作業上未能一統，尤其各代六臣〈注〉系統在先栞李善抑或五臣方面不齊，加上歷來復刊作業不甚嚴謹，大大增加混淆的可能性，清代胡克家即言：

> 今世間所存，僅有袁本，有茶陵本，及此次重刻之淳熙辛丑尤延之本。夫袁本、茶陵本固合并者，而尤本仍非未經合并也。何以言之？觀其正文，則善與五臣已相羼雜，或沿前而有訛，或改舊而成誤，悉心推究，莫不顯然也。觀其注，則題下篇中，各嘗闌入呂向、劉良，頗得指名，非特意主增加，他多誤取也。觀其音，則當句每未刊五臣，注內間兩存善讀，割裂即時有之，刪削殊復不少。崇賢舊觀，失之彌遠也。然則數百年來徒據後出單行之善注，便云顯慶勒成，已為如此，豈非大誤。〔註40〕

徐攀鳳常嘆言：「竊恨五臣淆亂者已不少，為之三歎。」〔註41〕「淆注」問題確實困擾歷代學人，但因由著實不能全歸咎於五臣，前章即有討論，究竟當時李善書寫時係用「善曰」，抑或「李善曰」？成了謎團。甚至部分辭條未具屬名，孰他人古〈注〉？抑或李善〈注〉？一時難以辨明。再加上五臣有時注文與李善雷同，若在刊刻時未能詳加校讎，混淆是在所難免。至於明末毛晉重刊尤袤本中尚有五臣辭條，未能凜然挑揀，混雜於中。其實，這就是很純然的「版本學」問題。從整個唐代《文選》六十卷李善〈注〉寫本，至宋代合栞六臣〈注〉《文選》六十卷刻本，之間綿延超過400年光陰，期間反覆傳抄、刻印、再版、注家順序調整……等諸多情況，造成「淆注」本是必然，已非五臣的注釋「抄襲」上問題，因此歷代的版本流變與學風的嚴謹都是需要考量的。面對「本注」與「淆注」，清初已有何焯、陳景雲、錢陸燦進行初步的勘正，但「齗齗於片言隻字，不能挈其綱維，皆繇有異而弗知考也。」〔註42〕雖稍有績效，但不甚

〔註40〕〔南朝梁〕蕭統編、〔唐〕李善注、〔清〕胡克家攷異：《文選》（上海：上海古籍出版社，2015年4月），總頁7～8。

〔註41〕《選注規李》，葉23右。

〔註42〕胡克家此評在於其述何、陳、錢三家對於《昭明文選》的「攷證」較為粗淺，屬於筆記體式的學術紀錄，且未逐篇、逐段、逐注詳加處理，故言「片言隻

周全，由是諸如葉樹藩、胡克家等人一再校讎《昭明文選》李善〈注〉的版本，原因即此。

回談《選注規李》，一門心思的處理「李善注釋不足的部分」。李善雖被賦予「書麓」美稱，其學問、學識上仍不乏疏漏，故徐攀鳳撰此書的目的即在於「訂正與補充」，故大致分可分為：「訂正李〈注〉」、「補注」二類，另一有趣的是在書中有「評論」的情況，稍嫌獨特，頗具評點之疏影，特列討論。主要依就李善之注釋進行檢視，有錯誤之處予以修正，不足之處予以補充，而《選注規李》較少對於五臣發出呲語，逮因《選注規李》主要對象係李善的〈注〉，討論則停滯在「正確性」與「合理性」云云。

《選注規李》全文討共計 220 條及序言 1 首，本論依性質「訂正李善〈注〉」121 條、「補注李善〈注〉」93 條、「評論李善〈注〉」6 條。以下陳列：

（一）「訂正」李善〈注〉

誠如上述前言所云，徐攀鳳一門心思的處理「李善注釋不足的部分」，李善雖學富五車，但對於歷代諸多名物、史脈疏解與認識稍嫌欠乏，導致「注解稍有錯誤」，這對於讀者在閱讀注解方面，容易有注文的釋義與原文相相矛盾之情況；徐攀鳳自詡治《選》：「幼耽讎校，老而忘疲。……初未有得，竊茲媿云。」〔註 43〕以下舉凡 121 條即可觀察《選注規李》中「訂正」成果：

1. 班固〈兩都賦序〉

   李善〈注〉：前〈注〉自光武至和帝都洛陽，西京父老有怨，班固恐帝去洛陽，故上此詞以諫，和帝大悅；後〈注〉《後漢書》，故顯宗時，除蘭臺令史，遷為郎，上〈兩都賦〉。〔註 44〕

   徐攀鳳案語：〔註 45〕後注為是。李氏此書類援前人之書為注，前注失所引書名，歷考史傳亦無「和帝大悅」事，其為五臣妄加而非李

字」；而部分較為癥結的部分也單就憑臆作結論，未有科學上的客觀基準，故何克家予以之評價不高。〔南朝梁〕蕭統編、〔唐〕李善注、〔清〕胡克家孜異：《文選》（上海：上海古籍出版社，2015 年 4 月），總頁 7～8。

〔註 43〕〔清〕徐攀鳳：《選注規李》（藝海珠塵本），收於《百部叢書集成》（台北市：藝文印書館，1966 年 3 月），葉 1 右。

〔註 44〕為求簡麗美觀，以降舉例均稱：「李〈注〉」。由於徐攀鳳當時書寫有略為簡省，述其大略，為尊徐氏原文，除癥結處特引李善原文外，本處一律使用徐氏簡省語，以便於討論與美觀。

〔註 45〕為求簡麗美觀，以降舉例均稱：「徐案」。

元本，可知餘詳〈古詞・君子行〉一條下。〔註 46〕

開卷即一是否為「淆注」問題。按《文選》編排體例與李善注解凡例，表格如下，以本條班固〈兩都賦序〉之卷為例：

《文選》編排體例	李善注解狀況
體編（如：賦甲）	已解釋為舊體例所使用，僅於「賦甲」稍做說明，後無再注。
題材（如：京都上）	無。
該卷收錄作品目錄（班孟堅〈兩都賦〉二首）	無。
題目（兩都賦）	俱注，常例說明。
作者（班孟堅）	

具體概況如表格所呈現。李善注解凡例中「題材」與「目錄」是不特別解釋的，而現今眾版本中「收錄作品目錄」部分，出現「善曰：『光武至和帝都洛陽』」云云，稍嫌異常。首先，班固生卒大抵定於（32～92 年），為東漢光武帝至和帝期間；然據《後漢書》所載其上〈兩都賦〉時間為漢明帝（顯宗），〔註 47〕於此前注「上詞以諫，和帝大悅」兩相牴觸。徐攀鳳認為這裡屬名「李善」者為五臣，且徵引資料有誤，與〈古詞・君子行〉情況類似，屬於五臣佯滲。〔註 48〕

案：綜合各家說法，或許可推測四種可能：一、班固著〈兩都賦〉時間不明確，單以史料紀錄或許有誤；二、范曄《後漢書》或許記錄錯誤；三、假設李善有注該條，自注誤文或徵引資料有誤；四、假設李善未注，後人補充之衍文錯誤。或許還可以有更多的可能性在，但就《文選》常見情況，本論趨向「四、假設李善未注，後人補充之衍文錯誤。」以流傳日、韓兩國的版本，如正德朝

〔註 46〕由於續下為連貫討論，均有以下二書，後僅註明書名及頁數。劉躍進：《文選舊註輯存》（南京：鳳凰出版社，2017 年 10 月），總頁 22；〔清〕徐攀鳳：《選注規李》（藝海珠塵本），收於《百部叢書集成》（台北市：藝文印書館，1966 年 3 月），葉 1 左。

〔註 47〕〔劉宋〕范曄：《後漢書》，《二十四史》（北京：中華書局，1997 年 11 月），頁 356。

〔註 48〕《昭明文選》第二十七卷「樂府上」中「古詞」據說有「三首」，分別為〈飲馬長城窟行〉、〈傷歌行〉、〈長歌行〉，然今本（六臣本系統）大部會有「四首」，增一〈君子行〉。於後亦會討論，此詩卻屬蹊蹺，乃因全詩無一李善注言，題雖有題注，但筆法與口吻迥異李善常筆，故眾學疑之。《文選舊註輯存》，總頁 5199。

鮮本、慶長本等出抄、刻常跡外，尚有不明學者的手跡評點或紀錄；倘若外國對於版本的嚴謹如此，是否也可反映中原流傳的各版本於時也有非李善或五臣的原注解佯滲其中，可能性是非常大的。但今存版本蔓衍多誤，著實難辨真偽，諸如徐攀鳳這樣的學者在無法辨明之情況下，僅就擅下當前案語，認為漢明帝（顯宗）時就為妥正。

2. 班固〈兩都賦序〉「外與樂府協律之事。」句

李〈注〉：《漢書》：「武帝定郊祀之禮」，乃立樂府，以李延年為協律都尉。

徐案：樂府之立在武帝，《先漢・禮樂志》：「孝惠二年，使樂府令夏侯寬儛其簫管。」蓋樂府雖有其官，惟采詩入樂自武帝始。鄭夾漈云。〔註49〕

此為文史討論「樂府立官於何時」的問題，認為樂府立官時辰有二：一則在「漢武帝之前」，或者「或創始漢武帝時」。〔註50〕按文史通論，惠帝時屬「執掌音樂的樂官」，武帝時屬「採詩併同音樂創作的單位」，同名異實，顯而易見，故徐氏徵鄭樵《通志》或許稍遠，乃《史記・樂書》已有明言：「孝惠、孝文、孝景無所增更，於樂府習常肄舊而已。」〔註51〕換言之，惠、文、景三帝對於「音樂」的需求並未如武帝來得高張，因而沿用舊樂；反之，武帝對此有需求，故增設單位以博採樂詩。

3. 班固〈西都賦〉「賓曰：『唯唯。』」句

李〈注〉：《曲禮》曰：「父召，無諾，唯而起。」〔註52〕

徐案：此當引《戰國策》：「范雎曰：『唯唯。』」之類。〔註53〕

「釋事而忘意」〔註54〕係《新唐書》對於李善的批評，批評李善在注釋方

〔註49〕《文選舊註輯存》，總頁25；《選注規李》，葉1左～葉2右。

〔註50〕葉慶炳：《中國文學史》（台北市：台灣學生書局，1997年6月），總頁85。

〔註51〕〔漢〕司馬遷著、（日）瀧川龜太郎考證：《史記會注考證》（台北市：大安出版社，2011年8月），頁418。

〔註52〕該句似乎有誤文，《禮記・曲禮》之原句當為：「父召無諾，先生召無諾，唯而起。」而《文選》卻有「父召，無諾，唯而起。」、「父召，子諾，唯而起。」，此又另一版本對讎的問題，此不細究，單就「父召，無諾，唯而起。」句義判讀，為應聲之詞舉。

〔註53〕《文選舊註輯存》，總頁38；《選注規李》，葉2右。

〔註54〕〔宋〕歐陽脩等撰：《新唐書》，收於《二十四史》（北京：中華書局，1997年11月），頁1470～1471。

面「義不達旨」，或是「注釋比原文更為艱深」之弊端。誠如上例，「唯唯」猶今言與人對話之應對詞——「好」、「可」、「沒問題」等；李善引《禮記‧曲禮》云云，平心而論，未無不可，因〈曲禮〉之文已展現「應對貌」，然張雲璈進一步分析，單一「唯」字較屬「肯定語氣」，雙「唯」字猶如「欲言又止」的狀態。〔註 55〕但以此推測〈西都賦〉賓客的應對後有接連應對，似乎又不若《戰國策》「欲言又止」。而五臣劉良直釋：「應敬之詞」則就為中性，則又無上述眾家爭論的問題。

回歸訓詁，若以班固〈兩都賦〉所使用「唯唯」二字的據典，以相似性來說，確實以《戰國策》之文句為參考來得較佳。但是否如張氏二分情境，則待商榷。

4. 班固〈西都賦〉「度宏規而大起。」句

李〈注〉：《小雅》；度與羌通，度或為慶。

徐案：即《小爾雅》；《五經正義》皆如此省文。「度」當為「忖度」之「度」，與上「圖皇基於億載」圖字同義。〔註 56〕

此條談論兩個問題，一是《小雅》為何？另一則是「度、羌、慶」三字是否能互通？首先，端看李善〈注〉文，《小雅》與字書的釋言體例一致，但其文句不見今本《小爾雅》，按歷代正史有李軌略解《小爾雅》一卷、孔鮒《小爾雅》一卷，是故李善所引者為誰？則不易考究。然徐攀鳳、張雲璈、胡紹煐均一同認為《小雅》即《小爾雅》，信當時清人有本所見，得以茲肯定。

再者，「度與羌通，度或為慶。」的問題，這邊很多學者持不同意見，如張雲璈、胡紹煐認為三字可通，但須留意「四聲」；〔註 57〕孫志祖、梁章鉅則認為「度」不僅不通「羌」，且「慶」為「度」訛字。〔註 58〕案：「羌」、「慶」聲類皆屬「溪」部，音上有許類似，切相差「度」音（徒故切、徒落切），故無法由音串連關係；另徐攀鳳以義解，則顧慮聲音的問題較小，其解「度」有謀劃、計畫之意，與上句「圖皇基於億載」之「圖」字同訓。

〔註 55〕〔清〕張雲璈：《選學膠言》（清‧道光 11 年刻三影閣叢書本），收於《清代文選學名著集成》（揚州：廣陵書社，2013 年 11 月），頁 288。

〔註 56〕《文選舊註輯存》，總頁 46～47；《選注規李》，葉 2 左。

〔註 57〕《選學膠言》，頁 295；《文選箋證》，頁 217。

〔註 58〕〔清〕孫志祖：《文選考異》（清‧嘉慶間刻讀畫齋叢書本），收於《清代文選學名著集成》（揚州：廣陵書社，2013 年 11 月），頁 7；《文選旁證》，頁 50。

5. 班固〈西都賦〉「珊瑚碧樹。」句

李〈注〉:《廣雅》曰:「珊瑚,珠也。」《淮南子》曰:「崑崙山有碧樹,在其北。」

徐案:〈司馬相如傳〉:「珊瑚叢生。」注云:「珊瑚生水底邊大者,樹高山尺餘,本草,珊瑚有黑色、碧色。」碧色者,良据此。或碧樹即珊瑚之碧色者與?〔註59〕

《昭明文選》最令學者煞神思索的莫過於文章中的「名物」,由於中土地大物博,臨山依海,每位作家出生背景各異,見識五花八門;再加上自然界鬼斧神工,造物千變萬化,大大增加注釋的困難,是故於下可見李善對諸多事物不甚領然,以致「注未達旨」。此條即討論「珊瑚」與「碧樹」為何?首先,李善對於「物」的解釋稍嫌粗略,這對於讀者在理解方面形成障礙,以徐攀鳳來說,家居松江婁縣,鄰近海界,卻對於海生持有存疑,何況內陸讀者?

其實,李善所引兩筆文獻,「珊瑚」亦出現司馬相如〈上林賦〉,「碧樹」亦出現鮑照〈蕪城賦〉,除「珊瑚」未「再注」外,〔註60〕「碧樹」注云:「玉樹也。」〔註61〕稍見疏漏。簡言之,珊瑚為樹狀?為珠狀?李善分不清楚;碧樹係草本樹?抑或礦物樹?稍識不清。以致徐氏判斷錯誤。

案:「珊瑚」,《漢書》顏師古說法較正,即徐氏徵之段句,為未雕飾的珊瑚原石;「碧樹」為某種礦物,晶體慣態呈「柱狀」、「角柱狀」,猶如樹狀,故高誘注言:「青石」;劉良注:「寶樹」,皆為礦物。再者,〈西都賦〉該段「玄墀釦砌,玉階彤庭。碝磩綵緻,琳珉青熒。珊瑚碧樹,周阿而生。」〔註62〕,同〈上林賦〉:「玫瑰碧琳,珊瑚叢生。瑉玉旁唐,玢豳文鱗。」〔註63〕,皆主述礦物推砌交錯,呈現金碧輝煌的情景。故徐氏言「碧樹即珊瑚之碧色」則非,乃礦物呈現「青色柱狀」的樹態,與珊瑚交錯為是。

6. 班固〈東都賦〉「遷都改邑,有殷宗中興之則焉。」句

李〈注〉:《史記》:「盤庚渡河南,復居成湯之故都。」

〔註59〕《文選舊註輯存》,總頁78;《選注規李》,葉2左~葉3右。

〔註60〕司馬相如〈上林賦〉李善〈注〉:「已見上文」。此通常出現於通本《昭明文選》一再出現的文句,李善因「簡省」,故未再注。然「同詞而異義」,以該條〈西都賦〉與〈上林賦〉所用「珊瑚」即型態不同,一則珊瑚加工成珠,一則原物未雕。李善此稍嫌粗略。見《文選舊註輯存》,總頁1680。

〔註61〕《文選舊註輯存》,總頁2253~2254。

〔註62〕《文選舊註輯存》,總頁78~79。

〔註63〕《文選舊註輯存》,總頁1680~1681。

徐案：殷有「三亳」，「南亳」穀熟為湯都；「北亳」蒙即景亳，湯所受命；「西亳」偃師乃盤庚所遷。《書・盤更》三篇，兩言新邑，故《書・序》〈疏〉：「有將始治殷之語。」自史遷以為復，故居班承其謬，於〈地理志〉：「河南偃師縣」〈注〉云：「殷湯所都。」康成注經亦因之，皆非也。孔穎達《正義》引皇甫謐《辨》云：「孟子傷居亳，與葛為鄰，今梁國甯陵之葛鄉，去湯七十里。」若湯居偃師計，甯陵去偃師八百餘里，豈當使亳眾為之耕乎？是賦之意正謂「盤庚遷殷，光武遷洛陽。」皆新邑，亦皆中興，故援以相況，安得舉史公謬說釋之？〔註64〕

此條併同「經學」與「地理變遷」問題，非純引《尚書》、《史記》云云可釋之。徐氏於《選學糾何》言「此等故實，不必刻意求解，善讀書者自領之。」〔註65〕不論是司馬遷、班固，乃至李善皆究經典或史籍作釋，卻忽略「詞人之言，不必盡實」〔註66〕的文學創作手法。誠如徐氏言，殷商確有遷都的實例，然史家、注家僅關注河之孰北孰南，故都何處？而忽略〈東都賦〉該段對於遷都的歷史流變意義所欲闡發，離遠文意。案：諸如張雲璈、朱珔均考兩亳隔差八百里，遷徙、行政則不符常理，故以徐氏等輩說法為正。〔註67〕

7. 班固〈東都賦〉「正雅樂。」句

李〈注〉：「《尚書璇璣鈐》曰：有帝漢出，德洽作樂，名『雅』。」

徐案：「雅」皆宜作「予」。此條詩見王深甯《困學紀聞》。餘為前人已言確不可易者，槩從期畧恐蹈仍襲之譽也。（「此條」至「譽也」為雙行小案）〔註68〕

此為一訛文問題。徐攀鳳引王應麟《困學紀聞》語，認為「正雅樂」當為「正予樂」，以李善注釋中提及「郊廟樂曰：太予樂」云云。〔註69〕此題有多位清儒討論，同徐攀鳳說法，屬於訛誤所致。筆者複查手本朝鮮卞季良刊六臣本（約1429年）以降版本已作「正雅樂」，直言之，此訛已行之有年。案：「雅

〔註64〕《文選舊註輯存》，總頁136；《選注規李》，葉3。

〔註65〕《選學糾何》，葉7右。同參〔唐〕房玄齡等撰：《晉書》，收於《二十四史》（北京：中華書局，1997年11月），頁356～357。

〔註66〕《選學膠言》，頁239。

〔註67〕《選學膠言》，頁325；《文選集釋》，頁115。

〔註68〕《文選舊註輯存》，總頁140；《選注規李》，葉3左～葉4右。

〔註69〕〔宋〕王應麟著、〔清〕翁元圻輯注：《困學紀聞注》（北京：中華書局，2016年3月），總頁1605。

樂」自《論語・陽貨》已見，「予樂」於東漢以降才有正史筆錄；另徐攀鳳手本《文選》作「《尚書璇璣鈐》」。《東觀漢記》：「琁璣鈐」，〔註 70〕《後漢書》作「尚書琁璣鈐」；《藝文類聚》亦同，惟《太平御覽》作「書琁璣鈐」，缺「尚」字。〔註 71〕該詞歷代說法不一，且眾家依讖書為據，所以信度存半。〔註 72〕

8. 班固〈東都賦〉「邱陵為之搖震。」句

李〈注〉：「震」協韻，音「真」。

徐案：孟堅作賦時未有韻書，詎假協韻，況古無四聲，而「震」字確有平聲，何必云協？張平子〈東京賦〉：「示民不偷。」〈注〉：「偷，以朱切。」協韻，亦非。因附及後，不復贅。〔註 73〕

徐氏認為，一者古代未有明確的韻類、聲調，不當言「協」；再者，「改從彼音」才可謂「協」。掌握此兩點，則李善說法稍嫌有誤。且前後文「……，屬御方神，……，風伯清塵，……，萬騎紛紜，……，戈鋋彗雲。」〔註 74〕均協韻，不若李善特注以協韻。此處也可看出李善在注釋方面陋習，六朝以降至唐代開始重視聲律與音韻之間的關係，相較於兩漢來說猶甚，在《文選》中，或許部分作家無意在聲音上有所琢磨，而李善強制擅入其時代風氣，將「不協韻」的句子強制協韻，如徐攀鳳提出的張衡〈東京賦〉：「偷」字注改讀音，以配合後句「愉」、「區」等字，〔註 75〕違悖注疏上的規矩。

9. 張衡〈西京賦〉「度曲未終。」句

李〈注〉：漢元帝自度曲。

徐案：宋玉〈笛賦〉：「度曲羊腸」語，在元帝贊之先。〔註 76〕

此即注疏順序上的習慣。一般學者在徵引文獻上會先徵「經」部，次徵

〔註 70〕〔東漢〕劉珍：《東觀漢記校注》（北京：中華書局，2016 年 4 月），總頁 56。

〔註 71〕《太平御覽・圖書綱目》有錄「尚書琁璣鈐」，但〈地部五・岷山〉卻作「書琁璣鈐」，許缺刻。見〔宋〕李昉：《太平御覽》（北京：中華書局，1995 年 10 月），總頁 192。

〔註 72〕朱珔認為：「漢樂本自『雅樂』名，許漢明帝改作『太予樂』，但不當以稗史、讖書為據而改為『予樂』。」當以正史為主。朱氏說法或許可擴大攷證《文選》收錄作品與《後漢書》互異的情況，作進一步討論；而注釋學方面來說，確實不當以野史為據，並非泛指野史不佳，而是當說法兩出時，則不易以一方為基準，徒增攷證上的困難等。《文選集釋》，頁 119～120。

〔註 73〕《文選舊註輯存》，總頁 150；《選注規李》，葉 4 右。

〔註 74〕《文選舊註輯存》，總頁 149～150。

〔註 75〕《文選舊註輯存》，總頁 660～661。

〔註 76〕《文選舊註輯存》，總頁 443；《選注規李》，葉 4 左。

「史」部或「子」部，「集」部則最後所徵，形成一種注疏學上的不成文慣例。當然，也有文獻的時代順序之問題，若著作早於「經、史」，所徵順序亦是考量，因此，仍是回歸個人學識與注疏上的習慣，並無特定的規範。於此，徐攀鳳認為「度曲」二字於宋玉〈笛賦〉已出，宋玉為戰國時人，按時代順序係早於東漢班固《漢書》的，當優先引之。〔註77〕

10. 張衡〈東京賦〉「楚築章華於前。」句

李〈注〉：《左氏傳》曰：「楚子成章華之臺於乾谿，一朝叛之。」

徐案：《左傳》實無此文，恐誤記。《魯昭・七年》：「楚子成章華之臺，願與諸侯落之。」之傳耳。章華與乾谿非一處。辨詳沈存中《筆譚》。〔註78〕

此條問題在於釋言不見於《左傳》，故引起清儒間的討論。但或許屬版本上的問題，因徐攀鳳誤將薛綜的古註誤以為李善注；再者，雖注文與《左傳》相左，但相關史料即見《左傳・昭公》，薛氏的說法略顯大要，以致誤解。

11. 張衡〈東京賦〉「宣重威以撫戎狄，呼韓來享。」句

李〈注〉：戎、狄、呼韓，竝國名也。

徐案：呼韓乃單于號，非國名。〔註79〕

「呼韓」為匈奴單于王名，非國名。相關紀錄《漢書》皆有，淺顯易見。此與上條類似，皆非李善〈注〉，乃薛綜古註。按善〈注〉凡例：「古註有之，先列於前，後補充已說。」後代剞劂錯亂，缺刻薛綜名或錯刻為李善皆有可能。

12. 張衡〈東京賦〉「何云巖險與襟帶。」句

李〈注〉：李尤〈函谷關銘〉：「襟帶，咽喉也。」

徐案：元文「函谷險要，襟帶喉咽，尹從李老，留作二篇。」咽與篇韻不得誤倒，也字亦贅。〔註80〕

〔註77〕宋玉此人乃至其作在文史上仍有爭議，若假設確有其人易有該作，溯源「度曲未終」的典故引用，確實已宋玉〈笛賦〉較為合適；反之，如筆者嘗發表〈宋玉笛賦考〉一文，在大數據的呈現下，宋玉〈笛賦〉於隋代才有學者提及，進言之，該作是否是否為宋玉作，又或是戰國已有？仍需細究。是故，李善在抉擇徵引材料時必有所揀選，或許認為引班固《漢書》較佳。參拙作：〈宋玉笛賦考〉，台北市：台灣大學，中國文學研究第41屆論文發表會，2020年11月，總頁263～286。

〔註78〕《文選舊註輯存》，總頁499～500；《選注規李》，葉4左～葉5右。

〔註79〕《文選舊註輯存》，總頁516；《選注規李》，葉5右。

〔註80〕《文選舊註輯存》，總頁525～526；《選注規李》，葉5右。

徐氏兩項質疑為〈函谷關銘〉〔註 81〕作「喉咽」,《文選》李〈注〉卻作「咽喉」;另一為注文的語末助詞——「也」字,為多餘字。一者,不確定為係李善「倒文」,抑或是刊刻時誤刻,此處無法悉明,但「喉咽」與全文協韻「喉咽」,故徐氏主張不可倒置;而「也」字屬北宋本系統有之,尤本則無,這邊也無法確立徐氏手本《文選》之狀況,但如徐氏引文,〈函谷關銘〉此處以「四字為句」,並無「也」字,故注文增「也」確屬多餘。

13. 張衡〈東京賦〉「饔餼浹乎家陪。」句

李〈注〉:《毛詩》曰:「牲牢饔餼。」

徐案:《詩・小雅・瓠葉》〈小序〉云:「上棄禮而不行,雖有牲牢饔餼,不肯用也。」《毛詩》宜改〈詩序〉。〔註 82〕

「牲牢饔餼」四字為《小雅・瓠葉》之《毛傳》,即所謂「詩序」,李善慣稱《毛詩》。事實上,序文即包含在《毛詩》,徐氏意主「精確說明」,以免讀者正文與傳、注相混淆。

14. 張衡〈東京賦〉「發鯨魚,鏗華鍾。」句

李〈注〉:發,舉也。鏗,猶擊也。華鍾謂有篆刻文,故言華也。

徐案:薛〈注〉元文引列〈東都賦〉:「發鯨魚,鏗華鍾。」下甚詳。此處奈何刪之?〔註 83〕

此亦薛綜註,非李〈注〉,且依徐氏說詞,其手本《文選》此處薛、李二〈注〉是相錯亂的,於班固〈東都賦〉亦有「發鯨魚,鏗華鍾。」李〈注〉則詳,但注文中「薛綜〈○○賦注〉」等字有所混亂,究為「東都」、「東京」?暫且不清。故而其言:「此處奈何刪之」是否係指原〈東都賦〉:「發鯨魚,鏗華鍾。」後亦有薛綜:「海中」至「華也」云云。〔註 84〕

15. 張衡〈南都賦〉「游女弄珠於漢皐之曲。」句

李〈注〉:引《韓詩外傳》「鄭交甫」事。

徐案:《外傳》無此文。李氏於〈江賦〉:「感交甫之喪珮。」則云《韓詩內傳》;〈蜀都〉:「娉江婓,與神遊。」則云《列仙傳》;阮嗣宗〈詠

〔註 81〕《藝文類聚》中錄李尤〈函谷關賦〉、〈函谷關銘〉二作,皆提及「喉咽」一詞,有是部分清儒混淆。〔唐〕歐陽詢:《藝文類聚》(朱結一盧藏宋本)(上海:上海古籍出版社,2013 年 12 月),總頁 181~182。

〔註 82〕《文選舊註輯存》,總頁 595;《選注規李》,葉 5 左。

〔註 83〕《文選舊註輯存》,總頁 650~651;《選注規李》,葉 5 左~葉 6 右。

〔註 84〕《文選舊註輯存》,總頁 147~148。

懷〉:「交甫懷環珮。」又云《列仙傳》與《韓詩內傳》同。《內傳》久散,佚不可考,今《列仙傳》僅存。〔註 85〕

此題係李善〈注〉的一人弊端——「同文(事)異注」,不論是「鄭交甫」、「二女」,文史多有載記,但李善「博觀約取」,且以致混淆。首先,〈南都賦〉所釋《韓詩外傳》之文不見其書;再者,〈蜀都賦〉「語在《列仙傳》」前有〈項羽傳〉,與各注有關,但亦不詳出處;續下,〈江賦〉又引《韓詩內傳》,並於阮籍〈詠懷〉詩引《列仙傳》,言引文與《韓詩內傳》同,故不贅述。統籌來說,不管李善徵引那一典籍,釋文四處皆有出入,換言之,該傳說頗盛並流傳於各部典籍,李氏有「博炫學識」的習慣,導致時有「同文(事)異注」的情況。〔註 86〕

16. 張衡〈南都賦〉「嚶嚶和鳴。」句

李〈注〉:《爾雅》:「關關、嚶嚶,聲之和也。」

徐案:《爾雅》:「關關、噰噰,音聲和也。」又曰:「丁丁嚶嚶,相切直也。」豈李氏約兩處之文誤為證引耶?〔註 87〕

此即李善博識而誤記所致,「關關、噰噰,聲之和也。」於《爾雅・釋詁》;〔註 88〕「丁丁嚶嚶,相切直也。」於《爾雅・釋訓》〔註 89〕,「噰」、「嚶」稍嫌類似,故而誤文。

17. 張衡〈南都賦〉「帝王臧其擅美,詠南音以顧懷。」句

李〈注〉:《左氏傳》:「鍾儀囚於晉,與之琴,操南音。」

徐案:《左傳》所言非美事。此承「帝王擅美」句來,當引呂子〈音初〉篇:「禹始制為南音。」釋之。〔註 90〕

〔註 85〕《文選舊註輯存》,總頁 761;《選注規李》,葉 6 右。

〔註 86〕「鄭交甫」事,除《列仙傳》外,《說文》亦有「鄭交甫逢二女,魃服。」,溯引《韓詩傳》,但恐怕已佚不可考,今僅如徐攀鳳言,以《列仙傳》為主。〔漢〕許慎撰、〔清〕段玉裁注:《說文解字注》(台北市:洪葉文化出版社,1013 年 5 月),頁 440。游志誠:《文選學綜觀研究法》(新北市:花木蘭文化出版社,2011 年 9 月),頁 164。

〔註 87〕《文選舊註輯存》,總頁 784;《選注規李》,葉 6 右。

〔註 88〕〔晉〕郭璞注、〔宋〕邢昺疏:《爾雅注疏》(上海:上海古籍出版社,2015 年 3 月),頁 43。

〔註 89〕〔晉〕郭璞注、〔宋〕邢昺疏:《爾雅注疏》(上海:上海古籍出版社,2015 年 3 月),頁 189。

〔註 90〕《文選舊註輯存》,總頁 825;《選注規李》,葉 6 左。

在溯源「南音」一詞，李善選擇《左傳》，反之徐攀鳳選擇《呂氏春秋》。〔註 91〕而孫志祖、張雲璈等清儒亦同，〔註 92〕差異在於鍾儀因囚琴南音，屬「哀音」；反之，塗山女令妾侍禹作歌為南音，屬「樂音」。回談〈南都賦〉，該段主述帝王雖居陋，但王命矚焉，若帝王享樂，注以「樂音」較為適合，故提出改正。

18. 左思〈蜀都賦〉「亦有甲第，當衢向術。壇宇顯敞，高門納駟。庭扣鍾磬，堂撫琴瑟。匪葛匪姜，疇能是恤。」句

李〈注〉：但言「葛、姜」，官爵，於賦義未甚明了。

徐案：此段侈陳申甲第雄壯，因言孔明、伯約勤勞王室，未嘗治第。苟非其人，固莫之能恤也。其義如是。《舊唐書》〈儒學傳〉：「李善注《文選》，釋事而忘義，書成以問邕，邕嘿然意欲有所更，善曰：『試為我補益之。』邕附事見義，惜乎其書不傳。」〔註 93〕

本條重點只在「匪葛匪姜」句，李善注「葛、姜」為諸葛亮、姜維，由是徐攀鳳因史載二人因居簡，未有購置華房事例，認為不妥，並援引《舊唐書》批駁李善「釋事而忘義。」於此，恐徐攀鳳誤解原文。案：「匪葛匪姜，疇能是恤。」句以前續述蜀都如何安居繁華，以至有今？功勞即在諸葛亮、姜維二人長期治理蜀地，使其繁華。故「匪葛匪姜」係一設問（反問）的結論句。徐氏未領然文意以糾，稍嫌欠妥。

19. 左思〈蜀都賦〉「劇談戲論。」句

李〈注〉：引桓譚《七說》。

徐案：《七說》係桓麟作。《後漢・桓彬傳》：「父麟，字元鳳。」注云：摯虞《文章志》：「桓麟文見在者十八篇，有《七說》一首。」〔註 94〕

李善「注」誤記屬家常便飯，特將「注」框起，主要原因在於兩個思考，第一李善博學，過博而誤，如〈文賦〉「文㟧㟧以溢目。」句，李注〈仁孝論〉，但實為〈與李文德書〉，觀察《後漢書》可知，〈仁孝論〉紀載順序先於〈與李文德書〉，有可能李善憑記憶下注，而未尋書確認檢校；第二或許非李善錯誤，

〔註 91〕許維遹撰、蔣維喬輯校：《呂氏春秋集釋》（台北市：世界書局，2010 年 1 月），卷六，頁 9～10。

〔註 92〕《文選李注補正》，頁 33；《選學膠言》，頁 427。

〔註 93〕《文選舊註輯存》，總頁 936～938；《選注規李》，葉 6 左～葉 7 右。

〔註 94〕《文選舊註輯存》，總頁 952；《選注規李》，葉 7 右。

部分文字字形過於相近，在歷代傳抄、刊刻時容易訛誤，如後續談及之「李尤、李充」等類。查《隋書》有記「桓譚」、「桓麟」，李〈注〉用「桓譚」盛多，以致錯誤；依徐氏所言，確為「桓麟《七說》」。

20. 左思〈吳都賦〉「丹桂灌叢。」句

李〈注〉：朱稱〈鬱金賦〉。

徐案：係朱穆。〈魯靈光殿賦〉：「朱桂黝儵於南北。」、〈洛神賦〉：「榮曜秋菊，華茂春松。」注皆引之。〔註95〕

此〈吳都賦〉注文與〈魯靈光殿賦〉皆為「丹桂植其東」，而〈洛神賦〉注文為「比光榮於秋菊，齊英茂乎春松」。〔註96〕姑且先不論作者，單就「丹桂植其東」一句即不見歷代文獻，故徵引文獻不明；再者，「比光榮於秋菊，齊英茂乎春松」按《藝文類聚》將其屬名為「漢朱公叔」，〔註97〕查《後漢書》：「穆字公叔。年五歲，便有孝稱。」〔註98〕但無法確立其是否有作。案：引文尚有出入，加上歷代只見「朱穆〈鬱金賦〉」，無「朱稱」，當從「朱穆」較合適。

21. 左思〈吳都賦〉「苞筍抽節。」句

李〈注〉：苞筍，冬筍。出合浦，其味美於春夏時筍也。見〈馬援傳〉。

徐案：今〈馬援傳〉無此文。《齊民要術》引《東觀漢記》亦但言：「馬援至荔浦，見冬筍，名苞也。」〔註99〕

此當為西晉人劉逵注，非李善。按今《後漢書》確實無相關記載，僅發現於兩漢的《東觀漢記》。案：此條注解反常處為「徵引書名至於最後」，大部分注疏的體例為「《○○○》：『(引言)』」，但此為「……。見〈馬援傳〉。」有可能為後期補充或是引文有缺等常見版本情況。〔註100〕

〔註95〕《文選舊註輯存》，總頁1068；《選注規李》，葉7。

〔註96〕〈魯靈光殿賦〉參《文選舊註輯存》，總頁2310；〈洛神賦〉參《文選舊註輯存》，總頁3666。

〔註97〕〔唐〕歐陽詢：《藝文類聚》(朱結一盧藏宋本)(上海：上海古籍出版社，2013年12月)，總頁2086～2087。

〔註98〕〔劉宋〕范曄：《後漢書》，《二十四史》(北京：中華書局，1997年11月)，頁388。

〔註99〕《文選舊註輯存》，總頁1114；《選注規李》，葉7左。

〔註100〕筆者查卞季良朝鮮本，劉逵注與李善注中間尚有《漢書・天文志》，而日本慶長本上旬氏本亦有，進言之，北宋秀州本、南宋贛州本皆有，胡克家《考異》此處有缺字。參〔南朝梁〕蕭統編、〔唐〕李善注、〔清〕胡克家攷異：《文選》(上海：上海古籍出版社，2015年4月)，總頁243。

22. 左思〈魏都賦〉

李〈注〉：劉淵林〈注〉。

徐案：當是張孟陽。首篇〈序〉下明言張載為〈魏都賦〉注矣。篇末「㦬焉」李云：「張以㦬，先壠反。」此一證也。潘正叔〈贈王元貺詩〉李亦引張孟陽〈魏都賦注〉。本書中兩得確證，至〈西京賦〉：「設在蘭錡。」下有云：「劉逵〈魏都賦注〉：『受他兵曰蘭，受弩曰錡。』」而賦中「附以蘭錡」卻無此注。似淵林別有注本。俟考。〔註 101〕

的確俟考。〈三都賦序〉注言：「〈三都賦〉成，張載為注〈魏都〉，劉逵為注〈吳〉、〈蜀〉。自是之後，漸行於俗也。」〔註 102〕然《隋書‧經籍志》載：

梁有郭璞注《子虛上林賦》一卷，薛綜注張衡《二京賦》二卷，晁矯注《二京賦》一卷，傅巽注《二京賦》二卷，張載及晉侍中劉逵、晉懷令衛權注左思《三都賦》三卷，綦毋邃注《三都賦》三卷，項氏注《幽通賦》，蕭廣濟注木玄虛《海賦》一卷，徐爰注《射雉賦》一卷，亡。〔註 103〕

文末所謂「亡」何者？並未明確，直言之，〈三都賦〉一篇不止於張載、劉逵兩家，甚至也不能明確表示各家所注為三篇之一，抑或是三篇之三等篇數，因此李善所言「自是之後，漸行於俗也。」是學界對於良注驅逐劣注的必然結果。當然李善於篇序予作一前提，是否完全遵其前提不再徵引他注，仍屬未知數。故徐氏對讎《文選》其他張載注〈魏都賦〉事例佐證，於後待考。

23. 左思〈魏都賦〉「關石之所和鈞。」句

李〈注〉：《夏書》曰：「關石和鈞，王府則有。此夏之逸書。」

徐案：孟陽，晉人，未見古文，故曰逸書。然《尚書》古文，齊梁間已顯於時，何李氏尚未有考證耶？〔註 104〕

此為張載所注，徵引《尚書‧五子之歌》。徐攀鳳所疑在於張載為西晉人，而《古文尚書》為東晉梅賾偽作，質疑李善為何對於橫空出世的文獻未有所查？清初因嚴若璩《古文尚書疏證》的攷證，證實部分《尚書》文獻屬於偽造，

〔註 101〕《文選舊註輯存》，總頁 1252；《選注規李》，葉 8 右。

〔註 102〕《文選舊註輯存》，總頁 839。

〔註 103〕〔東漢〕班固、〔唐〕長孫無忌等編：《漢隋藝文經籍志》（台北市：世界書局，2009 年 2 月），頁 132。

〔註 104〕《文選舊註輯存》，總頁 1327；《選注規李》，葉 8 左。

對學界深足影響，徐攀鳳亦然。然對於張載而言，確實屬於逸散之書，其注言「關石和鈞，王府則有。」乃至西晉僅見於《國語》一書，〔註 105〕而其他文獻與今本《尚書》對讎所載「夏書」之處，不是不全，就是不同篇章。故先秦兩漢的「夏書」有兩種意義，一是「泛稱周代以前的文獻」，二是「後代編織篇章分類」；明顯地這邊屬於第一項。至於李善為何不查？足具深討。〔註 106〕

24. 左思〈魏都賦〉「庶土罔寧。」句

李〈注〉：《尚書》曰：「庶土交正。」《毛詩》曰：「庶士有朅。」

徐案：「庶土眾士」之「土」非士大夫的「士」，引《尚書》是，引《毛詩》非。六臣注無《毛詩》一條。〔註 107〕

徐氏駁正李注於「庶土」兩徵《尚書·禹貢》、《詩經·碩人》，「一詞兩釋」，字形近似，以致訛誤。〔註 108〕案：此處北宋本所徵為「《尚書》曰：『庶土交正。』《小雅·小明》：『興言出宿。』」然尤袤本則多增「庶士有朅。」一句。李善本引〈禹貢〉無礙，然徐攀鳳手本如尤本所示，徐氏以為李善誤注，認「士」為「土」。此即單純版本有誤，非李氏誤注。

25. 左思〈魏都賦〉「藉田以禮動，大閱以義舉。」句

李〈注〉：建安二十一年三月，魏武帝親耕藉田于鄴城東。建安二十二年十月甲午，治兵，上親執金鼓，以詔進退。大閱，講武。

徐案：《魏志》：「治兵即在二十一年之十月，非二十二年也。」注誤。〔註 109〕

此條為張載所注，非李善。案：《三國志》確記「二十一年，冬十月。」確誤。〔註 110〕

〔註 105〕〔先秦〕佚名：《國語》（士禮居王氏重雕本），收於《四部備要》（北京：中華書局 1989 年 3 月），頁 24。

〔註 106〕這邊或許會有概念上的疑慮，李善雖「淹貫古今，號『書簏』。」以博學聞世，但並未有明確資料紀錄李善為一「經學家」，既然可能未為經學家，未熟捻經書何猶不可？再者，能否有「問題意識」與「博學」也是兩碼子事，後代學者容易因刻板印象即認為李善注疏博用經書即為「經學家」，再以其「博學」名聲，而認為萬事皆曉，應當發現所以學術問題，然實則大誤。

〔註 107〕《文選舊註輯存》，總頁 1329～1330；《選注規李》，葉 8 左。

〔註 108〕游志誠：《文選學綜觀研究法》（新北市：花木蘭文化出版社，2011 年 9 月），頁 164。

〔註 109〕《文選舊註輯存》，總頁 1344～1345；《選注規李》，葉 9。

〔註 110〕參〔晉〕陳壽：《三國志》，《二十四史》（北京：中華書局，1997 年 11 月），頁 22。

26. 左思〈魏都賦〉「優賢著於揚歷。」句

李〈注〉:《尚書・盤庚》曰:「優賢揚歷。」

徐案:此是今文〈人誓〉。見《三國志》〈注〉。〔註111〕

此注為張載所注,非李善。徐攀鳳所言見於《三國志》,然陳壽注言:「今文尚書。」未說明篇章。〔註112〕查今本《尚書・盤庚》無「優賢揚歷」四字,無法確立屬佚文或訛字。

27. 左思〈魏都賦〉「職競弗羅。」句

李〈注〉:〈逸詩〉云:「兆云詢多,職競弗羅。」

徐案:《左・襄公八年》:「子駟曰:『〈周詩〉有之曰:……兆云詢多,職競作羅。』」〈詩〉意自為「作羅」,賦意實為「弗羅」,不可因賦改詩。〔註113〕

此注為張載所注,非李善。筆者周查各版本均本作「職競弗羅。」可見自宋代已是如此,若回推張載所注,其注已誤。這邊朱珔與胡紹煐一同提出另一種可能的說法:〈魏都賦〉文中「則魏」至「紛也」〔註114〕敘述段干木為諸侯攏絡辭絕的典故,本論逐一翻譯「職競弗羅」:「職者,位也;競,爭相;弗者,未(無)也;羅,攏絡」,故言「弗羅」。故雖該詩原文為「職競作羅」,然賦家化典的筆法變化,沿伸後續正文與注解混淆的問題。〔註115〕

28. 左思〈魏都賦〉「僾焉相顧。」句

李〈注〉:《左傳》曰:「駟氏僾。」

徐案:今《左氏》作「聳」。《說文》引《左》作:「僾」。〔註116〕

此注為張載所注,非李善;又其他版本作「矔焉相顧。」徐氏駁正《左傳》作「駟氏聳」,而《昭公十九年》俱有「駟氏聳」、「駟氏懼」。案:其是一「訛字相衍」的問題,此清儒朱珔已有解,「張載注:『駟氏矔懼。』李善注:『張以僾。』又《說文》:『僾,懼也。』晉灼《漢書音義注》:『悚,古作僾。』」「悚」亦「竦」;《詩經・長發》:「竦,懼也。」又竦、聳古通;《集韻》:「竦、

〔註111〕《文選舊註輯存》,總頁1349～1350;《選注規李》,葉9左。

〔註112〕參〔晉〕陳壽:《三國志》,《二十四史》(北京:中華書局,1997年11月),頁100～101。

〔註113〕《文選舊註輯存》,總頁1362～1363;《選注規李》,葉9左。

〔註114〕《文選舊註輯存》,總頁1361～1362。

〔註115〕《文選集釋》,頁715;《文選箋證》,頁35。

〔註116〕《文選舊註輯存》,總頁1376;《選注規李》,葉10右。

慺、僂皆通。」〔註 117〕

案：綜合來說，各家注解係由〈魏都賦〉該段之「先生之言未卒，吳蜀二客，『矎焉相顧，睺焉失所……。』」開始下注。首先，部分刻本「慺」字訛為「僂」，加上《漢書音義注》可能有誤，又後代刊刻排版上順序錯亂，部分正文與注文相互漫訛，造成混亂。故以無法得知〈魏都賦〉與各徵引資料原文之原字。

29. 揚雄〈甘泉賦〉

李〈注〉：桓譚《新論》。與〈文賦〉：「思乙乙其若抽。」〈注〉不同。

徐案：雄奏〈甘泉賦〉在成帝永始四年，卒以偽新天鳳元年，年七十一，《漢書》可證。至云〈甘泉賦〉：「成夢腸出，明日遂卒。」《新論》謬言。前賢已辨之，不贅。〔註 118〕

此處《選注規李》的排版或許有誤，徐攀鳳案語當提前至「與〈文賦〉」云云始，乃因李善未言後段〈文賦〉何如，各版本皆無。此條的問題在於李善釋揚雄生平時除《漢書》外，尚徵桓譚《新論》。然《新論》紀錄與《漢書》兩出有異。徐氏所謂的「前賢已辨」為誰？並未明說，梁章鉅謂宋代吳曾《能改齋漫錄》已多有攷證，〔註 119〕當卒於「天鳳五年」為正。

30. 潘岳〈藉田賦〉「葱犗服于縹軛兮，紺轅綴於黛耜。儼儲駕於廛左兮，俟萬乘之躬履。」句

李〈注〉：「葱犗，帝耕之牛也。」「駕牛儼然在於廛左，以待天子躬親履之。」「古耕以耒而今以牛者，蓋晉時刱制，不沿於古也。」

徐案：《晉書》：「泰始四年，御木輅以耕。」「木輅」即《周禮》：「田路。」《禮記‧月令》：「天子親載耒耜，措之參保介之御間。」親耕而御，此輅蓋載耒耜之車，用牛未嘗施之耕耤也；下文「三推而舍。」明是遵照古禮，何忽云：「耕耤之牛，刱始於晉乎？」又案古人詞賦之作原未能盡協典故，即如賦中「玉輦、金根」皆鋪張之詞，非「御木輅之木」。旨正不可以文害實也。〔註 120〕

〔註 117〕《文選集釋》，頁 725。

〔註 118〕《文選舊註輯存》，總頁 1386；《選注規李》，葉 10 右。

〔註 119〕《文選旁證》，頁 399。

〔註 120〕《文選舊註輯存》，總頁 1472～1474；《選注規李》，葉 10 左。

徐氏駁正「以牛耕耤」自古有之，非如李善注所言自晉代創之。至於古代是否以「牛耕」，即如張雲璈所說，實無所證。〔註 121〕無法得證的原因在於「越是平凡的事物，則鮮有學者載記」，如同筷子的起源與使用方法，就未見古書對此有詳細記錄。同理，甲骨有「牛」，先秦人名亦多「牛」，即表示人與牛有長遠的互動歷史，故徐攀鳳言「不可以文害實」，古人詞賦屬文學性詞語，未必遵照史實，且該篇主在頌揚聖上，文多煥雅，故「古人文詞則纖。」〔註 122〕且「詞人之言，不必盡實。」〔註 123〕

31. 司馬相如〈子虛賦〉「鄭女曼姬。」句

李〈注〉：鄭女，夏姬。曼姬，楚武王夫人——鄧曼。

徐案：曼、鄧，姓。賦蓋云鄭國之女，曼姓之姬耳。所謂鄧曼云者，亦猶齊女為齊姜，莒女為莒嬴之類，鄭國亦有鄧曼，見《左・桓十一年傳》。若楚武王夫人乃賢智嬪，甯得與不祥人竝列。〔註 124〕

徐氏駁正古時女性無名，故四方皆有氏地冠姓者；再者，若是如注舉夏姬與鄧曼，夏者淫，鄧者慧，豈竝列同論？〔註 125〕這裡也相當有趣，另一部分清儒主張《史記》古注說：「鄭國出好女；曼者，其色理曼澤也。」〔註 126〕簡言之，「鄭國女性美麗」，「曼姬」成為補綴「鄭國女性（鄭女）」的「補語」。

當然，孰為正否？恐只有司馬氏說得準。但依循〈子虛賦〉該段主在宣宏「園林繁盛，萬物盡有且豪華」的狀態，旨在描述「美女如雲」，若專對史的人物設定，必會如徐氏認為牴觸，且如上條案語所言：「『玉輦、金根』皆鋪張之詞。」同理，「鄭女、曼姬」亦是陳設之詞。

32. 司馬相如〈上林賦〉「東注太湖。」句

李〈注〉：「太湖」在吳縣，《尚書》所謂「震澤」。

徐案：此承「涇、渭、霸、產、豐、鎬、潦、潏」八川分流而言，八川回旋苑內，與江南太湖不涉。或曰：「太」當作「大」，大湖猶巨澤也。亦姑闕疑。〔註 127〕

〔註 121〕《選學膠言》，頁 529。

〔註 122〕《選學糾何》，葉 6 右。

〔註 123〕《選學膠言》，頁 239。

〔註 124〕《文選舊註輯存》，總頁 1556；《選注規李》，葉 11。

〔註 125〕同說亦可參《選學膠言》，頁 553。

〔註 126〕《文選旁證》，頁 445；《文選箋證》，頁 103。

〔註 127〕《文選舊註輯存》，總頁 1629；《選注規李》，葉 11 左～葉 12 右。

案：此條張雲璈、梁章鉅、朱珔均如徐攀鳳所言：「太者，大也。」係指大湖，且〈上林賦〉首句言：「終始灞滻，出入涇渭。酆鎬潦潏，紆餘委蛇，……。蕩蕩乎八川分流……。」〔註128〕描述各川交互的狀態，意在展現天子富甲天下，也極富詞賦創作的鋪陳手法，縱使注言：「太湖」也無妨。〔註129〕

33. 司馬相如〈上林賦〉「揜以綠蕙。」句

李〈注〉：「綠，王芻也。」

徐案：師古曰：「言蕙草色綠耳，非王芻也。」《爾雅》：「菉，王芻。」〔註130〕

「綠」字，凡《史記》、《漢書》均引張揖古注「綠，王芻也。」此顏師古認為與「王芻」無關。然，「王芻」為何？歷代注家均未明說。按圖索驥《說文》、《爾雅》，即古注家所參之源。筆者查《太平御覽》引《吳氏本草》曰：「王芻，一名黃草。」〔註131〕但黃與綠本自不同，與文意牴觸。若依顏氏所言，「綠蕙」之「綠」為形容詞，非名詞，則全文已疏。

34. 司馬相如〈上林賦〉「乘虛無，與神俱。」句

李〈注〉：張揖曰：「郭璞《老子經注》。」

徐案：郭璞不聞注《老子》，當是郭象。〔註132〕

案：查《隋書・經籍志》確無郭璞有注，誤甚明矣。另外觀察《史記》、《漢書》之張揖古注，皆無提及「作者與書名」，而至李善〈注〉始有，且《文選》六臣注系統皆然。是故可能錯誤點有二，一則李善錯誤，〔註133〕二則〈上林賦〉（卷八）大量徵引郭璞說法，刊刻可能失誤。

〔註128〕《文選舊註輯存》，總頁1608～1611。

〔註129〕此說亦可參考《文選集釋》，頁107。

〔註130〕《文選舊註輯存》，總頁1652；《選注規李》，葉12右。

〔註131〕〔宋〕李昉等撰：《太平御覽》（北京：中華書局，1995年10月），頁4399。

〔註132〕《文選舊註輯存》，總頁1741～1742；《選注規李》，葉12右。

〔註133〕《文選》全書徵引《老子注》、《老子經注》之處，除本點司馬相如〈上林賦〉外，另一出現賈誼〈鵩鳥賦〉。李善注大多以「郭象曰」呈現，尚可勘信；惟孫綽〈遊天台山賦〉作「郭象莊子注曰」、陸機〈文賦〉作「郭象注莊子」猶可觀察，胡克家《文選考異》言：「注「郭象注莊子曰」下至「而成梁」：袁本、茶陵本無此六十九字。」換言之，此有可能為後代學者的說法因各種原因「羼注」，故流至今。張揖為曹魏時人，郭璞或郭象皆離其時代遙遠，實難悉知。參〔南朝梁〕蕭統編、〔唐〕李善注、〔清〕胡克家攷異：《文選》（上海：上海古籍出版社，2015年4月），總頁781。

35. 揚雄〈長楊賦〉「遐氓為之不安。」句

李〈注〉：韋昭曰：「氓，音萌。萌，民也。」

徐案：古氓、甿、萌三字通用，如「遺萌」、「萌隸」、「以下劓致甿」，則天下之氓皆作「民」字解也。字書無「甿」。〔註134〕

此處為刊刻避諱的重點，「遐氓」有「民」字，許避諱改作「萌」、「甿」，相關證據自各本用字可見一班，如徐攀鳳手本韋昭「萌，民也。」，他本作「人也」；陳八郎本「遐氓」作「遐甿」等。再加上上述古字互通，錯刊的可能尤大，以致各版本無所依。

36. 潘岳〈射雉賦〉「昔賈氏之如皋。」句

李〈注〉：引《左傳》事。

徐案：《左》止言：「賈大夫。」杜〈訓〉為：「賈國大夫。」而《水經注·汾水》下〈注〉引此為「賈辛。」杜〈訓〉：「如，往也。」而〈古樂府·雉子斑〉，江總等詩以「如臯」為地名。存考。〔註135〕

徐攀鳳提出兩點駁正，一者「賈氏」為「賈國大夫」，未必「賈辛」；二者，「如皋」是否為地名？案：賈大夫有兩義，一是賈國大夫，二是賈姓大夫；《左傳》然雖有賈國（伯爵），但提及處不多，〔註136〕又晉國確有「賈辛」一大夫。然依賦義當如《左傳·昭公二十八年》所提之「賈辛，賈大夫。」

「如皋」一詞係「完整地名」，抑或是「前往皋地」？尚且存疑。若依杜預說法：「如，往也。」「如」則為「動詞」；然徐氏例舉江總〈古樂府·雉子斑〉：「暫往如皋路。」〔註137〕然《左傳》原文「御以如皋，射雉獲之。」應當屬於「V+P+V+N」之形式，此廣泛運用於《左傳》，如「以如北宮」、「奉公以如固宮」「子產相鄭伯以如楚」、「子產相鄭伯以如晉」等，〔註138〕「皋」極可能為「地名」。而張雲璈認為兩漢以後有如皋縣（今江蘇海陵），後人有

〔註134〕《文選舊註輯存》，總頁1931；《選注規李》，葉12左。

〔註135〕《文選舊註輯存》，總頁1997；《選注規李》，葉12左。

〔註136〕《桓公九年》：「秋，虢仲，芮伯，梁伯，荀侯，賈伯，伐曲沃。」、《莊公二十八年》：「晉獻公娶于賈」等足參。參楊伯峻編：《春秋左傳注》（北京：中華書局，2007年9月），總頁125～126、238～239。

〔註137〕〔宋〕郭茂倩編：《宋本樂府詩集》（台北市：世界書局，2012年8月），總頁626。

〔註138〕楊伯峻編：《春秋左傳注》（北京：中華書局，2007年9月），總頁980、1075、1144、1170。

誤用可能性。〔註 139〕

37. 潘岳〈西征賦〉「況於卿士乎？」句

李〈注〉：無釋。

徐案：上文「率土且弗遺，而況於隣里乎？」正引下文摹寫舊豐一段情景，「卿士」句無著，袁刻六臣注云：「善本無此句。」極是。宜亟刪之。〔註 140〕

此段「率土且弗遺，而況於隣里乎？況於卿士乎？」中「況於卿士乎？」於善本（秀州本或更早的其他北宋版本）無，然六臣本有。然這邊最不易處理在於版本去時久遠，如何確立唐代李善時，甚至更早潘岳〈西征賦〉的流傳情況？筆者查《藝文類聚》中仍有「況於卿士乎？」句。〔註 141〕是故，部分清儒主張版本相淆，應當刪之，但究竟問題係出在於「善本本有，於後闕刊」？抑或「善本本無，於後徒增」？加上「率土」至「士乎」全然無注解，更使得其真偽撲朔。由是，筆者認為前文「觀夫漢高之興」起係在描述漢高祖劉邦的大度，不論係鄉里寒士，抑或前朝學者，皆一概不拒，納而建業，於此尚可文意稍通順，然尚需究考。

38. 潘岳〈西征賦〉「疎飲餞於東都。」句

李〈注〉：《漢書》：「疎廣、受。」事。

徐案：今本《漢書》作：「疏」。第疎之為由來已。《舊晉書・束晢傳》云：「疎廣之後，避難作『束』」。知典午時已改作「疎」。〔註 142〕

徐氏駁正《漢書》作「疏」，非「疎」。許巽行認為「疎」為俗字。〔註 143〕然他本有作「踈」，在偏旁方面皆形近易訛，俗字不當捨易就繁。

39. 潘岳〈西征賦〉「子長政駿之史。」句

李〈注〉：《史記》曰：「司馬遷，字子長。」

徐案：《史記・敘傳》、《漢書・本傳》皆不書其字，故劉知幾《史通》〈雜說篇〉譏其是非。不知李氏何据？貿然謂出《史記》也。〔註 144〕

〔註 139〕《選學膠言》，頁 607。

〔註 140〕《文選舊註輯存》，總頁 2106～2107；《選注規李》，葉 13 右。

〔註 141〕〔唐〕歐陽詢：《藝文類聚》（朱結一盧藏宋本）（上海：上海古籍出版社，2013 年 12 月），總頁 760。

〔註 142〕《文選舊註輯存》，總頁 2111；《選注規李》，葉 13 右。

〔註 143〕《文選筆記》，頁 143。

〔註 144〕《文選舊註輯存》，總頁 2123；《選注規李》，葉 13 左。

《史記》確無此敘述，當然這邊徐攀鳳將過錯歸咎李善，這是相當偏頗的說詞。從唐自清，近千年的光陰對於書籍的流傳影響頗巨，進言之，書籍不會原封不動的流傳。尤其《文選》歷經多次剞劂，加上注解順序的錯雜，再有不知名的學者補注、案語佯滲等情況，很難定論係誰的過錯，但稍微比對，各版本的狀況，可稍解一二。而各版本所呈現的情況如下：

北宋本：《史記》曰：「司馬遷，字子長。」

尤袤本：《史記》曰：「司馬遷，字子長。」

陳八郎本：「司馬遷，字子長。」

這邊即可發現，陳八郎本（五臣單注）係未引「書籍名」，當是五臣常見的弊端，認為平常的「常識」不必贅說；反之，李善會詳細說明。然六臣本的順序在互易時有沒有可能搞混？相信是肯定的！也有另一可能在於刊刻在校刊的同時，有學者直接補上，但卻未補充說明，如張伯顏本雖榜李善注，但校勘稍嫌粗略，〔註 145〕部分錯誤衍至後代為其他版本校刊時參考，錯誤仍在。因此，三種可能為：李善誤注、六臣注淆、後人增補，由是「六臣注淆」的可能性較大。

40. 孫綽〈天台山賦〉「害馬已去。」句

李〈注〉：引《莊子》及郭璞《解》。

徐案：〈璞傳〉不言注《莊》，亦定是郭象。〔註 146〕

於第 34 條〈上林賦〉「乘虛無，與神俱。」句同，〔註 147〕《隋書・經籍志》確無郭璞有注《莊子》，當是郭象。〔註 148〕郭璞治《易》，郭象治《莊》。

41. 鮑照〈蕪城賦〉

李〈注〉：引《宋書》作「鮑昭」。

徐案：《宋書》、《南史》俱作「照」。唐諱天后名為「昭」，而李〈注〉上於高宗顯慶，何庸預改？〔註 149〕

〔註 145〕明世宗嘉靖元年（1521？）汪諒重刊元代張伯顏李善單注本，此版本即以宋本為底本進行單注，原先李善慣有的「善曰」均未刻出，而清代此本因時代據清代最近，故常被部分刻家納入校讎的版本，由是一些錯誤被納之而未查。

〔註 146〕《文選舊註輯存》，總頁 2232；《選注規李》，葉 13 左。

〔註 147〕《文選舊註輯存》，總頁 1741～1742；《選注規李》，葉 12 右。

〔註 148〕〔東漢〕班固、〔唐〕長孫無忌等編：《漢隋藝文經籍志》（台北市：世界書局，2009 年 2 月），頁 74、98。

〔註 149〕《文選舊註輯存》，總頁 2239；《選注規李》，葉 14 右。

徐攀鳳駁正李善為唐高宗時上〈注〉，不當因武后名諱而改鮑照之「照」為「昭」。這裡徐攀鳳忽略版本在歷代流傳問題，也忽略訛偽的問題。首先，徐氏提出的避諱雖無關李善，但並不適用五臣，換言之，若五臣避諱則會牽連後代版本（若刊刻者未查）；其次，宋代合槧後，不論秀州、贛州、陳八郎……等豬本系統版本仍作「昭」，此相當可疑，若按「以祧不諱」的通例，〔註 150〕唐諱宋不當從，但此錯誤卻一直沿用；再者，徐氏忽略明武宗朱厚照（1491～1521 年）名亦有「照」，循例明槧允避帝諱，清人周廣業觀察「照」改「昭」及「炤」尤多；〔註 151〕最後，「昭」與「照」的差異在於「照」下的「灬」旁，若傳鈔、刊刻時缺筆或避偏旁等種種因素導致誤刊，都是有可能的。雖然整部整部昭明文選錄鮑照作品 11 首，但僅於〈蕪城賦〉有詳細提及「鮑照」，其餘均作「鮑明遠」，要確立錯誤點為何？恐需細究。

42. 何晏〈景福殿賦〉「講肄之場。」句

李〈注〉：引侯權〈景福殿賦〉。

徐案：此乃夏侯稚權也。《隋・經籍志》：「夏侯惠集，二卷。」《文章敘錄》曰：「惠字，稚權。」〔註 152〕

當為誤注。夏侯惠，字稚權，三國時人，父夏侯淵。參《三國志》。〔註 153〕

43. 木華〈海賦〉「颺凱風而南逝，廣莫至而北征。」句

李〈注〉：《呂氏春秋》曰：「南方曰凱風，北方曰廣莫風。」

徐案：「南方謂之凱風」引《爾雅》為是；「廣莫風」當引《淮南子》，《呂紀》：「西北，厲風；北，寒風。」並不及「廣莫」。

此為李善注解一常見問題——「一書釋二詞」，此係相對「一詞引兩書」而言。〔註 154〕由於李善注書並不會書明篇章，僅提及書名，故後代學者需汲書翻尋確切出典位置。以該條來談，李善稍嫌偷懶，以「一書釋二詞」，但《呂氏春秋・有始》並未提及其所引，其文為：

何謂八風？東北曰炎風，東方曰滔風，東南曰熏風，南方曰巨風，

〔註 150〕范志新：《避諱學》（台北市：台灣學生書局，2006 年 6 月），頁 141～145。

〔註 151〕〔清〕周廣業：《經史避名彙考》（上海：上海古籍出版社，2015 年 12 月），頁 666～667。

〔註 152〕《文選舊註輯存》，總頁 2371；《選注規李》，葉 14 左。

〔註 153〕〔晉〕陳壽：《三國志》，《二十四史》（北京：中華書局，1997 年 11 月），頁 166。

〔註 154〕游志誠：《文選學綜觀研究法》（新北市：花木蘭文化出版社，2011 年 9 月），頁 164。

西南曰淒風，西方曰飂風，西北曰厲風，北方曰寒風。〔註 155〕

明顯有誤。是故，徐攀鳳駁正「凱風」當引《爾雅．釋天》；「廣莫」當引《淮南子，天文訓》為是。

44. 木華〈海賦〉「品物類生，何有何無。」句

李〈注〉：李尤〈翰林論〉。

徐案：當是李充。應休璉〈百一詩〉注、楊子雲〈劇秦美新〉注皆引是書。皆當作「充」。《晉書》：「充，字宏度。」《隋．經籍志》：「李充〈翰林論〉三卷。」〔註 156〕

徐氏駁正應作李充。案：《全上古三代秦漢三國六朝文》中獨見晉時李充有〈翰林論〉。〔註 157〕

45. 郭璞〈江賦〉「陽侯遯形乎大波。」句

李〈注〉：陽后，陽侯也。

徐案：此知作侯，非也。但循繹通篇已有，「陽侯砐硪以岸起」、「水兕雷砲乎陽侯」，兩「陽侯」矣。此句陽后避字實不避意，作者罔知其複，注者莫摘其疵，何與？〔註 158〕

徐攀鳳另舉兩例皆為〈江賦〉文句，當中「陽侯砐硪以岸起」，李〈注〉：「陽侯，已見〈海賦〉。」查木華〈海賦〉：「不汎陽侯，乘蹻絕往。」李〈注〉：「《淮南子》：『武王渡孟津，而陽侯之波逆流而擊。』」然該句著見宋代《太平御覽．黃鉞》篇，〔註 159〕續查當為《淮南子．覽冥訓》中該句作：「武王伐紂，渡于孟津，陽侯之波，逆流而擊。」〔註 160〕語序較不一致。然，通〈注〉中的這個錯誤，係屬於李善誤筆？還是刊刻有誤？恐難以辨查。

另徐攀鳳所言「避字」，不解避何字。案：歷代似乎未有避「侯」作「后」的文獻顯示，因此無法理解徐攀鳳的說法為何。

46. 潘岳〈秋興賦〉「晉十有四年。」句

李〈注〉：晉武帝太始十四年也。

〔註 155〕許維遹撰、蔣維喬輯校：《呂氏春秋集釋》（台北市：世界書局，2010 年 1 月），卷十三，頁 496～497。

〔註 156〕《文選舊註輯存》，總頁 2448；《選注規李》，葉 14 左～葉 15 右。

〔註 157〕〔清〕嚴可均輯校：《全上古三代秦漢三國六朝文》（北京：中華書局，1985 年 11），總頁 1767。

〔註 158〕《文選舊註輯存》，總頁 2519；《選注規李》，葉 15 右。

〔註 159〕〔宋〕李昉：《太平御覽》（北京：中華書局，1995 年 10 月），總頁 3035。

〔註 160〕何寧撰：《淮南子集釋》（北京：中華書局，2015 年 10 月），總頁 445。

徐案:「太始」二字宜衍?否則改為咸甯四年亦得。晉興武帝太始元年乙酉至咸甯戊戌,正十有四年,太始止十年,其明年即改元咸甯。〔註161〕

此條可以有兩種說法,一是徐攀鳳主張的太始僅十年,咸甯超過十四年,宜用(釋)「咸甯十四年」;二是張雲璈所認為潘岳自晉顯名,至咸甯約略十四年,未嘗不可。〔註162〕綜合上述說法,其實兩家為無不可,反而係李善的說法限制文學的靈活性,因李善習慣,定會尋找晉代符合十四年的事例,但有時這種說法未必盡實。而潘岳此文法極富游移空間,不論是描述晉武帝年號,或是自身追隨司馬晉的年資,都是相當兩全的。

47. 謝莊〈月賦〉「於是絃桐練響。」句

李〈注〉:侯英〈箏賦〉。

徐案:《鄴中集詩》、〈七命〉、〈絕交論〉竝作「侯瑾」。《後漢書·文苑傳》:「侯瑾,字子瑜。」《隋·經籍志》、《唐·藝文志》竝載:「《侯瑾集》二卷。」〔註163〕

複查:謝靈運〈擬業中詠〉、張協〈七命〉、劉孝標〈廣絕交論〉俱作「侯瑾」。〔註164〕確誤。《文選舊註輯存》引《文選舉正》:「舊本作吳侯瑛。」梁章鉅:「六臣本侯作吳。」〔註165〕說法判之,在傳鈔或刊刻時有闕字可能;至於,「瑾」作「瑛」,是否為避諱、誤刊等問題,上需攷證。

48. 顏延年〈赭白馬賦〉「末臣庸蔽。」句

李〈注〉:崔瑗〈胡公碑〉。

徐案:碑文今載《蔡郎中集》。〔註166〕

以《全上古三代秦漢三國六朝文》為例,崔瑗、蔡邕皆有〈胡公碑〉,但崔瑗僅載「惟我末臣,頑蔽無聞。」八字。嚴可均按語:「崔早胡廣死三十年,不得為胡作碑,必誤也。」〔註167〕然此誤相當嚴重,是否為李善誤筆,亦須攷證。

〔註161〕《文選舊註輯存》,總頁2545;《選注規李》,葉15。

〔註162〕《選學膠言》,頁696。

〔註163〕《文選舊註輯存》,總頁2608;《選注規李》,葉15左～葉16右。

〔註164〕同參《文選舊註輯存》,總頁5921、6790、10946。

〔註165〕《文選旁證》,頁5。

〔註166〕《文選舊註輯存》,總頁2701;《選注規李》,葉16右。

〔註167〕〔清〕嚴可均輯校:《全上古三代秦漢三國六朝文》(北京:中華書局,1985年11),總頁719、886。

49. 張衡〈思玄賦〉「利飛遯以保名。」句

李〈注〉：故曰：「利飛遯以保名。」

徐案：此知李本作「飛」也。其所引〈遯卦，上九〉：「肥遯，無不利。」《九師道訓》：「遯而能肥，肥遯最在掛上。故名肥遯。」四肥字皆宜從「飛」，〈七啟〉：「飛遯離俗。」亦自作「飛」也。〔註168〕

徐氏認為「肥」為「俗譌」。大部分清儒亦同。張雲璈也進一步說明「肥」古作「𩇯」、「蜚」，後世遂改。〔註169〕而古「肥」、「飛」音近，確實易譌。

50. 張衡〈思玄賦〉「夕惕若厲以省諐兮。」句

李〈注〉：《易》：「君子夕惕若，厲，无咎。」

徐案：漢儒讀《易》，「厲」字連上，《淮南子‧人間訓》：「夕惕若厲，以陰息也。」此其一證。〔註170〕

徐氏認為句讀當為「君子夕惕若厲，无咎」。「若厲」當與前「夕惕」連讀，並舉《淮南子》佐證。張雲璈徵王弼《注》、《淮南子》、《漢書‧王莽傳》均言「夕惕若厲」；〔註171〕梁章鉅徵孟喜《章句》、邵氏《易學》為「夕惕若」。〔註172〕案：《易》為先秦文本，語意多有不詳，句讀不易，且以張氏、梁氏觀點相左得證；因而連讀、不連讀實不害義，主在「无咎」二字。

51. 潘岳〈閒居賦〉「稱萬壽以獻觴。」句

李〈注〉：《毛詩》曰：「萬壽無疆。」〈黃香天子頌〉曰：「獻萬年之玉觴。」

徐案：此乃頌揚君上之詞，賦意上承「太夫人御版輿」一大段；下接「咸一懼而一喜」句。當引《後漢》〈馬援〉、〈馮魴傳〉：「以人子頌其父母，稱萬壽者。」證之。〔註173〕

徐氏認為「萬壽」一詞宜引《後漢書》〈馬援傳〉及〈馮魴傳〉二傳。案：〈黃香天子頌〉，宜作〈黃香天子冠頌〉；另，查兩〈傳〉也未有相關，徐氏主張徵《後漢書》云云，本論不明其典用意。且張雲璈言：「『萬壽』，唐以前不諱，唐以後不敢矣。」或許稍可理解李善未若徐氏主張，而改引他作。〔註174〕

〔註168〕《文選舊註輯存》，總頁2864；《選注規李》，葉16。

〔註169〕《選學膠言》，頁27。

〔註170〕《文選舊註輯存》，總頁2989～2990；《選注規李》，葉16左。

〔註171〕《選學膠言》，頁32。

〔註172〕《文選旁證》，頁78。

〔註173〕《文選舊註輯存》，總頁3050；《選注規李》，葉17右。

〔註174〕《選學膠言》，頁44。

52. 司馬相如〈長門賦〉「孝武皇帝。」句

李〈注〉:(注未辯證。)

徐案:相如卒於元狩五年,其後武帝歷祚三十一年,安得預稱「孝武」?蓋賦非相如不能作,而「序」定為後人所加,或有因序而疑賦,謂其嫁名相如者,非。〔註 175〕

此為一龐大的攷證議題,由於〈長門賦〉前有一小段序言,而序言提及漢武帝謚號,而司馬相如卒於漢武帝元狩五年(B.C.118?),「孝武」一謚或許於昭帝初期有之,相距三十餘年。因此進一步談幾個方向,一是〈長門賦〉草作是否有「序」?二是有序成立,原「孝武皇帝」四字是否已被更動?三是眾家覺得「序」非相如作。本論於此不特長篇攷證,但結合上述三點假設及徐氏說法,前部分序言確實有問題,這是可以確立的,至於序文與整體賦文原形,尚需攷證。

53. 司馬相如〈長門賦〉「陳皇后時得幸。」句

李〈注〉:幸,吉而免凶也。

徐案:此非復幸之幸,黃滔有〈陳皇后復寵賦〉托言,固可。若據為實事,於史學殊疎。〔註 176〕

徐氏駁正史傳並無「復幸」紀錄,且賦文「幸」字應當有更多的討論。案:徐氏於《選學糾何》嘗言:「此等故實,不必刻意求解,善讀書者自頒之。」賦家非史家,文章時有「文學性」的設虛之詞,呂延濟亦言:「史傳並無此文,恐敘書之誤。」〔註 177〕呂氏也清楚賦作與史實有相當出入,故僅依文復說,未詳加說明。

54. 向秀〈思舊賦〉「索琴而彈之。」句

李〈注〉:袁左嘗從吾學〈廣陵散〉。

徐案:此乃袁孝尼之譌,孝尼名準,即見〈嵇康本傳〉。

案:各本善注作「袁尼……。」云云。徐氏駁正為「袁準,字孝尼。」但《藝海珠塵》卻刻作「袁左」。此當為「尼」、「左」相譌。

55. 江淹〈恨賦〉

李〈注〉:卒贈醴泉侯。

〔註 175〕《文選舊註輯存》,總頁 3054;《選注規李》,葉 17 右。

〔註 176〕《文選舊註輯存》,總頁 3056;《選注規李》,葉 17 左。

〔註 177〕《文選舊註輯存》,總頁 3056。

徐案：《梁書》、《南史》皆言：「封醴陵侯」，亦不謂其既卒始贈也。〔註 178〕

徐氏駁正《梁書》、《南史》皆載為天監元年「改封，隨後卒」，故非追贈，而是受封。李善引文有誤。本論案語詳見注。〔註 179〕

56. 江淹〈別賦〉「桑中衛女，上宮陳娥。」句

李〈注〉：以陳娥為戴媯。

徐案：陳娥恐指《陳風．株林》所刺者；「桑中」、「上宮」本是〈衛詩〉，隨手牽率誤用之耳。戴媯，淑女，安得與淫奔者竝舉乎？〔註 180〕

李善勾起問題點在於「強制解釋」，造成文意概念與經典相混淆，李〈注〉引用《詩經》〈桑中〉、〈竹竿〉、〈燕燕〉的毛《傳》、鄭《箋》諸說，其中「桑中」、「上宮」引《鄘風．桑中》、「衛女」引《衛風．竹竿》、「陳娥」引《邶風．燕燕》；然，李善解釋「陳娥」竟因〈燕燕〉提及「戴媯」，兼而釋之，後綴以《方言》云：「美貌謂之『娥』。」略顯草率。是故徐氏提出《陳風．株林》鄭《箋》為：「陳大夫妻。」以此釋「陳娥」更加合適。〔註 181〕

案：此條仍是典型「詞人之言，不必盡實」的例子，連結下句「送君南浦，傷如之何？」已明確點出〈別賦〉之「別」的具體概念，那怕「衛女、陳娥」類輩美女，別之難免。江淹透過化用〈桑中〉篇的詩句，重新熔鑄成新的句子，描繪出「不論地點（桑中、上宮）何處，不論對象（衛女、陳娥）為何，終須一離別的心境」再者，所謂「衛女」於《毛詩》中不只一處，且各有褒詩、貶詩，以徐氏所言「安得與淫奔者竝舉」，〈桑中〉所刺「衛女淫奔」，〈竹竿〉、〈燕燕〉則讚女子大義。此本就文學性創作之用法，實不應以經訓方式予以解釋。

〔註 178〕《文選舊註輯存》，總頁 3156；《選注規李》，葉 17 左。

〔註 179〕此條問題在於「李〈注〉：卒贈『醴泉侯。』」欲討論癥點在於江淹係「卒後追贈」，亦或是「受封隨卒」？透過今人的攷證，屬於典型的「既訛且脫」，「改封醴陵伯」，變為「卒贈醴泉侯。」，筆者觀察《梁書》、《南史》所提出的校勘記，當為「改封醴陵伯」，各本皆訛「伯」為「侯」；而這也可思考另一問題，是否李善手本有誤，亦或是其誤記……等種種原因，當然問題不易解決，但徐攀鳳因學糾錯，咸可為觀。參〔唐〕姚思廉：《梁書》，收於《二十四史》（北京：中華書局，1997 年 11 月），頁 69～71；〔唐〕李延壽：《南史》，收於《二十四史》（北京：中華書局，1997 年 11 月），頁 381～384。

〔註 180〕《文選舊註輯存》，總頁 3196～3197；《選注規李》，葉 18 右。

〔註 181〕〔漢〕毛亨撰、〔漢〕鄭玄箋、〔唐〕孔穎達疏：《毛詩注疏》（上海：上海古籍出版社，2015 年 2 月），總頁 647。

57. 陸機〈文賦〉「文徽徽以溢目。」句

李〈注〉：延篤〈仁孝論〉。

徐案：此乃延篤〈與李文德書〉，非〈仁孝論〉。〔註 182〕

《全上古三代秦漢三國六朝文》中確載〈與李文德書〉、〈仁孝論〉二作，〈仁孝論〉中無李〈注〉所言：「煥乎爛兮，其溢目也。」一句；再者，《全上古三代秦漢三國六朝文》所載〈與李文德書〉作：「渙爛兮其溢目也。」複查《後漢書》亦是。〔註 183〕案：《後漢書》紀載順序為〈仁孝論〉先，於後則為〈與李文德書〉的紀錄，許為李善誤記。

58. 馬融〈長笛賦〉「旋復回皇。」句

李〈注〉：李尤〈七疑〉。

徐案：是〈七歎〉。見《後漢書》本傳。或以為〈七款〉，亦誤。〔註 184〕

徐氏駁正當是李尤〈七歎〉，作〈七疑〉、〈七款〉皆非。梁章鉅認為當作〈七欵〉，多誤注「歎」。〔註 185〕此即與徐攀鳳主張相左。案：「疑」、「款」、「歎」、「欵」四字形近易訛，加上《後漢書》去世久遠，一時不能辨。

59. 曹植〈洛神賦〉「攜漢濱之游女。」句

李〈注〉：《毛詩》：「漢有游女，不可求思。」言：「漢上游女，無求思者。」

徐案：李所引當是《韓詩》。薛君《章句》曰：「游女，漢神也。言漢神時，見不可得，而求之。」與《毛詩》解異。竊意此處以「漢皋」、「解配事」釋之亦得。〔註 186〕

此條專對「游女」二字討論，由於李善於〈江賦〉「感交甫之喪佩」、〈琴賦〉「游女飄焉而來萃」、〈七啟〉「覿游女於水濱」注皆引《韓詩》，徐氏因而推之改正。〔註 187〕

60. 謝靈運〈九日從宋公戲馬臺集送孔令詩〉「豈伊川途念，宿心愧將別。」句

李〈注〉：趙壹〈報羊陟書〉曰：「惟君明睿，平其宿心。」

〔註 182〕《文選舊註輯存》，總頁 3270；《選注規李》，葉 18。

〔註 183〕〔清〕嚴可均輯校：《全上古三代秦漢三國六朝文》（北京：中華書局，1985 年 11），總頁 810～811。

〔註 184〕《文選舊註輯存》，總頁 3398；《選注規李》，葉 18 左。

〔註 185〕《文選旁證》，頁 147。

〔註 186〕《文選舊註輯存》，總頁 3678；《選注規李》，葉 19 右。

〔註 187〕《文選舊註輯存》，總頁 2523、3514、6890。

徐案：此係皇甫規〈謝趙壹書〉。靈運〈富春渚〉：「宿心漸伸寫。」注俱誤。〔註188〕

誠如徐氏駁正，係皇甫規〈謝趙壹書〉，複查《全上古三代秦漢三國六朝文》亦是如此歸類。〔註189〕案：《全上古三代秦漢三國六朝文》所題名趙壹〈報皇甫規書〉與皇甫規〈追謝趙壹書〉二篇，於《後漢書》所載情況為先〈報皇甫規書〉後〈追謝趙壹書〉，僅以對話形式呈現，並未如後籍有所謂「題名」。〔註190〕

61. 顏延年〈秋胡詩〉「嗟余怨行役，三陟窮晨暮。」句

李〈注〉：《毛詩》曰：「嗟予子行役，夙夜無已。」又曰：「陟彼崔嵬，我馬虺隤。」又曰：「陟彼高岡，我馬玄黃。」又曰：「陟彼砠矣，我馬瘏矣。」

徐案：本文上句已用《魏風》，下句「三陟」當指〈陟岵〉：「陟屺」、「陟岡」而言。〔註191〕

徐攀鳳認為既然該句已引《魏風‧陟岵》，則所謂「三陟」當與〈陟岵〉所提及有關；徐氏駁正另一因《周南‧卷耳》亦有「陟」字，李善同時兼引二詩，徐氏以為不妥。案：孫志祖意同徐攀鳳；〔註192〕反之，如張雲璈、胡紹煐認為並無不可，批評孫氏之說。〔註193〕筆者認為〈卷耳〉毛《傳》：「后妃之志。」；〈陟岵〉毛《傳》：「孝子行役，思念父母。」依〈秋胡詩〉所述，為戰時意境，較近〈陟岵〉。〔註194〕

62. 顏延年〈五君詠〉「劉靈善閉關。」句

李〈注〉：老子曰：「善閉關者，無關鍵而不可開。」

徐案：中說溫彥博問：「劉靈何如人？」《文中子》曰：「古之閉關人也。」据此「閉關」二字殊，非泛設。〔註195〕

〔註188〕《文選舊註輯存》，總頁3918～3919、5016；《選注規李》，葉19左。

〔註189〕〔清〕嚴可均輯校：《全上古三代秦漢三國六朝文》（北京：中華書局，1985年11），總頁808、916。

〔註190〕〔劉宋〕范曄：《後漢書》，《二十四史》（北京：中華書局，1997年11月），頁556～563。

〔註191〕《文選舊註輯存》，總頁4057；《選注規李》，葉19左。

〔註192〕《文選李注補》，頁99。

〔註193〕《選學膠言》，頁141；《文選箋證》，頁34。

〔註194〕〔漢〕毛亨撰、〔漢〕鄭玄箋、〔唐〕孔穎達疏：《毛詩注疏》（上海：上海古籍出版社，2015年2月），總頁46、516。

〔註195〕《文選舊註輯存》，總頁4076；《選注規李》，葉19左～葉20右。

徐氏認為《老子》書所言「閉關」與〈五君詠〉「閉關」觀念不同，並舉唐人溫彥博佐證。

63. 應瑒〈百一詩〉「宋人遇周客。」句

李〈注〉：注《闞子》。

徐案：當是《闕子》。見《水經注》、《漢．藝文志》，從橫家有《闕子》一篇。〔註 196〕

案：《漢書．藝文志》確有「《闕子》一篇」，無著錄作者，至《隋書．經籍志》已無見。〔註 197〕

64. 王康琚〈反招隱詩〉「絕跡窮山裏。」句

李〈注〉：王隱《晉書》：「李重奏曰：『陳原絕跡窮山，韞櫝道藝。』」

徐案：陳原當作霍原。《晉書．隱逸傳》：「霍原，字休明，燕國人。」〔註 198〕

案：王隱《晉書》有「陳原」、「霍原」兩處，唐時房玄齡《晉書》只「霍原」，並言隱士，合乎時文，蓋同一人。〔註 199〕

65. 謝混〈游西池〉

李〈注〉：引沈約《宋書》。

徐案：當是《晉書》。叔源本晉人；沈約亦著《晉書》一百時卷，詳〈約本傳〉，竝見《隋志》。〔註 200〕

此為李善注釋上的習慣——「博觀」，好「一詞引兩書」，以致有時衍伸一些問題；謝混為東晉末時人（？～412？年），原則在查詢上，可以以《晉書》為主，當然以降的史書或有紀錄；李善為說明謝混生平，此處引臧榮緒《晉書》及沈約《宋書》二書，但觀察今本《宋書》雖有提及「謝混」15 處，但並無如李善引文，那麼此處是否當為「沈約《晉書》誤為沈約《宋書》」？由於沈約《晉書》在唐代已亡，在簡易攷證下，或許徐攀鳳說法得成立。〔註 201〕

〔註 196〕《文選舊註輯存》，總頁 4097～4098；《選注規李》，葉 20 右。

〔註 197〕〔東漢〕班固、〔唐〕長孫無忌等編：《漢隋藝文經籍志》（台北市：世界書局，2009 年 2 月），頁 34。

〔註 198〕《文選舊註輯存》，總頁 4141；《選注規李》，葉 20 右。

〔註 199〕〔唐〕房玄齡：《晉書》，《二十四史》（北京：中華書局，1997 年 11 月），頁 44～45。

〔註 200〕《文選舊註輯存》，總頁 4153；《選注規李》，葉 20 左。

〔註 201〕〔東漢〕班固、〔唐〕長孫無忌等編：《漢隋藝文經籍志》（台北市：世界書局，2009 年 2 月），頁 40～41。

66. 顏延年〈應詔觀北湖田收〉

李〈注〉:《集》曰:元嘉十年也。太祖改景平十二年為元嘉。

徐案:「景平」,宋廢帝義符年號,共二年,弟義隆立,改元「元嘉」,「景平」無十二年。〔註 202〕

徐氏駁正,宋廢帝劉義符僅「景平」二年,則位傳其弟劉義隆,改元「元嘉」。梁章鉅認為「十」為「衍字」,應去。〔註 203〕

67. 顏延年〈車駕幸京口侍遊蒜山作〉

李〈注〉:劉楨《京口記》。

徐案:是劉損。見《宋書·劉粹傳》,又《隋·經籍志》:「劉損,字子騫,有《京口記》三卷。」〔註 204〕

案:確如徐氏駁正,可參《隋書·經籍志》,然卷數應為「二卷」,非「三卷」。〔註 205〕許刊刻上有誤。

68. 顏延年〈車駕幸京口三月三日侍遊曲阿後湖作〉「藐眄覯青崖,衍漾覯綠疇。」句

李〈注〉:藐盼,窈藐顧眄也。

徐案:「藐盼」、「衍漾」是詩中用雙聲之祖,刻本「眄」字皆誤作「盼」。〔註 206〕

徐氏駁正各本刻作「盼」,皆誤,當為「眄」。此何訛的原因尚待攷證,然可發現該條李善引用並未徵引任何典籍佐證,此一可疑處。

69. 潘岳〈悼亡詩三首〉「命也可奈何。」句

李〈注〉:趙岐卒,歌曰:「有志無時,命也奈何!」

徐案:《後漢·趙岐傳》:「年三十餘,有重疾,臥蓐七年,自慮焉息,乃為遺令敕兄子有,『有志無時,命也奈何』語。」疾瘳至九十餘終然。然二語非歌詞,岐此時亦未卒。〔註 207〕

〔註 202〕《文選舊註輯存》,總頁 4203;《選注規李》,葉 20 左。

〔註 203〕《文選旁證》,頁 268。

〔註 204〕《文選舊註輯存》,總頁 4210;《選注規李》,葉 20 左。

〔註 205〕〔東漢〕班固、〔唐〕長孫無忌等編:《漢隋藝文經籍志》(台北市:世界書局,2009 年 2 月),頁 62。

〔註 206〕《文選舊註輯存》,總頁 4221;《選注規李》,葉 20 左~葉 21 右。

〔註 207〕藝海珠塵本似乎多衍一「有」字,當刪。《文選舊註輯存》,總頁 4368;《選注規李》,葉 21 右。

徐氏認為魚豢《典略》紀錄不確，徵《後漢書》。《後漢書》言：「年九十餘，建安六年卒。」〔註 208〕案：卒，除有死之義外，尚有末之義，故卒非死，當釋為「生之末也」，再者，歌者，「言語也」，勿常俗釋作「詩詞唱詠」；依史料所載，趙氏有疾，生時病痛猶未卒之人，見天下昏瞶，腹中韜略無所發，故僅能留言。

70. 曹植〈贈白馬王彪〉「引領情內傷。」句

李〈注〉：其一。

徐案：此句之下「太谷何寥廓，山樹鬱蒼蒼。」正蒙「引領傷情」說，下蓋此篇自首句：「謁帝承明廬」至「我馬元以黄」止一韻，是為其一。

「元黄猶能進」至「攬轡止踟躕」為其二。「踟躕亦何留」至「撫心長太息」為其三。「太息將何為」至「咄唶令心悲」為其四。「心悲動我神」至「能不懷苦辛」為其五。「苦心何慮思」至「援筆從此辭」為其六。

恰好蟬聯，恰好各自一韻，不宜作七段也。〔註 209〕

徐氏駁正因由在於六臣將「謁帝承明廬」至「引領情內傷」標為一段，但一段「傷」與六臣立段二「我馬元以黄」之「黄」協韻，故而認為可立為一段。案：此處筆者有兩種質疑，一是既然六臣均為分作七段，顯示為共識，故徐氏說有誤；二是本作六段，然一家注解誤，致另一家亦訛。於後待考。

71. 劉琨〈答盧諶詩並書〉「是轡是鑣」句

李〈注〉：《說文》曰：「鑣，馬勒傍鐵也。」

徐案：《說文》曰：「鑣，馬銜也。」李所引乃郭璞《爾雅注》。〔註 210〕

案：確如徐氏駁正，注文出於郭璞《爾雅注》，無見於《說文》。

72. 謝惠連〈西陵遇風獻康樂〉

李〈注〉：沈約《宋書》曰：「靈運襲封康樂侯。」

徐案：靈運襲封康樂公也。宋受禪，始降為侯，詳《南史》本傳。〔註 211〕

〔註 208〕〔劉宋〕范曄：《後漢書》，《二十四史》（北京：中華書局，1997 年 11 月），頁 555。

〔註 209〕《文選舊註輯存》，總頁 4480～4496；《選注規李》，葉 21 左～葉 22 右。

〔註 210〕《文選舊註輯存》，總頁 4764；《選注規李》，葉 22 右。

〔註 211〕《文選舊註輯存》，總頁 4843；《選注規李》，葉 22 右。

案：徐氏駁正附見於《南史》，此不俟論。

73. 潘尼〈迎大駕〉

李〈注〉：王隱《晉書》曰：「東海王越從大駕討鄴，軍敗。輕騎奔下邳，永康二年，越率天下甲士三萬人奉迎大駕還洛。」

徐案：惠帝永康元年庚申，其明年辛酉改元永甯，正趙王倫篡位之歲，永康無二年，討鄴在永興元年，甲子奉駕還洛，則光熙元年丙寅也。〔註212〕

各時代王位更替時的年號準確時間，一直是李善的注釋上的短漏，無獨有偶，前述〈魏都賦〉「藉田以禮動，大閱以義舉。」、〈應詔觀北湖田收〉都有「誤記年代」的情況，雖然古代並未以西元紀年來得精準，但依典依史，徐攀鳳扔揪出其誤。以上為例，元康（291～299年）、永康（300～301年）、永甯（301～302年）、永興（304～306年）、光熙（306年），故當改永康為永甯。

74. 謝靈運〈七里瀨〉

李〈注〉：《甘州記》曰：「桐盧縣有七里瀨。」

徐案：桐盧非屬甘州。當是闞駰《十三州記》。〔註213〕

李善於沈約〈新安江水至清淺深見底貽京邑遊好〉題注曰：

《十洲記》曰：桐廬縣，新安、東陽二水合於此，仍東流為浙江。〔註214〕

是故桐盧在浙江，甘州卻在西北，明顯有誤。然兩書已佚，尚無法進一步考究。

75. 謝靈運〈七里瀨〉「入華子崗是麻源第三谷」句

李〈注〉：謝靈運「山居圖」。

徐案：當是〈游名山志〉。蓋靈運有〈山居賦〉，未聞有「山居圖」也。〔註215〕

案：謝靈運確有〈游名山志〉與〈山居賦〉等文，但幾多佚散，於各典文獻多吉光片羽，故無法得知徐氏所駁是否為正。另，圖者多為書，此許為誤字。

〔註212〕《文選舊註輯存》，總頁4970；《選注規李》，葉22。
〔註213〕《文選舊註輯存》，總頁5017；《選注規李》，葉22左。
〔註214〕《文選舊註輯存》，總頁2102。
〔註215〕《文選舊註輯存》，總頁5046；《選注規李》，葉22左。

76. 〈古詞・君子行〉

佚名〈注〉：李善本〈古詞〉止三首，無此一篇，五臣本有，今附於後。

徐案：此蓋知非李氏元本也。又考陸士龍〈答兄機〉及〈張𠃊然詩〉，注有向曰、濟曰、翰曰、銑曰諸條，竊恨此書為五臣淆亂者已不少，但李本亡於何時？此本輯於何人所不可知，曷禁為之三歎。〔註216〕

此〈君子行〉通篇無李善注釋，而五臣皆有於此篇注文，是故徐攀鳳將此篇判定為衍篇，並歸咎於五臣。案：此處在兩造版本上眾說紛紜，本論以兩套表格說明之：

《文選》類篇章排序

《義門讀書記》	無				
胡克家本	顏延年〈宋郊祀歌〉二首	〈古樂府〉三首	班婕妤〈怨詩行〉	魏武帝〈樂府〉二首	魏文帝〈樂府〉二首
慶長十二年本〔註217〕	顏延年〈宋郊祀歌〉二首	顏延年〈古樂府〉四首	班婕妤〈怨詩行〉	魏武帝〈樂府〉二首	魏文帝〈樂府〉二首
寬永二年本〔註218〕	顏延年〈宋郊祀歌〉二首	顏延年〈古樂府〉四首	班婕妤〈怨詩行〉	魏武帝〈樂府〉二首	魏文帝〈樂府〉二首
正德四年五臣朝鮮刊本〔註219〕	顏延年〈宋郊祀歌〉二首	〈古樂府〉四首	班婕妤〈怨詩行〉	魏武帝〈樂府〉二首	魏文帝〈樂府〉二首

類書徵引狀況

《藝文類聚》	《魏陳思王曹植君子行》曰。〔註220〕
《樂府詩集》	【君子行】《樂府題解》曰：……。〔註221〕

〔註216〕《文選舊註輯存》，總頁5199；《選注規李》，葉23右。

〔註217〕參《文選》「慶長十二年刊本」，東京大學東洋文化研究所藏，頁17。慶長本屬於秀州六臣注本，然目錄「〈古樂府〉四首」著錄為顏延年。

〔註218〕參《文選》「寬永二年本」，東京大學東洋文化研究所藏，頁17。寬永二年本屬於贛州六臣注本，然目錄「〈古樂府〉四首」著錄為顏延年。

〔註219〕參《文選》「正德四年五臣朝鮮刊本」，東京大學東洋文化研究所藏，頁766～773。

〔註220〕〔唐〕歐陽詢：《藝文類聚》（朱結一盧藏宋本）（上海：上海古籍出版社，2013年12月），頁1148。

〔註221〕〔宋〕郭茂倩編：《宋本樂府詩集》（台北市：世界書局，2012年8月），卷32頁1。

《太平御覽》	古樂府詩曰〔註 222〕
	古樂府歌曰〔註 223〕
	樂府歌詩曰〔註 224〕

首先，何焯的《義門讀書記》是一個重要指標，據說何焯批校《文選》以毛晉汲古閣本為宗，並旁雜各家版本，最終一部分的內容刪減與攷證成果也在士林之間流傳。因此，從何焯到于光華、葉樹藩、胡克家不僅均未討論〈君子行〉，甚至將該篇刪除未錄。

但是，我們從流傳於海外的版本進行觀察，樂府詩的部分均是 4 首，並非何胡系統的 3 首，所以這衍伸兩個問題：一是〈君子行〉收錄《文選》現象；二是該作作者是誰？

收錄的問題從慶長本、寬永本、正德本的五臣〈注〉可以知道〈君子行〉此時已經被收錄，雖然沒有李善〈注〉，但五臣各人均有注解，不像是因宋代合刻才有所闌入的；至於另外三首古樂府在尤袤本均有李善的注解，因此該首〈君子行〉是「李善本未注」，抑或「李善之〈注〉已佚失」則形成羅生門，難以考察。

再者，〈君子行〉的作者問題，大部分清儒主張作者是曹植，張雲璈引宋人吳子良《荊溪林下偶談》說法，認為《曹子建集》中有〈君子行〉，且與該篇一致，〔註 225〕當為曹植作品，至此，許巽行與梁章鉅也據同樣看法。〔註 226〕上表羅列《藝文類聚》、《樂府詩集》、《太平御覽》等書，僅《藝文類聚》作「魏陳思王曹植君子行」，其餘均未載為曹植作品。案《文選》排版慣例，會於作品下方或次排紀錄作者，但該篇作品不論是五臣本、六臣本系統，均是「無作者」，那麼清儒所建清代曹植集中有之，是否為誤摘不辨而收？

李善與五臣之間相隔超過半世紀，這 50 年間任何的「訛」、「脫」、「衍」、「倒」都有可能左右《文選》的完整性，尤其我們在慶長本與寬永本的目錄竟然誤將顏延之的名字寫在古樂府四首的下方，而顏延之在排版上即在古樂府前，而有錯誤。加上逮至清代乾隆年間的徐攀鳳所見之本蓋又是一千年的時光，期間版本上的種種，著實不能清明，因而不能全然歸咎五臣。

〔註 222〕〔宋〕李昉等撰：《太平御覽》（北京：中華書局，1995 年 10 月），頁 3111。
〔註 223〕〔宋〕李昉等撰：《太平御覽》（北京：中華書局，1995 年 10 月），頁 4295。
〔註 224〕〔宋〕李昉等撰：《太平御覽》（北京：中華書局，1995 年 10 月），頁 4336。
〔註 225〕《選學膠言》，頁 241。
〔註 226〕《文選筆記》，頁 446。《文選旁證》，頁 431。

當然，徐氏舉〈答兄機〉、〈張士然詩〉二部作品反證，單純係因五臣五位的注解同時出現在一篇文章中，這也揭示所謂五臣〈注〉的幾些問題，究竟是五人分工注解每一篇章？抑或是五人同時注同一篇，最後由一總纂挑選應對辭條的最佳說法？這恐真不得而知；而再回到該條，究竟係五臣或他人徒增，亦或李善本無注或後代缺刊？也無法得到實證。因此，不論如何，研究《文選》上有諸多難以克服的問題需要攷證，並不若徐氏全全歸咎於五臣般偏倚。

77. 蘇武〈詩四首・古詩〉

李〈注〉:《漢書》曰:「蘇武使匈奴十九年，歸拜典屬國，病卒。」

徐案:〈本傳〉:「子卿使匈奴在武帝天漢元年辛巳，及歸，官典屬國，在昭帝始元六年庚子，所謂十九年也，其卒以宣帝神爵二年辛酉，距歸凡二十二年。〔註 227〕

李善〈注〉實際簡省《漢書》諸多紀錄，以致讀者閱讀認為「拜官隨卒」的想像。依徐氏駁正:出使為漢武帝元年，授官為漢昭帝始元六年，共十九年；並卒於漢宣帝神爵二年，凡廿二年。於此全然與《漢書》吻合。

78. 蘇武〈詩四首〉「今為參與辰。」句

李〈注〉:引《尚書大傳》、《法言》、宋衷「語」。

徐案:李於陸士衡〈為顧彥先贈婦〉「形影參商乖」句，明以《左傳》釋之矣。此注何必蔓引。〔註 228〕

李善釋以洪博為主，此無法避免，「參辰」與「參商」皆「星」之代稱，徐攀鳳駁斥的原因在於其認為兩者是一樣的，故兩處所釋應當相同。〔註 229〕

79. 左思〈雜詩〉

李〈注〉:賈充徵為記室，不就，因感人年老，故作此詩。

徐案:〈太沖傳〉無「批徵於賈」事。〔註 230〕

〔註 227〕《文選舊註輯存》，總頁 5488；《選注規李》，葉 23 左～葉 24 右。

〔註 228〕《文選舊註輯存》，總頁 4628、5489～5490；《選注規李》，葉 24 右。

〔註 229〕徐攀鳳的質疑並非無理。近幾年間，學界懷疑李善在注釋時，是否獨立作業？抑或是團隊合作，從抄本與版上題錄觀察，大致認為屬於獨立作業，那麼獨立作業確實會有一些弊端，以該條為例，陸士衡〈為顧彥先贈婦〉位於卷廿四，蘇武〈詩四首〉位於卷廿九，試設李善數天注釋一卷，逮至後卷，對其前述內容稍有遺忘，乃人之常情，何況李善向以「博識為稱」，「一詞釋二例」家常便飯，彼例徵二，此例另徵三的例子也不在話下。用今日話來說，人非電腦，無法長足記憶，偶有微漏極為正常，況乎李善注書時間短暫，要全盤顧局，必有難度。

〔註 230〕《文選舊註輯存》，總頁 5586；《選注規李》，葉 24 右。

案：各史均未提及有此一事，不明引源。另胡克家認為「該文與李善行文不類，疑後人衍，今無以考之。」〔註 231〕查明帶武宗之朝鮮五臣本無此句，此疑更顯。

80. 謝惠連〈七月七日夜詠牛女〉

李〈注〉：引《齊諧記》：「七月七日，織女嫁牽牛。」事。

徐案：《初學記》引此作吳均《續齊諧記》，其說所自託則由，曹植〈九詠注〉始也。〔註 232〕

「七月七日，織女嫁牽牛。」事傳說甚廣，如李善於〈燕歌行〉引曹植〈九詠注〉，〔註 233〕但謝氏〈七月七日夜詠牛女〉卻又改引《齊諧記》。此蓋說明該事典的源流不明，而李善博徵各方說法，未有統一的固定文獻來源，因此有此處引此典，他處引他典的情況，即屬李善不明原典之習弊。

81. 屈平〈離騷經〉「巫咸將夕降兮。」句

（王逸）〈注〉：巫咸，古神巫也。當殷中宗之世。

徐案：此似與《尚書・君奭》所引「巫咸」傅會為一，殊不知《書》之「巫咸巫其民」，此「巫咸巫其職」。《莊子》、《列子》皆有言：「鄭有神巫曰季咸。」巫而咸名，故稱「巫咸」。〈甘泉賦〉：「選巫咸兮叫帝閽。」〈注〉並不言「巫咸」。所歷何代極得。〔註 234〕

此條即討論〈離騷經〉中「巫咸」一詞的問題，究竟「巫咸」是「人名」抑或「職業」？此處徐攀鳳駁正王逸說法，並引《尚書・君奭》、《莊子》、《列子》均談及「巫咸」，明顯是「職業」，認為王逸將「巫咸」定言為「殷商時人」可能有誤。相關看法同列張雲璈、朱珔、胡紹煐等，均不同意王逸說，此不贅論。〔註 235〕

82. 屈平〈九歌・東皇太一〉「靈偃蹇兮姣服。」句

（王逸）〈注〉：〈雲中君〉，「靈連蜷兮既留」〈注〉云：「靈，謂巫也。」

徐案：此當與下文「靈皇皇兮既降」同看，「靈」皆指神，不指巫。〔註 236〕

〔註 231〕《文選舊註輯存》，總頁 5586。

〔註 232〕《文選舊註輯存》，總頁 5662；《選注規李》，葉 24 右。

〔註 233〕《文選舊註輯存》，總頁 5164。

〔註 234〕《文選舊註輯存》，總頁 6425～6426；《選注規李》，葉 25 右。

〔註 235〕《選學膠言》，頁 339、《文選集釋》，頁 190、《文選箋證》，頁 209。

〔註 236〕《文選舊註輯存》，總頁 6454；《選注規李》，葉 25 左。

徐氏認為需與〈九歌・雲中君〉「靈皇皇兮既降」同參，誠如上述，「靈偃蹇兮姣服」、「靈連蜷兮既留」之「靈」均釋作「巫」，反之「靈皇皇兮既降」卻釋作「神」，以為不妥。案：〈九歌〉與「祭神」有關，並以巫人與神明溝通，前釋作「巫」似可通，後「靈皇皇兮既降」釋作「神」則為佳，乃因神可自天降，巫則不可。

83. 屈平〈九歌・湘君〉「君不行兮夷猶。」句

（王逸）〈注〉：「君」謂「湘君」也。

徐案：此注無悖於理。下文「蹇誰留兮中洲」〈注〉忽以「舜妃」釋之，又合「湘夫人」為一，俱非。〔註 237〕

在王逸說法中，「君」本釋作「湘君」，然後於「中洲」忽然提及「舜之二妃」事，後又言「湘夫人」云云，徐氏認為稍嫌突兀。案：徐氏之疑在於王逸解釋〈湘君〉通篇未提「舜」之事例，卻於〈湘夫人〉徵說「舜妃」之事，可併參次條；在部分學者眼中，「湘君」、「湘夫人」常視作一體，猶言「夫婦」，但實際上二者有沒有這等關係，現代學界尚在討論，故徐氏駁正有其因由。

84. 屈平〈九歌・湘夫人〉「帝子降兮北渚。」句

（王逸）〈注〉：「帝子」，謂堯女也。言堯二女娥皇、女英，隨帝不反，墮於湘水之渚，因為湘夫人。

徐案：湘君、湘夫人當是二神，所謂湘水之神，有君夫人也；《山海經》：「洞庭之山，帝之二女居之。」郭璞《注》曰：「天帝之二女，處江為神。」其後遂謁天帝為帝堯也。他注瀆神，漫聖更無足多辨云。〔註 238〕

此條延續上條討論之「舜之二妃」事，由於王逸以茲相注，後代遂以圭臬，徐氏以為非。案先秦兩漢除王逸提及「娥皇、女英墮於湘水」外，他書言「墮於湘水者」多為屈原，然究竟為誰？恐不得而知。

85. 屈平〈九歌・少司命〉「悲莫悲兮生別離。樂莫樂兮新相知。」句

（王逸）〈注〉：屈原思神略畢，憂愁復興，乃長歎曰：「悲莫痛與妻子生別離。樂，莫大於男女始相知之時。」

徐案：此祀神之詞，假言神之離合無常耳，於男女之情無涉，惟此二句確有所本，《山海經》引《琴操》云：「杞殖死妻，援琴作歌，

〔註 237〕《文選舊註輯存》，總頁 6459；《選注規李》，葉 25 左。
〔註 238〕《文選舊註輯存》，總頁 6469；《選注規李》，葉 25 左。

曰：『樂莫樂於新相知，悲莫悲於生別離。』」叔師〈注〉《騷》時豈憶及琴歌？而不審屈子之借用其語耶？〔註239〕

徐氏對於所謂〈九歌〉的想法清晰，即係「祭神」之用，凡〈九歌〉之內容與屈原無關，然王逸〈注〉中有不少「屈原心境或遭遇」的解釋，即如此條，全然未徵相關文獻，憑臆直解，徐氏以為不妥。依徐氏所言，當徵《琴操》，然《山海經》所徵是否屬於王逸當時能見係未知數，更荒論其內容是否吻合。

86. 屈平〈漁父〉「顏色憔悴，形容枯槁。」句

(王逸)〈注〉：奸黴黑也。奸，古早切。黴，力遲切。癯瘦瘠也。

徐案：本句及前後文並無「奸癯」二字，不知叔師所何釋，而李誤仍之。〔註240〕

此條顯然是版本上的問題，今日所見宋代洪興祖《楚辭補注》即可看到「奸，古早切。黴，力遲切。」為洪氏所補。〔註241〕而這邊也可以作一些簡單推測：一者，可能徐攀鳳手本《昭明文選》中該書闌入了洪興祖的註解；二者，徐攀鳳手邊的《楚辭》用書也同樣有注解混淆的問題。但屬於那個環節出了錯誤，我們無法確立，唯一可以確立的是，徐攀鳳不僅版本有問題，手邊能對校的書即有稍嫌有出入，誤將洪注誤認為王注，故發此疑。

87. 宋玉〈招魂〉

(王逸)〈注〉：宋玉所作。

徐案：《史記・屈原傳・贊曰》：「予讀招魂，悲其志，是悲屈原之志也。」蓋屈原自以精魂惝怳託詞招之，其文人俳諧之作與？不知何緣移於宋玉。〔註242〕

徐攀鳳徵引《史記》屬於概要內容，實際上與原文有部分出入。而此條也是學界討論許久的議題——「〈招魂〉作者為誰？」最主流的兩套說法為「宋玉作」及「屈原作」，且各有說法。就徐氏而言，其主張「屈原作」，且「自招已魂」。〔註243〕

〔註239〕《文選舊註輯存》，總頁6486；《選注規李》，葉26右。

〔註240〕《文選舊註輯存》，總頁6530；《選注規李》，葉26左。

〔註241〕〔宋〕洪興祖：《楚辭補注》(北京：中華書局，1983年3月)，頁179。

〔註242〕《文選舊註輯存》，總頁6568；《選注規李》，葉26左。

〔註243〕「〈招魂〉作者為誰？」除討論是否為「宋玉作」及「屈原作」之外，「招誰人之魂」也是後續討論熱點，究其原因還係在於兩漢學者已眾說紛紜，致使後代學者茫茫無從，又加上「宋玉」生平事蹟齬齬短述，難以攷證；近代學者高秋鳳《宋玉作品生平考》已羅列古今學人之說法，明顯地無法定案作者

88. 傅亮〈為宋公修張良廟教〉「顯默之際。」句

李〈注〉：孫綽〈桓玄城碑〉。

徐案：「亢」(玄)當作「宣」。今見《任彥升集》。〔註244〕

案：今各本均作「玄」，且避諱的可能較小，又由於「玄」、「宣」止音轉相近，是否有「因聲相訛」，尚須攷證。

89. 曹植〈求通親親表〉「駙馬奉車。」句

李〈注〉：《漢書》曰：「奉車都尉掌御乘輿，駙馬都尉掌駙馬。」

徐案：此但言車駕之副耳。自魏，何晏尚金城公主拜駙馬都尉，後世專以為尚主之官。〔註245〕

李善此處將「駙馬」與「奉車」拆分解釋，援引《漢書》佐證。徐氏駁正魏人當以魏時俗例證。確然，「駙馬、奉車」本就與「軍隊或車駕」有關，只是娶公主時多封「駙馬都尉」一職，逮至後代將此官職與王公女婿聯想沿用，而〈求通親親表〉前文亦提「妃妾之家」的論述，不免連結。

90. 陸機〈謝平原內史表〉「重蒙陛下愷悌之宥。」句

李〈注〉：陛下，謂成都也。

徐案：是時惠帝反正，成都王為大將軍錄尚書事表理，士衡起為內史，此表自謝惠帝，〈表〉首故稱陪臣，陛下即惠帝也。〔註246〕

徐氏駁正，「陛下」當為「晉惠帝」，非止「成都王司馬穎」。案：雖大部分學者認為「陛下」一詞適用當時君上——「晉惠帝」，然卻忽略當時諸侯相爭，各自有不臣之心，陸機〈謝平原內史表〉一文開頭明言「陪臣」，〔註247〕該詞本就諸侯對上謙詞，今陸機自稱「陪臣」非指自我為諸侯「陪臣」，乃指「我為諸侯之陪側之臣」，中即有「明哲保身」的意味，而惠帝時已駕馭不住各地諸侯，故上表稱「成都王司馬穎」為「陛下」，猶未不可。

91. 任昉〈為范尚書讓封侯表〉「或盛德如卓茂。」句

李〈注〉：《東觀漢記》：「卓茂，字子容。《漢官儀注》曰：「封宣德侯。」

與內容專對等問題，是故此問題仍需待考。參高秋鳳：《宋玉作品真偽考》(台北市：文津出版社，1999年3月)，頁58～160。

〔註244〕《文選舊註輯存》，總頁7164；《選注規李》，葉27右。

〔註245〕《文選舊註輯存》，總頁7439；《選注規李》，葉27左。

〔註246〕《文選舊註輯存》，總頁7497；《選注規李》，葉27左。

〔註247〕《文選舊註輯存》，總頁7486。

徐案：《後漢書》：「卓茂，字子康。封褒德侯。」〔註248〕

如徐氏駁正，卓茂，字子康，非子容。案：先秦兩漢止孔子弟子——南宮括，字子容。〔註249〕

92. 任昉〈為范尚書讓封侯表〉「或師道如桓榮。」句

李〈注〉：《東觀漢記》：「桓榮，治歐陽《尚書》，事九江朱文剛。」

徐案：當是「朱普」。《後漢書》：「九江朱普，字公文。」《漢書・儒林傳》竝同。〔註250〕

「朱文剛」當改為「朱普」。但徐攀鳳言「字公文」該句，並未記載於《漢書》或《後漢書》，因此不確定徐氏說法依據為何。

93. 枚乘〈上書諫吳王〉「欲湯之滄。」句

李〈注〉：滄，寒也。

徐案：《列子》：「滄滄涼涼。」、《逸周書》：「天地之間有滄熱。」「滄」字旁从「冫」，不从「水」。〔註251〕

李善與顏師古均釋「滄，寒也。」足見共識。徐氏在釋字（文字學）上認為「冫」與「水」部的之間含義係有差異的，故當別之。

94. 任昉〈奏彈劉整〉「整即主。」句

李〈注〉：昭明刪此文大畧，故詳引之，令與彈相應。

徐案：增引處何不分？列彈文注內一經，竄改昭明元本已失，是則李氏之過。〔註252〕

此條是徐攀鳳明確斥責李善注解過錯的少數幾筆。起因在於原蕭統收錄此文時或許摘錄、或許不全，李善於注解時補充所缺之全文，並有注釋，而清時徐氏再看，已正文、注釋融合成一整段文，且有部分注釋遺失。案：此條亦是無法攷證還原，但仍可透過該條思考，究竟問題係源自李善，亦或是後代刊刻有誤，而徐氏拖過於李，皆為深思之題。

95. 沈約〈奏彈王源〉「相承云是高平舊族，寵奮允胄。」句

李〈注〉：引《世說》一條。

〔註248〕《文選舊註輯存》，總頁7666；《選注規李》，葉28右。

〔註249〕〔漢〕司馬遷著、（日）瀧川龜太郎考證：《史記會注考證》（台北市：大安出版社，2011年8月），頁862。

〔註250〕《文選舊註輯存》，總頁7666；《選注規李》，葉28右。

〔註251〕《文選舊註輯存》，總頁7830；《選注規李》，葉28左。

〔註252〕《文選舊註輯存》，總頁7946；《選注規李》，葉28左。

徐案：當是郭頒《世語》，非《世說》也。〔註 253〕

案：各本皆誤，無法確定是李善誤筆，抑或刊刻錯誤。

96. 司馬遷〈報任少卿書〉「刀鋸之餘。」句

李〈注〉：《史記》：「履貂。」云云。

徐案：所謂「履貂」，即《左傳》：「寺人勃鞮。」詳見范蔚宗〈宦臣傳〉：「勃貂管蘇」〈注〉。〔註 254〕

該條注釋方面，李善引《史記》的〈司馬遷傳〉文句補充〈報任少卿書〉，但該作同時皆為司馬遷作品，徐氏以為注不允，故上溯該語用典，認為當引《左傳》為佳。徐氏所言，即參李賢《後漢書注》之說法，然其說法亦有闕疑。首先，「勃貂，即寺人披也，一名勃鞮。」〔註 255〕，先秦兩漢僅《後漢書》言「勃貂」；而《左傳》有「齊寺人貂」與「寺人披」；《左傳》、《國語》有「寺人勃鞮」，為晉國人。再者，且今本《史記》無「履貂」一名。那麼問題是否又為一筆李〈注〉之誤筆？綜合來說，三本文獻之間的關聯性不大，何焯認為是訛字，〔註 256〕此說法解釋「齊寺人貂」、「寺人勃鞮」可能訛為「寺人勃貂」之類，明顯為書面的「多重錯誤」，故不易攷證出錯誤係來自於誰。而回到李〈注〉〈司馬遷傳〉並無提到「某某曰：」，而今本皆作「履貂曰」，但《史記》無「履貂」一詞，是否也可以懷疑「履貂曰」與注文「刀鋸之餘，不敢二心」當中是否有脫文，尚需攷證。

97. 司馬遷〈報任少卿書〉「而事乃有大謬不然者夫。僕與李陵，俱居門下。」句

李〈注〉：夫，語助詞也。《論語》：「子曰：有是夫。」

徐案：此處夫字連下讀，與「有是夫」夫字連上讀有別，徵引殊非。〔註 257〕

徐氏糾正主要討論「夫」在語法上「語末助詞」與「發語詞」的問題。從其否定李善的案語判讀，徐攀鳳假定的斷句係：「而事乃有大謬不然者。夫僕與李陵，俱居門下。」「夫」為「發語詞」。

〔註 253〕《文選舊註輯存》，總頁 7983；《選注規李》，葉 28 左。

〔註 254〕《文選舊註輯存》，總頁 8171；《選注規李》，葉 29 左。

〔註 255〕〔劉宋〕范曄：《後漢書》，《二十四史》（北京：中華書局，1997 年 11 月），頁 651。

〔註 256〕《義門讀書記》，頁 400。

〔註 257〕《文選舊註輯存》，總頁 8177～8178；《選注規李》，葉 29 左。

案：由於「語末助詞」與「發語詞」屬於語法上增強語氣的輔助詞，本身不帶明顯的字義；〔註 258〕而「而事乃有大謬不然者夫」該句夾於「務一心營職，以求親媚於主上」與「僕與李陵，俱居門下」中間，筆者認為稍嫌突兀，在句義無法與上下句順暢連貫；如上接「務一心營職……」句，則如劉良言：「事之始終難明不然者也。」〔註 259〕那麼下句「僕與李陵……」則是另一段的闡述。

當然，「有是『夫』」的用法仍屬常見且有跡可循，如《荀子．王霸》：「而覺跌千里者夫。」〔註 260〕、《周易．繫辭上》：「古之聰明叡知神武而不殺者夫。」〔註 261〕作「語末助詞」使用。至於徐攀鳳將「夫」看作所謂「發語詞」僅能認為係徐氏個人句讀習慣判之，而「夫」至於句前、末並不影響整段文章的判義。

98. 嵇康〈與山巨源絕交書〉

李〈注〉：《魏氏春秋》曰：「山濤為選曹郎，舉康自代。康答書拒絕。」

徐案：拒絕只不願與選，通篇皆如是，觀其臨終，謂子紹曰：「有巨源在，子不孤矣。何嘗欲與山公割席乎？」書題出後人之手，似，但標「與山巨源書」五字較得。〔註 262〕

徐氏所議在於「與山巨源絕交書」與「與山巨源書」二題孰為適宜。大部分《文選》版本多以「與山巨源絕交書」，且歷代命題明顯一轍，如《文心雕龍．書論》：「嵇康絕交」、〔註 263〕《藝文類聚》、《太平御覽》：「稽康〈與山濤絕交書〉」〔註 264〕、齊己四〈擬嵇康絕交寄湘中貫微〉〔註 265〕等，均上以「絕交」二字，然原作者之原題與後代傳世之題稱本就無法兩解比對，是故徐氏對

〔註 258〕唐子恒：《文言語法結構通論》（濟南：山東大學出版社，2005 年 6 月），頁 169。

〔註 259〕《文選舊註輯存》，總頁 8178。

〔註 260〕李滌生：《荀子集釋》（台北市：學生書局，2014 年 9 月），頁 247。

〔註 261〕〔三國魏〕王弼撰、樓宇烈校釋：《周易注》（北京：中華書局，2014 年 6 月），頁 357。

〔註 262〕《文選舊註輯存》，總頁 8412；《選注規李》，葉 31 右。

〔註 263〕周振甫：《文心雕龍注釋》（台北市：里仁書局，2007 年 10 月），頁 483。

〔註 264〕〔唐〕歐陽詢：《藝文類聚》（朱結一盧藏宋本）（上海：上海古籍出版社，2013 年 12 月），總頁 611；〔宋〕李昉等撰：《太平御覽》（北京：中華書局，1995 年 10 月），頁 1894。

〔註 265〕〔清〕康熙敕編、彭定求等編：《全唐詩》（北京：中華書局，1999 年 2 月），總頁 9562。

此有所修正。同樣地，張雲璈引明人王志堅《古文瀆編》云云，認為「與山巨源絕交書」屬「舊題」，該文內容並無言及「絕交」，認為當去以就新題——「與山巨源書」。〔註 266〕

99. 劉綽〈重答劉秣陵沼書〉「雖隙駟不留。」句

李〈注〉：《墨子》曰：「人之生乎地上，無幾何也，猶駟而過隙也。」

徐案：「若駟之過隙」出於《禮記・三年問》。此當引「經」，不宜引「子」。〔註 267〕

「動物（馬）之『過隙』的快速意象」為先秦兩漢常見之諺語，除本條言之《墨子》、《禮記》外，《荀子》、《說苑》、《孔子家語》、《莊子》、《焦氏易林》、《史記》、《漢書》等，徐氏之主張不外乎在注解訓詁方面遵從「首訓經史」的「據經解經」的觀念，故徐氏認為當首引「經部」的《禮記》，而非「子部」的《墨子》。

100. 陳琳〈檄吳將校部曲文〉「懷寶小惠。」句

李〈注〉：《論語》曰：「好行小惠。」

徐案：此當引《左傳》：「小惠未徧。」句。〔註 268〕

此條與上條類似，亦為「據經解經」的觀念。當然，《昭明文選》非「經」，但部分學者視其猶如「經」般重要。故徐氏認為當首引「經部」的《左傳》，而非「子部」的《論語》。

101. 揚雄〈解嘲〉「往昔周網解結，群鹿爭逸。」句

李〈注〉：服虔曰：「鹿，喻在爵位者。」

徐案：此領起下文「離為十二，合為六七，四分五剖，並為戰國。」所謂「羣鹿爭逸者」，蓋以秦失其鹿；「天下共逐」，指戰國諸侯言為是。〔註 296〕

徐氏之「天下共逐」指戰國諸侯即為顏師古之說，但此處特謂「鹿」為「秦」，不免令人摸不著頭緒；上文「周網」即指周代禮制，禮崩樂壞後，下文「離為十二」至「並為戰國」描述春秋大國過渡到戰國七雄之狀；徐氏是否誤意為「秦漢」的過度情況，或待商討。

〔註 266〕《選學膠言》，頁 564～565。

〔註 267〕《文選舊註輯存》，總頁 8585；《選注規李》，葉 31 右。

〔註 268〕《文選舊註輯存》，總頁 8767；《選注規李》，葉 32 右。

〔註 296〕《文選舊註輯存》，總頁 8919；《選注規李》，葉 32 右。

102. 陶潛〈歸去來並序〉「懷良辰以孤往。」句

李〈注〉:《淮南子・要畧》。

徐案:當是淮南王《莊子・畧要》。〔註270〕

李善原〈注〉:「《淮南子・要畧》曰:「山谷之人,輕天下,細萬物,而獨往者也。」確實並不見於《淮南子》,而徐攀鳳所提亦是否為《淮南鴻烈解》也無法得證,乃因李善該句並無見於歷代,故《淮南鴻烈解》、《淮南子》二者尚非。案:目前各本均如上述,但是否有脫文情況,尚待攷證。

103. 卜子夏〈毛詩序〉「哀窈窕。」句

鄭《箋》:「哀」,蓋字之誤。當為「衷」。

徐案:陸德明《經典釋文》等書並言先儒以「衷」為「如」字讀,改「哀」為「衷」應自鄭氏始。〔註271〕

此條問題有二,一是「哀」、「衷」二字訓義的問題,二是版本問題。首先,「衷」訛為「哀」,自鄭《箋》已明,且鄭氏於《論語》亦同訓此義,如徐氏所說;其次,在文本排版上,該解釋為鄭玄,非李善,筆者目力比較慶長二年六臣注本、卞季良六臣注本,二版上祖秀州與贛州系統,均作「李善(注)」,此部分不僅鄭、李相訛外,鄭《箋》也倒訛至五臣,陳八郎本五臣注況為:「翰曰:『哀,念也。』」〔註272〕,諸如張雲璈、許巽行則見「哀,蓋字之誤。當為衷」為五臣注,並以為剽竊鄭《箋》,實非版本錯訛,許嘉德(巽行玄孫)言:「茶陵、汲古閣本皆倒訛」,恐明代此況漸始,宋代未有。

104. 史岑〈出師頌〉

李〈注〉:《後漢書》曰:「王莽末,沛國史岑,字孝山。」

徐案:「孝山」,當作「子孝」,「蓋仕莽末者,子孝,當和熹之際者……。」孝山下注已明言之,刊本當校正。〔註273〕

此部分確誤,《後漢書》全書僅提一「史岑」,字「子孝」。〔註274〕另,兩家注中皆言有兩「史岑」,李善的部分引《東觀漢記》,然「前代史岑之比」以

〔註270〕《文選舊註輯存》,總頁9029;《選注規李》,葉32右。

〔註271〕《文選舊註輯存》,總頁9035;《選注規李》,葉32左。

〔註272〕查慶長二年六臣注本、卞季良六臣注本皆同陳八郎本,未倒訛。《文選舊註輯存》,總頁9035。

〔註273〕《文選舊註輯存》,總頁9362~9363;《選注規李》,葉33左。

〔註274〕〔劉宋〕范曄:《後漢書》,《二十四史》(北京:中華書局,1997年11月),頁677。

降云云不詳出典；五臣李周翰引《文章志》、《今書七志》自趙宋以降已佚，故無法得證歷史上有幾位「史岑」。

105. 陸機〈漢高祖功臣頌〉「滌穢紫宮，徵帝太原。」句

李〈注〉:《漢書》:「勃曰……。」云云。

徐案:《漢書》東牟侯興居曰:「誅諸呂，臣無功。請得除宮。」非周勃語。〔註 275〕

確當為東牟侯劉興居（齊悼惠劉肥三子），《漢書》紀錄於〈張（良）陳（平）王（陵）周（勃）傳〉中，且於周勃之部分中提及，故誤。〔註 276〕

106. 干寶〈晉紀總論〉「擾天下如驅群羊，舉二都如拾遺（芥）。」句

李〈注〉:《漢書》:梅福上書曰:「高祖舉秦如鴻毛，取楚如拾遺。」

徐案：此篇與王粲〈從軍詩〉:「忽若俯拾」、陸機〈漢高功臣頌〉:「拾代如遺」、〈五等論〉:「易於拾遺」皆引梅福語作注。似元文「遺」下本無芥字。各本譌刻顯然。或以《晉書》為辭便，當以夏侯勝：「俛拾地芥」語釋之矣。善讀李氏注者能自辨之。〔註 277〕

此條甚怪，「兩書本異」，《晉書》確作「擾天下如驅群羊，舉二都如拾遺芥。」，然引注《漢書》「高祖舉秦如鴻毛，取楚如拾遺。」本就無「芥」，真的不必如徐氏徵引大量例注反駁是否有「芥」一字。按李善注疏凡例，未必字字箋注，是故不論〈晉紀總論〉作「拾遺」或「拾遺芥」，李氏已引梅福「拾遺」云云作釋之。當然，徐氏提出可引夏侯勝「俛拾地芥」句，則係其個人注疏典籍上之選擇。

107. 范曄〈宦者傳論〉「手握王爵，口含天憲。」句

李〈注〉:諫議大夫陶侃上疏訟朱穆。

徐案：是時，陶侃以大學生上疏，未為諫議大夫也。當援范《書》改正。〔註 278〕

如徐氏所言，《後漢書》在其時「太學書生」，時漢桓帝永興元年（約 153 年），「諫議大夫」為漢靈帝中平二年坐言死（約 185 年），李善誤記。〔註 279〕

〔註 275〕《文選舊註輯存》，總頁 9483；《選注規李》，葉 33 左。

〔註 276〕〔東漢〕班固：《漢書》，《二十四史》（北京：中華書局，1997 年 11 月），頁 525～527。

〔註 277〕《文選舊註輯存》，總頁 10001；《選注規李》，葉 34。

〔註 278〕《文選舊註輯存》，總頁 10178；《選注規李》，葉 34 左。

〔註 279〕〔劉宋〕范曄：《後漢書》，《二十四史》（北京：中華書局，1997 年 11 月），頁 390。

108. 沈約〈恩倖傳論〉「明敭幽仄。」句

李〈注〉:《尚書》曰:「明明揚側陋。」

徐案:當引《書》古文訓「明明敭仄□。」〔註 280〕

此〈注〉《尚書》為〈堯典〉篇，屬「古文尚書」，故徐氏認為用自當從古，故「敭」為「揚」古字、「仄」為「側」古字、「□」為「陋」古字，以古字為訓。

109. 班彪〈王命論〉「思有短褐之褻。」句

李〈注〉:《說文》曰:「褻，重衣也。」

徐案:《說文》曰:「褻，重衣也。襲左衽。」今以重衣為解，則本文及注皆當改「襲」為「褻」。〔註 281〕

此確當以《說文》之原文為主。

110. 曹丕〈典論・論文〉「徐幹時有齊氣。」句

李〈注〉:故《齊詩》曰:「子之還兮，遭我乎猺之間兮。」

徐案:《齊詩》作:「子之營兮，遭我乎嶩之間兮。」師古曰:「言往營邱而相逢於嶩山也。」〔註 282〕

李善所引之《齊詩》云云係《毛詩・齊風・還》，然《齊詩》、《毛詩》兩家之文句稍異，既然李善已言《齊詩》，徐氏認為應以《齊詩》內容為主，訂正其文句。《齊》、《毛》二家差異在於「營」與「還」、「嶩」與「猺」。案:今雖無法見《齊詩》面貌，然部分古人已為之考，唐陸德明《經典釋文》言:「猺山在齊，一作嶩。」〔註 283〕明末王夫之《詩經攷異》言:「《詩傳》、《詩說》有〈營〉一篇，……，今《毛詩》無〈營〉，而《詩傳》、《詩說》無〈還〉。所謂〈營〉者，應即是〈還〉。」〔註 284〕是故兩作題名、內容許有小異，但應是同一作。

111. 曹丕〈典論・論文〉「然不能持論。」句

李〈注〉:《漢書》曰:「東方朔、枚皋不長持論。」

〔註 280〕□:陋之古字，字形為去阜旁。《文選舊註輯存》，總頁 10243;《選注規李》，葉 34 左。

〔註 281〕《文選舊註輯存》，總頁 10474;《選注規李》，葉 36 右。

〔註 282〕《文選舊註輯存》，總頁 10504～10505;《選注規李》，葉 36 右。

〔註 283〕〔唐〕陸德明:《經典釋文》(北京圖書館藏宋刻本)(上海:上海古籍出版社，2019 年 4 月)，總頁 255。

〔註 284〕〔明〕王夫之:《詩經攷異》，《船山全書》(湖南:嶽麓書社，1996 年 12 月)第 3 冊，頁 238。

徐案：〈嚴助傳〉作「不根持論」。師古曰：「論議妄隨不能持正，如樹木之無根柢也。」〔註 285〕

當為訛字也；按北宋本作「不良持論」、尤袤本作「不根持論」，而徐氏于本作「不長持論」。「良」、「根」、「長」三字形近，故訛。

112. 韋昭〈博弈論〉「求之於戰陳，則非孫吳之倫也。」句

李〈注〉：劉向〈圍棊賦〉曰：「略觀圍棊，法於用兵，怯者無功，貪者先亡。」

徐案：今賦載《馬季長集》。〔註 286〕

與第 49 條顏延年〈赭百馬賦〉「末臣庸蔽」句類似。《藝文類聚》亦作後「漢馬融〈圍棋賦〉」〔註 287〕。此許為李善「人名誤記」。

113. 嵇康〈養生論〉「夫悠悠者既以未效不求。」句

李〈注〉：《論語》：「桀溺曰：『悠悠者天下皆是也。』」

徐案：《論語釋文》云：「鄭本作悠悠。」孔安國曰：「悠悠，周流之貌也。」《史記・孔子世家》同。〔註 288〕

此處北宋本與尤袤本即有別，而徐氏認為，鋟本作「滔」為訛。

114. 陸機〈辯亡論〉「旋皇輿於夷庚。」句

李〈注〉：繁欽《辨惑》曰：「以巨海為夷庚。」臧榮緒《晉書》：「司徒王謐議曰：『夷庚未入。然夷庚者，藏車之所。』」

徐案：夷，常也。庚，道也。與〈補亡詩〉：「蕩蕩庚夷」同義。〔註 289〕

「夷庚」為何？係本條欲討論之要。該段對句「旋皇輿於夷庚，反帝座乎紫闥」，李善僅聚焦「夷庚」二字。然上注所引繁欽全為「吳人者，以船楫為輿馬，以巨海為夷庚。」應對臧氏書說，稍有對殊；繁氏說概為「道路」解，而臧氏說概為「車庫」解，按五臣亦解「道路」。筆者按《左傳》：「以塞夷庚」，杜〈注〉：「夷，平也。庚與迒，道也。車馬往來之平道。」〔註 290〕釋作「道路」為佳。

〔註 285〕《文選舊註輯存》，總頁 10506；《選注規李》，葉 36 左。

〔註 286〕《文選舊註輯存》，總頁 10515；《選注規李》，葉 36 左。

〔註 287〕〔唐〕歐陽詢：《藝文類聚》（朱結一廬藏宋本）（上海：上海古籍出版社，2013 年 12 月），總頁 1905。

〔註 288〕《文選舊註輯存》，總頁 10605；《選注規李》，葉 37 右。

〔註 289〕《文選舊註輯存》，總頁 10688；《選注規李》，葉 37 右。

〔註 290〕楊伯峻編：《春秋左傳注》（北京：中華書局，2007 年 9 月），總頁 912。

115. 劉孝標〈辯命論〉「天才英偉。」句

李〈注〉：郭璞曰：「孫子荊上品狀王武子曰：『天才英博，亮拔不羣。』」

徐案：《晉書・孫楚傳》所載是王武子狀楚語，此蓋誤引。又「郭璞曰」三字於其上史不可解。〔註 291〕

徐攀鳳糾正有二，一是「天才英博，亮拔不羣。」係誰對誰語？二是該注「郭璞曰」三字。首先，如徐氏所說，今《晉書》載為「王濟狀孫楚」，而《太平御覽》載中提及「王武子」，〔註 292〕梁章鉅：「楚，字子荊；濟，字武子。正此事也。」〔註 293〕故為同一事，只是各本敘述有異。另，「郭璞曰」部分，劉躍進初步攷證《隋書・經籍志》載小說家「《郭子》三卷」，而郭頒有《世語》，李善嘗引，懷疑可能為「郭頒」。〔註 294〕

116. 陸機〈演連珠〉

李〈注〉：傅玄〈敘連珠〉曰：「所謂連珠者，興於漢章之世。」

徐案：《北史・李先傳》：「魏帝召先，讀《韓子連珠》三十首，韓子即韓非子。据此，則傅元之言與沈約、任昉以為連珠之作始於子雲者，皆非也。〔註 295〕

由於李善引晉初傅玄（217～278 年）〈敘連珠〉，加上沈、任亦同茲說，甚至定位揚雄為創始者，「連珠」體式興於東漢的說法於接受當時學界。而徐攀鳳則認為「連珠」當可向更早的先秦作推溯，並引《北史》云云，認為韓非更早（始）。當然始源的說法各異，參駱鴻凱《文選學・體式》例證，引《文心雕龍》所謂「連珠」即「碎文瑣語」，換言之「瑣碎之短語」大抵可稱作之；再檢視各題〈連珠〉作品，雖同屬一作，但各段文之間的關聯性不大。陸機〈演連珠〉各段首皆「臣聞」，而〈韓非子・儲說〉多作「一曰」，是否以此斷然兩者即是「連珠」，似可再商榷。〔註 296〕

117. 陸機〈演連珠〉「是以蒲密之黎。」句

李〈注〉：或以密為宓子賤。以邑對姓，恐文非體也。

〔註 291〕《文選舊註輯存》，總頁 10828；《選注規李》，葉 37。

〔註 292〕〔宋〕李昉等撰：《太平御覽》（北京：中華書局，1995 年 10 月），頁 2059。

〔註 293〕《文選旁證》，頁 552～553。

〔註 294〕《文選舊註輯存》，總頁 10828。

〔註 295〕《文選舊註輯存》，總頁 10968；《選注規李》，葉 37 左。

〔註 296〕駱鴻凱：《文選學》（北京：中華書局，2015 年 3 月），頁 97～98。

徐案：沈約《宋書·良吏傳序》：「蒲宓之化，事未易階。」正作「宓」字。〔註 297〕

此條關注「蒲密」二字，李善注中已引「子路為『蒲宰』(官職名)；卓茂為『密令』(官職名)」。按此，「蒲密」可蓋概括釋作「官職」，然李善好「一詞釋二書」，此處又引孔子另一弟子——「密不齊，魯人，字子賤。」而這段注釋非常突兀，如「蒲密」之「密」解作「人名」，相對地「蒲密」之「蒲」亦須解為「人名」，然後必未有有進一步解釋，因而稍嫌牴觸前面自己的解釋。若按原釋解作「官職」，則兩兩互依成通。

案：徐攀鳳雖未糾正此處疑義，但引史書詞例補正，認為當作「宓」字，「密」字為訛，因訛又徵「密不齊」事屬遷率附會。

118. 王儉〈褚淵碑文並序〉「所授田邑，不盈百井。」句

李〈注〉：《周禮》曰：「畝百為夫，夫三為屋，屋三為井。」

徐案：此是《司馬法》，非《周禮》。〔註 298〕

案：此說早見於《漢書·食貨志》，兩漢以後，皆作《司馬法》，而不作《漢書》。此處也未有清儒提出糾正，稍嫌怪異。

119. 任昉〈齊竟陵文宣王行狀〉「邪叟忘其西戾。」句

李〈注〉：引「劉寵徵為將作大匠。山陰老叟，自若邪山谷出送」事。

徐案：此乃華嶠《後漢書》，非范《書》。〔註 299〕

查《隋書·經籍志》，魏晉時人撰《後漢書》者有 9 家，如下：

《後漢書》一百三十卷。無帝紀，吳武陵太守謝承撰。

《後漢記》六十五卷。本一百卷，梁有，今殘缺。晉散騎常侍薛瑩撰。

《續漢書》八十三卷。晉祕書監司馬彪撰。

《後漢書》十七卷。本九十七卷，今殘缺。晉少府卿華嶠撰。

《後漢書》八十五卷。本一百二十二卷，晉祠部郎謝沈撰。

《後漢南記》四十五卷。本五十五卷，今殘缺，晉江州從事張瑩撰。

《後漢書》九十五卷。本一百卷，晉祕書監袁山松撰。

〔註 297〕《文選舊註輯存》，總頁 11006～11008；《選注規李》，葉 37 左。

〔註 298〕《文選舊註輯存》，總頁 11600；《選注規李》，葉 38 右。

〔註 299〕《文選舊註輯存》，總頁 11869；《選注規李》，葉 38。

《後漢書》九十七卷。宋太子詹事范曄撰。

《後漢書》一百二十五卷。范曄本，梁剡令劉昭注。〔註300〕

今除范曄《後漢書》外，其他大多佚失，故也難以對證徐氏說法；另外「山陰老叟」事，范《書》亦有，故難以定論。〔註301〕

120. 潘岳〈楊荊州誄〉「青社白茅。」句

李〈注〉:《毛詩》曰:「錫爾土宇歸青社。」

徐案：各本皆如是，疑是齊、韓諸家經生之詞。〔註302〕

此條問題在於徐氏，該條目為「青社白茅」，然該處注文「錫爾土宇歸青社」當釋前句「用錫土宇」，非「青社白茅」。案：北宋本、尤袤本俱有「《肇碑》曰:『五等初建，封東武子。』」，但釋之若何？則不詳。〔註303〕而徐氏所謂「錫爾土宇歸青社」係齊、韓諸家經生之詞，查該句不見於今本《毛詩》，且尤袤本李〈注〉作「錫爾土宇歸章」，但北宋本「錫爾土宇」以降皆闕，是否屬於佚文，或是後學佯滲則有待商榷。

121. 陸機〈弔魏武帝文〉「夫以迴天倒日之力。」句

李〈注〉: 范氏《後漢書》曰:「左迴天，唐獨坐。」

徐案:此有誤，今范《書》曰:「左回天，貝獨坐。徐臥虎，唐兩墮。」〔註304〕

案:《後漢書・宦者列傳》確作「左回天，貝獨坐。徐臥虎，唐兩墮。」然《三國志・荀彧傳》裴注云:「故于時諺云:『左迴天，唐獨坐』。」〔註305〕「時諺」可解作今語「大部分通用說法」，故李氏當改《後漢書》為《三國志》，則無誤也。

綜論上述，本「(一)「訂正」李善〈注〉」共121條，雖皓幅巨篇，但藉

〔註300〕〔東漢〕班固、〔唐〕長孫無忌等編:《漢隋藝文經籍志》(台北市:世界書局，2009年2月)，頁39～40。

〔註301〕〔劉宋〕范曄:《後漢書》,《二十四史》(北京:中華書局，1997年11月)，頁644。

〔註302〕《文選舊註輯存》，總頁11170;《選注規李》，葉38右。

〔註303〕李善、五臣俱釋「用錫土宇」為釋「楊肇」，因其名銜——「晉故折衝將軍荊州刺史東武戴侯」，認為「用錫」至「其紱」狀述其受封重用之情景，故以滋釋。《文選舊註輯存》，總頁11313。

〔註304〕《文選舊註輯存》，總頁11965;《選注規李》，葉38左。

〔註305〕〔晉〕陳壽:《三國志》,《二十四史》(北京:中華書局，1997年11月)，頁87。

此可以觀察李善在注解時，並非完全毫無缺失。目前尚無學者按條統計李善〈注〉的確切條目，但對比徐攀鳳九牛一毛的訂正則足顯珍貴。簡言之，李善縱是「書簏」，學問上總是有對碎事偏學不甚領然，以致部分條釋不清楚，這是肯定的，因此才需仰賴其他學者形式上以「teamwork」方式聯合對其訂誤，透過集思廣益，對「李善〈注〉」整體「完整性」、「正確性」摩旗相助。

綜合來講，《昭明文選》最令學者、讀者煞神思索的莫過於文章當中的「字辭」，尤其涉及「名物」，由於中土地大物博，臨山依海，每位作家出生背景各異，見識（創意）五花八門；加上自然界鬼斧神工，造物千變萬化，大大增加注釋的困難；再者，每位作者博彩炫技的創作手法，文章不僅融會基本「五經」，諸多典籍、史料的內容被大量運用，這對於李善而言，無疑是巨艱之務。

於此點部分，徐攀鳳最為突出的地方在於「洞察細微」、「思緒清楚」，邏輯觀念無傳統窠臼，對歷代典籍的掌握非常通透，才能在云云繁多的條目中挑揀出錯誤。若以整個清代《選》學來說，許巽行、張雲璈、梁章鉅、朱珔、胡紹煐等皆有家族成員協助在《文選》上頭的校勘，可以分頭作業。然徐攀鳳最值稱在於其獨立做學，不假他人，因此其作部頭個小是可以理解的。這也讓我們理解部分清儒「一生經營一部學問」上以「學問為性命之務」〔註 306〕的學術風氣。續下且看徐攀鳳除訂正方面，如何「補充李善的不足」。

（二）「補注」李善〈注〉

本節上一點討論李善「注釋錯誤」的部分，而本點則將討論徐攀鳳進行補充之目的。首先，雖然李善學富五車，但對於歷代諸多名物、史脈疏解、認識與掌握稍嫌欠乏，導致讀者於閱讀作品與注解方面，往往有原文與注文的釋義相相矛盾之情況。其次，每位作家在文學創作時雖多少運用典籍字句，但字句本身是否即與徵引、化用的史實吻合，則恐未必，有時會與經典、史料無關。

我們進一步談，創作有時單純截引其詞藻，如音樂中之「陽春」、「白雪」，係古樂名（曲）且佚失已久，但後代創作者，乃至於《昭明文選》中所收之作：劉楨〈贈五官中郎將〉、〈長歌行〉、張景陽〈雜詩〉等類輩數徵。他們之中或許未聞曲律、不見曲譜，但「歌曲名」廣為流傳，截而用之。相關這種形制的用法不勝枚舉。衍伸如所前說「原文與注文的釋義相矛盾」的問題，但另一個

〔註 306〕〔清〕徐自立、徐與蕃增修：《徐氏族譜》，收於《上海圖書館藏珍稀家譜叢刊》（上海：上海科學技術文獻出版社，2016 年 3 月），第 12 冊，頁 767。

角度來說，不釋義這些字詞，越是後代的學者對於遠古所使用的詞彙、名物等將會不甚了然。對此，徐攀鳳在糾謬與批評的同時亦補充了不少他家說法，使李善〈注〉更加臻緻與清楚，此也幫助欲了解《昭明文選》的讀者可以更準確地掌握文章內容，不致誤解。這對於《昭明文選》無疑是偉大貢獻。

此點舉凡可分為：闕注補充 27 條、文獻再補充 29 條、文字聲（音）韻 27 條、名物解釋 6 條、歷代典章釐正 3 條、人名解釋 1 條等，其中值得關注為「闕注補充」，由於李善注釋之體例係在每個字句上琢磨「是否曾經有類似典籍使用，是故當部分字詞吻合其所認知，其餘字詞可能就會忽略，以班固〈西都賦〉為例：

① 遂乃風舉雲搖，浮遊溥覽。前乘秦嶺，後越九嵕。

② 東薄河華，西涉岐雍。

③ 宮館所歷，百有餘區，行所朝夕，儲不改供。〔註 307〕

若以前後注釋相隔來說，引文「①②③」可視為一組，然李善僅釋「②」，「①③」全全忽視，但對於讀者來說，可能就無法了解「①③」的大抵意思。故本點共 93 條，大致為徐攀鳳補充李善〈注〉之大況，同時也係補充《昭明文選》，於下細解：

1. 班固〈西都賦〉「行所朝夕。」句 闕注補充

   李〈注〉：闕。

   徐案：蔡雍《獨斷》曰：「天子四海為家，故謂行在為所。」〔註 308〕

2. 班固〈東都賦〉「傑佅兜離。」句 闕注補充

   李〈注〉：注闕兜字之義。（徐氏說法）

   徐案：《白虎通》：「南夷之樂曰《兜》，西夷之樂曰《禁》，北夷之樂曰《昧》，東夷之樂曰《離》。」或謂：「兜」字乃「任」字之譌。但此四句恰好作此賦注脚，且俱出孟堅之手，或當時本作「兜」，或許說樂是一，而字並不同，蓋古音有輕重，李〈注〉已明言矣。〔註 309〕

3. 張衡〈南都賦〉「春卵夏筍。」句 闕注補充

   李〈注〉：注闕卵字之義。（徐氏說法）

   徐案：《禮記》：「春薦韭韭以卵。」〔註 310〕

〔註 307〕《文選舊註輯存》，總頁 118。

〔註 308〕《文選舊註輯存》，總頁 118；《選注規李》，葉 3 右。

〔註 309〕《文選舊註輯存》，總頁 166；《選注規李》，葉 4 右。

〔註 310〕《文選舊註輯存》，總頁 793；《選注規李》，葉 6。

4. 左思〈吳都賦〉「起寢廟於武昌。」句 闕注補充

李〈注〉：闕。

徐案：吳都——「武昌」未立寢廟於建業，亦然《宋．五行志》：「權稱帝三十年，竟不於建業立寢廟，但有父堅廟，遠在長沙……。」似賦寢廟只宜當宮寢解。〔註311〕

5. 左思〈魏都賦〉「都護之堂，殿居綺窻。」句 闕注補充

李〈注〉：注闕殿字之義。(徐氏說法)

徐案：〈霍光傳〉：「鴞數鳴殿前樹上。」師古曰：「古者，室高屋上通呼為殿。」〈黃霸傳〉：「丞相與中二千石博士雜問郡國上計長吏守丞，為民除害興利者為一輩，先上殿。」師古曰：「殿，丞相所坐屋。」固知都護之堂，亦可稱殿。〔註312〕

6. 司馬相如〈子虛賦〉「名曰雲夢。」句 闕注補充

李〈注〉：闕。

徐案：《左氏傳》曰：「楚子入於雲中。」〔註313〕又曰「王以田於江南之夢。」〔註314〕《周禮》「職方」〈注〉：「雲在江北，夢在江南。」〔註315〕

7. 揚雄〈羽獵賦〉「富既與地乎侔訾。」句 闕注補充

李〈注〉：注闕訾字之義。(徐氏說法)

徐案：《漢．地理志》：「高訾富人。」〈司馬相如傳〉：「以訾為郎。」「訾」即「貲」，古作「訾」也。〔註316〕

8. 潘岳〈西征賦〉「勵疲鈍以臨朝。」句 闕注補充

李〈注〉：注闕朝字之義。(徐氏說法)

徐案：《漢書》：「郡守」為「朝郡」。亦謂之「府朝」。今讀此賦知「縣令」亦可稱「朝」也。〔註317〕

〔註311〕《文選舊註輯存》，總頁1149；《選注規李》，葉7左。

〔註312〕《文選舊註輯存》，總頁1319；《選注規李》，葉8。

〔註313〕該條出於《左傳．定公四年》。

〔註314〕該條出於《左傳．定公三年》。

〔註315〕該條出於《周禮．夏官》。「夢」作「瞢」。參〔漢〕鄭玄注、〔唐〕賈公彥疏：《周禮注疏》(上海：上海古籍出版社，2015年3月)，頁1274。《文選舊註輯存》，總頁1515；《選注規李》，葉11右。

〔註316〕《文選舊註輯存》，總頁1814；《選注規李》，葉12右。

〔註317〕《文選舊註輯存》，總頁2113；《選注規李》，葉13左。

9. 宋玉〈風賦〉「大王之雄風、庶人之雌風也。」句 闕注補充

李〈注〉：闕。

徐案：《春秋元命苞》〔註 318〕：「師曠曰：『春雷始起，其音格格，其霹靂者，雄雷，其鳴音不大霹靂者，雌雷。』」雷言雄雌，似為賦風所本。〔註 319〕

10. 陸機〈文賦〉「採千載之遺韻。」句 闕注補充

李〈注〉：闕。

徐案：言韻始此。成公綏〈嘯賦〉：「音均不恆。」〈注〉云：「均，古韻字。」成公亦晉人，彼時猶尚言「均」。〔註 320〕

11. 陸機〈文賦〉「寤防露與桑間。」句 闕注補充

李〈注〉：防露，未詳。

徐案：李於〈月賦〉：「徘徊房露」注已云：「房露蓋古曲」。〈文賦〉：「寤防露與桑間」，「房」與「防」古字通，何此注故作移辭？蔓引靈運〈山居賦〉為言耶？〔註 321〕

12. 宋玉〈神女賦〉「楚襄王與宋玉遊於雲夢之（浦）澤。」句 闕注補充

李〈注〉：闕。

徐案：此與〈高唐賦〉俱從「楚襄王」發端。而前篇「夢」屬懷王，此篇「夢」屬宋玉。篇中，「王寢」、「王異之」、「王曰晡夕之後」、「王曰茂矣」，諸王字改「玉」、「白玉」、「玉曰其夢若何」、「玉曰狀何如也」，諸「玉」字改「王」當是。張鳳翼《纂注》「不易之論」。〔註 322〕

13. 宋玉〈神女賦〉「闇然而瞑。」句 闕注補充

李〈注〉：注闕。闇字未釋。（徐氏說法）

徐案：《莊子．德充符》：「據高梧而瞑。」張平子〈南都賦〉：「青冥盱瞑。」「瞑」，古「眠」字。〔註 323〕

〔註 318〕徐攀鳳此處所引為漢代佚書（緯書）《春秋元命苞》，其內容散見各代注解、條案，亦包括在李善注解。參孫啟治、陳建華編撰：《中國古佚書輯本目錄解題》（上海：上海古籍出版社，2017 年 11 月），頁 211。

〔註 319〕《文選舊註輯存》，總頁 2544；《選注規李》，葉 15 右。

〔註 320〕《文選舊註輯存》，總頁 3217；《選注規李》，葉 18 右。

〔註 321〕於《選學糾何》亦有談及，見《選學糾何》，葉 12 左。

〔註 322〕《文選舊註輯存》，總頁 3629；《選注規李》，葉 18 左～葉 19 右。

〔註 323〕《文選舊註輯存》，總頁 3646；《選注規李》，葉 19 右。

14. 曹植〈責躬應詔詩表〉「僻處西館。」句 闕注補充

李〈注〉：闕。

徐案：《魏志．本傳》。「黄初四年來朝，文帝責之，置西館，未許朝，時雖許其來，猶未遽見，蓋猜心未忘也六年帝東征，過雍邱，遂幸植宮，為兄弟如初。〈應詔詩〉：「稅此西墉。」西墉即西館。〔註 324〕

15. 謝靈運〈石門新營所住四面高山迴溪石瀨脩竹茂林詩〉 闕注補充

李〈注〉：闕。

徐案：康樂已有〈登石門最高頂詩〉矣。聞之前輩前首為永嘉之石門，此首乃匡盧之石門。〔註 325〕

16. 屈平〈離騷經〉 闕注補充

李〈注〉：闕。

徐案：王逸《章句．序》曰：「離，別也。騷，愁也。經，徑也。言已放逐別離，中心愁思，猶陳直徑以諷諫君也。」「經」字不解作經典之經者，誠恐尊之太過耳。《後漢．文苑傳》：「王逸，字叔師，南郡宜城人。」〔註 326〕

17. 任昉〈為蕭揚州薦士表〉「臣王言。」句 闕注補充

李〈注〉：闕。

徐案：此亦誤仍《任集》所改，或謂始安王為昭明之叔，故隱其名。〔註 327〕

18. 楊修〈答臨淄侯牋〉「修家子雲。」句 闕注補充

李〈注〉：闕。

徐案：揚雄之「揚」本從手，今讀此〈牋〉意古「揚、楊」字通也。〔註 328〕

19. 司馬遷〈報任少卿書〉「今少卿抱不測之罪。」句 闕注補充

李〈注〉：闕。

徐案：《漢書．劉屈氂傳》：「北軍使者任安，坐受戾太子節，因囚於

〔註 324〕《文選舊註輯存》，總頁 3798；《選注規李》，葉 19。
〔註 325〕《文選舊註輯存》，總頁 5711；《選注規李》，葉 24 左。
〔註 326〕《文選舊註輯存》，總頁 6270；《選注規李》，葉 24 左～葉 25 右。
〔註 327〕《文選舊註輯存》，總頁 7675；《選注規李》，葉 28。
〔註 328〕《文選舊註輯存》，總頁 8018；《選注規李》，葉 28 左。

獄。」此其是也。〔註 329〕

20. 曹丕〈與朝歌令吳質書〉「文學託乘於後車。」句 闕注補充

李〈注〉：闕。

徐案：《魏志・王粲傳》：「粲與北海徐幹、廣陵陳琳、陳留阮瑀、汝南應瑒、東平劉楨為五官中郎，將文學。」知「文學」乃官名也。《荀氏家傳》：「荀閎為太子文學，延至南齊猶存。」其職謝元暉〈辭隋王牋〉自稱「故吏文學」是也。〔註 330〕

21. 應瑒〈與侍郎曹長思書〉 闕注補充

李〈注〉：闕。

徐案：《魏志》：「曹休子肇，為散騎常侍。」郭頒《魏晉世語》：「肇，字長思。」〔註 331〕

22. 范曄《後漢書・二十八將傳論》 闕注補充

李〈注〉：闕。

徐案：《晉書》：「華嶠作《後漢書》九十七卷。」蔚宗因其論闡之，自首句至亦各志能之士也，皆華嶠語。見范《書》注。〔註 332〕

23. 王褒〈四子講德論〉「處把握而却寥廓。」句 闕注補充

李〈注〉：闕。

徐案：《說文》：「廫字，〈繫傳〉云：『俗作寥』。非今此寥字，恐是廫之省文，否則當徇俗作寥也。〔註 333〕

24. 班彪〈王命論〉「距逐鹿之瞽說，審神器之有授。」句 闕注補充

李〈注〉：闕。

徐案：此乃深識王命之不屬隗囂也，囂既不悟，彪遂避地河西，而歸竇融矣。〔註 334〕

25. 曹丕〈典論・論文〉「唯幹著論，成一家言。」句 闕注補充

李〈注〉：闕。

徐案：「論」即〈中論〉。見文帝〈與吳質書〉。

〔註 329〕《文選舊註輯存》，總頁 8163；《選注規李》，葉 29 左。
〔註 330〕《文選舊註輯存》，總頁 8317；《選注規李》，葉 30。
〔註 331〕《文選舊註輯存》，總頁 8386；《選注規李》，葉 30 左。
〔註 332〕《文選舊註輯存》，總頁 10142；《選注規李》，葉 34 左。
〔註 333〕《文選舊註輯存》，總頁 10396；《選注規李》，葉 35 左。
〔註 334〕《文選舊註輯存》，總頁 10474；《選注規李》，葉 36 右。

26. 禰衡〈鸚鵡賦〉「何今日之雨絕。」句 闕注補充

李〈注〉：闕。

徐案：工粲〈贈粲子篤詩〉：「一別如雨。」江淹〈擬潘黄門述哀詩〉：「雨絕無還雲。」注皆引此賦為證。銨本譌「雨」為「兩」，宜亟正之。〔註335〕

27. 任昉〈為齊明帝讓宣城郡公表〉「臣諱誠惶誠恐。」句 闕注補充

李〈注〉：闕。

徐案：上〈表〉合稱名此諱字，當是彥升家集所改而昭明仍誤。〔註336〕

上述27例李善〈注〉中，李善一般是以「忽略」的形式省略不釋，大抵原因可能是「稀鬆平常之字詞」或「於他處已有解釋」等情況，故不贅釋。因此，徐攀鳳在認為所謂「應該需要注釋的缺漏處」以「闕」或更明確「注闕某字（詞）之義」的方式標記「闕注處」，並恪遵李氏注疏之形式，往前人著作作一溯源，並且兼釋使之融貫。

進一步談，唐代李善以其學識，或以其當時時代氛圍，對於某些詞彙來說可能是一種「常識（*common sense*）」，是不需要多加解釋的，且本章前部已述李善注書之宗旨——「弋釣書部，願言註輯」〔註337〕。〈進文選表〉講得清楚，李善欲藉注《文選》以展現自身才學（知識），勾勒出紛紛籍籍的書目，故專注深難字詞是可以理解的。然隨時代推移至清代，部分字詞恐怕已非清代時人所能理解，是故徐攀鳳補釋部分闕釋對於《文選》來說，一方面彌補李善闕釋之處，強化一部經典與其注解的完整性，閱讀效益上，也擴增理解上的整體性；另一方面，藉由這些補充，對字詞流衍至清代是否呈現差異、誤解、新義等，皆可藉由新的補充，發覺不同年代的學者對於《文選》之中的細節有不一樣的觀點。

於下為「文獻再補充」，主要係徐攀鳳在既有的李善注解下又再擴增新的文獻，共計29條：

28. 班固〈兩都賦序〉「奚斯頌魯」句 文獻再補充

李〈注〉：《韓詩》曰：「新廟弈弈，奚斯所作。」薛君曰：「是詩，公子奚斯所作也。」

〔註335〕《文選舊註輯存》，總頁2670～2671；《選注規李》，葉15左～葉16右。

〔註336〕《文選舊註輯存》，總頁7644；《選注規李》，葉28右。

〔註337〕見〔清〕董皓編：《全唐文》（上海：上海古籍出版社，2007年5月），總頁836。

徐案：《魯頌・子夏序》曰：「僖公能遵伯禽之法，季孫行父請命於周，而史克作頌，是作廟者奚斯。作頌者史克也。」惟《法言》司馬公〈注〉：「謂正考父作《商頌》，奚斯作〈閟宮〉之詩。」《後漢書・曹褒傳》：「考甫咏殷，奚斯頌魯。」王延壽〈魯靈光殿賦〉：「奚斯頌僖，歌其路寢。」然則以〈閟宮〉詩為奚斯作者，不止《韓詩》。〔註 338〕

29. 班固〈西都賦〉「藍田美玉。」句 文獻再補充

李〈注〉：引《范子計然》。

徐案：《唐書・藝文志》：「《范子計然》十五卷。」范蠡問，計然答也，班固〈答賓戲〉：「研桑心計於無垠。」注：韋昭曰：「研，范蠡師，計然之名」。〔註 339〕

30. 張衡〈東京賦〉「龍圖授羲，龜書畀姒。」句 文獻再補充

李〈注〉：《尚書傳》曰：分證授羲，畀姒之說。

徐案：《易・繫辭》、《洛書》與《河圖》並言，是為同時所出，《宋書・符瑞志》：「《龍圖》出河，《龜書》出洛，以授軒轅。」《隋・經籍志》：「河圖九篇、洛書六篇，相傳自黃帝至周文王所受。」何緣竟以《河圖》屬羲，《洛書》屬禹自解？經家如孔安國輩分析言之，儼成確據，實不可解。予舊有《讀易微言》，今因平子〈賦〉畧及之。〔註 340〕

31. 左思〈魏都賦〉「洗兵海島，刷馬江洲。」句 文獻再補充

李〈注〉：《魏武兵接要》曰：「大將將行，雨濡衣冠，是謂洗兵。」刷，猶飲也。劉劭〈七華〉曰：「漱馬河源。」

〔註 338〕此條李善徵引《韓詩》作注而引起眾家誤解，即言之《魯頌》為誰人所做？是奚斯，抑或史克？這邊徐氏即沒有如上點一般進行糾正，而是另外補充了四筆資料，這種情形大多為徐氏自己本身不確定，而不敢妄下論斷。李善〈注〉下並未有其他說明，可以說奚斯做《頌》是李善的觀念，但同期的孔穎達《毛詩正義》已有系列的爬梳，認為「奚斯說」有誤云云。本點開頭有言，許多名物、字詞多為「常聞其名，不得其實」，《毛詩》與《韓詩》皆有收錄〈閟宮〉，但對其的論述卻大大相左，而相關攷證唐、清儒大多支持「史克說」，而徐氏不外再提出主流說法外的聲音。《文選舊註輯存》，總頁 32；《選注規李》，葉 2 右。

〔註 339〕《文選舊註輯存》，總頁 58；《選注規李》，葉 2 左。

〔註 340〕《文選舊註輯存》，總頁 537；《選注規李》，葉 5 右。

徐案：《說苑》：「武王伐紂，風霾大雨，散宜生曰：此妖也。武王曰：天洗兵也。」語在《接要》前。《爾雅．釋詁》：「刷，清。〈注〉：『埽刷以為潔清。』」「刷馬」言「埽刷馬之塵垢」，與「洗兵」一例看為得。又考魏武帝《兵書接要》十五卷，見《隋．經籍志》，元注下脫一「書」字。〔註 341〕

32. 左思〈魏都賦〉「句吳與鼃黽同穴。」句 文獻再補充

李〈注〉：引《說文》及《周禮》〈注〉。

徐案：《國語》：「范蠡曰：『昔我先君固周室之不成子也，故濱于東海之陂，黿鼉魚鱉之與處，而鼃黽之與同渚。』」是賦句所本。〔註 342〕

33. 揚雄〈甘泉賦〉「客有薦雄文似相如者。」句 文獻再補充

李〈注〉：雄〈答劉歆書〉曰：「雄作〈成都四隅銘〉。」

徐案：〈答書〉有云：「雄始草文先作〈縣邸銘〉、〈王佴頌〉、〈成都四隅銘〉。元引太略。〔註 343〕

34. 司馬相如〈子虛賦〉「榜人歌。」句 文獻再補充

李〈注〉：〈月令〉曰：「命榜人。」

徐案：呂氏〈紀〉不采入《禮記》者，為今〈月令〉。〔註 344〕

35. 潘岳〈西征賦〉「重戮帶以定襄。」句 文獻再補充

李〈注〉：「重」，晉文侯重耳。

徐案：重耳稱「重」已見《左．定四年傳》。孟堅〈幽通賦〉：「重醉行而自耦」，亦單稱重。〔註 345〕

36. 鮑照〈蕪城賦〉「袤廣三墳。」句 文獻再補充

李〈注〉：「三墳」，未詳。或曰：「《毛詩》：『遵彼汝墳』、『鋪敦淮墳』。」《爾雅》：「墳莫大於河濆。」此蓋三墳。

徐案：尚未確今有援〈禹貢〉釋之者。予數之曰：「『黑墳』、『白墳』、『墳壚』、『赤埴墳』，四墳。」而非「三墳」。若李周翰以為「三墳之書」，紕繆更不足較。〔註 346〕

〔註 341〕 《文選舊註輯存》，總頁 1333；《選注規李》，葉 9 右。

〔註 342〕 《文選舊註輯存》，總頁 1365；《選注規李》，葉 9 左～葉 10 右。

〔註 343〕 《文選舊註輯存》，總頁 1387；《選注規李》，葉 10 右。

〔註 344〕 《文選舊註輯存》，總頁 1575；《選注規李》，葉 11 左。

〔註 345〕 《文選舊註輯存》，總頁 2062；《選注規李》，葉 12 右。

〔註 346〕 《文選舊註輯存》，總頁 2246；《選注規李》，葉 14 右。

37. 何晏〈景福殿賦〉「椒房之列。」句 文獻再補充

李〈注〉:《漢舊儀》曰:「皇后稱椒房。」《詩》曰:「椒聊之實,蔓延盈升。」

徐案:此引《韓詩》。〔註347〕

38. 張衡〈思玄賦〉「豐隆軒其震霆兮,列缺曄其照夜。雲師䨴以交集兮,涷雨沛其灑塗。」句 文獻再補充

李〈注〉:舊注:豐隆、雷公、雲師、雨師。善曰:「諸家說豐隆皆曰雲師。此賦別言雲師,明豐隆為雷也。」

徐案:舊注原是不誤,《淮南子》:「季春三月,豐隆乃出,以將其雨。」許慎〈注〉:「雷師」是已。李氏所謂諸家之說。大約如王叔師注《騷》之類。〔註348〕

39. 潘岳〈閒居賦〉「非至聖無軌。」句 文獻再補充

李〈注〉:《周易》曰:「用無常道,事無軌度。」

徐案:二語本《周易畧例》〈明掛適變通爻篇〉。〔註349〕

40. 司馬相如〈長門賦〉「得尚君之玉音。」句 文獻再補充

李〈注〉:《毛詩》曰:「無金玉爾音。」

徐案:《尚書大傳》曰:「廟者,貌也。諸侯見文武之尸,莫不罄折玉音,『金聲玉色』。『玉音』二字出此。」〔註350〕

41. 劉楨〈贈五官中郎將〉「常恐游岱宗,不復見故人。」句 文獻再補充

李〈注〉:《援神契》曰:「太山,天帝孫也,主召人魂。」

徐案:此緯書也。東漢以後,俗好鬼論讖緯語,且沿入正史矣。《後漢・方術傳》:「許峻自云嘗病,篤三年不愈,乃謁泰山請命。」〈烏桓傳〉:「中國人死者,魂神歸泰山淩淫。」流為詩歌,則此篇之類是也。〔註351〕

42. 王粲〈從軍詩〉「陳賞越丘山,酒肉踰川坻。軍人多飫饒,人馬皆溢肥。」句 文獻再補充

李〈注〉:但釋「飫饒」字義,忘卻魏公一段實事。(徐攀鳳說詞)

〔註347〕《文選舊註輯存》,總頁2353;《選注規李》,葉14左。
〔註348〕《文選舊註輯存》,總頁2953;《選注規李》,葉16左。
〔註349〕《文選舊註輯存》,總頁3010;《選注規李》,葉17右。
〔註350〕《文選舊註輯存》,總頁3060;《選注規李》,葉17左。
〔註351〕《文選舊註輯存》,總頁4436;《選注規李》,葉21。

徐案:《魏志》裴〈注〉:「軍自武都山行千里,升降險阻,軍人勞苦,公於是大饗,莫不忘其勞。」以此補注絕妙。〔註 352〕

43.〈樂府〉文獻再補充

李〈注〉:《漢書》曰:「武帝定郊祀之禮而立樂府。」

徐案:此正夾漈所謂:「採詩入樂,自武帝始也。」昭明所選諸詩不盡歌於郊祀,殆擬樂府節族而自成一體者耶。〔註 353〕

44. 鮑照〈放歌行〉「日中安能止,鍾鳴猶未歸。」句 文獻再補充

李〈注〉:崔元始政,論〈永甯詔〉曰:「鍾鳴漏盡,洛陽城中不得有行者。」

徐案:「元始」,崔寔「字」。「永甯」,漢安帝年號,《後漢・紀》不載此〈詔〉何也?〔註 354〕

45.〈古詩十九首〉文獻再補充

李〈注〉:竝云古詩蓋不知作者。或云:「枚乘」。疑不能明也。

徐案:劉勰《文心雕龍》以〈冉冉孤生竹〉一篇為傅毅作。〔註 355〕

46. 謝朓〈和伏武昌登孫權故城〉「參差世事忽。」句 文獻再補充

李〈注〉:忽,謂忽忽然去也。

徐案:《左傳》:「皋陶庭堅不祀,諸忽。」忽字本此。〔註 356〕

47. 枚乘〈七發〉「雖令扁鵲治內。」句 文獻再補充

李〈注〉:《史記》曰:「扁鵲渤海鄭人也,姓秦氏,名越人。」

徐案:《周禮》「疾醫」《釋文》引《史記》云:「姓秦,名少齊,越人。」〔註 357〕

48. 曹植〈求自試表〉「絕纓盜馬之臣赦。」句 文獻再補充

李〈注〉:「絕纓」引《說苑》。「盜馬」引《呂氏春秋》。

徐案:「絕纓」事亦見《韓詩外傳》。「盜馬」事亦見說苑》。〔註 358〕

〔註 352〕《文選舊註輯存》,總頁 5107;《選注規李》,葉 22 左。
〔註 353〕《文選舊註輯存》,總頁 5138;《選注規李》,葉 23 右。
〔註 354〕《文選舊註輯存》,總頁 5350;《選注規李》,葉 23。
〔註 355〕《文選舊註輯存》,總頁 5199;《選注規李》,葉 23 左。
〔註 356〕《文選舊註輯存》,總頁 5809;《選注規李》,葉 24 左。
〔註 357〕《文選舊註輯存》,總頁 6735;《選注規李》,葉 27 右。
〔註 358〕《文選舊註輯存》,總頁 7392;《選注規李》,葉 27。

49. 李陵〈答蘇武書〉「牧馬悲鳴。」句 文獻再補充

李〈注〉:《毛詩》曰:「駉駉牧馬。」

徐案:今《毛詩》作:「牡馬。」《顏氏家訓》云:「〈駉〉篇首句,江南皆作『牝牡』之『牡』,河北本悉為『放牧』之『牧』。」〔註 359〕

50. 李陵〈答蘇武書〉「故欲如前書之言。」句 文獻再補充

李〈注〉:李陵前〈與蘇武書〉云云。

徐案:前書不傳,李於班孟堅〈封燕然山銘〉、孫子荊〈為石仲容與孫皓書〉皆引李陵〈與蘇武書〉為注,殆即所謂前〈書〉。顯慶時猶未亡云。〔註 360〕

51. 曹丕〈與吳質書〉文獻再補充

李〈注〉:云「二十二年」。

徐案:此乃獻帝建安二十二年也。後三年,文帝禪位,又七年崩,年四十。計作此書時,年纔三十一耳,帝名今作丕,書傳多作丕;《吳志·闞澤傳》注:「魏文帝即位,權問曰:『曹丕以盛年即位,恐孤不能及之。』澤曰:『不及十年丕其歿矣。』權曰:『何以知之?』澤曰:『以字言之,不十為丕,此其數也。』後果驗。」是篇歎老嗟衰,意即為之兆乎。〔註 361〕

52. 劉歆〈移書讓太常博士〉「在朝之儒,唯賈生而已。」句 文獻再補充

李〈注〉:賈生,賈誼也。

徐案:《漢·儒林傳》:「《春秋左氏傳》訓故,授趙人貫公。」此書下文有云:「《春秋左氏》,邱明所修,皆古文。」《舊書》又云:「故下明詔試《左氏》可立否?」意其時,《詩》、《書》、《禮》、《易》已稍知循習,子駿所重專在《春秋》,故特提賈生為宜,建立學官之本。〔註 362〕

53. 陳琳〈檄吳將校部曲文〉「以韓約馬超逋逸迸脫,走還涼州,復欲鳴吠。逆賊宋建,僭號河首,同惡相救,並為脣齒。又鎮南將軍張魯,負固不恭。皆我王誅所當先加。」句 文獻再補充

〔註 359〕《文選舊註輯存》,總頁 8130;《選注規李》,葉 29 右。
〔註 360〕《文選舊註輯存》,總頁 8141;《選注規李》,葉 29 右。
〔註 361〕《文選舊註輯存》,總頁 8319;《選注規李》,葉 30 左。
〔註 362〕《文選舊註輯存》,總頁 8600;《選注規李》,葉 31。

李〈注〉：但釋其事，而不分歷時之先後。（徐攀鳳說詞）

徐案：《魏志》：「遣夏侯淵討平馬超。在建安十八年，其明年斬宋建。又明年諸將麴演蔣石斬送韓遂首，張魯自巴中降。」韓遂即韓約，已詳〈注〉中。今考荀彧卒於建安十七年，而此段所舉皆十七年以後事，所不可解也。〔註 363〕

54. 夏侯湛〈東方朔畫贊〉「大人來守此國。」句 文獻再補充

李〈注〉：此國謂樂陵郡也。其父為樂陵郡守，史傳不載，難得而知也。

徐案：《晉書・夏侯湛傳》：「父莊，淮南太守。」潘岳〈夏侯湛誄〉：「父守淮岱，治亦有聲。」〔註 364〕

55. 王褒〈四子講德論〉「《書》云：『迪一人使四方若卜筮』。」句 文獻再補充

李〈注〉：《尚書》曰：「迪一人有事四方，若卜筮無不是孚。」孔安國曰：「迪，道也；孚，信也。」

徐案：此類君奭之文，而實異其詞，孔〈注〉亦闕〈君奭〉篇。〔註 365〕

56. 王褒〈四子講德論〉「宣王得白狼而夷狄賓。」句 文獻再補充

李〈注〉：《史記》曰：「穆王征犬戎得四白狼以歸，今云「宣王」，未詳。」

徐案：穆王得白狼而荒服者不至與夷狄，來賓意不合，及檢《後魏書・靈徵志》：「有曰：『太安三年，白狼一見於太平郡，議者曰先帝本封之國，而白狼見焉，無窮之徵也。』」昔先王得之而犬戎服，似於此文意，義脗合但此係後代書，不可以注子淵之文。俟待考。〔註 366〕

此部分的「文獻再補充」，徐攀鳳的目的很清晰，李善所徵引的文獻若在他處有更清楚的典籍，徐氏引而釋之，主要在既有的李善注解下又再擴增新的文獻，最主要原因在於「釋文太過於簡短」，有些解釋與原句的關聯為何？或是單從注解無法領略了解原著所欲表達之意涵，此對於一般讀者閱讀李善〈注〉來說，可能反而增加閱讀上，或者理解上的困難，因為李善僅截取與

〔註 363〕《文選舊註輯存》，總頁 8732；《選注規李》，葉 31 左～葉 32 右。

〔註 364〕《文選舊註輯存》，總頁 9563；《選注規李》，葉 33 左～葉 34 右。

〔註 365〕《文選舊註輯存》，總頁 10387；《選注規李》，葉 35。

〔註 366〕《文選舊註輯存》，總頁 10447；《選注規李》，葉 35 左～葉 36 右。

部分與文章相同的文句做重點解釋，但對整體而言，卻是未切中文章（文句）的主旨，因此那怕李善在某些條詞上徵引數部文獻，卻無法對整體句義有直接性的幫助，誠於揚雄〈甘泉賦〉「客有薦雄文似相如者。」句條所言：「元引太略」。

續下為「文字聲韻類」。「文字」與「聲韻」況似為李善之軟肋，雖時徵引《說文》、《方言》、《爾雅》等字書，但釋中時有乏闕，甚有「憑學直解」，未援引典籍，如前述所言「元引太略」；加上聲韻方面問題，未釐斷上古音與中古音的差別或唸法，故徐攀鳳揀計 27 條詳加補充之：

57. 班固〈西都賦〉「睎秦嶺。」句　文字聲韻類
　　李〈注〉：注《說文》曰：「睎，望也。」
　　徐案：《方言》：「東齊徐閒謂眄曰睎。」〔註 367〕
58. 張衡〈西京賦〉「人惎之謀。」句　文字聲韻類
　　李〈注〉：惎，教也。
　　徐案：《左傳》：「楚人惎之脫扃。」「惎」字本此。〔註 368〕
59. 張衡〈西京賦〉「何必昏於作勞。」句　文字聲韻類
　　李〈注〉：昏，勉也。《尚書》曰：「不昏作勞」。
　　徐案：〈盤庚〉「昏」字，康成讀為「暋」。潘元茂〈冊魏公九錫文〉：「嗇民昏作」亦當如「暋」讀。〔註 369〕
60. 張衡〈西京賦〉「清酤秖。」句　文字聲韻類
　　李〈注〉：秖，多也。
　　徐案：古人多、秖同音，《論語》：「多見其不知量。」邢《疏》引此賦作「清酤多。」「多」讀若「秖」。〔註 370〕
61. 左思〈吳都賦〉「嶰澗閴。」句　文字聲韻類
　　李〈注〉：《爾雅》：「小山別，大山曰嶰」。
　　徐案：此承毛公詩傳之文耳，今《爾雅》：「嶰」作「鮮」。〔註 371〕
62. 左思〈魏都賦〉「驕其險棘。」句　文字聲韻類
　　李〈注〉：蔡雍〈樊陵碑〉。

〔註 367〕《文選舊註輯存》，總頁 45；《選注規李》，葉 2 左。
〔註 368〕《文選舊註輯存》，總頁 224；《選注規李》，葉 4 左。
〔註 369〕《文選舊註輯存》，總頁 317；《選注規李》，葉 4 左。
〔註 370〕《文選舊註輯存》，總頁 413；《選注規李》，葉 4 左。
〔註 371〕《文選舊註輯存》，總頁 1218；《選注規李》，葉 7 左。

徐案：《吳志・顧雍傳》裴松之《注》：「雍從伯喈學，伯喈謂之曰：『今以我名與卿。』故伯喈與雍同名也。」伯喈本名「雍」，今但知蔡雍字矣。〔註372〕

63. 司馬相如〈子虛賦〉「勺藥之和具，而後御之。」句 文字聲韻類

李〈注〉：「服虔曰」。（善曰：「服氏之說」）。〔註373〕

徐案：「服虔」宜作「伏儼」；「服氏」宜作「伏氏」。〈魯靈光殿賦〉：「蘭芝阿於東西」〈注〉李氏引其說作「伏儼」。蓋「服虔」亦可作「伏虔」。或因此而誤也。〔註374〕

64. 曹大家〈東征賦〉「敬慎無怠，思嗛約兮。」句 文字聲韻類

李〈注〉：嗛與謙同。〈封禪文〉：「上猶嗛讓而未俞也。」〔註375〕

徐案：《易・謙卦》鄭本作「嗛」。《莊子・齊物論》：「大廉不嗛。」今本〈封禪文〉：「謙」字旁從「言」，不從「口」。〔註376〕

65. 潘岳〈西征賦〉「若循環之無賜。」句 文字聲韻類

李〈注〉：《方言》曰：「賜，盡也。」

徐案：〈古咄唶歌〉：「棗下何纂纂，榮落各有時。棗欲初落時，人從四邊來。棗適今日賜，誰當仰視之？」即此義。「賜」或作「儩」，《說文》無「儩」字。〔註377〕

66. 何晏〈景福殿賦〉「昔在蕭公，暨于孫卿。」句 文字聲韻類

李〈注〉：「《孫卿子》曰」云云。

徐案：《漢志》載「《孫卿子》三十二篇」。「孫卿」即「荀卿」，音之轉耳。司馬貞、顏師古皆避宣帝諱，考宣帝名「詢」，漢時不諱嫌名，後漢李恂、荀爽、荀悅等皆書本字也。〔註378〕

67. 潘岳〈秋興賦〉「宵耿介而不寐兮，獨展轉於華省。悟時歲之遒盡兮，慨俛首而自省。」句 文字聲韻類

李〈注〉：闕。省、省連押之義。

〔註372〕《文選舊註輯存》，總頁1262；《選注規李》，葉8右。

〔註373〕《漢書》顏師古注即引「服虔」云云。

〔註374〕《文選舊註輯存》，總頁1581；《選注規李》，葉11左。

〔註375〕「上猶嗛讓而未俞也。」不見於司馬遷〈封禪文〉，但見於班固《漢書・揚雄傳》。疑誤，徐氏未查。

〔註376〕《文選舊註輯存》，總頁2037；《選注規李》，葉12左～葉13右。

〔註377〕《文選舊註輯存》，總頁2137；《選注規李》，葉13左。

〔註378〕《文選舊註輯存》，總頁2322；《選注規李》，葉14。

徐案：《廣韻》：「省屬之『省』在二十八梗；省察之『省』，在四十靜。」〔註 379〕

68. 郭璞〈游仙詩〉「恆娥揚妙音。」句 文字聲韻類

李〈注〉：《淮南子》曰：「羿請不死之藥於西王母，常娥竊而奔月。」許慎曰：「常娥，羿之妻。」

徐案：「恆娥」即「常娥」。漢諱「恆」，故改「恆」為「常」，「田恆、田常」；「恆山、常山」亦即此例，「恆」、「嫦」皆俗字。〔註 380〕

69. 阮籍〈詠懷詩〉「黃金百溢盡。」句 文字聲韻類

李〈注〉：《國語》〈注〉曰：「一溢二十四兩。」

徐案：古「溢」、「鎰」字通，《荀子·儒效篇》：「千溢之寶。」《韓非子·五蠹篇》：「鑠金百溢。」旁皆從「水」。〔註 381〕

70.〈荊軻歌〉文字聲韻類

李〈注〉：《史記》曰：「荊軻，衛人，其先齊人，徙於衛，衛人謂之慶卿。之燕，燕人謂之荊卿。」

徐案：「慶」與「卿」音之轉耳。如「張良為韓信都」《潛夫論》曰：「信都司徒也。」俗音不正，竝有「申徒」、「勝屠」之譌。〔註 382〕

71. 袁淑〈倣曹子建白馬篇〉「留宴汾陽西。」句 文字聲韻類

李〈注〉：「西」，音「先」，協韻也。

徐案：古「西施」亦稱「先施」、「西零」亦稱「先零」。蓋「先」、「西」同一音也。唐時已分二音，故云協。〔註 383〕

72. 屈平〈離騷經〉「謠諑謂余以善淫。」句 文字聲韻類

李〈注〉：諑，猶譖也。

徐案：楚南謂「愬」為「諑」。〔註 384〕

73. 繁欽〈與魏文帝牋〉「曲美常均。」句 文字聲韻類

李〈注〉：均者，六律調五聲之均也。長八尺，施絃。

〔註 379〕《文選舊註輯存》，總頁 2561；《選注規李》，葉 15 左。

〔註 380〕《文選舊註輯存》，總頁 4118；《選注規李》，葉 20 右。

〔註 381〕《文選舊註輯存》，總頁 4281～4283；《選注規李》，葉 21 右。

〔註 382〕《文選舊註輯存》，總頁 5407；《選注規李》，葉 23 左。

〔註 383〕《文選舊註輯存》，總頁 5968；《選注規李》，葉 24 左。

〔註 384〕案此當為王逸〈注〉。而《方言》原文為「諑，愬也。楚以南謂之諑。」〔清〕戴震撰：《方言疏證》（戴氏遺書本），收於《四部備要》（北京：中華書局 1989 年 3 月），頁 52。《文選舊註輯存》，總頁 6325；《選注規李》，葉 25 右。

徐案：此似徑，作樂器解也。一說「均」，古「韻」字，〈嘯賦〉：「音均不恒」之「均」。〔註 385〕

74. 顏延年〈三月三日曲水詩序〉「具上巳之儀。」句 文字聲韻類

李〈注〉：上巳已見上注。

徐案：「巳」字有讀戊己之「己」者，上辛上丁之類是有讀辰「巳」之「巳」，午祖戌臘之類是其說皆可通，惟周秦以前經典所載有事擇日用干不用支，李氏無音釋，因為補及。〔註 386〕

75. 王融〈三月三日曲水詩序〉「肥食來王。」句 文字聲韻類

李〈注〉：《漢・匈奴傳》曰：「壯者食肥美。」古本作「侮食」。《周書》曰：「東越侮食。」

徐案：此「肥食」、「侮食」兩釋之也。今考《周書・王會解》有曰：「東越海蛤。」譌「海」為「侮」；譌「蛤」為「食」，其別風淮雨之類乎？〔註 387〕

76. 陸機〈漢高祖功臣頌〉「京索既扼。」句 文字聲韻類

李〈注〉：《漢書》曰：「復發兵與漢王會滎陽，復擊破楚京、索閒。」

徐案：應邵〈注〉：「京，縣名，今有大索、小索亭。」晉灼曰：「索，音冊。」〔註 388〕

77. 司馬相如〈封禪文〉「繼韶夏。」句 文字聲韻類

李〈注〉：文穎曰：「韶，明也。夏，大也。」

徐案：《漢書》作，「昭夏」。晉時避昭，故以「昭」為「韶」。〔註 389〕

78. 賈誼〈過秦論〉「齊明周冣。」句 文字聲韻類

李〈注〉：《字林》曰：「冣，才句切。」

徐案：「冣」即古「聚」字，从冂从取，《史記》作「周聚」；如《戰國策》：「趙有顏冣。」《史記》作「顏冣恳也。」流俗譌刻、讀，因附及之。〔註 390〕

〔註 385〕《文選舊註輯存》，總頁 3031；《選注規李》，葉 29 右。
〔註 386〕《文選舊註輯存》，總頁 9134；《選注規李》，葉 32 左。
〔註 387〕《文選舊註輯存》，總頁 9192；《選注規李》，葉 32 左～葉 33 右。
〔註 388〕《文選舊註輯存》，總頁 9440；《選注規李》，葉 33 左。
〔註 389〕《文選舊註輯存》，總頁 9756；《選注規李》，葉 34 右。
〔註 390〕《文選舊註輯存》，總頁 10302；《選注規李》，葉 34 左～葉 35 右。

79. 東方朔〈非有先生論〉「箕子被髮佯狂。」句 文字聲韻類
李〈注〉:《尸子》曰:「箕子骨餘。」
徐案:「骨」,古「胥」字,與〈七發〉:「通厲骨母之場。」同。「胥餘」之名,亦見《莊子·大宗師》。〔註391〕
80. 王褒〈四子講德論〉「於是以士相見之禮友焉。」句 文字聲韻類
李〈注〉:《儀禮》曰:「士相見之禮。摯,夏用腒。」
徐案:今《儀禮》作「夏用腒。」《說文》:「北方謂鳥腊曰腒。」〔註392〕
81. 韋昭〈博弈論〉 文字聲韻類
李〈注〉:《系本》曰:「烏曹作愽。」
徐案:《系本》即《世本》。唐諱「世」,改從「系」。〔註393〕
82. 陸倕〈石闕銘〉「刑酷然炭。」句 文字聲韻類
李〈注〉:《六韜》曰:「紂患刑輕,乃更為銅柱以膏塗之,加於然炭之上。」
徐案:《廣韻》引陸氏此文作「𤏲」;〈美新〉:「𤏲仲尼之篇籍。」〈注〉:「𤏲,古『然』字。」〔註394〕
83. 潘岳〈馬汧都誄〉「牧人逶迤。」句 文字聲韻類
李〈注〉:引《毛詩》。
徐案:今《毛詩》〈羔羊篇〉作「委蛇」,惟《韓詩》作「逶迤」耳。〔註395〕

從上舉27例可以端見徐攀鳳所謂「元引太略」,而這可觀察到李善在注釋「單詞方面」上,較不留意南北異俗異稱的使用差異。當然李善本身是江南人士,在京為官,注釋上可能擷取最大公約數,也就是當時最為通行的說法,不因出生或滯京迎上而在注釋內容有所偏易。但流衍清代,讀書人對於詞彙的掌握度與認知寬域在某層面來看已超越唐代,是故清儒語論李善偏頗「釋義忘義」的注疏風格,其實是不甚公允的。

〔註391〕《文選舊註輯存》,總頁10347;《選注規李》,葉35右。
〔註392〕《文選舊註輯存》,總頁10374;《選注規李》,葉35右。
〔註393〕《文選舊註輯存》,總頁10556;《選注規李》,葉36左。
〔註394〕《文選舊註輯存》,總頁11076;《選注規李》,葉37左~葉38右。
〔註395〕「委蛇」、「逶迤」本有通同之前例,又查北宋本、尤袤本、下季良本、朝鮮正德本等各本皆不同,尚無定論。《文選舊註輯存》,總頁11313;《選注規李》,葉38右。

因此，徐攀鳳在每條「文字、聲韻」類上詳加註說，主要是自身對與「文字、聲韻」的掌握洪通，因而能夠見李善之不足，尤其「避諱」問題時常為人忽略，尤其不同時代不需要恪守前代的避諱，往往會使注解略有差異或者誤解，這是鑑於不同的時空背景下所產生的學術問題，此無法避免。職是之故，徐攀鳳僅撿 27 條，但從中可見不同時代所產生字詞認知上的差異，對於後代學者欲使用《文選》上的理解能夠清楚且全面。於下另有「名物解釋」6 條，性質與「文字聲韻類」類似。

「名物解釋」在李善〈注〉屬於常見的釋例，但中華地大物博，部分名物在各個作家妙筆下略有不同，時而以不同詞彙呈現，所以李善單就前人典籍之字詞對應解釋，時有不周之處，故徐攀鳳予以補充，於下 6 條「名物解釋」可見一斑：

84. 張衡〈南都賦〉「秋韭冬菁。」句　名物解釋

李〈注〉：《廣雅》曰：「韭其華謂之菁。」

徐案：《尚書》：「包匭菁茅。」孔安國云：「菁以為菹。」《周禮》：「菁菹鹿臡。」鄭〈注〉：「菁，蔓菁。」然則菁固另是一物也。〔註 396〕

85. 左思〈蜀都賦〉「蒟醬流味於番禺之鄉。」句　名物解釋

李〈注〉：引「南越食唐蒙以蒟醬」事。

徐案：蒟醬者，蒟似穀葉，如桑作醬，酢美，蜀人以為珍味。詳《漢書音義》。〔註 397〕

86. 左思〈魏都賦〉「三屬之甲。」句　名物解釋

李〈注〉：《漢・刑法志》：「魏氏武卒衣三屬之甲。」

徐案：「三屬者」，如淳曰：「上身一，髀褌一，脛繳一，凡三屬，屬連也。」〔註 398〕

87. 揚雄〈羽獵賦〉「杖鏌邪而羅者以萬計。」句　名物解釋

李〈注〉：《說文》曰：「鏌邪，大戟也。」

徐案：莫邪，劍名，惟師古有曰：「大戟也。」今見《玉海》。〔註 399〕

88. 屈平〈九歌・湘夫人〉「辛夷楣兮葯房。」句　名物解釋

李〈注〉：辛夷，香草。

〔註 396〕《文選舊註輯存》，總頁 793；《選注規李》，葉 6 左。

〔註 397〕《文選舊註輯存》，總頁 942；《選注規李》，葉 7 右。

〔註 398〕《文選舊註輯存》，總頁 1329；《選注規李》，葉 9 右。

〔註 399〕《文選舊註輯存》，總頁 1826；《選注規李》，葉 12。

徐案：宋玉〈風賦〉：「槩辛夷。」師古曰：「新夷，一名『留夷』。」〈上林賦〉：「雜以留夷也。」今北人呼為「木筆」。〔註400〕

89. 陸機〈謝平原內史表〉「齎板詔書印綬。」句 名物解釋

李〈注〉：凡王封拜謂之板官。時成都攝政，故稱板詔。

徐案：《後漢書・陳蕃傳》：「尺一選舉詔」〈注〉：「尺，謂板，長尺一，以寫詔書。」〔註401〕

上述6條中發現李善對於「名物」的解釋精簡，未準確回應到文章所指涉的物品，以85條「三屬之甲」為例，何謂「三屬之甲」？李善僅表示「魏國士兵穿著三屬之甲」，這對於讀者無疑是一困難，因為李氏的注解無法精確表示出「三屬之甲」的形狀、用途。而徐攀鳳的說明相對精確，對於「三屬之甲」中的「三屬」是源自三種部位的鎧甲之合稱，且相互並連。其實李善是可以看到三國時人如淳所注之《漢書》，但在注釋材料的選擇上似乎有所忽略。如果「三屬」在隋唐時期是屬於「常識名詞」，李善轉釋其他典籍，這樣的猜想或許成立，但遍查漢代以降的典籍，似乎不若那般普遍，因此我們或許可以定位「三屬」為「專有名詞」，且可能不普遍泛用。

再者，看到「歷代典章釐正」，共計3條。所謂「典章」即「政治制度」，在歷代遷新更張之下，內容多會互異不同，尤其《昭明文選》所蒐羅之作家遍及各個朝代，注解家的角色至關重要，然仍有不足處，於下撿出6條資見：

90. 班固〈西都賦〉「羣百郡之廉孝。」句 歷代典章釐正

李〈注〉：與廉舉孝也。

徐案：《漢書》：「元朔，有司奏議曰：『不舉孝不奉詔當以不敬論，不察廉不勝任也，當免。』西漢分孝、廉為二科，東漢始合一科。〔註402〕

91. 潘岳〈藉田賦〉「三推而舍，庶人終畝。貴賤以班，或五或九。」句 歷代典章釐正

李〈注〉：然《國語》與《禮記》不同，而潘雜用之。

徐案：三推即王耕一墢也，五推、九推即班三之也。《禮記》言推數，《國語》言人數。〔註403〕

〔註400〕《文選舊註輯存》，總頁6474；《選注規李》，葉26左。

〔註401〕《文選舊註輯存》，總頁7486；《選注規李》，葉27左。

〔註402〕《文選舊註輯存》，總頁85；《選注規李》，葉3右。

〔註403〕《文選舊註輯存》，總頁1484；《選注規李》，葉11右。

92. 屈平〈漁父〉「子非三閭大夫與。」句　歷代典章釐正

李〈注〉：謂其故官。

徐案：三閭之職掌王族三姓，曰：昭、屈、景。亦王逸〈注〉。〔註 404〕

「典章制度」作為繼往開來的社會規則，跟讀書人其實是密切相關的，尤其宋代打破門第制度以前來談，讀書人的數量更屈指可數；當少數知識聚集在少部分人時，某個角度猶可曰為「專業知識」，但對於這些特定族群的讀書人來說，「典章制度」又為「普通知識」，故從李善的注說觀察，對於典章制度的解釋比起本章列舉例子，更顯簡明扼要。當然「元引太略」是徐攀鳳認為李善之所不足，故增釋之下，係對於典章更為詳盡。

最後為本章在補充方面所分類的「人名解釋」1 條。「人名解釋」其實於前述亦有事例，惟第 93 條差異在於徐攀鳳特別再解釋注釋中所提及之人名，如下：

93. 潘勗〈冊魏公錫文〉「精貫白日。」句　人名解釋

李〈注〉：《戰國策》：「唐雎謂秦王曰：『聶政之刺韓傀也，白虹貫日。』」

徐案：《策》作「韓傀」；《史記》作「俠累」。姓、名互異。〔註 405〕

徐氏補充在於「韓傀」一詞，認為是「姓、名互異。」案：該人或許無姓有名，名「累（傀）」，韓國為相，故曰「韓累」；而《史記》作「俠累」，乃「俠」字於兩漢偏屬負面，應和其人歹做，故以品行名之。至於「累」、「傀」於古文上本就通同，版本、文獻上有所差異悉屬正常。

本論上述將 93 條分為：闕注補充、文獻再補充、文字聲（音）韻、名物解釋、歷代典章釐正、人名解釋等 6 類，可以觀察到《昭明文選》面向之豐，非李善一人能夠完整掌握，因此需要像徐攀鳳這些《選》學家協助修正。而從上述 6 類中能看出《文選注》的一些問題：

對於「闕注」的部分論述，相較前點「糾正」部份的差異在於：我們第一時間無法判斷「闕注」是否為李善刻意為之？乃因善〈注〉流衍至今已越千年，加上當初所謂「初注、覆注、三注、四注」的說法，以及其子李邕增刪的過程（版本）皆不得知詳，故而「闕注」的原因係為「原無注」、「原注脫」，或甚至「原注刪」？我們不能知曉。而今之善〈注〉全然是「六臣本」系統下的面貌。那麼延伸的問題即在之中，「六臣本」所收錄的「注說」與「原本」相差

〔註 404〕《文選舊註輯存》，總頁 6530；《選注規李》，葉 26 左。

〔註 405〕《文選舊註輯存》，總頁 7082；《選注規李》，葉 27 右。

幾何？這其實毫無討論空間，乃因今之李善單〈注〉純粹僅從「六臣本」抽離單行，若「六臣本」有誤、有缺的情況下單行，即可能影響單行的信度，此更不遑論從李善語法習慣去攷證還原。

既然為「無解之題」，清儒認頭地在已建構的「六臣本」體系下處理李善〈注〉。換言之，何焯到徐攀鳳或乃至整個清代《文選》學，人部分學者不再纏綿孰為李善、孰為五臣，而是將眼光放到如何建立「《昭明文選》與注解」雙雙完備的理想。因此，徐攀鳳《規李》正是處理此問題，李善「闕注」或許成千百計，無法一一注記，但以有限度的方式重點處理，或許得以補充些許不足。

而「文獻再補充」則相對單純，徐攀鳳僅是在原注解上選擇更好且通近文意的文獻予以補充。其實，這不光徐攀鳳一人在從事這樣的學術作業，諸如余蕭客、張雲璈、許巽行……等，著作皆併同補充，甚有孫志祖其作織名：《文選李注補正》。〔註 406〕足見清儒欲補足李善「注解上的缺失」的企圖與用心。

誠本點前述，李善作學即漢、唐一貫的「經訓」做法，這與清代治學講求「務實」、「實事求是」，一轍如初，自然引起清儒的高度關注。由於清代開始重新審視前人說法，甚有「疑古之風」，〔註 407〕因此加強對前人的攷證，並伴隨「前人傳注皆不合於經，則擇其合經者從之，……見伐於康成者矣」的觀念。〔註 408〕《選注規李》看似擁護李善，遵奉其〈注〉，但實際卻是透過糾謬李善

〔註 406〕〔清〕孫志祖：《文選李注補正》（刻讀書齋叢書本）收於《清代文選學名著集成》（揚州：廣陵書社，2013 年 11 月）。

〔註 407〕論及近代「疑古」，眾學或推康有為（1858～1927 年）、顧頡剛（1893～1980 年）等接受近現代（西方）教育理論薰陶的學者，顧氏在《古史論》嘗談及個人自幼「疑古」的經歷。本論肆舉顧氏之例在於人固有「懷疑論」的哲學思維，上自先秦，下迄近代不離如此，誠若諸子百家之說不正是對「周文」所提出的質疑，當然繁例不勝肆舉。這種批判主義的精神其實是流淌於人類的思想核心、哲學核心，故「疑古之風」各代皆有，只是清代純然較為顯著。參滕守堯：《中國懷疑論傳統》（瀋陽市：遼寧人民出版社，1992 年 3 月），頁 122～142。其實，攤開整個中華文化，是一直充斥對前人說法的挑戰與翻案，因為人本身即存有「懷疑的哲學思維」，只是礙於經學做為政治的擺弄手段，說法中淪為諸子之學，受重視的層面自然大打折扣，形成「官說」與「民學」的長久對橫，諸如「五經」、《昭明文選》亦是，當鄭玄注、六臣注成為官方認定的典籍注解時，鮮少讀書人敢正面對質，而清代透過攷證的方式，就是一種與經典再對話的呈現。

〔註 408〕引取自清代王引之《經義述聞・自序》。王引之生於乾隆 31 年（1766 年），稍晚徐攀鳳（生於 1740 年）近 30 年，兩人或許也平生未見，但理念卻略顯

以展現自身學問；換言之，古人的說法不再是權威，而是學問上的「參考依據」；當前人有說法或觀念有所謬誤，則應當從中探究謬誤為何，並設法尋找解答，而非盲從，這也表現出清代「實事求是」的學術風格。

（三）評論李善〈注〉

歷來讀書人對於文章、解釋有心得、疑義或攷證時會以「讀書札記」或「專論」的形式呈現，這種方式在唐、宋以降尤為流行。這種「批校文化」來到有明一代風氣最盛，當然清代蔭承餘風，亦有學者以茲作學，誠如本論提及何焯即有大量的評點，據說何焯平時喜好交結書賈士林，宁屯籍冊，凡閱即評，但當中諸多批校均未付梓，還得仰仗學者間的書籍交換才得以保存。〔註 409〕本論討就之《義門讀書記》即有相當的缺漏，但在于光華《文選集評》等書中仍揀漏拾遺，即可印證。

徐攀鳳承襲何焯的「批校文化」，全書呈現「批校兼評」，且部分「評論」觀點可觀，本論撿集資參：

> 楊惲〈報孫會宗書〉「其詩曰：『田彼南山，蕪穢不治；種一頃豆，落而為萁。』」句
>
> 李〈注〉：張晏《漢書注》云云。（徐氏簡述）
>
> 徐案：予初讀此，但絕子幼豪放自如，而疑注為文，致及讀《漢書・楊敞傳》，不禁廢書三歎，敞之〈傳〉曰：「敞以給事霍光幕府，為光所厚愛，漸致尊位，敞之子惲即以告霍氏謀反，封侯，免官後，會日食之變，人謂大臣家居驕奢，不悔過，所致詔下廷尉，按驗並得此書。宣帝惡之，遂棄市。」惲真險人哉！注中得補此一段，似更皎然。〔註 410〕

此段是少數徐攀鳳於其案語表現其個人評點的少數資料。原在李善注解中僅釋「蕪穢」一詞，並引張晏《漢書注》云：「蕪穢不治，朝廷荒亂也。」

一致。王氏〈序〉中所提為「大人」之言，為王氏師長；進言之，王引之不僅具「疑古」思維，文中未見反駁，可見自是薰陶於長輩的懷疑論哲學思維，對典籍、訓詁說法等多有質疑前人即可印證，可謂時代的風潮思想。參〔清〕王引之撰、虞思徵等點校：《經義述聞》（上海：上海古籍出版社，2016 年 11 月），總頁 1～2。

〔註 409〕韋胤宗：《浩蕩遊絲：何焯與清代的批校文化》（北京：中華書局，2021 年 8 月），頁 56～58。

〔註 410〕《文選舊註輯存》，總頁 8237；《選注規李》，葉 29 左～葉 30 右。

李氏繼而引申「言朝臣皆諂諛、言王朝遇民亂」等。〔註 411〕單就李善引張晏說詞係與楊惲、〈報孫會宗書〉一文之歷史背景與事件無直接性連結。徐氏認為若將文中「詩」與《漢書・楊敞傳》並看，才得以領略「人臣廢落為庶民」的心境，以及所謂詩中「豆、萁」之喻，得以使（李）注更加清晰。質言之，李善釋「無穢」一詞，雖引資料佐證，但未切及史脈核心，造成原文與解釋雙雙矛盾之情況。「釋義忘義」是李善注解時的常見弊病，對於文章部分辭條缺釋、少釋、漏釋等等問題，誠讓後學煞費。又如謝惠連〈雪賦〉一句亦為「注闕」，著令徐攀鳳怨嘔：

> 謝惠連〈雪賦〉「（折園中之萱草，摘堦上之芳薇。）踐霜雪之交積，憐枝葉之相違。」句
>
> 李〈注〉：注闕。
>
> 徐案：萱薇非雪時所有，故欲折而憐其枝葉。「相違」，李氏未經詮釋，遂滋五臣之謁。〔註 412〕

由於李善此處全無解釋，而五臣此釋「累踐霜雪，與兄弟相連，馳念千里，願與之同歸。」〔註 413〕徐攀鳳所怨懟在於五臣注釋慣例一部份「串釋大義」，〔註 414〕一部分釋是依照李善元釋所潤解，清儒謂之「竊之李善未定之本」。〔註 415〕在徐攀鳳眼中，認為李善闕注，沒有給予五臣一個好的說法範本，遂使五臣「胡說八道」，屬李善過失。

當然，上述為《選注規李》少數兩筆有批評李善的資料，因為徐攀鳳中心思想還是傾向於「尊李善」，基本上批評的話語鮮少。其他評點類則單純抒發自己看法，如下，共 5 條：

> 司馬相如〈子虛賦〉
>
> 李〈注〉：「郭璞〈注〉」。
>
> 徐案：篇中臚列注家凡十餘人，不得專題郭璞。〔註 416〕
>
> 宋玉〈高唐賦〉

〔註 411〕《文選舊註輯存》，總頁 8238。

〔註 412〕《文選舊註輯存》，總頁 2587；《選注規李》，葉 15 左。

〔註 413〕《文選舊註輯存》，總頁 2587。

〔註 414〕劉群棟：《文選唐注研究》（上海：上海古籍出版社，2019 年 11 月），頁 215。

〔註 415〕〔清〕汪師韓：《文學理學權輿》（清・嘉慶間刻讀書齋叢書本），收於《清代文選學名著集成》（揚州：廣陵書社，2013 年 11 月），頁 7。

〔註 416〕《文選舊註輯存》，總頁 1505；《選注規李》，葉 11 右。

李〈注〉：此賦假設其事，諷諫淫惑也。

徐案：此與〈神女賦〉皆託哀窈窕、思賢才之意，正宋玉微詞。〔註417〕

任昉〈王文憲集序〉「昉嘗以筆札見知。」句

李〈注〉：陸機表詣吳王曰：「臣本以筆札見知。」

徐案：王儉嘗以文如傅季友；賞任昉，令任昉作文，見之輒曰：「適得吾意中所欲言，因出自作，屬昉點正。」此見知實事可約《南史·本傳》補之。〔註418〕

王褒〈聖主得賢臣頌〉「何必偃仰詘信若彭祖，呴噓呼吸如喬松。」句

李〈注〉：但引《莊子》、《列仙傳》。

徐案：是時宣帝好神仙，故褒及之。前史謂其頌不忘規，誠是已顧其後益洲有金馬碧雞之實，使褒往祀，獨無所陳說。何耶？〔註419〕

上〈報孫會宗書〉、〈雪賦〉條與下4條文獻，充分展現徐攀鳳善用本身對「歷史脈絡」的熟捻以及自身的「文學理論」去辨析李善的說法，進而達到辯證或翻案的目的。首先，徐攀鳳在觀點上申義過「不必刻意求解」、「旨正不可以文害實」的道理；〔註420〕換言之，部分文學作品的「文學常識」或「歷史知識」是根本毋須過度注釋的，甚至可能無注釋的必要。注解的目的是在於「疏通文意」、在於「皎然」,「附事見義」的標準，即所謂「清楚」且「釋義達旨」〔註421〕，但李善「弋釣書部」〔註422〕的理念過於明顯，而將注釋變成展示個人學問的窗口。

進言之，徐攀鳳認為不需要「強解」的單詞文句，則不需要以無關之文獻強加附會，造成「釋事忘義」。這是正確的。其實，即如徐攀鳳所言：「古人詞賦之作原未能盡協典故。」「文章」不見得字字句句皆有典故，甚至有的可能是作者別出心裁的創意，這種情況作者即為創作上「第一人」，向前代文獻協典則顯得怪異。故言：「此等故實，不必刻意求解，善讀書者自頒之。」而

〔註417〕《文選舊註輯存》，總頁3629；《選注規李》，葉18左。

〔註418〕《文選舊註輯存》，總頁9286；《選注規李》，葉33右。

〔註419〕《文選舊註輯存》，總頁9344；《選注規李》，葉33右。

〔註420〕《選學糾何》，葉 7右、《選注規李》，葉10左。

〔註421〕陶敏：《中國古典文獻學》（長沙：岳麓書社，2014年8月），頁134。

〔註422〕〔南朝梁〕蕭統編、〔唐〕李善注、〔清〕胡克家孜異：《文選》（上海：上海古籍出版社，2015年4月），總頁4。

這其實業透出讀書終歸屬於讀書人的專業，「善讀書者自領之。」、「善讀李氏注者能自辨之。」真正學有根柢的讀書人其實是不需要大量的注解去解讀《昭明文選》，但此也透出究竟《昭明文選》是「讀書人的專屬讀物」？還是可以教學於「普羅大眾的一般讀物」？這兩種階層恰恰對應「李善」與「五臣」在注解上的風格，徐攀鳳的論述可能將「知識」的「專權問題」再回溯整個中華文化的歷史脈絡，讀懂「經典」屬於「專業能力」，因此無需顧慮其他使用者「能否使用」的問題。是故強調「弋釣書部」則與「刊書啟中，有用廣化」〔註423〕的初衷相左，但「六臣本」合斬問世卻是強化該書的使用性、活用性。可見徐攀鳳仍是立於一個讀書人的觀點所闡述。綜合來說，從「糾正」與「補充」兩個方面切入李善，與〈《選學糾何》糾正考〉中的攷證過程類似，最大的通點在於「做習前人學問的廣博」與「讀書態度」，此即次節欲談之「『規李』與『糾何』——帶出的學術意識」。

〔註423〕劉鋒、王翠紅等編：《文選資料彙編——序跋卷》（北京：中華書局，2017年12月），頁6。